Folgende Titel der Reihe »Das Erbe der Macht« sind bisher erschienen:

Erschienene E-Books
Band 1-24

Weitere Serien des Autors bei der Greenlight Press
Ein MORDs-Team (All-Age Krimi)
Heliosphere 2265 (Sci-Fi)

Über den Autor:
»Lern erst mal was Gescheites, Bub.« Nein, das war nicht der erste Satz, den ich nach meiner Geburt zu hören bekam, das war erst später. Geboren wurde ich am 21.03.1982 in Landau in der Pfalz. Gemäß übereinstimmenden Aussagen diverser Familienmitglieder wurde aufgrund der immensen und andauernden Lautstärke, die ich als winziger Wonneproppen an den Tag legte, ein Umtausch angemahnt. »Mamma, können wir ihn nicht zurückgeben und lieber einen Hund nehmen?« Glücklicherweise galt hier: Vom Umtausch ausgeschlossen. Es folgt also eine glückliche Kindheit und turbulente Jugend. Natürlich verrate ich hier keine weiteren Details, das würde zum einen den Spannungsbogen kaputtmachen, zum anderen bleibt dann nichts mehr für meine Memoiren übrig …
Mehr von sich erzählt der Autor unter: www.andreassuchanek.de

Weitere Informationen:
www.lindwurm-verlag.de
www.facebook.com/ErbeDerMacht
www.twitter.com/ErbeDerMacht

Neuigkeiten direkt aufs Smartphone.
Hol dir jetzt die kostenlose Gesuchanekt-App!

Das Erbe der Macht

Schattenloge II

In Asche und Blut

(Bände 16-18)

von Andreas Suchanek

Suchanek, Andreas: Das Erbe der Macht. Schattenloge II – In Asche und Blut. Hamburg, Lindwurm Verlag 2020

2. Auflage
ISBN: 978-3-948695-43-9

Lektorat: Beate Szentes, Andreas Böhm
Satz: Irina Bolgert
Cover: © Nicole Böhm

Bibliografische Information der Deutschen Nationalbibliothek: Die Deutsche Nationalbibliothek verzeichnet diese Publikation in der Deutschen Nationalbibliografie; detaillierte bibliografische Daten sind im Internet über http://dnb.d-nb.de abrufbar.

Der Lindwurm Verlag ist ein Imprint der Bedey Media GmbH,
Hermannstal 119k, 22119 Hamburg und Mitglied der Verlags-WG:
https://www.verlags-wg.de

© Lindwurm Verlag, Hamburg 2020
1. Auflage 2019, Greenlight Press unter der ISBN: 978-3-95834-344-3
Alle Rechte vorbehalten.
http://www.lindwurm-verlag.de
Gedruckt in Deutschland

XVI

Hexenholz

Was bisher geschah

In der Welt der Magie herrscht Chaos. Nach dem erfolgreichen Kampf gegen die Schattenfrau ist der Wall vollständig entstanden und dämpft die Magie immer stärker.

Im Castillo ist der mystische Onyxquader zerbrochen. Aus dem Inneren kommt ein Mann zum Vorschein, der anscheinend sein Gedächtnis verloren hat. Niemand ahnt, dass es sich um Bran handelt, der die Erschaffung des Walls einst mit in die Wege leitete. In einem Splitterreich entdecken die Magier um Johanna von Orleans das Volk der Varye und erfahren, dass Bran noch am Leben ist. Nicht nur das – er hat auch Leonardo gefangen genommen.

Seit den Ereignissen um die Schattenfrau ist Alex ein gewöhnlicher Nimag und arbeitet unter Beobachtung von Tomoe in der Holding. Um ihn vor dem sicheren Tod zu retten – denn in seinem Inneren kämpft das Sigil darum, die Ketten des Zaubers abzustreifen, was letztendlich zum Aurafeuer führen würde – entführen Jen, Chris, Kevin, Max und Nikki den Freund. Mit Hilfe der Zeitmaschine von H. G. Wells reisen sie in die Vergangenheit. Während der Russischen Revolution werden sie in eine Intrige verwickelt und erkennen, dass Rasputin einst ein Wechselbalg war, genau wie Anastasia Romanow. Obgleich der Plan der Freunde fehlschlägt, gelangt die Zarentochter, die eigentlich Kyra heißt, in die Gegenwart. Mit ihrer Hilfe erhält Alex seine Erinnerung zurück.

Da weder er noch Kyra mit den Freunden ins Castillo zurückkehren können, hat Alex eine andere Idee. Er kennt einen Ort, an dem sie sicher sind.

Prolog

Am Anfang war der Himmel. Doch ohne das Erdenreich und die Sterne am Firmament war die Wirklichkeit leer und bar jeglichen Lebens. Da stieg !Nariba herab und aus seinem Atem wurden Erde und Sterne geboren. Doch auch das war nicht genug.

Er nahm sich eine Kreatur des Himmels – einen Vogel –, verbrannte dessen Flügelspitzen mit Feuer und band den übrigen Flügel mit einer Schnur an Holz und Kohle. Mit all seiner Kraft schleuderte er das Gebilde davon, erreichte aber nicht den Himmel. Erst beim dritten Versuch gelang es, und so erschuf er die Sonne. Die Hitze des neuen Gestirns loderte herab auf die Erde und so musste er kriechen. !Nariba verbrannte seine Knie und aus der Asche erwuchs ein Baum, der !Kxare, mächtig und weit, in dessen Schatten er Linderung fand.

Selbst in den Jahren vor dem Wall lachten Magier laut auf, wenn ihnen von dem alten Mythos berichtet wurde. Längst erblühte eine gewaltige Zivilisation, Wissenschaft und Magie gingen Hand in Hand.

Aber jeder Mythos hat einen wahren Kern.

Denn was niemand sah, was vor aller Augen verborgen lag, war die wahre Macht im Kern der Geschichte. Sie ruhte nicht etwa in !Nariba oder in seiner allmächtigen Gewalt. Nein, es war der Baum, in dessen Schatten der Gott verweilte und regenerierte. Obgleich niemand die Wahrheit erkannte, fand das Holz des Baumes doch seinen Weg durch alle Zeiten und wurde ein Teil der magischen Welt. Ob Essenzstäbe, Apparaturen oder Rüstungselemente, es war immer da. Die Jahrhunderte verstrichen und längst kennt kaum noch jemand den Mythos von

!Nariba und dem ganz besonderen Baum, dessen Holz eines der essenziellen Materialien darstellt.

Neben Himmelsglas und Chrom ist es stets allgegenwärtig. Das Hexenholz.

Das neue Zuhause

Mit einem Knall fiel das gewaltige Portal ins Schloss. Die Erschütterung erfasste das Gestein ringsum und führte dazu, dass direkt vor Alex eine stuckverzierte Hand auf den Boden krachte.

»Deine Idee erweist sich wie vermutet als brillant«, kommentierte Jen. »Du hast den Zauber überlebt und wirst nun von einer Skulptur erschlagen.«

»Wie schön.« Alex grinste sie an und wusste genau, dass sie das noch mehr provozierte. »Dann sterben wir gemeinsam.«

»Wenn das für euch in Ordnung ist, hauen Kyra und ich vorher ab«, mischte Nikki sich ein. Als Springerin war sie definiv nicht in Gefahr, konnte vor jeder Gefahr mit einem *Plopp* verschwinden.

Kyra, die weiterhin das Äußere einer blonden Siebzehnjährigen trug, ging vorsichtig weiter in die Eingangshalle. »Was ist das hier?«

»Ein Castillo«, erklärte Alex hilfsbereit. »Genau genommen ist es ein verlorenes Castillo. Jen und ich waren schon einmal hier. Zugegeben, das war nicht ganz freiwillig und hat keinen Spaß gemacht.«

In wenigen Worten schilderte er Kyra, wie sie durch eine manipulierte Sprungtorverbindung im Verlorenen Castillo gelandet waren. Kurz vor der Errichtung des Walls war es von den Horden der Schattenkrieger belagert worden. In einem verzweifelten Rettungsversuch hatten die Magier es aus der Wirklichkeit entfernt. Mit fatalen Folgen, denn der Zauber ließ sich nicht mehr lösen. Die Magier waren gestorben, nur eine Person hatte überlebt: Tilda, da sie kein Sigil besaß. Das Artefakt, das den Zauber aufrechterhielt, nutzte die Sigile nämlich als Nahrung. Nachdem Alex es zerstört hatte, waren Jen, er und Tilda nach Spanien zurückgekehrt. Vorher hatten sie das Verlorene Castillo in einem künstlichen Berg aus gehärtetem Sand versiegelt. Im Zuge des Kampfes gegen die Schattenfrau hatte niemand mehr daran gedacht, die hier noch immer gelagerten Artefakte und Schriften zu bergen.

»Ich habe davon gehört.« Kyra schritt ein wenig tiefer in die Halle und sah sich aufmerksam um. »In den Jahren vor dem zweiten großen Krieg, als ich in Paris als Tänzerin auftrat, flüsterten einige Magier davon. Sie gehörten zu einer Gruppe, die das Verlorene Castillo suchten.«

»Daran haben sich ständig irgendwelche Magier versucht«, warf Jen ein.

»Aber nur wir haben es geschafft«, verkündete Alex fröhlich und stupste Jen mit seinem Ellbogen in die Rippen.

Leider ein wenig zu fest, weshalb Jen zur Seite taumelte. »Kent, wenn du das noch mal machst, steche ich mit meinem Essenzstab zurück.«

»So gemein solltest du zu deinem Seelenverwandten nicht sein.« Er klimperte mit den Wimpern.

Jen brodelte. »Vielleicht haben wir ja Glück und hier gibt es noch ein Monster.«

Nikki kicherte.

Kyra stand direkt vor dem großen Banner. Es hing noch immer gegenüber der Eingangshalle an der Wand und zeigte das Symbol des Castillos, gestickt mit goldenen Fäden auf rotem Grund. »Das ist so traurig.«

»Die Skelette liegen oben«, erklärte Alex liebenswürdig. »Die müssen wir noch wegschaffen.«

»Was?« Das Wechselbalg-Kind sah ihn mit großen Augen an.

»Kent, du machst ihr Angst.«

»Ich härte sie nur ab«, gab er zurück. »Außerdem ist sie mehrere hundert Jahre alt.«

»Für Wechselbalgverhältnisse ist das jung«, schrie Jen ihn an. »Oder?«, fragte sie Kyra.

Diese nickte. »Ist aber schon gut. Ich habe damals viel erlebt.« Sie schluckte.

Sofort spürte Alex einen Hauch von Schuldgefühl. Immerhin hatte Kyra in ihrer Gestalt als Anastasia Romanow ihre gesamte Familie verloren und war – nach eigener Aussage – der letzte existierende Wechselbalg. Sah man von Rasputin ab, der allerdings an eine feste Gestalt gebunden war.

»Du wirst auf jeden Fall etwas tun müssen, was du noch nie zuvor getan hast, Kent«, erklärte Jen mit einem bedrohlichen Grinsen.

»Und das wäre?«

»Putzen.«

Gemeinerweise kicherte Nikki erneut.

»Wir schaffen das schon«, gab Alex schlagfertig zurück. »Ein Zauber hier, ein Zauber da – und alles blitzt und blinkt wieder.«

»Chris, Kevin und Max sind schon dabei, Vorräte zusammenzustellen«, warf Nikki ein. »Tilda weiß Bescheid und hilft.«

Die drei Freunde waren von Kanada aus mit Nikkis Hilfe ins Castillo zurückgekehrt. Schließlich konnte niemand wissen, wann jemand auf ihr Verschwinden aufmerksam werden würde.

»Wir müssen sehr vorsichtig sein«, sagte Jen ernst. »Jeder Lichtkämpfer dort draußen hält Ausschau nach dir.« Sie warf Alex einen Blick zu, der so viel mehr transportierte, als es Worte jemals tun konnten. Sie sorgte sich um ihn. Was kein Wunder war, wäre er doch vor wenigen Minuten beinahe in ihren Armen gestorben. »Johanna wird ihre Anstrengungen verstärken, dich zu finden. Außer Tilda, Annora Grant und H. G. Wells weiß niemand, wo du bist. Aber die Unsterblichen verfügen über Zauber, die wir nicht kennen.«

Alex nickte langsam. Johanna von Orleans hatte seinen Tod in Kauf genommen, indem sie seine Erinnerungen gelöscht hatte. Nicht nur das: Sie hatte es gewagt, Alex' Mum alles vergessen zu lassen. Dadurch hatte er sich auch nicht um Alfie kümmern können. Sein Bruder hing noch immer in den Fängen Moriartys. Das würde er der Rätin niemals verzeihen, egal welchen Grund es geben mochte.

»Die Devise lautet also: Vorsicht«, schaltete sich auch Nikki ein. »Das gilt auch für dich, Kyra. Du bist der letzte Wechselbalg. Die Schattenkrieger und Lichtkämpfer sind sich einig, was dich betrifft.«

»Wüssten sie, dass ich noch lebe, würden sie mich töten.« Kyra nickte leichthin. »So war es damals, so ist es heute. Meine Vorfahren haben so viel infiltriert und gemordet, dass die Versammlung der Mächtigen damals beschlossen hat, uns alle auszurotten.«

Alex verzichtete auf einen Kommentar. Seiner Meinung nach hätten die Unsterblichen die Wechselbälger auch einfach in den Immortalis-Kerker werfen oder in Bernstein lagern können.

Warum musste es immer gleich die endgültige Lösung sein? Andererseits waren die Zeiten brutaler gewesen. Sowohl bei den Nimags als auch bei den Magiern.

»Also schön.« Jen klatschte in die Hände und sah dabei unglaublich hübsch aus. Ihre Wangen leuchteten und ihre Stupsnase ... »Hör auf, mich so anzustarren, Kent! Die Jungs kümmern sich mit Tilda um den Proviant. Ihr beiden macht das verlorene Castillo wohnlich. Nikki versorgt euch mit Nachschub.«

»Und du?«, fragte er neugierig.

»Ich werde versuchen herauszufinden, was Mark damals entdeckt hat. Wir wissen, dass Johanna dir deshalb die Erinnerungen nahm. Irgendwo in der Bibliothek oder im Archiv muss es dazu Hinweise geben. Wir werden erst Ruhe haben, wenn dieses Rätsel gelöst ist.«

Der Putz auf dem Boden knirschte, als Jen zu Nikki ging. Jede freie Oberfläche war bedeckt von Staub, abgebröckeltem Putz und Sand. Einige Fensterscheiben waren zerbrochen und von den Tischen in der Halle waren nach der Auflösung des Zaubers nur noch Holzstücke übrig. Als habe ein Tornado alles verwüstet, was der Wahrheit recht nahe kam.

Immerhin wusste Alex, dass die Küche blitzblank war, darauf hatte Tilda geachtet.

»Wir schauen bald wieder vorbei.« Jen lächelte ihm kurz zu. Nikki und sie verschwanden mit einem *Plopp*.

Kyra verschränkte die Arme und grinste ihn an. »So, du hast Jen also geküsst. Ich will alles wissen.«

Ein Gespräch unter Freunden

Einige Tage später

Er stank nach Weihwasser. Moriarty verzog angewidert das Gesicht. Die Archivare der endlosen Tiefen besaßen einen makabren Sinn für Humor. Der Eingang zu diesem ganz und gar dunklen und unheiligen Ort befand sich in verschiedenen Kirchen. Genauer: in deren Weihwasserbecken.

Er wischte den Gedanken beiseite, während er durch die Straßen des Örtchens schlenderte und sich dem freien Feld näherte. Die *East End* war in der Nähe, weshalb er die endlosen Tiefen über diese Kirche verlassen hatte. Seine Recherche war nur zum Teil erfolgreich gewesen, aber das war genug.

Ein kalter Wind fuhr durch die Gassen, Nieselregen wehte ihm ins Gesicht. Das Wetter war ganz nach seinem Geschmack. Auf dem freien Feld führte er einen kurzen Lokalisierungszauber aus. Hoch über ihm schwebte die *East End*.

»Signum«, sprach er und erschuf das Symbol.

Kurz darauf erschien Madison neben ihm. Lediglich Crowley und sie hatten das kurze Regnum der Schattenfrau überlebt, alle anderen Sprungmagier waren von ihr getötet worden.

»Hallo, Charlie«, sagte Madison mit einem Grinsen.

»Bitte?«

»Drei Engel für ... egal. Nach oben, Boss?«

»In der Tat.«

Die Umgebung verschwand. Sie materialisierten an Bord des Luftschiffs. Die Gondel zog sich über den gesamten Bauch des Zeppelins und war ausgekleidet mit allerlei magischen Materialien – Hexenholz, Himmelsglas, Chrom und einem Hauch Noxanith. Die ablativen Bernsteine waren aufgeladen mit Essenz.

»Neuigkeiten?«

Madison schüttelte den Kopf, wodurch ihre bauschige Mähne leicht wippte. Wie immer trug sie legere, aber enge Kleidung. »Es ist langweilig.«

»Nicht mehr lange, sei dir versichert.«

Er ließ sie stehen und steuerte die Krankenstation des Schiffes an, wo Olga sich um den unbekannten Nimag kümmerte, den Moriarty eingesperrt in einer Statue unter dem alten Refugium gefunden hatte.

»Willkommen zurück«, sagte die Heilmagierin, ohne von einem augenscheinlich sehr wichtigen Pergament aufzublicken. Ihr dunkles Haar hatte sie mit einem Reif nach hinten gelegt.

»Was macht unser Patient?« Moriartys Blick erfasste den schlafenden Nimag, der weitaus besser aussah als noch vor wenigen Tagen.

»Er isst und trinkt, wird langsam kräftiger und seine Verwirrung legt sich.« Olga rollte das Pergament zusammen und wandte ihre Aufmerksamkeit gänzlich Moriarty zu. »Es ist seltsam. Bis vor wenigen Tagen war er unruhig und verwirrt, aber das hat sich abrupt gelegt. Sein Verstand wird mit jedem Tag klarer, schärfer, zielgerichteter.«

Alexander Kent ist wieder ein Magier. »Ich verstehe.« Er war mit zwei Schritten neben der Liege. »Aufwachen!«

Der Nimag öffnete abrupt die Augen. Für einen Moment wirkte er zutiefst verärgert, dann flackerte sein Blick. »Du bist … Moriarty.«

»So ist es. Und wir beide müssen uns unterhalten.« Er zog einen Stuhl heran und nahm darauf Platz.

Der Nimag setzte sich auf. Mittlerweile trug er eine Jogginghose und ein T-Shirt. Kleidung, die Alfie Kent zur Verfügung gestellt hatte. »Ja?«

»Wie heißt du?«

Der Nimag erwiderte den Blick lange. Beinahe hätte Moriarty es für eine Provokation gehalten, wüsste er es nicht besser. »Jackson.«

»Deine Erinnerung kehrt also zurück.«

Der Nimag nickte vorsichtig. »Bruchstückhaft, aber schnell. Und da sind Bilder … seltsame Bilder.«

»Ja?«

»Leuchtende Energien, Symbole und Männer mit Essenzstäben. Kämpfe. Es ist alles verworren.«

Eine weitere Bestätigung. Der Nimag erinnerte sich an Magie. Etwas, das eigentlich nicht hätte sein dürfen, denn der Wall maskierte jede Art von Essenz oder gewirkten Zaubern. Selbst der Angriff durch Saint Germain und seine Unterstützer hätte wie ein normaler Überfall aussehen müssen.

»Sind es neue Erinnerungen?«

Ein Kopfschütteln. »All das war schon einmal da. Der Graf hat mich ständig danach gefragt.« Nun ballte der Nimag die Fäuste. »Er hat mich gefoltert.«

Eine durchaus naheliegende Idee, die Moriarty vermutlich sogar mit mehr Nachdruck angewendet hätte. Doch im vorliegenden Fall war das nicht notwendig. »Du hast dich also erinnert, dann wieder alles vergessen und jetzt kehrt die Erinnerung zurück.«

»Genau.«

»Sag mir, wann die erste Erinnerung gekommen ist.«

Der Nimag knabberte gedankenverloren an seiner Unterlippe, dann erwiderte er: »Etwas mehr als ein Jahr ist das jetzt her.«

Moriarty lauschte den weiteren Ausführungen und konnte die Parallele herstellen. Zu jenem Zeitpunkt, als Alexander Kent zum Magier geworden war, hatte der Nimag Magie erkennen können. Bilder waren aufgetaucht, Illusionierungen waren verschwunden. Doch dann hatte Johanna von Orleans den Vergessenszauber ausgesprochen. Abrupt hatte der Nimag wieder eingebüßt, was er an Magie erfasst hatte. Doch jetzt kehrte alles zurück. Man musste kein Genie sein, um eins und eins zusammenzuzählen. Madison, Jason und Alfie waren dabei gewesen, als die Freunde von Alexander Kent diesen aus der Holding in London entführten. Ihnen war es also gelungen, den Zauber zu brechen. Das war beeindruckend, wie Moriarty gestehen musste. Kein gewöhnlicher Magier wurde in die Zauber der Unsterblichen eingeweiht, nicht einmal die Agenten – gedanklich verfluchte Moriarty Max Manning – erfuhren diese.

»Ich muss fort«, flüsterte der Nimag.

»Was meinst du damit?«

»Etwas zieht mich fort.«

»Wohin?«, fragte Moriarty.

»Afrika. Südafrika. Dort ist etwas Wichtiges, das ich unbedingt erreichen muss.«

»Afrika. Soso. Also gut, wir bringen dich dorthin. Ruh dich aus.«

»Ich will mich nicht ausruhen!«, blaffte der Nimag.

»Somnus.« Moriarty malte blitzschnell das entsprechende Symbol mit seinem Essenzstab auf Jacksons Haut.

Er verlor sofort das Bewusstsein.

»Du hast also etwas erfahren«, stellte Olga fest, während sie Puls und Atmung des Nimags prüfte.

»Oh ja, das habe ich. Und ich bin noch nicht sicher, was ich davon halten soll.« Er verschränkte die Arme und trat an eines der Fenster.

Die *East End* schwebte zwischen dunklen Wolken dahin. Er liebte den Ausblick. Die zuckenden Blitze, die Wirbel, die sich bildeten und vergingen, die rohe Gewalt der Natur, die kein Erbarmen gegenüber Schwäche zeigte.

»Anweisungen?« Olga nickte in Richtung des schlafenden Jackson.

»Einstweilen soll er ruhen und zu Kräften kommen. Oh, und eine Dusche wäre auch ganz nett.« Ausnahmsweise war Moriarty froh über den Weihrauchdunst, der ihn umgab.

»Er dürfte in Kürze soweit sein, dass wir ihm eine Kabine zuteilen können.« Olga wandte sich wieder ihren Gerätschaften zu.

Moriarty verließ die Krankenstation. Er musste mit Alfie, Madison und Jason sprechen. Die drei waren am Zug, sobald die *East End* Afrika erreichte.

Der alte Pakt

Er spürte noch immer die Küsse von Madison und Jason auf seiner Haut.

»Hör auf, so zufrieden zu grinsen, Baby Kent«, rief Madison vom Bett herüber.

Seine Antwort bestand in einem Knurren. Mittlerweile hatte er sich daran gewöhnt, dass sie ihn so nannte, obwohl das gleichzeitig Erinnerungen an seinen Bruder an die Oberfläche spülte.

»Gerne doch, Maddy.«

Ein Kissen landete direkt in seinem Gesicht.

»Nein, aufhören«, schaltete Jason sich ein. Sein Haar war zerzaust, er trug nichts außer einem Slip. Seine Sommersprossen schienen zu leuchten. »Das letzte Mal habt ihr meine Kabine vollständig verwüstet.«

Alfie wechselte einen tiefen Blick mit Madison. Im nächsten Augenblick waren sie alle drei in eine wilde Rauferei verwickelt, in der mal ein Kissen in einem Gesicht landete, mal ein Kuss.

Dieses Mal zog er seinen beiden Freunden keine Essenz ab. Als Nimag unter Magiern konnte er nur dank allerlei Hilfsmitteln Zauber wirken. Sein Essenzstab war mit eingelassenen Bernsteinen versehen, die stets neu aufgeladen werden mussten, der Sprunggürtel funktionierte dank des Walls überhaupt nicht mehr. Immerhin, die Pilotenbrille, die es ihm ermöglichte, Magie zu sehen, war nicht länger notwendig.

Alfie musste lediglich den Trank einnehmen, der sein Blut mit Bernsteinpartikeln anreicherte. Wenn er dann mit Jason und Madison einen Moment absoluter Intimität erlebte – also hemmungslosen Sex –, floss die Energie förmlich in ihn hinein. Von dort aus konnte er sie aus den Partikeln ableiten in den Essenzstab und in andere Artefakte aus dem Fundus von Agnus Blanc.

Einen Teil aber hielt er zurück. Diese Restessenz sorgte dafür, dass er Magie sehen konnte. Die Neuerung verdankte er Moriarty, der den Trank verbessert hatte. Damit war er die klobige Pilotenbrille los, die sonst bei jedem Einsatz auf seiner Nase gesessen hatte.

»Oh, wie ich spüre, hast du wieder Essenz in deinen Stab geleitet«, säuselte Jason.

Alfie prustete los und auch Madison hielt sich den Bauch vor Lachen.

»Das mit den Metaphern solltest du lassen«, sagte Alfie, als er wieder Luft bekam. »Das zerstört nur jede Stimmung.«

Jason grinste breit.

Ein Klopfen erklang.

Alfie sprang vom Bett, richtete seine Haare und zupfte sein T-Shirt zurecht.

»Da will jemand vor dem Boss immer noch einen guten Eindruck machen, was? Herein!«

Alfie warf Madison einen bösen Blick zu.

»Ah, ich störe doch hoffentlich nicht«, grüßte Moriarty.

»Nein«, beeilte Alfie sich zu versichern, »wir sind gerade fertig geworden. Mit der Planung. Brainstorming. Wir ...«

»Baby Kent, du sitzt im Loch. Hör auf, es noch tiefer zu buddeln.« Madison rutschte vom Bett. »Man kann deutlich sehen, was wir hier gerade getan haben.«

Alfies Wangen brannten. »Ein neuer Einsatz?«

Moriarty schmunzelte. Eine Regung, die man von ihm nicht oft zu sehen bekam. »So ist es. Wir sind auf dem Weg nach Afrika. Der Kapitän aktiviert gleich den Essenzantrieb. Setzt euch bitte, das hier ist ernst.«

Sofort war jede Heiterkeit verschwunden.

Während Moriarty sich an die Tür der Kabine lehnte, zogen Madison, Jason und Alfie sich Stühle vom Tisch heran und setzten sich darauf.

»Meine Recherchen in den endlosen Tiefen haben nur Bruchstücke zutage gefördert, doch diese sind … beunruhigend. Es scheint, als existiere ein alter Pakt. Niemand weiß, wann oder von wem er geschmiedet wurde, doch er ist eingebettet in die Fasern der Magie selbst. Nur wenige Menschen wissen davon. Joshua, der letzte Seher, sprach in einer seiner Prophezeiungen darüber.«

Moriarty räusperte sich, hob den Essenzstab, und aus dem Nichts heraus erklang eine Stimme.

Ein Krieg am Anfang, am Ende, immerdar.
Zwei Seiten im ewigen Streit.
Schnee und Asche, Asche und Schnee.
Ein Zyklus für die Ewigkeit.

»Das ist eine der Prophezeiungen, die Danvers aus dem Folianten lesbar machte!«, rief Madison. »Aber ging es dabei nicht um die Schattenfrau?«

»So dachten alle«, bestätigte Moriarty. »Doch während all

die anderen Verse den Ereignissen um die Schattenfrau zugeordnet werden konnten, blieb dieser ohne Deutung. Er steht jedoch auch in einem Buch, das einst über den alten Pakt geschrieben wurde.«

»Worin geht es denn in diesem Pakt?«, fragte Alfie.

»Stellvertreter aller Seiten – damit sind wohl Gut und Böse, Magier und Nimags gemeint – kämpfen gegeneinander. In jeder Generation finden sich zwei Seelenverwandte. Ein Nimag und eine Kriegerin streiten gemeinsam gegen ihre Spiegelbilder. Sobald alle vier ihr Schicksal begriffen haben, finden sie einander. Der Kampf muss stets mit dem Tod der Vertreter einer Seite enden.«

»Asche und Schnee«, flüsterte Jason. »Aber warum?«

»Wie bereits gesagt weiß niemand, weshalb dieser Pakt geschmiedet wurde oder was sein Zweck ist. Doch die Magie selbst lenkt die Beteiligten so, dass der Konflikt stets aufs Neue zustande kommt.«

»Und dieser Nimag auf der Krankenstation ist einer davon?«, fragte Madison.

»Ja, das ist er«, bestätigte Moriarty. »Und ein weiterer ist Alexander Kent.«

Alfie konnte nicht verhindern, dass er zusammenzuckte. »Aber … mein Bruder ist doch ein Magier.«

»Er sollte aber eigentlich keiner sein«, erklärte Moriarty. »Wir wissen, dass er ein Wildes Sigil in sich trägt, das durch die Schwangerschaft von Ava Grant entstand und durch die Schattenfrau in Alexander Kent gelenkt wurde.«

»Deshalb also.« Madison wirkte völlig entgeistert. »Ich habe mich gefragt, weshalb diese Johanna-Bitch Kent seine Erinnerungen nahm.«

Moriarty nickte. »Sie wollte das Gleichgewicht wiederherstellen, damit alle Beteiligten sich in identischer Geschwindigkeit erinnern und niemand dem anderen unterlegen ist. Doch da sich unser Nimag – der übrigens Jackson heißt – wieder entsinnt, scheint Alex seine Magie wiedererlangt zu haben und auch sein Wissen.«

»Hätte nicht gedacht, dass diese Idioten das hinbekommen«, kommentierte Madison.

»Wir müssen alles über den Pakt erfahren und zwar möglichst bevor es zum finalen Kampf dieser Generation kommt«, fasste Moriarty zusammen. »Das Ergebnis muss irgendeinen Einfluss haben, es muss wichtig sein.«

»Wie stellen wir das an?«, fragte Jason.

»Etwas zieht Jackson unaufhörlich nach Südafrika. Ich gehe davon aus, dass es die Seelenverbindung zur Kriegerin seiner Seite ist, eine Magierin, die noch nichts von ihrer Bestimmung weiß.«

»Und wir sollen sie finden?«

Moriarty lächelte und zog einen Kompass aus der Tasche. »Ich habe diesen magisch mit Jackson verknüpft. Die Nadel weist auf das Ziel seiner Sehnsucht.«

»Klingt nach Spaß.« Madison verschränkte die Arme und platzierte ihre Füße auf dem Tisch.

Ein eisiger Blick von Moriarty genügte und sie setzte selbige wieder auf den Boden. »Vergesst nicht, dass wir hier von einem uralten Pakt sprechen, der Generationen andauert. Johanna scheint so viel Angst davor gehabt zu haben, dass sie sogar dazu bereit war, das Leben von Alexander Kent zu opfern. Etwas, das völlig untypisch für sie ist. Nehmt die Sache so ernst, als stünde euer Leben auf dem Spiel.« Moriarty wandte sich ab und öffnete die Tür. »Möglicherweise tut es das.«

Mit einem Knall fiel die Tür hinter ihm ins Schloss.

4

Raus mit der Sprache!

»Ich kann langsam keinen Schnee mehr sehen«, kommentierte Anne das dichte Treiben vor dem Fenster. Der Wind hatte zugenommen, die Flocken wehten so hart gegen das Fenster, dass ein beständiges *Tock, Tock* zu vernehmen war.

»Das passiert, wenn sich niemand kümmert«, kommentierte Bran. »Der Zauber wurde von ein paar Hausoberen durchgeführt, die sich nach frischer Luft sehnten. Die armen Lichtkämpfer aus dem indischen Haus gehen kaum noch vor die Tür.«

Anne nahm Platz, ohne dazu aufgefordert worden zu sein. »Johanna ist beschäftigt, seit die Königin der Varye ausgeplaudert hat, dass du den guten Leonardo aus dem Spiel genommen hast.«

Bran lachte leise. »Und doch ahnt sie nicht, dass ich direkt vor ihrer Nase sitze. Bedauerlicherweise fehlt ihr die Erinnerung an mein Aussehen. Sie glaubte all die Zeit, ich sei tot.«

Im Kamin prasselte ein Feuer, Weingläser standen auf dem Tisch und füllten sich wie von Geisterhand mit blutroter Flüssigkeit. Es war warm und behaglich.

Anne seufzte. »Ich vermisse es, an Bord eines starken Dreimasters über die Weltmeere zu segeln und verweichlichte Offiziere der westindischen Handelskompanie über die Reling zu befördern. Und manche in mein Bett. Du wärst überrascht, was Männer bereit sind zu tun, wenn sie nur so weiterleben dürfen.«

Brans Gesicht blieb regungslos. »Du hast zweifellos zahlreiche Geschichten zu erzählen. Aber wir sind heute hier, weil du eine hören möchtest.«

Anne nickte. Bran jagte ihr Angst ein, doch gleichzeitig erkannte sie seine Macht. Er hatte sie hierhergeholt. Ohne ihn wäre sie im Refugium der Schattenkrieger erwacht, nicht im Castillo.

»Kein Wesen besitzt Zugriff auf die Zitadelle. Ein Einfluss ist unmöglich. Mehr als das: Niemand weiß, wer die Unsterblichen überhaupt ernennt. Doch es gab ein Schlupfloch. Wie du weißt, hat mein Körper zwar im Onyxquader geschlafen, doch mein Geist konnte sich manifestieren. Der Tod von Thomas Alva Edison und der des Grafen von Saint Germain löste eine Erschütterung in der magischen Welt aus. Ich fand meinen Geist verwoben mit den Machtlinien des Spiegelsaals und des Opernhauses. Die Mächte im Schatten griffen ein und brachten zwei Menschen ins Leben zurück.«

Eine davon war Anne gewesen. Sie erinnerte sich leider nicht mehr an Details. Es war stets das Gleiche: Sobald ein Unsterblicher ins Leben zurückkehrte, vergaß er alles, was mit seiner Wiedergeburt in Zusammenhang stand. Ihr ging es da nicht anders. Sie hasste es. Irgendjemand hatte kurzerhand beschlossen, sie aus einem nicht nachvollziehbaren Grund zurückzuholen und versagte ihr nun die Wahrheit über die Hintergründe.

Doch dieses Mal gab es einen Unterschied: Bran. Er hatte

eingegriffen, etwas von dem erspürt und manipuliert, was mit dem Schicksal spielte.

»Du hast meine Rückkehr gelenkt«, sagte Anne. »Vom Spiegelsaal ins Opernhaus.«

Der mächtige Magier nickte. Nach seinem Erwachen, seiner Rückkehr, war er ein dünnes müdes Männlein gewesen. Doch sein Körper hatte bereits wieder Muskeln angesetzt, die Haut wirkte frisch und gesund. Die Falten auf seinem Gesicht waren dem Alter geschuldet, nicht länger jedoch der Müdigkeit. Anne glaubte, die Macht zu erspüren, die in seinem Inneren waberte. Er war Teil des Walls. Was die Schattenfrau durch die Vereinigung der Sigilsplitter hatte erreichen wollen, war ihm tatsächlich gelungen. Doch er verfügte nicht nur über die Magie und das Potenzial von drei vereinten Sigilsplittern, er war mit dem *vollständigen* Wall verbunden. Das war tatsächliche Allmacht.

Anne fragte sich, worauf Bran wartete.

Er hätte diesen Ort längst bis auf die Grundmauern niederbrennen können. Ein Großteil der Lichtkämpfer war bereits mit ihm verbunden, hatte sich über des Glückes Pfand unterworfen. Sie liebten Bran wie einen Gott. Bei den Schattenkämpfern war es nicht anders.

Oh ja, er hatte auch Anne gefragt. Doch sie hatte nicht angebissen, würde sich niemals unterwerfen. Trotzdem half sie ihm – aus Überzeugung. Sie verehrte Stärke, Gnadenlosigkeit und Macht.

»Damit hast du recht«, erklärte er. »Und was weiter geschehen ist, ist kein Geheimnis. Wie ein Engel bist du mit Säbel und Kreuzgurt hinabgestiegen, hast Max Manning umgerannt und wurdest in den Rat aufgenommen. Sie haben es nicht einmal hinterfragt.«

Natürlich wunderten sich einige unter ihnen, doch auch Tomoe war eine Kriegerin gewesen. Es war also kein Präzedenzfall. Aber im Gegensatz zur japanischen Kriegerin war Anne süchtig nach dem Kampf. Im Rat der Lichtkämpfer war sie fehl am Platz.

»Doch das wirklich Interessante ist dein Gegenpart«, erklärte Bran, und damit begann der spannende Teil. »Als Ersatz für Thomas Alva Edison wurde ein Unsterblicher ernannt, ein Mann. Er machte sich um die Menschheitsgeschichte verdient, seine Ernennung hätte gravierende Veränderungen hervorgerufen. Denn er besaß etwas, was kein anderer Magier oder Unsterblicher besitzt. Es war der Versuch der Mächte im Schatten, mich aufzuhalten. Sie wissen nicht, dass ich wieder hier bin, doch sie spüren eine Verwerfung in der Balance. Ich werde schon sehr bald jeden Status quo vernichten, so etwas kann nicht unbemerkt bleiben. Die Wellen des Schicksals türmen sich bereits auf und branden heran.«

»Ein Unsterblicher, der dich hätte besiegen können? Wie?«

»Hoffnung«, erklärte Bran. »Er besaß die Gabe, Hoffnung zu wecken. Und das durch eine ganz besondere Eigenschaft. Ich musste ihn aufhalten. Hätte er es bis hierher geschafft, hätte ich das Castillo längst niedergebrannt.«

Das wurde ja immer interessanter. In diesem Augenblick vermisste Anne etwas, das die Menschen der Gegenwart *Chips* nannten. Dünne Kartoffelscheiben, die in Fett gebraten und mit Gewürzen verfeinert wurden. Sie liebte diese Dinger. Jedoch hatten die Menschen dieser Zeit auch ein völlig idiotisches Verhältnis zum eigenen Körper entwickelt. Als sie zum ersten Mal einen Fernseher angeschaltet hatte, waren darin junge Mädchen zu sehen gewesen. Aufgrund des Anblicks hatte Anne vermutet, dass der Sklavenhandel wieder eingeführt worden war. Anders konnte sie sich nicht erklären, warum diese armen Geschöpfe nichts zu essen bekamen. Dünn und kraftlos hüllten sie sich in winzige Stofffetzen und begannen zu schluchzen, wenn sie einmal kurz angeschrien wurden. Es war beschämend. Am liebsten wäre sie in dieses Sklavenstudio gefahren, um ihnen mit dem Essenzstab Verstand einzubläuen. Tilda war dann so nett gewesen, Anne zu erklären, dass es sich um eine fiktive Aufzeichnung handelte. Wie das frühere Theater. Davon gab es wohl noch reichlich, sogar einige Filme über Anne selbst. Sie war die Königin der Freibeuter gewesen, und allerlei Drehbuchautoren hatten sich schon mit ihrer Geschichte befasst. Das meiste war natürlich verbrämter Unsinn.

Autoren gingen oft sehr gemein mit ihren Figuren um und schickten sie durch die Hölle. Mit einem solchen hätte Anne sich auch gerne einmal unterhalten.

»Raus mit der Sprache, wer war der andere Nimag?« Wen hatten die unbekannten Mächte erwählt, um die Lichtkämpfer zu unterstützen?

Es musste ein ganzer Kerl sein, wenn er es mit ihr hätte aufnehmen sollen.

Bran schmunzelte. »Ich habe seine Geschichte recherchiert, habe gespürt, wie er in der Zitadelle manifestierte und konnte sein Ende miterleben. Ich erzähle dir, was geschehen ist. Eines ist sicher. Danach wirst du meine Macht niemals in Zweifel ziehen. Also hör zu.«

Und genau das tat Anne.

Bran nannte den Namen des Unsterblichen.

Zu viele Noten

September 1791, Österreich

Zu viele Noten!« Wolfgang Amadeus Mozart schnaubte abfällig. »Ich will es nicht mehr hören!«

Eine flackernde Kerze erhellte den Raum. Vor dem Fenster war die Rauhensteingasse in Dunkelheit getaucht. Die Magier patrouillierten mit ihren Essenzstäben, um für Ordnung in Wien zu sorgen.

Mozart hustete.

Mit besorgter Miene eilte sein Constanzerl herbei. »Mein Hascherl, leg dich nieder.«

Er hätte ihr gerne widersprochen, fühlte sich aber entkräftet, wie so oft in letzter Zeit. Willenlos ließ er zu, dass sie ihn entkleidete und schlüpfte in das Nachthemd.

Sie kniff die Augen zu schmalen Schlitzen zusammen. »Der Ausschlag ist schlimmer geworden.«

»Bald hat er es geschafft, der Salieri.« Mozart huschte unter die Decke. »Meine Lebenssäfte sind schwach, ich schwinde dahin. Obgleich der Heiler mich erst letzte Woche zur Ader gelassen hat.«

»Nimmst du dein Quecksilber?«

»Ja.«

»Auch wirklich?«

»Ja«, blaffte er, was ihm aber sofort leidtat. »Vielleicht ist's besser, mehr zu nehmen.«

Sein Constanzerl räusperte sich. Er wusste, was nun kam.

»Vielleicht sollten wir einen Magier ...«

»Nein«, unterbrach er sie. »Die Essenzstabwedler stehen doch alle in seinem Dienst! Aber ein Wolfgang Amadeus Mozart lässt sich nicht von einem Antonio Salieri niederknüppeln!«

Er lächelte bei dem Gedanken an die verzückten Gesichter des Adels. Ja, mit seiner Zauberflöte hatte er es ihnen allen gezeigt. Nun wussten sie, was seine Musik zu tun vermochte. Sie verzauberte auf eine Art, wie es kein Essenzstabwedler jemals konnte, spendete Hoffnung und Tränen und Glück. Mochten sie ihn auch viele Jahre verkannt haben, das war vorbei!

Kein Wunder also, dass der von Neid zerfressene Antonio ihn geschwind um die Ecke bringen wollte. So war er, der Antonio. Mozart wollte ausspucken, doch ein Husten schüttelte ihn kräftig durch.

Sein Constanzerl reichte ihm ein Tuch.

»Ich schwör's dir, Wolferl, wenn das nicht bald besser wird, hole ich einen Heilmagier.«

»Mir kommt kein Essenzstabwedler in die Stube!«, blaffte er. Oder wollte blaffen. Stattdessen gingen seine Worte in einen erneuten Hustenanfall über. »Jetzt reich mir Papier und Tinte.«

Sie strafte ihn mit einem verkniffenen Blick, reichte ihm aber das Gewünschte. Kurz darauf erklang das Klappern von Töpfen – gut so! Er war hungrig.

Obwohl er am liebsten geschlafen hätte, wollte er doch nicht aufhören zu komponieren. Die Klänge waren in seinem Kopf und mussten hinaus. Er bannte sie auf das Papier. Ein Lied, das nur für ihn bestimmt war, dessen Klänge durch seine Adern pochten, ihn mit Euphorie erfüllten.

Sonnenklang, nannte er es.

Ein Werk, ein Epos, eine Symphonie. Die Töne würden die Herzen der Menschen berühren, sie verzaubern und mitreißen. Er wollte, dass ihre Augen leuchteten, Tränen über ihre Wangen rannen und sie im Schlaf von den Noten träumten, die ihre Seele umfangen hatten.

Doch erst wenn es vollendet war. Vorher war es nur für ihn bestimmt, blieb sein Geheimnis. Schließlich war der Antonio überall, der Neider und Giftmischer.

»Morgen gibt es einen Aderlass«, beschloss er. »Und gleich mehr Quecksilber.« Er würde um seine Gesundheit kämpfen. Dafür brauchte er keinen Essenzstabwedler, ganz gewiss nicht!

Die Feder kratzte über das Papier, Noten füllten die Bögen. In seinem Geist sah er sich in einem Opernhaus, umgeben von den Klängen eines Streichorchesters, das den Sonnenklang spielte. Ja, so sollte es sein.

Eine Hand erschien vor seinen Augen, schnappte sich das Pergament und legte es beiseite.

»Was machst du da?!«

»*Du* machst jetzt was, Hascherl. Essen nämlich.« Constanze legte ihm eine Schüssel in den Schoß, sie war warm. Ein angenehmer Duft stieg ihm in die Nase. »Suppe?«

»Linsensuppe«, erklärte sie. »Iss.«

Er nahm den Löffel entgegen. »Was würde ich nur ohne dich tun?« Natürlich hätte er bis tief in die Nacht Noten zu Papier gebracht und dabei vergessen, eine Mahlzeit zu sich zu nehmen.

»Verloren wärst du, was sonst?« Sie strich ihm sanft durchs Haar. Die Perücke hatte ein paar weiße Flusen hinterlassen.

»Es schmeckt gut.« Er lächelte.

Zufrieden stand sein Constanzerl auf, kehrte in die Küche zurück und kam mit einem gefüllten Teller wieder an sein Bett. Schweigend aßen sie, genossen die Stille und einander. Ja, er hätte nicht gewusst, was er ohne sie getan hätte.

»Du schaust wieder so.«

»Wie schaue ich denn?«, fragte er.

»Wie ein verliebter Gockel«, neckte sie ihn. »Ein lüsterner Gockel.«

Er kicherte. Die Schüssel war leer. Er stellte sie auf den Nachttisch und hob die Hand. Seine Finger lösten flink die Schnüre ihres Mieders.

»Deine Lebensgeister kehren aber g'schwind zurück.« Sie schlug ihm auf die Finger. »Wolferl, du musst dich schonen.«

»Lust weckt die Lebensgeister.«

Sie lächelte und stellte den Teller beiseite.

Das Nächste, was er wahrnahm, war Dunkelheit. Verblüfft richtete Mozart sich auf. »Hascherl?«

Ein Gähnen neben ihm. »In zwei Stunden kräht der Hahn, schlaf noch etwas.«

Ein heißer Schreck durchfuhr seine Glieder. War er etwa eingeschlafen? Gerade, als er ihr Mieder geöffnet hatte? Wie war das nur möglich? Sein Körper versagte ihm zunehmend den Dienst.

Constanze schlief sofort wieder ein, stieß schnorchelnde Atemgeräusche aus und wärmte ihn mit ihrem Körper. Er strich ihr sanft durch das Haar. Was sollte er nur tun? Die Noten hielten seine Seele am Leben, Constanze seinen Körper. Doch welch böser Fluch lag auf ihm? War es das? Hatte Antonio Salieri ihn vergiftet? Zugetraut hätte er das dem Doppelgesicht sofort. Aber die letzten Prüfungen mit Bernsteinamuletten hatten keinen Fluch, keinen verdorbenen Zauber enthüllt. Womöglich sollte er doch auf den Rat seines Arztes hören und das Quecksilber mit Bernsteinen anreichern.

Der Gedanke schüttelte ihn.

Die Essenz eines Magiers wäre dann in seinem Körper. Als habe er fremdes Blut getrunken, eine fremde Seele gekostet. Es war widerlich.

Nein, er würde so weitermachen wie bisher. Der Sonnenklang musste vollendet werden und ihn endgültig berühmt machen, weit über Wien hinaus. Sein Geist und seine Musik würden neue Kraft in seinen Körper leiten. So und nicht anders sollte es vonstattengehen. Der Antonio würde sich umschauen, wenn er am Boden lag. Übertrumpft von den Noten des Wolfgang Amadeus Mozart.

Die feinen Frauen der Stadt würden sein Constanzerl zu ihren Kaffeekränzchen einladen, selbst die Magier aus den edlen Häusern würden seine Musik hören wollen. Lauschen würden sie, jeder Note, und dabei alles andere vergessen.

Mit einem zufriedenen Lächeln schlief Wolfgang ein.

Drei Monate später ging es zu Ende.

6

Feuer, Asche und das Opernhaus

Der Dezember brachte kalte Winde und dichtes Schneetreiben mit sich. Die Flocken wirbelten gegen das Fenster. Mitternacht war verstrichen, die Zeiger der Uhr wanderten weiter.

»Es geht zu Ende«, brachte Mozart mit brechender Stimme hervor.

Entgegen jeder Hoffnung hatte sein Körper sich nicht erholt, im Gegenteil. Der Ausschlag wurde schlimmer, das Jucken und Husten ebenfalls. Die Schwäche umhüllte ihn, wie ein Leichentuch, das jede Kraft erstickte.

Sie hatten wenig Geld, deshalb war sein Constanzerl in einen dicken Schal gehüllt. Die Kälte war wie eine feindliche Armee durch die zugigen Fenster ins Zimmer gedrungen. Sie besaßen keine Verteidigung. Nur dünnes Leinen, einen Schal hier, ein Bettlaken da.

»Ich muss dich alleinlassen.«

Sein Constanzerl schloss die Fäuste um seinen Kragen. »Lass mich einen Magier holen!«

»Die Essenzstabwedler würden mein Leiden verlängern und die Hand aufhalten«, brachte er unterbrochen von Husten hervor. »So war es auch bei dem Hubertus. Immer mehr und mehr wollten sie, bis er nicht mehr zahlen konnte.«

Die Magier von Wien waren habgierig. Ja, sie hatten viel verloren, die erste und zweite Belagerung der Muselmanen, beim Kampf um die Bernsteinstraße, hatte Leben und Reichtümer gekostet. Der Weg zurück an die Spitze war beschwerlich gewesen, doch sie waren ihn gnadenlos gegangen.

Ohne die Zustimmung des Rates der Ältesten geschah hier in Wien nichts. Sie verteidigten ihren Status vehement und waren dicht vernetzt mit dem Adel. Reicher Proporz, Hinterzimmerabsprachen und Bernsteinhandel waren an der Tagesordnung.

»Bleib nicht zu lange allein«, flüsterte er.

Sein Constanzerl schluchzte, ihr Oberkörper bebte.

»Jetzt sei mir noch einmal gefällig.« Mit zittriger Hand klaubte er die Bögen vom Nachttisch. »Die musst du nehmen und verbrennen.«

»Was?« Aus tränenverschleierten Augen erwiderte sie seinen Blick. »Warum?«

»Es sind Noten, die Magie für die Seele mit sich tragen«, flüsterte er. »Niemand sonst soll sie besitzen. Ich werde das Geheimnis mit mir nehmen ins Elysium.«

»Aber die Noten sind dein Vermächtnis.«

»Und so bestimme ich, was mit ihnen geschieht.« Er zerknüllte das Papier. »Leg es hinein, in den Topf. Jetzt.«

Sie wollte nicht, tat es aber doch. Das Zündholz flammte auf, erhellte die Dunkelheit im Raum. Schon knisterten die Flammen, roch er die Asche. Fast glaubte er, die Noten davonschweben zu sehen, wie sie eins wurden mit dem Sein selbst. Genauso wie er es gleich tun würde. Die andere Seite wartete bereits. War es das Himmelreich oder die Hölle? Ein Elysium oder ewige Pein?

»Sie sind fort«, verkündete Constanze.

Mit schweren Schritten kehrte sie zurück an sein Bett und sank auf die Kante. Loslassen wollte weder er noch sie. Ihr Leben war verbunden in echter Liebe. Am 4. August 1782 hatte er sie geheiratet.

»Mein Wolferl.« Sanfte Finger strichen durch sein Haar.

Ob sie zurückgehen würde nach Mannheim? Oder blieb sie hier in Wien? Sechs Kinder hatte sie ihm geschenkt, er dachte mit Traurigkeit an alles, was verloren worden war. Sie beide gegen den Rest der Welt, so war es gewesen. Doch jetzt ließ er sein Constanzerl allein.

»Such den Ambros auf«, flüsterte er. »In der Heimlichgasse. Er schuldet mir noch etwas und wird dich mit Bernsteinen versorgen. Nur Grundmagie, aber damit kannst du dir etwas aufbauen. Vertraue nicht auf die Geldsäcke von dem Antonio Salieri, er wird dich kaufen wollen. Er ist schlau, wird vermuten, dass ich in meinen letzten Monaten komponiert habe. Doch den Sonnenklang wird er nicht in seine gierigen Finger bekommen.«

»Nein, das wird er nicht.« Sein Constanzerl lächelte. »Deine Noten sind Feuer und Asche, wie du es wolltest. Aber deine Musik wird die Zeit überdauern, Wolferl, das weiß ich.«

Es war ein schöner Gedanke. Vielleicht starb ja heute nur sein Leib, ging seine Seele ins Elysium. Doch all das, was er geschaffen hatte in der Lebenszeit, blieb erhalten. Ob sie seine Werke spielen würden, im Gedenken an ihn? Er wollte es glauben. Musik war unsterblich, doch so viele Erschaffer von Welten voller Klängen stürzten ins Vergessen. Das Schicksal würde entscheiden, ob er zu ihnen zählte oder ihm ein wenig Ruhm posthum zuteilwurde. Dann auch für sein Constanzerl. Sie war eine Kämpferin.

Mozart spürte, wie die Schatten dichter wurden. Sie zupften an ihm, glitten über seinen Leib und erstickten den Atem. Er hustete stärker, spuckte und zuckte. Was auch immer seinen Körper von innen heraus zerfraß, er war machtlos. Nicht Aderlass noch Quecksilber hatten Linderung gebracht. Doch er war seinen Weg gegangen.

Wunderkind hatten sie ihn genannt, den frühen Klängen gelauscht und ihn doch stets aufs Neue verstoßen. Er war erhoben worden und in den Abgrund gestürzt. Jetzt war er am Ende angelangt.

»Ich hole mir die Bernsteine, Wolferl«, versprach Constanze. »Mich kriegen sie nicht klein.«

Er lächelte ihr zu. Aufmunternd sollte es sein, doch an ihren schreckgeweiteten Augen sah er, dass es grausig sein musste. Sein ausgemergelter Leib hatte schon den Hubertus in die Flucht geschlagen, überlebt hatte er den trotzdem. Seine Muskeln waren kaum noch vorhanden, der Ausschlag sah fürchterlich aus. Dass sein Constanzerl sich überhaupt noch in seine Nähe wagte, war ihm Glück und Scham zugleich. War sie denn sicher?

Manchmal glaubte er gar, dass der Salieri ein Magier war. Wie anders konnte es sein? Ein Gift war nicht gefunden worden, obgleich der Siegenbacher, der Sohn eines befreundeten Arztes, alles geprüft hatte. In jedes Getränk hatte er sein Pülverchen gestreut, doch nichts hatte sich giftig eingefärbt. Er war schlau, der Salieri. Womöglich hatte er sein Gift magisch wieder neutralisiert, weil ihm zu Ohren gekommen war, dass der Siegenbacher die Rauhensteingasse 8 besuchte.

Die Wahrheit blieb ein Geheimnis.

»Leb wohl«, flüsterte er. »Mein Constanzerl.«

Wieder flossen Tränen herab und benetzten ihr Mieder. »Leb wohl, mein Wolferl.«

Die Zeiger der Uhr zeigten fünf Minuten bis zur eins, als es soweit war. Sein Körper hörte auf zu leben. Seltsam, er hatte sich immer ausgemalt, wie es wohl sein würde, überzugehen in die Existenz danach. Elysium oder Qual? Weder noch. Sein Körper versagte, doch sein Geist existierte weiter. Wärme umfing ihn, ein sanfter Sog aus Klängen. Er folgte ihm. Die Umgebung verschwand, wurde abgelöst von schattenhaften Silhouetten, wie Wolfgang sie bei einer Vorführung der Laterna Magica gesehen hatte.

Die Klänge wurden lauter, durchdringender.

Bilder manifestierten in seinem Geist. Er sah seine Eltern, wie sie mit dem Hauch eines Lächelns zu ihm herabsahen. Sein Vater, der Musikus, komponierte und musizierte, während Wolfgang zu seinen Füßen saß. Die Familie erschien, Eltern und Geschwister, Söhne und Töchter. Auch Freunde. Sein Leben wurde zu einer Komposition, die an ihm vorbeizog.

Ja, er lächelte.

Denn mochten die Schmerzen und das Siechen auch schrecklich gewesen sein, so war die Substanz dessen, was er Leben nannte, doch bedeutsam. Er hinterließ etwas. Erinnerungen, Freude, Musik. Was gab es Schöneres. Zufrieden überließ Wolfgang sich dem Sog.

Ja, es war eindeutig das Elysium, das er betrat. Was sonst konnte ein Opernhaus sein?

7
Überraschungsbesuch

»Wie sehe ich aus?«
Alex betrachtete eingehend das aufgeschichtete Holz und die bereitliegenden Marshmallows. Dann wandte er sich um. »Oh! Jen. Das ist nicht so, wie es aussieht. Nur ein winziges Lagerfeuer. Und wir haben alle Vorsichtsmaßnahmen ergriffen. Also wegen Feuerschutz.« Er riss seinen Essenzstab in die Höhe.

»Du wirst schon wieder rot«, sagte Jen. »Das wirst du immer, wenn du sie siehst.«

»Wen?«

»Jen?«

Alex' Arm sackte herab. »Kyra?«

»Sehe ich nicht toll aus?«

»Mach das weg! Also, ich meine: Verwandle dich zurück.«

Ein kurzes Wabern, dann stand sie wieder in ihrer typischen menschlichen Gestalt vor ihm. »Ich dachte, du fühlst dich nicht mehr so einsam, wenn du ein vertrautes Gesicht siehst.« Traurig trottete sie zum Holz und sank daneben auf einen der bereitgestellten Stühle.

Sicherheitshalber hatten sie beschlossen, das Lagerfeuer in

der Eingangshalle zu machen, nicht in ihren Zimmern. Man wusste ja nie.

»Das ist total lieb.« Alex setzte sich neben sie. »Aber du bist doch ein vertrautes Gesicht.«

»Aber das bin nur ich.«

»Wieso *nur*?« Alex nahm ein wenig Brandbeschleuniger und kippte ihn über das Holz. Ein paar geröstete Marshmallows würden Kyra guttun. Er hatte auch ein paar Bananen bereitgelegt, die sie in einer Aluschale anbraten konnten.

»In meiner Zeit als Sängerin in Paris wollten sie alle immer, dass ich eine andere Gestalt annehme«, erklärte sie. »Längere Beine, größere Brüste, hübsches Gesicht.«

»Du hast ein total hübsches Gesicht.« Alex öffnete die Marshmallows und legte sie sorgsam verteilt auf das bereitliegende Gitter.

»Das sagst du nur so.«

»Nein, tue ich nicht. Hey, ich schwöre es bei meiner Ehre als Mitbewohner dieser Luxusherberge.«

Kyra kicherte.

Mission erfolgreich. »Schon besser.«

»Ich verstehe, warum Jen dich mag.«

»Was, wie, wo? Oh, sie mag mich nur ein bisschen.«

Kyra schüttelte nachdrücklich den Kopf. »Nein, nein, ich konnte euer Band spüren, als ich du war. Es ging nur kurz, weil … Du bist anders als alle anderen.«

»Tja, hm, danke, irgendwie.«

»Kein Wechselbalg könnte dich lange kopieren«, flüsterte sie. »Dein Geist ist wie ein Mosaik.«

»Die Lehrer in der Schule haben immer behauptet, mein Geist sei so leer wie das Vakuum des Weltalls.«

»Wie gemein.«

»Ach, na ja, ich habe ihnen dann immer erklärt, dass das Weltall gar nicht leer ist. Darin gibt es ziemlich gefährliche Asteroiden und sie sollen nur aufpassen, dass sie keiner davon trifft.« Er grinste böse.

»Ich hatte auch Lehrer«, erklärte Kyra nickend. »Die haben mir mit dem Stock auf die Finger geschlagen, wenn ich eine Antwort nicht wusste.«

»Das … war auch böse.« Alex musterte Kyra von oben bis unten. Sie hatte so viel Schreckliches erlebt, wirkte aber von ihren Zehen bis zu den wunderschönen Spitzen ihrer blonden Haare unschuldig. »Potesta Incendere!« Alex' Essenzstab begann in bernsteinfarbenen Flammen zu glühen. »Du wirst Marshmallows lieben.«

Plopp.

Direkt vor Alex erschien ein Zwerg. Kyra wirkte einfach nur verdutzt, doch Alex erschrak. Seine Nerven waren aktuell nicht die besten. Der Essenzstab entglitt seiner Hand und landete zwischen dem aufgeschichteten Holz.

Rums.

Eine Stichflamme schoss empor. In derselben Sekunde sprang Nils ans andere des Raumes und Kyra schien gegen Feuer immun zu sein. Wie er sich für die beiden freute.

»Waaahh.« Seine Augenbrauen brannten.

Kyra war mit einem Satz bei ihm, ließ ihre Finger zusammenwachsen und presste sie auf die Brauen. Ohne Sauerstoff erstickten die Flammen sofort.

»Tut es sehr weh?«, fragte sie ihn und starrte mit großen Augen auf seine Augenbrauen.

»Ja«, blaffte er. »Was sollte das denn!«

Nils stand in der Ecke. Erst jetzt bemerkte Alex Ataciaru, Chloes Husky. Laut Jen waren die beiden unzertrennlich.

»Ich bringe Essen.« Mit strahlendem Gesicht hielt Nils zwei Taschen in die Höhe. Nun ja, er versuchte es. Sie waren eindeutig zu schwer für den Knirps.

Alex seufzte und ärgerte sich, dass er ihm einfach nicht böse sein konnte. Er nahm die Taschen entgegen.

»Hey, wieso sind die Kekspackungen leer?«

Nils zuckte mit den Schultern und wischte verstohlen einen Krümel aus seinem Mund. Kyra kicherte und verwuschelte dem Zwerg die Haare. Verärgert realisierte Alex, dass er nun ganz offensichtlich – als derjenige mit der meisten Reife – das Vorbild sein musste.

»In der Nähe von Feuer muss man sehr vorsichtig sein und darf keine Leute erschrecken. Auch wenn es Spaß macht«, erklärte er Nils. »Aportate Essenzstab!« Das magische Holz glitt zurück in seine Hand.

»Ich will ein Mellow«, forderte Nils.

»Iss zuerst eine Banane«, verlangte Alex aus Prinzip. Immerhin war die gesund.

Der Zwerg grabschte sich eine davon und sprang auf Kyras Schoß, die sich das gefallen ließ. Sorgfältig befreite er die Frucht von ihrer Schale, um sogleich in Kichern auszubrechen. »Jetzt ist sie nackig.«

Unweigerlich musste Alex lachen, verbot es sich aber kurz darauf. »So witzig ist das gar nicht.«

Neugierig schnüffelnd glitt Ataciaru durch den Raum. Natürlich besaß der Husky Intelligenz genug, um sich vom Feuer fernzuhalten. Wehmütig betastete Alex seine Augenbrauen. Oder die Reste davon. Ein kurzer Sanitatem-Zauber ließ die Brandwunde verschwinden, aber bei einem Blick auf sein Smartphone stöhnte er auf. Schwarze Stoppeln und Rußspuren zogen sich über die Brauen. Er sah aus wie ein Schornsteinfeger, der versehentlich in einen Kamin gefallen und in einem Feuer gelandet war.

»Befomme isch jetscht ein Mellow?«, fragte Nils mit bananenvollen Backen.

Mit einem Schwung seines Essenzstabes ließ Alex das Gitter über das Feuer schweben. Innerhalb weniger Augenblicke waren die Marshmallows knusprig. Kyra verteilte Spieße, sie begannen zu kauen.

In den letzten Tagen hatte das Castillo sich verändert. Tilda war so freundlich gewesen, Jen einen ganzen Packen Putzzauber mitzugeben, die Alex nacheinander ausprobiert hatte. Zugegeben, ein paar waren schrecklich missglückt. Nachdem eine Flutwelle Kyra durch das halbe Castillo gespült hatte – glücklicherweise hatte sie sich in einen Fisch verwandeln können –, hatte er auf weitere Putzzauber verzichtet. Gute alte Handarbeit hatte es getan. Mittlerweile glänzten jene Zimmer, die sie öfter benutzten, die alten Beete von Tilda grünten und blühten und die Küche war mit den notwendigsten Utensilien ausgestattet. Jen, Chris, Kevin, Max und Nikki hatten Geld von ihren Konten geholt, und gemeinsam mit Nikki hatten Alex und Kyra eine Shoppingtour veranstaltet. Es hatte doch etwas Praktisches, eine Sprungmagierin zum Freundeskreis zu zählen.

In den nächsten Tagen wollte Alex eine Menge Serien nachholen, die er in seiner Zeit als Zombie der Holding nicht hatte sehen wollen.

»Wie steht es im Castillo?«, fragte er den Knirps.

»Gefährlich«, flüsterte Nils. »Chloe ist viel bei dem alten Mann. Attu sorgt sich.«

Alex wuschelte dem Kleinen freundlich durch die Haare. »Weißt du, Chloe ist einfach im Stress. Aber wenn diese Sache mit dem Alten vorbei ist – ich muss Jen noch mal fragen, was genau da eigentlich passiert ist –, hat sie wieder Zeit für Attu. Ich meine, Ataciaru. Kannst du das sagen: A-ta-cia-ru. Moment, wo ist der eigentlich?«

Nils riss die Augen auf. »Attu?« Sofort hüpfte er von Kyras Schoß und flitzte aus dem Raum.

»So viel zu einem gemütlichen Abend. Hey, warte!« Er folgte Nils.

8

Verfolgungsjagd

Alex fühlte sich alt. Während Ataciaru längst verschwunden war, flitzte Nils wie ein wild gewordener Schlumpf durch die Gänge. Wo es nicht schnell genug ging, nutzte er seine Magie des Springens und ploppte von einer Treppe zur nächsten.

»Das ist so unfair.«

Mit einem Zischen sauste Kyra vorbei, die sich in einen Adler verwandelt hatte.

»Echt jetzt?«

Das viele Sitzen während seiner Zeit in der Holding hatte Spuren hinterlassen. Davon abgesehen war sein Körper noch immer geschwächt von dem Beinahe-Aurafeuer. Mit einem schnellen Schwenk seines Essenzstabes verpasste er Kyra einen Schimmer, der eine Farbspur in der Luft hinterließ.

Ataciaru wollte auf jeden Fall nach unten. Über die Galerie ging es zur Haupttreppe, von dort ins Erdgeschoss und weiter in den Keller des Castillos. Ein Ort, der sich bisher jedes Putzzaubers entzogen hatte. Vermutlich hatten die fetten Spinnen in ihren Netzen schon Jahrhunderte auf dem Buckel und der Staub beherbergte Mikroben der tödlichsten Art.

Ein Niesen erklang.

Alex beschleunigte seine Schritte und erreichte einen leeren Raum. Nils stand mit in die Hüften gestemmten Fäustchen an der Seite, während Kyra wieder ihre menschliche Gestalt angenommen hatte und ratlos auf Ataciaru blickte. Der Husky saß vor der dem Eingang gegenüberliegenden Wand und starrte sie an.

»Was genau tut er da?«, fragte Alex.

»Keine Ahnung«, gab Kyra zurück.

»Kannst du ihm kein Haar ausrupfen und seine Gestalt plus Erinnerungen annehmen?«

Er wurde mit einem Blick bedacht, als habe er den Verstand verloren. »Natürlich nicht. Das ist ein Wächterhund von Antarktika.«

»Aha. Klar. Und was tut der heilige Wächterhund von Antarktika hier? Will er die Wand zum Einsturz bringen?« Alex lachte, wurde aber sofort wieder ernst. »Das kann er doch nicht, oder?«

»Doch, bestimmt«, war Kyra überzeugt. »Er ist ein Wächterhund von ...«

»Jaja.« Alex winkte ab. »Hey, Kleiner, was macht Attu da? Ich meine, Ataciaru.«

Nils behielt seine Fäustchen in den Hüften und ging mit gewichtiger Miene um den Husky herum. Immer wieder nickte er weise. Schließlich kam er zu Alex und blickte von unten herauf. »Weiß' nicht.«

»Gehen wir doch einfach ans Lagerfeuer zurück und essen Marshmallows, hm? Ich wäre beinahe gestorben, das habe ich mir verdient.«

Ataciaru machte einen Satz und verschwand in der Wand.

Verblüfft starrten sie alle an die Stelle.

»Ich sage ja, er ist ein Wächterhund«, kam es nur von Kyra.

Nils hingegen tat das, was er immer tat. Er rannte dem verdammten Hund einfach hinterher und verschwand ebenfalls in der Wand.

»Das ist doch ...« Alex seufzte genervt. »Man spricht sich normalerweise in einem Team ab!«

»Schnell, sonst passiert ihm noch etwas.« Kyra hechtete ebenfalls in die Wand.

»Ich bin der einzig Normale hier. Wo ist Jen, wenn man sie mal braucht?« Er schwang seinen Essenzstab. »Contego.« Eine schimmernde Schutzsphäre erschien um ihn herum.

Auf diese Art ausgestattet, trat er durch die Wand. Jemand hatte sich wirklich Mühe mit der Illusionierung gegeben, jedoch keinen manifesten Widerstandszauber verankert. Es war quasi nur Luft an der Stelle, die aussah wie eine Wand. Dahinter wartete eine Wendeltreppe. Natürlich waren Ataciaru, Nils und Kyra bereits nach unten gerast. An den Wänden hingen Bernsteine in Gittern, die in verschiedenen Farben funkelten. Vermutlich nicht allzu lange, bedachte man, dass der Wall Essenz aufsog wie ein ausgetrockneter Schwamm.

Instinktiv schloss Alex die Finger fester um seinen Essenzstab. Johanna hatte diesen nach dem Vergessenszauber mitgenommen, doch Jen hatte ihn geborgen. All die Zeit in der Holding hatte er eine tiefe Leere empfunden. Jetzt, wo der Stab wieder bei ihm war, war das Gefühl verschwunden.

Das untere Ende der Treppe kam abrupt. Beinahe wäre Alex gestolpert und in Kyra, Nils und Ataciaru hineingerannt, die nebeneinander Position bezogen hatten.

»Vielleicht könnt ihr das nächste Mal warten!«, motzte er, obgleich sein Blick längst die Umgebung absuchte und seine Augen sich weiteten. »Was ist das?«

Offensichtlich war es ein Dom. Ein ziemlich großer sogar.

Regale und Ablageflächen wuchsen überall in die Höhe. Seltsam anmutende Gegenstände lagen herum, die Alex an die Apparaturen von Agnus Blanc erinnerte. Er erkannte Hexenholz, Chrom, Himmelsglas und Bernstein. Dazu ein dunkles Metall, das wie Noxanith aussah. Es war definitiv in die Zeitmaschine von H. G. Wells verbaut gewesen.

Exakt im Zentrum des Raums, also im Mittelpunkt des Castillos, gab es einen Altar. Ohne auf die anderen zu achten, ging er näher. In die Oberfläche war eine durchsichtige Halbkugel eingelassen. Es gab eine horizontale Aussparung, neben der ein Zylinder stand. Er gehörte eindeutig in besagte Aussparung und bestand aus Himmelsglas, das oben und unten mit Chrom versiegelt worden war. Das Innere war leer.

Oben an der Decke hing ein identischer Altar, aus dem ebenfalls eine Halbkugel hervorragte.

»Alex!«, rief Kyra. »Schau.«

Er sah in ihre Richtung und folgte ihrem Blick. Magische Symbole waren auf dem Boden angebracht und bildeten einen Kreis. Sie leuchteten, erzeugten eine wabernde Barriere in der Luft. Im Inneren schwebte etwas, ein Klumpen.

»Hast du so was schon mal gesehen?«, fragte Kyra.

»Nope«, gab Alex zurück. »Aber ich bin ja auch noch nicht so lange Magier. Nur etwas mehr als ein Jahr. Ein Neuerweckter quasi.«

»Wirklich?«, fragte Kyra verblüfft. »Aber in deinem Geist war so viel Wissen.«

Er nickte, ließ das unbekannte Ding aber nicht aus den Augen. »Auf der Traumebene hat Jules Verne mir geholfen. Ich durfte dort lernen. Ich kenne jetzt ein paar ziemlich coole Zauber. Quasi ein Studium im Schnelldurchgang.«

»Aber in diesen Büchern stand nichts über so was?«

Er schüttelte den Kopf. »Nein, aber etwas über Bannkreise. Man soll sich niemals einem nähern, denn die Folgen können verheerend sein. Je nach Stärke und verwendetem Zauber. Wir müssten zuerst einen Agnosco durchführen, um Stärke und Konsistenz der Barriere zu prüfen. Ein Schutzamulett wäre auch nicht schlecht. Ich frage mich, woher die Magie des Kreises ihre Kraft bezieht, immerhin hat der Zauber, der das Castillo entmaterialisiert hat, alles an Essenz abgezogen.«

Kyra verschränkte die Arme und blickte abschätzig auf den Bannkreis. »Ich kenne mich damit gar nicht aus. Meine ersten Lebensjahre habe ich als Anastasia Romanow verbracht und nicht einmal gewusst, dass ich ein Wechselbalg bin. Erst später haben sie es mir gesagt. Dann kam auch schon das Ende. In meiner Zeit in Paris wollte ich nur unsichtbar bleiben, daher habe ich mich kaum um Magie gekümmert.«

Als Wechselbalg konnte Kyra zwar ihre Gestalt verändern, aber keine Zauber wirken. Sie besaß weder Sigil noch Essenz. Nur wenn sie einen Magier vollständig kopierte, inklusive dessen Erinnerung, vermochte sie zu zaubern.

Ein Zupfen lenkte Alex' Aufmerksamkeit nach unten. »Was ist, Zwerg?«

»Darf Attu das?«

Der Husky setzte zum Sprung an.

»Nein!«, brüllte Alex.

Ataciaru sprang in den magischen Kreis. Oder versuchte es. Doch eine unsichtbare Kraft hielt ihn zurück. Goldenes Licht explodierte – und löschte Alex' Bewusstsein aus.

9

Bis zum Tod

Stöhnend richtete Alex sich auf. Jeder Knochen im Leib tat ihm weh. Warum hatte er eigentlich unbedingt wieder Magier sein wollen? Zufrieden stellte er fest, dass sein Essenzstab neben ihm lag und sah sich um. Das Licht hatte ihn in der Küche des Verlorenen Castillos abgesetzt, wenn auch nicht sehr sanft.

»Kyra! Nils! Attu … Ataciaru!«

Keine Antwort.

Skeptisch überprüfte er die Einrichtung. Da stand sogar seine Kaffeetasse vom Morgen, es war also tatsächlich das Castillo.

»Was für ein idiotischer Schutzmechanismus.« Kopfschüttelnd verließ er den Raum. »Ich kann doch jetzt einfach wieder nach unten gehen.«

Trotzdem blieb er vorsichtig. Mit Magie war nicht zu spaßen. Damals, als er mit Jen das erste Mal hier im Verlorenen Castillo gewesen war, hatte er sich mit einem ziemlich üblen Artefakt herumschlagen müssen, das beinahe Jen getötet hätte. Die Erinnerung an die surreale Realität, die er dadurch miterlebt hatte, blieb ihm unvergessen.

Falls die anderen auch hier irgendwo abgesetzt worden waren, würden sie bestimmt auch wieder zum Keller zurückkehren. Ein wenig nervte es ihn, dass Kyra keinen Kontaktstein besaß. Er griff nach seinem und lauschte. »Jen? Hier ist etwas passiert. Du hast doch gesagt, ich soll dich benachrichtigen, wenn etwas Seltsames geschieht, das nicht von mir verursacht wurde.«

Keine Antwort.

Seltsam, normalerweise machte sie ihm sofort einen Vorwurf und wollte dann Details wissen.

Vor ihm tauchte der Abgang zum Keller auf.

Der Schatten schoss so schnell heran, dass Alex nicht mehr reagieren konnte. Ein Schlag traf ihn und schleuderte ihn zum zweiten Mal an diesem Tag durch die Luft …

… Kyra öffnete die Augen und war wach. Glücklicherweise benötigen Wechselbälger keinen Übergang vom Schlaf ins Wachbewusstsein. Das hatte ihr in Paris vor dem zweiten großen Krieg mehrfach das Leben gerettet. Tanzende Frauen wurden von manch einem Mann als Freiwild gesehen und sie hatte das ein oder andere Mal sehr nachdrücklich verdeutlichen müssen, dass sie nicht hilflos war.

»Alex! Nils! Attu … Ataciaru!«

Keine Antwort.

Kyra sah sich wachsam um, doch sie konnte keinen Feind ausmachen. Ein sehr ungewöhnlicher Zauber, wenn auch effektiv. Hätte er mehr Stärke besessen, hätte er sie womöglich über viele tausend Kilometer in alle Himmelsrichtungen verstreut.

Sie ließ ihre Nase zur Schnauze eines Jagdhundes werden und versuchte, die Fährte von Alex aufzunehmen. Er sonderte eine Mischung aus herbem Duschgel, Keksen und Marshmallows ab. Ja, da war er. Sie verließ das Turmzimmer, in dem sie gelandet war, und stieg die Stufen hinab. Immerhin ging es ihm gut. Sie mochte Alex. Jeder mochte ihn. Ganz besonders Jen, das konnte Kyra sehen, spüren und wahrnehmen.

Menschen waren manchmal seltsam, wenn es um Paarungsrituale ging. Alex und Jen schienen ihrer Liebe sehr laut und untermalt von zahlreichen Beleidigungen Ausdruck zu verleihen. Ob sie sich auch irgendwann prügeln würden?

Kyra erreichte die Eingangshalle und sah bereits den Abgang in den Keller, als das Monster auftauchte. Blitzschnell huschte sie in den Schatten.

Die Haut der Kreatur war ledrig schwarz, nadelspitze Zähne blitzten zwischen den Lippen hervor. Immer wieder stieß sie ein lautes Röhren aus und blickte sich aus eitrig-gelben Augen um.

Das also hatte der Zauber getan.

Er hatte sie getrennt, damit sie gegen die Kreatur keine Chance hatten. Aber Kyra konnte sich wehren – und gnadenlos sein. Es ging um ihr Leben. Und das von Alex, Nils und Ataciaru. Ihre Freunde zählten auf sie.

Erbarmungslos griff sie an …

… Alex krachte gegen die Wand der Halle und fiel zu Boden. Seine Jeans wies Risse auf, sogar seinen Hoodie hatte es erwischt. Seine Stirn pochte und sandte Schmerzwellen durch den Schädel. Heute war nicht sein Tag. Im Reflex wollte er seine Augenbrauen betasten, ließ es aber.

»Contego!« Die Schutzsphäre manifestierte.

Der Schatten, der ihn angegriffen hatte, glich einem wimmelnden Schwarm aus tausend Fliegen, der rasend schnell Position und Form änderte.

»Potesta!«

Alex schleuderte Kraftschläge, doch das Wesen war zu schnell. Seine Form schien sich beständig zu verändern, geradezu flüssig zu werden. Mal gingen die Kraftschläge einfach vorbei, mal durch den Schwarm hindurch.

»Gravitate Destrorum!« Sein Essenzstab schuf das Symbol fast von alleine. Dank Jules Verne bestand die Gefahr nicht länger, dass er das ererbte Wissen von Mark verlor. Er hatte es in zahlreichen Studien gefestigt und erweitert. Gefühlt war Alex viele Monate auf der Traumebene gewesen.

Der Zauber entfaltete gerichtete Gravitation, die das Wesen attackierte. Tatsächlich, es funktionierte. Der Schwarm zerfaserte, wurde abgedrängt und flog durch die Halle. Wuchtig donnerte das Wesen auf den Boden, was Alex zu einem triumphierenden Grinsen verleitete. »Jetzt sind wir quitt. Potesta Maxima.« Der maximale Kraftschlag traf das Wesen. »Ignis Aemulatio.« Flammen umloderten die kleinen Kreaturen. »Ulcerus.« Der Schwarm summte, als Alex Wunden hineinschlug.

Heiße Wut pulsierte durch seine Adern. So leicht würde er sich nicht mehr besiegen lassen. Nie wieder. Von keinem Monster und von keiner Johanna. Die Flammen des magischen Feuers loderten stärker.

Der Schwarm schrumpfte.

Und wuchs explosionsartig wieder an. Ein Surren erklang, dann war das Wesen heran. Tausendfach prasselte es gegen die Contego-Sphäre. Schon zeigten sich erste Risse, brach der Schutz in sich zusammen. Gewaltige Klauen aus Schwärze packten ihn, pressten ihn gegen die Wand. Ein Zischeln folgte, wie aus den Kehlen Tausender Kreaturen, die der Hölle entstiegen waren.

Eine der Klauen wuchs zu einer Klinge.

Im letzten Augenblick konnte Alex sie parieren, sonst hätte die Spitze ihn durchbohrt. Er wollte einen Zauber rufen, doch ein Teil der Schwärze legte sich über seinen Mund, wie eine glitschige Zunge. Kein Wort brachte er mehr hervor. Der Essenzstab flog davon, seine Hände wurden umschlungen. Die Kreatur schien überall zu sein.

Angst peitschte durch Alex' Adern. War er nur gerettet worden, um hier zu sterben? ...

... Kyra triumphierte. Das Monster war besiegt. Es hing an der Wand, konnte nicht länger Säure aus seinen Mandibeln verspritzen oder mit der messerscharfen Klinge hantieren. Sie hatte ihren Körper bis ans Limit verändert, presste dem Wesen eine Flosse auf den Mund und hielt seine Hände mit den Oktopustentakeln gebunden.

Nicht jeder Wechselbalg war derart wandelbar. Viele konnten nur Menschen kopieren. Doch eine Masseänderung benötigte ein perfektes Verständnis der magischen Gesetze und ein intuitives Verändern der ungebundenen Struktur der Magie.

Sie vermochte es zu tun.

Glücklicherweise waren Nils und Ataciaru noch nicht aufgetaucht, sie sollten nicht mit ansehen, was jetzt kommen würde. Kyra bildete ihre rechte Hand zu einer Klinge aus, während die linke das Monster noch immer festhielt. Für einen kurzen Augenblick war der Mund des Wesens wieder frei. Es brüllte, schon bildete sich erneut das Gift, das es auf sie sprühen würde. Es brannte wie Flammen und verursachte tiefe Wunden. Doch diesmal nicht. Sein Panzer war gebrochen.

Mit einem schmatzenden Geräusch drang die Klinge in den Körper der Kreatur ein. Ein Schrei erklang. Ein zweiter folgte. Pure Lava schien Kyras Haut zu verbrennen.

Die Illusion kollabierte.

10

Eine Floßfahrt, die ist lustig

Sie materialisierten in Rundu. Die Hitze schlug über ihnen zusammen, wie die erhitzte Luft in einer Sauna. Als Hauptstadt der Region Kavango-Ost war Rundu die zweitgrößte Stadt Namibias.

Wie nach jedem Sprung überprüfte Alfie den Sitz seines Essenzstabes im Etui und betrachtete den Siegelring an seinem rechten Ringfinger, der ihn davor warnte, wenn die Essenz zur Neige ging. Natürlich konnte er notfalls die in den Essenzpartikeln gespeicherten Reste aus seinem Körper in den Stab leiten, was jedoch zur Folge hatte, dass er Magie nicht mehr sehen konnte. Aus diesem Grund hatte er sicherheitshalber die Pilotenbrille in seinem Rucksack verstaut.

»Das ist so cool«, sagte Jason gerade. »Wir sind drei Abenteurer.«

Alfie musste über die Euphorie des Freundes lachen. Sie trugen alle schwere Boots, Cargo-Hosen und Hemden – im Falle von Madison eine Bluse. Ein typischer westlicher Abenteurerlook. Bedachte man, dass es gut fünfunddreißig Grad Celsius waren, hätte er gerne leichtere Kleidung getragen. Doch Moriarty hatte ihnen einen langen Vortrag über die Gefahr von

Schlangen und Stechmücken gehalten. Trotz Magie wusste man nie, was einen erwartete.

»Stets das Schlimmste annehmen«, hatte er ihnen als Motto mit auf den Weg gegeben.

Rundu erwies sich als dicht bebaute Stadt, in der die Menschen lärmend auf dem Bürgersteig flanierten und Autos die Straßen verstopften. Die Armut der Bewohner war überall sichtbar, trugen sie doch einfache Kleidung, die Autos waren alt, die Häuser heruntergekommen. Trotzdem gab es eine ausgebaute Infrastruktur, auf den meisten Gesichtern lag ein Lächeln und die Stadt quoll vor Leben nur so über. Sie würden einen Weg finden, davon war Alfie überzeugt.

»Unfassbar«, ärgerte Jason sich. »Schaut euch nur an, was die westlichen Industrienationen hier angerichtet haben. Überall Armut. Zuerst haben sie den Kontinent unter sich aufgeteilt und Kolonien errichtet, dann sind sie abgehauen und haben sie wirtschaftlich ausgebeutet.«

»Aber jetzt …«, machte Alfie den Fehler, zu einem Widerspruch anzusetzen.

»… vermüllen die Strände und Kinder verbrennen Gummireifen auf Mülldeponien. Du willst nicht, dass ich weiter aufzähle, was wir diesen armen Menschen angetan haben!«

Nein, wollte er nicht. Es war eine Diskussion, die er nicht gewinnen konnte, weil Jason recht hatte. Allerdings neigte der Freund etwas zu stark dem Extremen zu, wie Alfie fand.

»Okay.« Madison klatschte in die Hände. »Wenn du lieb bist, darfst du nachher einen Wackerstein in ein Schaufenster westlich dekadenter Ladenbesitzer werfen, okay?«

Jasons Sommersprossen leuchteten vor Wut. »Das ist nicht lustig!«

Doch Madison ignorierte ihn und ging einfach weiter. Sie

hatte den Kompass an sich genommen. Die Spitze zuckte und zitterte, passte ihre Ausrichtung immer wieder leicht an.

Sie ließen den Stadtkern hinter sich.

»Da lang«, kommentierte Madison.

Sie folgten einem Straßenlauf. Stromkabel liefen über einfache Holzaufbauten entlang, die Mülltonnen quollen über. Fliegen summten, die Hitze brachte die Luft über dem Asphalt zum Flimmern.

»Boah, das ist heftig.« Jason kam als Rothaariger mit bleicher Haut nicht gut mit Hitze klar.

»Zauber dir doch ein wenig Abkühlung«, schlug Alfie vor.

»Nichts da. Moriarty hat schon recht, wir müssen vorsichtig sein. Wenn jemand die Magie ortet, haben wir sofort Begleitung. Das muss nicht sein.«

Im Gegensatz zu Alfie, der alles etwas lockerer nahm, war Jason stets vorsichtig. Vermutlich kam hier seine Vergangenheit zum Tragen.

Vor einigen Tagen, nach intensivem Sex, waren sie alle etwas melancholisch geworden. Während Madison von den Anfeindungen erzählt hatte, die sie aufgrund ihrer Hautfarbe erdulden musste, war Jason auf seine Zeit als unschuldiger Nimag zu sprechen gekommen. Vor einem Schwulen-Nachtclub hatte man ihm aufgelauert und ihn zusammengeschlagen. Eine Woche hatte er im Koma gelegen, danach Monate gebraucht, um wieder zu sich selbst zu finden. Doch er war nicht zerbrochen, im Gegenteil. Wut trieb ihn seitdem an. Auf alles, was auf Ausgrenzung, Unterdrückung und Machtmissbrauch hinauslief.

In solchen Augenblicken vergaß Alfie die Wut auf seinen Bruder oder die Traurigkeit über den Tod seines Dads. Was Madison und Jason erlebt hatten, übertraf alles, was er hatte erleiden müssen.

»Die Nadel zeigt zum Wasser«, sagte Madison und riss Alfie damit aus seinen Gedanken. »Das ist der Okavango River.«

»Da steht eine Bootsfahrt an.« Alfie grinste freudig. »Magier zu sein ist toll. Vorher bin ich nie über London rausgekommen, aber jetzt sehe ich so viel mehr von der Welt.«

»Von der Arktis bis Afrika«, kommentierte Jason.

Sofort zog sich ein Schauer über Alfies Rücken. An das Erlebnis auf dem magiefreien eisigen Kontinent wollte er lieber nicht erinnert werden.

»Dort vorne kann man ein Floß mieten«. Madison deutete zu einem Mann, der in der Sonne döste. »Mit Führer.«

»Das kriegen wir hin.«

Ein kleiner Suggestivzauber genügte und sie bekamen das Floß ohne Führer. Da sie nicht vorhatten, es wieder zurückzubringen, drückte Madison dem Mann genug Namibia-Dollar in die Hand, dass er sich ein neues kaufen konnte. Jason ergänzte das um ausreichend Mittel, sodass er sich vier neue Flöße zu kaufen vermochte.

»Du musst es auch immer übertreiben«, tadelte sie ihn.

»Wir haben doch genug«, blaffte er zurück. »Der arme Mann nicht.«

Alfie blendete den üblichen Streit der Freunde aus. Zwar hatte der Nimag ihnen ein Paddel mitgegeben, doch ein leichter Zauber hielt das Floß ganz von selbst im Zentrum des Okavango River. Die Strömung trug sie mit sich. Gemütlich saßen sie auf der einfachen Holzbank und betrachteten die Landschaft.

Weite Steppen wurden abgelöst von dichter Vegetation, Wildtiere grasten oder dösten in der Sonne. Alfie sah Zebras und sogar Elefanten, in den hohen Baumwipfeln turnten Affen. Er keuchte erschrocken auf, als sie an einer Horde Nilpferde vorbeitrieben, von denen sich eines gestört fühlte und kräftig röhrte.

»Angst, Baby Kent?« Madison grinste liebevoll.

»Ich? Nie!«

Immerhin, die Krokodile blieben ungefährlich. Sie glitten vorbei wie unscheinbare Hölzer, die von der Strömung getrieben wurden. Auch die Wasserschlangen machten keinen Versuch, auf das Floß zu gelangen. Trotzdem war Alfie froh, dass sie magische Utensilien bei sich trugen und im Notfall Zauber zur Verteidigung einsetzen konnten.

Für einen gewöhnlichen Nimag ohne Magie – nun, genau genommen war er das ja auch – konnte eine solche Bootsfahrt lebensgefährlich werden.

Die Stunden zogen ins Land. Mal genossen sie die Stille, mal kam es zu lautstarken Diskussionen über den Rat, die Lichtkämpfer oder Moriarty. Jason warf ein paar nimag-politische Dinge ein, Alfie erzählte von seinem Leben daheim in London.

»Wartet mal«, sagte Madison irgendwann. »Hier müssen wir an Land.«

Sie deutete auf eine weite kahle Fläche.

»Das sieht nach einem Marsch aus«, kommentierte Jason und schwang seinen Essenzstab.

Das Floß glitt ans Ufer.

»Was ist denn das?« Madison starrte auf den Kompass. »Die Nadel hat sich eingeklappt.«

Alfie lachte lauthals. »Okay, interessante Funktion. Hat sie keine Lust mehr, oder …«

»Wir sind da«, ergänzte Jason.

Alfie folgte seinem ausgestreckten Finger mit dem Blick. »Wow. Was ist das?«

11

Die Träne von !Nariba

»Eine Dimensionsfalte«, erwiderte Madison. »Eindeutig.« Die Luft flimmerte, als bestünde die gesamte Ebene aus Asphalt, der vor sich hin kochte. »Die Illusionierung ist perfekt, oder besser: Das war sie einmal.«

»Du meinst, das hier sollte eigentlich unsichtbar sein?«, fragte Alfie. »Ohne Flimmern?«

Er hatte bisher erst einmal ein Portal zu einer Dimensionsfalte genutzt und das war absolut unscheinbar gewesen. Dieses hier hatte Ähnlichkeit mit einer Contego-Sphäre, wenn auch einer farblosen.

»Es ist mehr als das.« Jason kniff die Augen zusammen und nutzte ganz offensichtlich seinen Weitblick. Keine gute Idee, denn sofort hielt er sich den Kopf. »Verdammter Wall. Diese Schmerzen werden immer schlimmer. Bald können wir den Weitblick gar nicht mehr gebrauchen.« Er massierte seine Schläfen. »Ich kann Bäume und Sträucher erkennen, aber immer wieder unterbrochen von einem dichten Schimmer.«

»Die Dimensionsfalte ist näher an die Wirklichkeit herangerückt, nimmt den Platz aber noch nicht wieder ein«, fasste Madison ihre Überlegungen zusammen. »Was auch immer wir suchen, es befindet sich da drinnen.«

Alfie ging näher heran, streckte die Hand aus und ließ seine Finger durch das Flimmern gleiten. Er spürte keinen Widerstand. »Absolut nichts.«

»Das könnte sich ändern, wenn die Magie weiter gedämpft wird.« Jason schürzte die Lippen. »Wo soll das noch enden?«

Madison ließ ihren Essenzstab durch die Luft gleiten. Ein hell loderndes Symbol erschien. »Aditorum.«

Der Enthüllungszauber tat umgehend seine Wirkung. Ein Loch bildete sich in der Luft, ein Durchgang, der in dicht bewaldetes Gebiet führte.

Nacheinander betraten sie die Dimensionsfalte.

Uralte Bäume mit gewaltigen Wurzeln wuchsen in die Höhe. Ihr Geäst war von dichtem Grün und tauchte den Boden in Schatten. Die Luftfeuchtigkeit war so intensiv, dass Alfie umgehend zu schwitzen begann. Tiergeräusche drangen aus dem Unterholz hervor, zu sehen war nichts.

Neben ihm atmete Madison scharf ein.

»Was ist?«, fragte er.

»Das sind keine gewöhnlichen Bäume«, flüsterte sie, als sei dies ein kostbarer, erhabener Moment, der nicht durch laute Stimmen gestört werden durfte.

Alfie ließ seinen Blick über die Rinden der Bäume wandern. Sie waren dunkel, durchsetzt von silbrigen Sprenkeln. Er machte einen Schritt auf einen der Bäume zu und zuckte zusammen. Die Bernsteinpartikel in seinem Blut schickten einen warmen Schauer durch seinen Körper. Erst jetzt nahm er die feinen, silbrigen Gespinste wahr, die über ihm in der Luft schwebten.

»Das sind Hexenholzbäume«, begriff auch Jason, seine Augen weiteten sich. »Aber … dann muss das hier das legendäre Herz des Waldes sein.«

»Das was?«, hakte Alfie nach.

»Baby Kent, du musst noch viel lernen. Hexenholz mag heutzutage in fast allen magischen Apparaturen enthalten sein, aber es ist edel, kostbar und selten. Es gibt nur einen Ort in Afrika, an dem es geerntet werden kann. Händler ziehen durch die Welt und verkaufen es den magischen Häusern, dem Castillo und den Essenzstabmachern. Doch die Händler gehören dem Stamm an, der das Holz abbaut. Sie alle sind verbunden durch einen Blutzauber.«

»Weswegen niemand verrät, wo sich das Herz des Waldes befindet«, brach es aus Jason heraus. »Verstehst du? Vor dem Wall setzten einige Fürsten die Hexenholzhändler gefangen und folterten sie sogar. Typisch für Diktatoren.«

»Jason«, sagte Madison nachdrücklich.

»Ist ja gut. Auf jeden Fall verrieten die Händler selbst unter schrecklichster Folter nicht, wo der Ursprung des Hexenholzes sich befindet. Sie konnten gar nicht. Denn ein Blutschwur bindet sie absolut. Das fand man natürlich erst später heraus, nachdem die Händler aus Habgier niedergemetzelt worden waren. Was für die Nimags heute Elfenbein ist, war für die Magier Hexenholz.«

»Und wir stehen jetzt in diesem Herz des Waldes?«, fragte Alfie. Seine Stimme war nicht mehr als ein Hauch.

»Sieht so aus«, bestätigte Madison. »Es gab eine oder zwei sehr alte Zeichnungen dieser Bäume, ansonsten nur Gerüchte. Schwarz, mit silbernen Sprenkeln. Und aus ihnen heraus entstehen Gespinste aus reinster Essenz, die durch die Luft gleiten.« Sie deutete nach oben.

»Sie sind so schön. Alles hier ist so unglaublich schön.« Alfie legte seine Handfläche auf die Rinde. »Sie ist warm. Ich kann die Magie im Inneren spüren, als wäre sie lebendig.« Pure Essenz durchflutete seine Adern.

»Vorsicht, Baby Kent«, stoppte ihn Madison. »Denk dran, dass du die Bernsteine allzu leicht überladen kannst. Das wollen wir doch nicht.«

»Was passiert denn dann?«, fragte Jason.

»Aurafeuer«, erklärte Alfie. »Bei euch Magiern passiert es, wenn ihr eure Aura verbraucht. Bei mir, wenn ich zu viel Essenz aufnehme und die Bernsteinpartikel sie nicht mehr speichern können. Jeder hat sein Kryptonit.«

Alfie verschränkte die Arme und wandte sich ab. Der Comicliebhaber in seiner Familie war sein Dad gewesen. Er hatte die Leidenschaft an Alex weitergegeben, war aber gestorben, bevor Alfie Interesse dafür entwickeln konnte. In seiner Kindheit hatte er immer aufgesehen zu seinem Bruder, hatte ihn geliebt und alles für ihn getan. Später hatte Alfie öfter Mist gebaut, ja, das musste er zugeben, aber Alex war immer da gewesen.

Erst durch Moriarty hatte er erfahren, dass sein Bruder in Wahrheit ein Killer war, seine Familie nur Fassade. Alfie und seine Mum waren für Alex lediglich eine Maske, die ihn vor der Offenbarung schützte.

Und das war nicht alles.

Moriarty hatte ihm offenbart, dass Alex schuld am Tod seines Dads war.

Die altbekannte Wut kochte wieder in ihm hoch. Er wollte seinen Bruder in der Luft zerfetzen. Versucht hatte er es bereits, doch der Kampf auf Iria Kon war zugunsten von Alex ausgegangen. Beim nächsten Zusammentreffen würde das anders sein. Alfie vergrub sich in jeder freien Minute in der Bibliothek der *East End*, trainierte mit den anderen oder bastelte an eigenen Artefakten herum. Moriarty hatte ihm ein paar alte Aufzeichnungen von Agnus Blanc besorgt, die äußerst hilfreich waren. Er hatte noch Schwierigkeiten mit der magischen Mathematik, aber es wurde besser.

»Baby Kent.«

»Was?!« Er fuhr zu Madison herum.

»Du glühst.«

Verblüfft sah Alfie an sich hinab. Tatsächlich. Sein Körper stand in magischen Flammen. Ein silbriges Lodern, wie er es noch nie zuvor gesehen hatte. Das war keinesfalls seine eigene Essenz. Er hatte einen Teil der Magie der Hexenholzbäume aufgenommen, oder genauer: Die Bernsteinpartikel hatten sie aufgesaugt.

»Schnell, leite einen Teil davon ab«, forderte Jason ihn auf.

Alfie zog seinen Essenzstab und übertrug die Essenz. Irgendwann war das magische Instrument wieder vollständig aufgeladen, die Flammen züngelten nur noch sanft. »Das ist verdammt viel Essenz.«

»Vergiss nicht, dass es sich um Hexenholz handelt«, sagte Madison nur.

Alfies Erwiderung ging in lautes Rascheln über. Innerhalb von Sekunden waren sie von afrikanischen Männern und Frauen umringt, die Speerspitzen auf sie gerichtet hielten. *Glühende Speerspitzen.* Ihre Blicke zuckten hin und her, taxierten die Eindringlinge.

»Okay Leute, keine schnelle Bewegung.« Madison legte ihren Essenzstab vorsichtig auf den Boden. »Jungs, Mädels: Schön, euch zu sehen. Wir kommen in Frieden.«

Alfie nickte eifrig.

Dann kippte er um wie ein gefällter Baum.

12

Du Essenzsäufer

»Baby Kent!«
Ein Schlag traf seine Wange.
Ruckartig fuhr Alfie in die Höhe. »Was?!«
»Du hast wohl ein wenig zu viel Essenz getrunken. Kleiner Essenzsäufer.« Madison reichte ihm einen Holzbecher, der mit eiskaltem Wasser gefüllt war.

Er trank ihn bis auf den letzten Tropfen aus. »Mir wurde plötzlich schwarz vor Augen.«

»Aus unserer Perspektive sah das eher aus wie eine explodierende Wunderkerze«, erklärte sie. »Glücklicherweise haben unsere neuen Freunde vom Stamm der Kuyakunga das nicht als Kriegserklärung verstanden.«

»Da bin ich ja froh«, krächzte er und hustete. »Können wir sie verstehen?«

Madison half ihm auf. »Sie sprechen fließend Englisch. Das sind keine Wilden, das sind hochintelligente Magier. Sie wollten sofort wissen, wer uns geschickt hat und ob wir Lichtkämpfer oder Schattenkrieger sind. Oh, noch was: Diese Illusionierung scheint normalerweise tatsächlich perfekt zu funktionieren, sie bezieht ihre Essenz nämlich aus den Bäumen.«

»Warum konnten wir sie dann sehen?«

»Der Kompass«, flüsterte Madison und tippte gegen ihre ausgebeulte Hosentasche. »Anscheinend ist die Sehnsucht von diesem Jackson sehr ausgeprägt.«

Vorsichtig steckte Alfie seinen Kopf aus der Hütte. Um ihn herum ragten weitere Behausungen empor, die sich organisch in die Natur einfügten. Erst die Hängebrücken machten ihn darauf aufmerksam, dass die Hütten sich in Baumwipfel schmiegten.

»Krass, oder?« Madison grinste. »Die leben quasi auf höchster Ebene. Eine Stadt in den Wipfeln der Bäume. Irgendwie ist das Geäst hier oben stellenweise zusammengewachsen und bildet gewaltige Plattformen. Dazwischen gibt es diese Hängebrücken. Ganz ehrlich, ich glaube, vorhin hat sich sogar jemand zwischen dem Geäst an einer Liane hindurchgeschwungen.«

»Tarzan?«

Madison schlug ihm gegen den Hinterkopf. »Auf jeden Fall jemand, der dir im Bett problemlos Konkurrenz machen könnte.« Sie zwinkerte. »Jetzt komm.«

»Wohin denn?«

Da sie ihm nicht antwortete, blieb Alfie keine andere Wahl, er folgte ihr. Sie verließen die Plattform und passierten eine Hängebrücke. Er sah kleine Kinder, die sich geschickt durch die Baumwipfel bewegten, ältere Männer und Frauen, die tief unter ihnen im Schatten von aufflammenden Lichtern hantierten, und bunt schillernde Blumen, die aus den Bäumen wuchsen. Sie passierten eine große Hütte, vor der Magier in Körperwandlung unterrichtet wurden. Kurz blieben sie stehen und sahen dabei zu, wie eines der Kinder vortrat und einen Trank zu sich nahm. Daraufhin saß ein junger Adler auf der Plattform, stieß sich ab und erhob sich krächzend in die Luft. Vor einer anderen Hütte trainierten muskulöse Männer und Frauen mit Kampfstäben, die in ihrer jeweiligen Essenzfarbe leuchteten. Egal ob Jung oder Alt, Mann oder Frau: Die Menschen trugen einfache Stoffhosen und Shirts, an ihren Füßen etwas, das Alfie für Mokassins hielt.

»Und die haben dich einfach allein zu mir geschickt?«, fragte Alfie.

»Klar. Was soll ich auch groß machen? Runterspringen und abhauen? Einer der Wächter hat mich begleitet und gesagt, ich soll einfach zurückkommen, sobald du wach bist.«

»Zurück wohin?«

»Zum Ratssaal. Na ja, eher eine Ratshütte.«

Viel mehr musste sie nicht sagen, denn sie steuerten bereits darauf zu.

Im Inneren wartete Jason, der zufrieden aus einem Holzbecher trank und sich mit einer Frau und drei Männern unterhielt.

»Ah, da seid ihr ja.« Er grinste über beide Ohren. »Die sind voll nett hier. Das sind die Ratsoberen.«

Alfie begrüßte die vier mit einem freundlichen Nicken.

»Ich bin Ka'uja«, stellte ein Mann in den Fünfzigern sich vor. Er trug das weiße Haar raspelkurz, seine Muskeln traten unter dem Shirt hervor.

»Ata'ja.« Eine Frau in den Vierzigern trat nach vorne. Ihr weißes Haar war schulterlang, besaß aber noch einzelne dunkle Strähnen.

»Ma'belo.« Ein Mann in den Dreißigern nickte freundlich. Seine braunen Augen musterten sie nacheinander. Er trug das schwarze Haar kurz geschnitten, wodurch es sich zu feinen Löckchen kringelte.

»Ki'len«, beendete ein junger Kerl in den Zwanzigern die Vorstellungsrunde. Er sprühte vor Energie und lächelte breit, was seine weißen Zähne betonte. Er hatte das Haar zu Rastalocken gebunden und bunte Fäden eingeflochten.

Die vier sanken auf bequeme Kissen. Alfie, Jason und Madison taten es ihnen gleich. Neben jedem Platz stand ein Becher, aus dem ein würziger Duft in Alfies Nase stieg. Er nahm einen vorsichtigen Schluck und war beeindruckt. Etwas Derartiges hatte er noch nie getrunken. Es tat nicht nur gut, sein Hunger war auch sofort gestillt.

»Wir begrüßen euch im Herzen des Waldes«, begann Ka'uja freundlich. »Der Weg steht nur jenen offen, die mit reiner Seele sehen. Allen anderen bleibt er verborgen.«

Alfie verzichtete darauf, ihnen zu erzählen, dass sie den Eingang mit einem magischen Artefakt gefunden hatten. Der Kompass befand sich in Madisons Tasche und sollte dort auch bleiben. Wer konnte schon sagen, was die vier damit anstellen würden, wenn sie ihn bemerkten.

»Es ist also wahr«, flüsterte Madison: »Das hier ist das Herz des Waldes.«

Ki'len nickte eifrig. »An diesem Ort leben wir im Einklang mit der Natur und der Magie des Ursprungs. Es ist eine Symbiose zwischen uns und den Hexenholzbäumen. Wo einst nur !Kxare stand, der erste aller Bäume, erwuchs das Herz. Wenn du möchtest, zeige ich dir gerne alles.«

»Das würde mir gefallen.«

Alfie konnte sich schon denken, wie die Führung enden sollte, wenn es nach Madison ging. Zugegeben, Ki'len war ziemlich attraktiv. Sein Lachen war einnehmend, der Körper gestählt, er wirkte intelligent. Alfie fragte sich, was die Kuyakunga von Polygamie hielten. Immerhin schienen sie, was körperliche Dinge anging, sehr offen zu sein. In den Blicken der anderen Ratsmitglieder las Alfie kein negatives Urteil über Ki'lens Flirt.

»Kommen wir jedoch erst zum wichtigen Teil«, lenkte Ka'uja das Gespräch wieder zum eigentlichen Thema. »Nach einer gewissen Eingewöhnungszeit werdet ihr mit unseren Bräuchen vertraut sein und könnt euch in der gesamten Stadt frei bewegen.«

»Das ist nett«, sagte Alfie. »Aber allzu lange wollten wir gar nicht bleiben. Es ist eher ein Bildungsbesuch.«

Nun wirkten die Ratsobersten doch ein wenig betroffen.

»Ich fürchte, das ist nicht verhandelbar«, erklärte Ma'belo immer noch freundlich. »Es wäre eine zu große Gefahr für das Herz des Waldes, wenn wir euch wieder gehen ließen. Andere könnten euch ausfragen. Ihr seid durch keinen Blutpakt gebunden.«

»Wir verraten nichts«, versicherte Jason.

»Ein Risiko, das wir nicht eingehen können.«

»Ihr wollt uns also mit Gewalt hier festhalten?«, hakte Alfie nach und spannte die Muskeln an.

»Keineswegs.« Ka'uja machte eine besänftigende Geste. »Jeder von euch hat den Trank zu sich genommen, der aus dem Wurzelsaft der Hexenholzbäume hergestellt wird. Wir haben ihn mit einem Zauber verwoben, der sich sofort entfaltet hat. Die schützende Hülle dieser Dimensionsfalte ist für euch nicht länger passierbar.«

Alfie starrte entsetzt auf den Holzbecher.

»Wir freuen uns darüber, mit euch gemeinsam zu leben«, verkündete Ata'ja mit einem gütigen Lächeln.

Am liebsten hätte Alfie ihr die Faust ins Gesicht gerammt.

Was Madison auch kurzerhand tat.

13

Ein alter Freund

Er war tot. Eindeutig. Es war durchaus passend, dass die andere Seite – das Elysium – ein Opernhaus war. Davon abgesehen waren seine Gedanken wieder klar und scharf, er spürte keine Schmerzen mehr, auch der Ausschlag war fort. Lächelnd sah Mozart sich um. Der Boden war mit einem edlen Teppich ausgelegt, die Wände mit brokatbesticktem Stoff behangen. Gemälde zeigten unbekannte Männer und Frauen, die freundlich zu ihm herablächelten.

Er fühlte sich wohl.

Einem unsichtbaren Sog gleich verspürte er einen Bewegungsdrang, der gänzlich untypisch für ihn war. Die Macht, die ihn hierhergeholt hatte, führte ihn weiter. Würde er ihn gleich kennenlernen? Oder waren es mehrere?

Mozart überließ sich dem Drang, eilte mit schnellen Schritten über den Teppich. Mit Freude stellte er fest, dass er in feinste Seide gekleidet war, die Lackschuhe waren dem Ort angemessen, natürlich trug er die weiße Perücke, wie er es auch im Leben bei derartigen Anlässen getan hatte.

Er bog von einem Gang in den nächsten ein und knallte frontal gegen eine Person. Verblüfft rieb er sich die Augen. »Nikodus.«

Die Antwort bestand in einem verärgerten Schnauben. »Für dich immer noch Nikodemus La Motte, mein lieber Mozart.«

Sie fielen sich in die Arme.

Die beiden hatten sich kennengelernt, als Mozart noch ein Knirps gewesen war und nicht in der Lage – oder willens, so genau konnte man das nicht sagen –, den Namen korrekt auszusprechen. Fortan hatte er es sich zur Aufgabe gemacht, die lustigsten Abkürzungen für den Namen Nikodemus zu finden. Aus unerfindlichen Gründen hatte sich der Freund am meisten über das simple Nikodus geärgert, nicht etwa über Musel oder Kodel. Über die Jahre hatte er es jedoch akzeptiert. Bis er gestorben war.

»Du bist also auch hier, im Elysium?«

Nikodemus schüttelte den Kopf. »Wie immer bist du ein wenig langsam, mein lieber Mozart. Das hier ist weder das Elysium noch das Leben nach dem Tod, wie es Nimags zuteilwird. Das hier ist die Zitadelle. Nun ja, ein Teil davon.«

Mozart schrak zusammen. Natürlich hatten die Legenden über jenen Ort, an dem die Unsterblichen ernannt wurden, sich bis zu ihm herumgesprochen. Doch sollte das etwa bedeuten …

»Ich werde zu einem Unsterblichen?«

»So ist es. Allerdings stimmt etwas nicht.« Besorgt blickte Nikodemus den Gang hinunter. »Du hättest den Saal längst erreichen müssen. Doch etwas hat deinen Weg gekreuzt. Merkst du nicht, wie sich alles verändert?«

Doch, das tat er.

Bisher eher unbewusst, doch jetzt sah Mozart sich genauer um. Der Putz der Wände bröckelte, überall zogen sich verästelnde Risse über die Oberfläche. Gemälde gab es gar keine mehr, stattdessen hingen Spiegel an deren statt. Dunkle Silhouetten zeichneten sich dahinter ab. Auch das Wohlgefühl war gewichen und hatte tiefer Beklemmung Platz gemacht.

»Was geht hier vor?«

»Ich weiß es nicht«, erwiderte der Freund. »Und das bereitet mir Sorge. Die Bewahrer der Zitadelle haben mich aus dir heraus erschaffen, damit du nicht alleine bist. Deine Ernennung zum Unsterblichen hätte im Opernsaal erfolgen sollen, doch etwas hat dich abgelenkt.«

»Das sagtest du schon.«

»Die Spiegel gefallen mir nicht. Aber gehen wir weiter.«

Was sollten sie auch sonst tun? Mozart wählte seine weiteren Schritte mit Bedacht, erwartete geradezu, dass etwas Überraschendes geschah. Noch immer war er verblüfft und erfreut gleichermaßen, dass er auserwählt worden war. Natürlich konnte er Magier noch immer nicht ausstehen, aber ein Unsterblicher war etwas völlig anderes. Absolut. Was auch immer sich ihm entgegenstellte: Er würde auch diese Prüfung meistern.

»Moment! Die Unsterblichen werden in unterschiedlichen Zeiten wiedergeboren, oder etwa nicht?«

»So ist's, Mozart, warum?« Nikodemus war so alt wie er, obgleich er bereits in der Blüte seines Lebens – mit sechzehn – gestorben war.

Kurz warf Mozart einen Blick in den Spiegel. Immerhin, er trug das Äußere eines zwanzigjährigen Mannes. Ganz so schlimm hatte es ihn also nicht erwischt.

»Wann kehre ich ins Leben zurück?«

Nikodemus seufzte. »Sei's drum. Es wird ein wenig später sein.«

»1900?«

»Noch etwas später?«

Mozarts Augen weiteten sich. »2000?«

»Plus minus 19 Jahre.« Nikodemus lächelte aufmunternd. »Eine schöne Zeit.«

»Wirklich?«

»Nun ja, sie bekriegen sich noch immer und Politiker schmieden Ränke, es ist alles wie immer. Die Musik hat sich gewandelt.«

Der seltsame Blick, den Nikodemus ihm zuwarf, behagte Mozart gar nicht. »Was bedeutet ›gewandelt‹, Nikodemus, sag's mir!«

»Mein lieber Mozart, es ist doch viel erquicklicher, wenn du das selbst herausfindest.«

Der Freund schritt zügiger aus und führte Mozart durch die Gänge. Es tat gut, nicht allein zu sein, das gab er gerne zu. Immer beängstigender wurde die Umgebung, bedrückender der Odem des Ortes. Die Risse an den Wänden waren breiter, verästelten sich einem Spinnennetz gleich. Dahinter waberte eine Schwärze, die ihre Klauen tief in Mozarts Seele grub.

»Und du führst mich zum Ausgang?«, fragte er.

»Aber Mozart, sei nicht albern. Das ist der Weg zum Opernsaal – oder das sollte er sein. Doch er scheint nicht zu enden und verzweigt, wo er das nicht tun darf. Ein Mysterium in einem Labyrinth, mein Bester.«

Was hatten sie nur für Streiche erlebt, der Nikodemus und er. In Kammern waren sie eingestiegen, um sich mit den wartenden Frauen zu vergnügen. Ein Labsal war ihre gemeinsame Zeit gewesen, jawohl. Der Tod des Freundes hatte ihn schwer getroffen.

»Wirst du auch zu einem Unsterblichen?«

Nikodemus lachte laut. »Aber Mozart, ich bin doch gar nicht wirklich hier. Ich komme von dort.« Er tippte auf Mozarts Herz. »Du brauchst mich, deshalb wurde ich ins Hier und Jetzt geholt, erschaffen aus deinen Erinnerungen. Wenn es vorbei ist, verschwinde ich erneut.«

»Leid tut's mir.«

»I wo! Das Nicht-Leben ist eine schöne Sache. So unbeschwert und ohne Bürde.«

»Ohne Musik.« Ein grausiger Gedanke. Mozart war froh, dass er auserkoren war, als Unsterblicher zu dienen. Möglicherweise konnte er der Welt damit erneut seine Opern angedeihen lassen. Ob die Fürsten dieser neuen Zeit empfänglich waren für seine Noten?

»Wurde er sehr berühmt, der Antonio Salieri?«, fragte er unbekümmert.

Nikodemus durchbohrte ihn mit seinem Blick. »Vergessen wurde der. Deine Musik aber nicht. Sie spielen sie noch in der neuen Zeit.«

»Wirklich?!« Die Worte erfreuten Mozarts Herz.

Gerade wollte er fragen, was aus seinem Constanzerl geworden war, als er den ersten Riss im Boden bemerkte. Noch während er darauf blickte, wuchs dieser in die Breite. Die Schwärze darunter schwappte bedrohlich, als sei es ein Meer aus todbringender Flüssigkeit, das ihn verschlingen wollte.

»Lauf, Mozart!«, rief Nikodemus.

Doch es war zu spät. Der Boden, die Wände, die Decke – alles zerbarst in einem Regen aus schwarzen Splittern. Mozart fiel …

14

Der Spiegelsaal

… und landete sanft auf einer weiten Ebene. Alles hier war dunkel, Blitze zuckten über das Firmament. Ein ungastlicher Ort. Mozart kam sich mit seiner weißen Perücke und der farbenfrohen Kleidung gänzlich fehl am Platze vor.

»Das ist der Spiegelsaal«, flüsterte Nikodemus ängstlich. »Hier werden die Dunklen ernannt.«

»Schrecklich«, stellte Mozart naserümpfend fest. »Kein Wunder, dass sie zu solch garstigen Gestalten werden. Aber wieso bin ich hier?« Ein schrecklicher Gedanke kam ihm. »Soll ich gar zu den Dunklen? Einer von denen werden?«

»Aber keineswegs«, versicherte Nikodemus. »Das hier sollte nicht sein. Da hat jemand gepfuscht. Vielleicht sogar absichtlich.« Seine Stimme wurde zu einem rauchigen Flüstern.

»Der Salieri«, sagte Mozart überzeugt.

»Jetzt hörst aber mal auf mit deinem Antonio!«, blaffte Nikodemus. »Der ist mausetot, ist der. Da war nichts mit Unsterblichkeit.«

»Aber wer spielt dann ein so schreckliches Spiel? Sag's mir!«

Überall hingen Spiegel in der Luft, hinter denen düstere Silhouetten in der Bewegung erstarrt waren. Der Hintergrund blieb verschwommen, er konnte die jeweiligen Orte nicht zuordnen. Kam er einem Spiegel näher, erwachten die Silhouetten aus ihrer Starre und stierten durch das Glas zu ihm herüber. »Das ist das Fegefeuer, ganz bestimmt.«

»Furchtbar.« Nikodemus hielt sich ganz nah bei ihm. Seine Nähe war Balsam für Mozarts Seele.

Ein Wispern hallte über die Ebene, wie aus tausend Kehlen. Doch hier war niemand. Was ging nur vor? Mozart fühlte sich in eine Oper versetzt, gefangen von grausigen Klängen und noch schlimmeren Bildern. War das hier seine Strafe fürs Rumhuren? Oder Saufen? Konnte es so sein? Womöglich war der endgültige Tod doch keine gar so schreckliche Sache.

»Schau nur«, Nikodemus deutete auf einen der Spiegel: »Der Schatten glüht.«

Ein feines Schimmern umgab die Silhouette, brachte Farbtupfer in die Tristesse hinter dem Spiegel.

»Mozart, begreifst du's nicht? Das sind Sigile.«

Verblüfft starrte er auf das Glas. Konnte das sein? Nur wenig war bekannt über die Quelle magischer Kraft. Die Essenzstabwedler machten ein Geheimnis darum, was nicht verwunderlich war. Doch Mozart konnte nicht glauben, dass so ein garstiger Schatten in einen Unsterblichen schlüpfte und … Oder doch?

»Das gefällt mir nicht.« Etwas Besseres fiel ihm nicht ein.

Nikodemus nickte nur bekräftigend, der Gute.

Doch wie kamen sie hier wieder heraus? Denn wenn die Herren dieses Ortes merkten, dass Mozart gar nicht hier sein sollte, wurde das sicher noch ungemütlicher. Gab es einen Ausgang? Genau diese Frage stellte er auch Nikodemus.

»Muss es ja. Wenn sie dich ernennen, kehrst du zurück ins Leben.«

»Aber sollten das nicht die im Opernsaal tun?«

»Egal.« Nikodemus winkte ab. »Hauptsache, du kannst am Ende abhauen. Und ich mit dir. Oder willst du in alle Ewigkeit hier herumirren?« Er machte eine ausladende Geste, die die Ebene und all die schwebenden Spiegel einschloss.

»Aber was soll ich tun?«

Die Antwort war ein Schulterzucken.

»Solltest du mir nicht helfen?«, blaffte Mozart.

»Sicher doch«, gab Nikodemus zurück. »Aber mehr auf eine seelisch-tröstende Art, mein lieber Mozart. Außerdem kenne ich mich doch hier auch nicht aus.«

»Dann müssen wir also austesten.« Neugierig trat er an einen der Spiegel heran. War diese Schwärze tatsächlich ein Sigil? Er wusste es nicht. Aber irgendwie musste er es ja herausfinden.

Vorsichtig streckte Mozart die Hand aus. Seine Finger berührten das kalte Glas.

Ein Gong hallte über die Ebene. Die Spiegel sausten in die Höhe, wurden zu flüssigem Glas und verschmolzen. Eine gewaltige Spiegelfläche entstand. Die Silhouetten verschmolzen, teilten sich wieder und manifestierten in zwölf Kutten tragenden Wesen. Sie standen im Halbkreis und glotzten Mozart an.

»Ist er ein Richtiger?«, wisperte einer der Schatten.

»Er ist anders als die anderen«, ein zweiter.

»Zu viel Licht«, der dritte.

»Mit Verlaub, so viel Licht ist gar nicht in mir«, erklärte Mozart freundlich, obwohl er vor Angst zitterte. »Das sind nur ein paar Reste. In Wahrheit bin ich dunkel. Das hat auch der Pfaffe nach meiner Beichte gesagt. Ich hure zu viel herum, saufe und spiele alle möglichen Streiche. Ich musste so viele Ave Maria beten, dass es zeitlich einfach nicht machbar war. Und meine Eltern gaben ständig in den Klingelbeutel.«

»Er spricht seltsam«, kommentierte einer der Schatten.

»Unverschämt«, ein anderer.

»Da ist etwas an ihm. Ein Sigil?«, ein dritter.

Mozart erschrak. Als hätte die Stimme einen Schleier weggewischt, konnte er es spüren. Das Sigil war bereits in ihn eingedrungen, vermutlich direkt bei seiner Ankunft im Opernhaus. Es waberte freundlich in seinem Leib, machte sich mit ihm vertraut und bildete neue Linien aus. Mozart konnte die Unschuld spüren, Energie und Kraft. Es wuchs heran und wurde zu einem Teil von Mozarts Ich.

»Das ist jetzt ein bisserl blöd«, sagte er. »Aber meine Damen und Herren Schatten, kein Unsterblicher sollte nach seinem Sigil beurteilt werden. Ich bestimme, wo es langgeht.«

»Jawohl«, stimmte Nikodemus zu, der Gute.

»Wirr!«, wiederholte der Schatten. »Doch wir sollten ihn testen.«

»Genau«, stimmte Mozart eifrig zu. »Wie sieht so ein Test denn aus?«

Sie ignorierten ihn. Zwischen den Schatten entspannte sich eine Diskussion darüber, ob man ihn testen sollte oder nicht. Grundsätzlich war Mozart eher dagegen. Er wollte einfach auf direktem Weg hier heraus. Wenn er schon ein Sigil besaß, sprach doch nichts dagegen, fand er. Die Ausstrahlung der Dunklen war grausig. Am liebsten hätte er sich zusammengekauert und in einer Ecke verkrochen. Leider gab es hier keine Ecken. Nur diese endlos scheinende Ebene. Er fragte sich, woher die Bezeichnung Spiegelsaal kam. Das hier war eindeutig kein Saal, auch kein Dom oder Palast. Eine simple ordinäre Ebene mit schwebenden Spiegeln. Mit einem Mal wurde ihm die schiere Größe bewusst. Er bekam Angst, hatte das Gefühl, in den ewig anmutenden Himmel zu fallen. Für den Rest seiner Existenz würde er durch diese Leere treiben und niemals wieder …

Sein Sigil waberte auf, schickte freundliche Wärme durch seinen Körper und trieb die Panik zurück. Er durfte sich nicht von Taschenspielertricks beeinflussen lassen, schließlich wollten die ihn testen.

»Er ist nicht vor Angst gestorben«, wisperte einer der Schatten.

»Aber beinahe«, ein zweiter.

»Dann sollten wir fortfahren«, ergänzte ein dritter.

»Das war wohl schon ein Test«, flüsterte Nikodemus hilfsbereit. »Hast du etwas gespürt?«

Mozart nickte. »Es war grausig.«

»Nicht aufgeben«, feuerte Nikodemus ihn an, der Gute.

»Ich bin bereit!«, wollte Mozart euphorisch hinausbrüllen, woraus allerdings eher ein klägliches Krächzen wurde.

»So sei es«, sagte einer der Schatten.

»Wir beginnen«, ein zweiter.

Den dritten konnte er schon nicht mehr hören.

15
Knapp daneben ist auch vorbei

Kyra drückte ihm den Essenzstab in die Hand. »Los!«
Alex hustete. Blutsprenkel benetzten Kyras Gesicht. »Das steht dir voll gut«, kommentierte er.

»Sprich den Zauber!«, verlangte sie, mit Angst in den Augen.

»Sa... Sanitatem Corpus.« Die Worte kamen als Krächzen über seine Lippen. Doch es funktionierte, da sie seine Hand führte und das magische Zeichen entstand.

Die tiefe Wunde, die Kyras verformte Hand in seinem Körper hinterlassen hatte, schloss sich langsam. Die inneren Verletzungen heilten, seine Lebensgeister kehrten zurück. »Du hättest mich beinahe getötet.«

»Du mich aber auch«, verteidigte sie sich. »Es tut mir leid.«

»War dein Arm gerade in meinen Eingeweiden?«

»Ein bisschen.«

Das war so eklig, Alex fand keine Worte. Etwas, das nicht oft geschah. »Dieses Schutzsystem ist wohl doch fieser, als wir dachten.«

»Wir sollten beim zweiten Mal vorsichtiger sein.« Kyra half ihm auf, wandte sich um und steuerte den Abgang an.

»He, sollten wir nicht lieber auf Verstärkung warten?« *Habe ich das gerade echt gesagt?*

»Nils und Ataciaru sind noch unten«, erklärte Kyra und tippte sich gegen ihre hübsche Nase. »Wir können sie doch nicht alleinlassen.«

Keinesfalls! Alex versuchte noch einmal, Jen zu kontaktieren, doch etwas blockierte den Kontaktstein auch dieses Mal. Ohne zu überlegen, folgte er Kyra die bekannten Treppen hinab, durch die illusionierte Wand und hinein in das geheime Labor.

Bereits nach zwei Schritten blieben sie stehen. Der magische Kreis war noch immer aktiv, sein Licht strahlte aber in den gesamten Raum. Nils saß an der Wand. Ataciaru hatte seinen Kopf auf die Beine des Jungen gelegt und ließ sich kraulen.

»Alles okay bei euch?«, fragte Alex.

»Wir sind gut«, erwiderte er. »Attu tut es leid.«

»Das ist schön. Warum hat er das getan?« War ja durchaus möglich, dass der Kleine tatsächlich irgendwie interpretieren konnte, was der Husky tat oder wollte.

»Er wollte den alten Mann befreien«, sagte Nils. »Der Kreis tut ihm weh.«

Alex schaute skeptisch zu besagtem Kreis hinüber, in dessen Innerem noch immer das unbekannte Etwas schwebte. »Diese Bude bringt mir echt kein Glück.«

»Wir können uns auf keinen Fall dem Licht aussetzen«, erklärte Kyra. »Es würde uns wieder forttransportieren und unseren Geist verwirren.«

»Aber dieses Mal wissen wir Bescheid. Es kann uns nicht mehr überraschen.«

»Was, wenn du in einer Menschenmenge landest und die Nimags für Monster hältst?«, fragte Kyra.

»Dann greife ich sie einfach nicht an.«

»Und wenn es echte Monster sind?«

»Hm. Ich sehe das Problem.« Alex ließ seinen Essenzstab

elegant kreisen. »Wir brauchen eine Möglichkeit, die magische Barriere zu zerstören. Vielleicht wissen die anderen ja eine Lösung. Im Castillo gibt es ziemlich viel Lektüre über solches Zeug. Ich wünschte, ich hätte mich auf der Traumebene etwas intensiver mit magischen Kreisen beschäftigt.«

»Du meinst, wir sollten alles hier so lassen, wie es ist, und mit den anderen wiederkommen?«

»Das wäre … eine sehr reife Entscheidung.«

»Aber das Leuchten breitet sich aus. Schau.« Kyra deutete auf eine der Werkbänke. »Zuvor war es dort noch nicht. Wenn es das ganze Castillo einnimmt, kommen wir vielleicht gar nicht mehr bis hierher. Und was, wenn es noch weiterwächst? Dann würden andere Magier aufmerksam.«

»Ich bin sowieso kein Fan von reifen Entscheidungen«, stellte Alex klar. »Es gibt ein paar Zauber, die mir da einfallen. Eine Entmaterialisierung wäre einer. Aber am Kreis selbst müsste ich dann wieder materialisieren und wäre den Effekten trotzdem unterworfen.«

»Das Licht ist kugelförmig aufgebaut, wir könnten also auch nicht von oben oder unten herankommen«, überlegte Kyra laut. »Ich kann zwar in Tiergestalt transformieren, aber das wird uns hier nicht weiterhelfen.«

»Ich könnte dich von hieraus steuern«, überlegte Alex. »Du wirst zu einem Adler. Dann entmanifestiere ich dich und am Ziel wirst du wieder manifestiert – genauer, im Kreis.«

»Womit ich aber gefangen wäre?«

Alex schüttelte den Kopf. »Magische Kreise, die etwas einschließen, müssen die Symbole sehr genau austarieren und auf die Masse abstimmen. Wenn du plötzlich auch darin bist, wird die Essenz für die Erhaltung nicht mehr ausreichen und der Zauber zerfasert.«

»Bist du sicher?«

»Aber ja. Ich kann vielleicht nicht jeden magischen Kreis von seiner Art her unterscheiden, aber die grundlegende magische Physik ist mir vertraut. Quasi instinktiv. Ich könnte dir das jetzt nicht auswendig aufschreiben, da bin ich eher der Praktiker.«

Kyra wirkte skeptisch, was er ein wenig beleidigend fand. »Und käme ich überhaupt hinein?«

»So weit ich das beurteilen kann, dient der magische Kreis nur dazu, etwas darin einzuschließen. Vertrauen wir mal darauf, dass Ataciaru als mächtiger Wächterhund von Antarktika sich nicht irrt und dieses Etwas unsere Hilfe braucht.«

Alex warf einen Blick auf den Vierbeiner, der gerade zufrieden knurrte und mit dem Schwanz wedelte, da Nils ihn mit beiden Händen massierte. Der Kleine hatte schon ganz rote Wangen vor Anstrengung, schien aber Spaß dabei zu haben.

»Was die Zuverlässigkeit unseres Dolmetschers betrifft, bin ich skeptisch. Andererseits konnten wir ihm bisher immer trauen. Hey, die beiden haben mich tatkräftig mit aus der Holding befreit.«

»Was ist eine Holding?«

»Ein Gefängnis«, stellte Alex klar, erklärte es Kyra dann aber doch genauer.

»Also machen wir den Versuch?«, fragte Kyra.

Alex nickte.

Vor seinen Augen schrumpfte Kyra zusammen. Aus Haut wurden Federn. Ein Adler breitete die Schwingen aus. Sein Gefieder besaß ein Muster, das jenem auf Kyras Shirt ähnelte. Sie stieß sich ab und glitt am Rand der Energie entlang in die Höhe. Alex machte sich bereit, den Zauber zur Dematerialisierung zu sprechen. Doch der Plan wurde zunichtegemacht. Noch während Kyra zum Sturzflug ansetzte, hatte auch Nils beschlossen, etwas zu tun. Er war auf Ataciaru gesprungen und ritt auf diesem wie auf einem Pferd auf den Kreis zu.

Alex hätte es lustig gefunden, wenn die Magie nicht augenblicklich reagiert hätte. Glühende Fäden schossen hervor und bohrten sich in die Flanke des Huskys. Aufjaulend wurde Ataciaru herumgeschleudert. Nils stürzte zu Boden. Seine Stirn donnerte gegen den Stein, er blieb benommen liegen. Ataciaru knallte schwer verletzt an eine der Säulen. Er hechelte, dunkles Blut benetzte den Boden.

»Nein!«, rief Alex.

Doch es war zu spät.

Die leuchtenden Energien näherten sich Nils. Ataciaru heulte auf, vermochte aber nicht mehr einzugreifen. Das Tier war so schwer verwundet, dass es sich nicht mehr erheben konnte. Dann loderte der magische Kreis abrupt auf.

Und das Chaos nahm endgültig seinen Lauf.

16

Der sterbende Freund

Ataciaru starb.
Fassungslos starrte Alex auf das Chaos, das von einer Sekunde zur nächsten tobte. Ataciaru lag blutend am Boden, Nils benommen daneben. Kyra stürzte sich soeben durch das glühende Feuer in die Tiefe, um den Bannkreis zu durchbrechen. Ohne den Zauber hatte sie jedoch keine Chance, wie kurz darauf deutlich wurde. Eine auflodernde Aureole aus gelblicher Essenz traf den Adler, der hilflos zu Boden stürzte, aber dieses Mal nicht weg transportiert wurde.

Im Aufkommen nahm Kyra wieder menschliche Gestalt an und ging hinter einer der Säulen in Deckung.

»Contego Maxima!«, brüllte Alex.

Geschützt durch die Sphäre aus manifestierter Essenz hechtete er zu Nils, packte den Winzling und sprang ebenfalls in die Deckung der Säule.

»So viel zu unserem Plan«, keuchte sie.

»Ich werde ihm so den Po verhauen.« Besorgt blickte er auf Nils. »Hey, Kleiner, komm zu dir.«

Immerhin, die Brust des Jungen hob und senkte sich gleichmäßig. Abgesehen von einer Platzwunde an der Stirn schien er wohlauf zu sein. Nichts, was ein schneller Heilzauber nicht wieder hinbekam. Trotzdem schmerzte der Anblick Alex, ja, er erschütterte ihn. Der Tod war allgegenwärtig, machte auch vor Kindern nicht halt.

»Wenn ich sein Vater wäre, würde ich ihn in Bernstein packen und nie wieder rauslassen.« Vorsichtig legte Alex Nils ab. »Wenn ich es mir recht überlege, schläfst du am besten noch ein bisschen weiter, Kleiner.«

»Was tun wir?«, fragte Kyra. »Diese seltsame Magie hat sich schon bis zum Eingang vorgearbeitet. Wir kommen nicht mehr hier heraus.«

Nils begann sich zu regen. »Attu?« Er blinzelte, öffnete die Augen.

»Das Tier heißt Ataciaru«, stellte Alex klar. »Es ist unhöflich, eine Abkürzung für einen Namen zu nehmen.«

Nils schaute ihn mit großen Augen an. »Jen?«

»Nein, ich bin Alex.«

»Er meint, dass du für sie ja auch eine Abkürzung verwendest«, erklärte Kyra hilfsbereit.

»Das ... Du bist viel zu schlau für dein Alter, Kleiner«, stellte Alex klar.

»Stimmt.« Nils nickte eifrig. Wacklig kam er wieder auf die Beine.

Bevor Alex reagieren konnte, rannte er auch schon davon, direkt zu Ataciaru hinüber.

»Nein! Nils!« Alex ballte die Fäuste. »Dieser elende kleine ...«

Eine Lanze aus verdichteter Magie schlug neben Nils in die Wand ein. Doch der Kleine schlug einen Haken und sank neben Ataciaru in die Knie. Schluchzend umarmte er den Husky. Der Anblick schmerzte Alex in tiefster Seele. Er mochte Ataciaru und wollte nicht, dass dem Hund etwas geschah. Darüber hinaus schwappte der Schmerz von Nils zu ihm herüber, er konnte die Tränen sehen, die über das kleine Gesicht kullerten.

»Wir müssen uns beeilen«, meldete Kyra sich zu Wort. »Schau dir den Kreis an.«

Die seltsame Form tobte weiter hinter der Barriere. Da war ein grauer Schimmer am Boden, der langsam Form annahm. Alex kniff die Augen zusammen, konnte es jedoch nicht genauer erkennen. Selbst als er den Weitblick für einige Sekunden einsetzte – was sofort mit einem stechenden Kopfschmerz bestraft wurde –, sah er nur dünne, längliche Schlieren von weißgrauer Farbe.

»Was passiert da?«

»Der Kreis wird schwächer«, erwiderte Kyra. »Die Magie des Schutzes wächst in die Breite, verliert aber an Kraft.«

»Natürlich, der magische Erhaltungssatz von manifester Essenz.« Alex schlug sich gegen die Stirn. »Woher der Kreis auch seine Essenz bezieht, sie geht logischerweise zur Neige. Ohne den Wall hätte uns dieser Zauber erledigt, doch jetzt wird er zunehmend schwächer.«

Weiße, durchscheinende Tentakel schlängelten sich auf Nils zu. Der Kleine hielt Ataciaru umarmt und flüsterte ihm beruhigende Worte ins Ohr. Dazwischen streichelte er immer wieder über dessen Fell. Der Husky fiepte. Ein Fiepen, das beständig leiser wurde.

»Ideen?«, fragte Alex.

»Ich werde den Kreis dazu bringen, stärker anzugreifen.«

»Kyra, die Magie hat dich mal eben von der Decke geholt. Das ist gefährlich.«

»Ich weiß.« Die Gestaltwandlerin seufzte. »Aber haben wir eine Wahl? Ataciaru stirbt, Nils ist in Lebensgefahr. Die Zeit drängt.«

»Ausgezeichnete Argumente.« Alex warf einen kurzen Blick zu Nils. »Okay. Ich vom Boden, du aus der Luft.«

»Abgemacht.«

Ohne abzuwarten katapultierte Kyra sich in die Luft. Im Sprung veränderte sich ihre Form, sie wurde zu einem Adler und raste davon. Der Zauber machte sie sofort als Feindin aus. Speere aus Essenz prasselten auf sie zu. Doch das Wechselbalg-Mädchen hatte damit gerechnet. Mitten in der Luft veränderte sie ihre Form erneut, wurde zu einem Affen, der gen Boden fiel. Elegant schlang sie den Schwanz um eine der Skulpturen, die in die Säule eingehauen waren, schwang sich seitlich vorbei und kletterte an einer zweiten hinunter.

Sofort begann die Magie des Kreises mit weiteren Maßnahmen. Der Boden wurde flüssig, wo Kyra gelandet war. Sie wurde zum Mensch, rannte an einer der Werkbänke entlang, sprang über eine Apparatur und rollte sich ab. Im Rennen veränderte sie ihren Körper erneut, wurde zu einem Geparden und raste davon.

Das alle geschah innerhalb weniger Sekunden. Alex konnte nur beeindruckt dastehen. Doch jetzt war er an der Reihe.

Er richtete den Essenzstab auf den Boden neben dem magischen Kreis. »Potesta Maxima!«

Die Schläge knallten neben den Symbolen in den Stein, brachen ihn auf und ließen Geröll in die Höhe spritzen. Risse durchzogen das Gestein bis zu den Symbolen. Sie durchbrachen die Formen, destabilisierten den Zauber.

Zufrieden verschränkte Alex die Arme. »Nimm das, du elender Kreis!«

Der Kreis antwortete sehr direkt.

Ein Blitz traf die Säule, neben der Alex stand. Als habe jemand eine Bombe gezündet, explodierte das Gestein. Brocken flogen davon, trafen ihn an Körper und Gesicht. Er taumelte nach hinten, wurde vom Druck umgeworfen.

»Heute ist nicht mein Tag.«

Er rappelte sich keuchend auf. Der Zauber spaltete seine Attacken nun auf, hatte in ihm und Kyra die hauptsächlichen Ziele ausgemacht. Damit waren Nils und Ataciaru aus dem Schneider. Vorerst. Hoffentlich.

»Contego Maxima!«

Alex erschuf die Schutzsphäre im Laufen, hechtete in Richtung des magischen Kreises und zog weitere Angriffe auf sich.

Kyra hatte sich in eine Silhouette aus ständig wechselnden Gestalten verwandelt. Sie rannte, duckte sich, schlug Haken, flog und kroch. Mal als Adler, als Affe, Leopard, Windhund oder in menschlicher Form mit partiell veränderten Gliedern.

Erst in diesem Augenblick wurde Alex bewusst, welche enorme Macht ein Wechselbalg in seinem Körper vereinte. Mochten die Kreaturen auch nicht über natürliche Magie verfügen, so waren sie im direkten Kampf doch hochgefährlich. Oder perfekte Verbündete.

Sie hielten Abstand zueinander, damit der Zauber seine Attacken weit streuen musste. Lange würde das jedoch nicht gut gehen. Die Angriffe kamen immer näher, wurden ausgefeilter und tückischer. Irgendwann würde die Magie sie treffen.

Alex riss die Augen auf.

Die Silhouetten im Kreis hatten sich weiter verfestigt.

»Das sind Knochen«, stieß er hervor.

Der nächste Blitz traf ihn frontal.

17
Ein Lied zum Abschied

Attu hatte Schmerzen.
Sanft streichelte Nils über das flauschige Fell. Sein Freund roch nach Erde, frischem eisigen Wind und Kraft. Nils kuschelte sich ganz nah an ihn heran. Er wollte nicht, dass Attu wegging. Aber sein Geist wurde fortgerufen aus dem Körper. Sie waren sich nahe, Nils spürte, was geschah. Das war der Abschied.

Er hatte sich so einsam gefühlt in dem großen Schloss. Doch mit Attu war alles einfacher. Er streifte mit ihm durch die Flure und hatte schon zwei Geheimgänge gefunden. Auf dem Speicher gab es lustige Spielsachen, die explodierten, wenn man sie fortwarf. In einem Buch hatte Nils ein paar Zauber entdeckt, die er geübt hatte. Es war auch nur eine Vase kaputtgegangen. Und ein Gemälde verbrannt. Und dass die Toilette übergelaufen war, dafür konnte er eigentlich nichts. Es war also gar nicht schlimm.

Attu hatte Spaß dabei.

Aber er machte sich auch Sorgen.

Seiner anderen Freundin, die mit dem lustigen bunten Haar, ging es nicht gut. Sie war glücklicher, aber es war seltsames Glück. Eines, das ihre Seele vergiftete. Sie konnte Attu jetzt nicht mehr sehen. Der böse Mann mit dem Bart, der alt und verfault roch, auch nicht. Niemand der auf diese Art böse war, konnte Attu sehen.

Nils mochte Jen und Alex. Und er kuschelte sich gerne zwischen Max und Kevin, wenn die beiden auf der Couch lagen, und jauchzte, wenn Chris ihn auf seine Schulter nahm. Einmal war er mit ihm durch das Castillo gerannt. Dann hatte Chris Nikki getroffen und beide hatten sich geküsst. Und als sie dann weiterrannten, hatte Chris nicht aufgepasst und Nils, der noch auf seinen Schultern saß, war gegen einen Türrahmen geknallt. Das hatte eine große Beule gegeben. Chris hatte Bitte gesagt und gewollt, dass Nils niemandem davon erzählte. Dafür hatte er ihm Bonbons geschenkt. Und Euros. Jen mochte das nicht, sie hatte Angst, dass Nils zu einem Katapilisten wurde.

Ganz oft schlief Nils in seinem geheimen Versteck ein, eng an Attu gekuschelt. Dann träumten sie gemeinsam. Es waren seltsame Träume. Schön. Und weit. Überall war Eis und Kälte, aber das war gut. Attu träumte oft von seinem Zuhause. Dort lag überall Schnee. Nils wollte mit Attu bald eine Reise machen, sein Daheim kennenlernen. Und seine Geschwister.

Aber jetzt …

Nils weinte. Er umarmte Attu fester, damit dieser nicht fortging. Er war doch sein Freund. Der Einzige, der ihn verstand. Mit dem er reden und spielen konnte.

Nils beschloss, ihm ein Lied zu singen.

Vielleicht starb Attu dann nicht und blieb bei ihm. Ganz bestimmt. Wenn er sich Mühe gab.

Weil Nils schon lange nicht mehr gesungen hatte, war es am Anfang nicht schön. Aber dann wurde es besser. Er weinte noch immer, sogar mehr. Trotzdem musste er das Lied singen. Ein Bleibelied für Attu.

Alex rannte kreuz und quer durch den Raum. Er wollte ihm

helfen, aber die böse Magie ließ es nicht zu. Kyra war auch lieb. Sie konnte sich in Tiere verzaubern und größer oder kleiner machen. Mit ihr zu spielen, machte ganz viel Spaß. Aber manchmal, wenn niemand hinschaute, war Kyra sehr traurig. Dann wurde sie wieder echt. Ganz grau und schuppig und mit einem anderen Gesicht. Er mochte sie, aber Kyra mochte sich selbst nicht. Dann verwandelte sie sich wieder ganz schnell zurück. Als Nils sie einmal gefragt hatte, wo ihre Mama und ihr Papa waren, hatte sie nur gesagt ›fort‹, dann war sie traurig weggegangen.

Der böse Zauber versuchte, Alex und Kyra wehzumachen. Nils wollte ihnen helfen, aber er war ja erst ein kleiner Zauberer. Jen hatte ihm erklärt, dass kleine Zauberer nicht so stark waren wie große. Aber wenn er viel aß und übte, würde er wachsen und groß werden. Seitdem ließ Nils sich von der dicken Tilda immer messen. Er stellte sich dann an den Türrahmen, und sie machte einen lustigen kleinen Strich. Der war immer ein bisschen höher als zuvor.

Er wuchs also. Und als Belohnung gab die dicke Tilda ihm dann Kekse und heiße Schokolade. Er mochte sie sehr. Sie schimpfte immer ein bisschen mit ihm, weil er die anderen Kekse nicht Alex brachte, sondern selbst aß. Das war aber gut so, weil Jen Alex oft in die Seite kniff und ›Dickerchen‹ nannte. Nils wusste nicht, was ein ›Dickerchen‹ war, aber Alex schaute dann immer ganz bedrückt auf die Kekse. Damit Alex nicht mehr bedrückt schaute, aß Nils sie selbst. Als er das Tilda erklärte, hatte sie ihn einen ›schlauen, kleinen Zwerg‹ genannt, den Kopf geschüttelt und das Haar zerzaust.

Große Zauberer wuschelten ihm oft durch das Haar. Nils hatte Angst, dass es irgendwann ausfallen würde. Gegenseitig strubbelten sie sich nie. Sie umarmten sich auch nicht oder kuschelten. Kein Wunder, dass große Zauberer oft traurig waren. Aber er war ja da. Er umarmte sie alle ganz oft.

Jetzt umarmte er Attu fester.

Sie wollten doch Attus Freundin helfen, damit diese wieder richtig wurde. Die anderen hörten nie zu, wenn Nils ihnen das sagte. Sie sagten dann Dinge wie »Chloe ist nur im Stress« oder »Sie kümmert sich bald wieder um Ataciaru«. Das war sehr dumm. Denn sie wurde ja nicht von allein wieder heile. Der böse alte Mann hatte sie verändert und tat es noch immer. Und nicht nur sie. Ganz viele im Castillo waren schon glücklich, aber anders. Es wurde immer schlimmer. Aber niemand hörte Nils zu, sie strubbelten alle nur durch sein Haar und redeten beruhigend auf ihn ein. Aber er wollte doch gar nicht, dass sie das taten. Sie sollten etwas tun.

Etwas ganz Schlimmes passierte. Bald. Das wusste er. Attu wusste es auch. Aber die anderen nicht. Deshalb übte Nils auch noch mehr das Springen. Das ging manchmal daneben. Am vor dem Gesterntag war er in Johannas Badewanne geplumpst, als diese gerade darin lag. Johanna war dann sehr laut geworden. Wenn große Zauberer laut wurden, sprang Nils sofort weg. Das klang ganz schrecklich schrill und tat in seinen Ohren weh. Sie waren alle sehr anders.

Die Oma von Chris und Kevin war lieb. Er war auf ihrem Schreibtisch gelandet. Dann hatte sie Nils einen Keks gegeben und gesagt, er solle weiterüben, je mehr, desto besser. Außerdem sollte er ruhig mal ein paar junge Zauberer erschrecken, damit diese auf Trab blieben. Sie war lustig. Aber auch traurig. Auf ihrem Tisch lagen immer ganz viele Papiere, voller Zeichnungen von Steinen. Blutsteine hießen sie. Die Oma mochte die Steine nicht und cherchierte ganz viel dazu. Nils wusste nicht, was cherchieren bedeutete, aber es war wohl wichtig. Alle Erwachsenen taten das sehr oft und sahen dabei wichtig aus. Wenn sie nicht erfolgreich cherchieren konnten, wurden sie wütend.

Attu jaulte auf.

Nils sang lauter. Wenn er lauter sang, wollte Attu bestimmt das Lied zu Ende hören. Und wenn Nils niemals aufhörte zu singen, würde Attu immer dableiben.

Ja, so ging es.

Das Blut wurde immer mehr. Nils presste seine Hände auf die Wunde, aber sie waren viel zu klein. Wenn er schon ein großer Zauberer wäre, hätte er Attu jetzt helfen können. Aber er war nur ein kleiner Zauberer.

Deshalb sang er und sang und sang.

Sein Weinen tropfte auf Attu. Doch es half nichts. Sein bester Freund jaulte noch einmal auf. Dann atmete er ein letztes Mal.

Attu starb.

Schluchzend presste Nils sich an ihn. Er wollte ihn nie wieder loslassen. Und so sang er weiter und weiter.

18

Lebewohl

Alex' Herz wurde zu einem schwelenden Klumpen aus purem Schmerz.

Der Zwerg schluchzte herzzerreißend und umklammerte Ataciaru, wollte ihn nicht loslassen. Dazu sang er ein Lied voll Traurigkeit und zarter Hoffnung.

Die Wut kam wie eine Welle.

Ein verlorenes Gedächtnis, geschlagen und verwundet, dazu gezwungen, sich zu verstecken, getrennt von seiner Mutter und seinem Bruder. Alex riss seinen Essenzstab herum, wich einem der Blitze aus und fokussierte den magischen Kreis an. »Potesta Maxima!«

Wie üblich richtete sich die Kraft des Schlages an seiner Wut aus. Der Zauber schoss als gebündelte Essenz, manifestiert von blankem Zorn aus dem Artefakt und raste gegen den Kreis. Der Stein wurde aufgebrochen, als habe er eine Planierraupe über den Boden geschickt. Geröll prasselte.

Kyra ging zu einer neuen Taktik über. Hatte sie die Magie bisher auf sich als Ziel gelenkt, näherte sie sich dem Zauberkreis, verwandelte sich kurz davor in ein Nashorn und prallte gegen die Barriere.

Das war der Todesstoß.

Die Magie verästelte sich, Essenz waberte und kollabierte. Die Barriere fiel in sich zusammen, als habe sie nie bestanden. Magische Symbole erloschen, Essenz wehte in Fetzen davon, die Luft wurde klar.

Vor ihnen, am Boden des Kreises, lagen bleiche Knochen. Das Gebilde darüber zuckte kurz, dann veränderte es ebenfalls die Form. Befreit von den Zwängen des Zaubers streckte es sich, wand sich und wurden schließlich ...

... zu einem Mann.

»Es wurde auch verdammt noch mal Zeit!«, blaffte dieser.

Alex beachtete ihn gar nicht.

Mit wenigen Schritten war er bei Nils und sank zu Boden. »Sanitatem Corpus.« Er malte die Symbole auf Ataciarus Leib.

Noch während die Essenz in den Körper des Huskys floss, zog er Nils in eine Umarmung.

»Alles gut, Kleiner. Das wird wieder.«

Nils schniefte. »Wirklich?«

»Schau, die Wunde schließt sich schon.« Er wuschelte ihm durch die Haare.

Skeptisch zupfte Nils an einer Strähne, als wollte er testen, ob sie noch vorhanden war. »Ist er wieder ganz?«

»Das heißt ›gesund‹«, korrigierte Alex. »Und ja, Ataciaru wird wieder völlig gesund.«

Glücklicherweise begann der Husky in diesem Augenblick mit dem Schwanz zu wedeln. Jauchzend warf Nils sich wieder auf den Hund und begann, ihn zu kraulen.

»So schön will ich es auch mal haben«, kommentierte Alex und atmete innerlich auf.

Kyra hatte die Szene glücklich beobachtet und wandte sich dem unbekannten Mann zu. Er trug eine enge Weste, darunter Hemd und Krawatte. Das dichte Haar war mittellang, mit einem sauberen Seitenscheitel, das Gesicht wurde von einem Vollbart geziert.

Alex benötigte nur einen Blick, um festzustellen, dass er jemanden aus tiefster Vergangenheit vor sich hatte. Da er zudem leicht durchscheinend war und über den Knochen schwebte, handelte es sich um eine Essenzmanifestation. Ein Nimag hätte gesagt: Geist.

»Nachdem Sie sich um ihr Nutztier gekümmert haben, wäre ich dankbar, wenn Sie nun mir Ihre Aufmerksamkeit schenkten«, begann der Unbekannte. »Lange genug hat es ja gedauert.«

Verdutzt ob der Arroganz und Unhöflichkeit wechselten Kyra und Alex einen Blick.

»Und Sie sind?«, fragte er.

»Alfons von Thunebeck«, kam prompt die Antwort. »Aus der Dynastie der von Thunebecks. Hochmagier hier im Castillo. Bedauerlicherweise verstorben vor einhundertsiebenundsechzig Jahren, aufgrund der Dummheit des Oberen. Und Sie sind?«

»Alexander Kent. Aus der Dynastie der Kents«, gab er frech zurück.

»Engländer?«

»Richtig.«

»Gehören Sie zum Haus der Sussex Kents?«

»Es gibt Kents in Sussex?« Verblüfft starrte er von Thunebeck an.

»Das ist wohl ein ›Nein‹. Und wollen Sie mir erklären, weshalb Sie als Magier mit einem Wechselbalg verkehren? Meines Wissens wurden alle ausgerottet.«

»Das ist eine lange Geschichte«, erwiderte Alex.

Kyra stemmte die Fäuste in die Hüften. »Haben Sie damit ein Problem?«

»Mitnichten.« Ein Lächeln erschien auf dem Gesicht von Thunebecks. »Sie haben eine äußerst liebreizende Gestalt. Außerdem haben Sie und der gute Mister Kent mich aus meinem Gefängnis befreit. Auch wenn Sie dafür überraschend lange gebraucht haben.«

Tapsende Schritte waren zu hören. Dann eine Nase, die hochgezogen wurde. Nils erschien neben ihnen, die rechte Hand auf Ataciaru gelegt, der ebenfalls wieder fit zu sein schien. »Bist du ein Geist?«

»Eine Essenzmanifestation«, korrigierte von Thunebeck. »Das ist ein Unterschied. Diese Knochen, musst du wissen, die waren dereinst ich. Sie bilden den Anker für die Essenzmanifestation und die … nun, Noxanith-Anreicherung.«

»Was?!« Alex war im Verlauf seiner Abenteuer öfter auf das Material vom Anbeginn gestoßen, obgleich er den Namen nicht gekannt hatte. Erst auf der Traumebene hatte er mehr darüber gelesen. »Wie kommt Noxanith hierher?«

Von Thunebeck trat an eine der Werkbänke heran und nahm einen Mentiglobus in die Hand. »Wie Sie sehen, kann ich Gegenstände benutzen.« Der Mentiglobus fiel durch die Hand und krachte auf den Boden. »Wenn auch nur kurz. Eine gewöhnliche Essenzmanifestation kann das nicht, doch das Noxanith ermöglicht mir kurzzeitige physische interaktion mit Gegenständen der normalen Welt.«

»Aber woher kommt es? Warum sind Sie tot? Und warum hat man Sie in den Kreis eingesperrt?«

Nils schaute zu Alex hoch, dann stemmte er genau wie dieser die Fäustchen in die Hüften und nickte eifrig. »Genau!«

Von Thunebeck streckte sich. »Das sind überraschend viele Fragen. Doch sagt mir zuvor: Seid Ihr hier gefangen oder ist das Castillo wieder manifest?«

»Ich konnte das Artefakt zerstören, wir sind also ein Teil

der normalen Welt.« Erneut rann Alex ein Schauer über den Rücken.

»Gut, gut.« Von Thunebeck wirkte zufrieden. »Ihr müsst wissen, dass ich ganz und gar gegen den Einsatz des Artefaktes war. Als die Horden der Schattenkrieger uns angriffen, gab es zwei mögliche Lösungen, die zu ergreifen die Zeit uns erlaubte.«

»Eine war das Artefakt«, warf Alex ein. »Es entzog das Castillo der Realität. Aber das konnte nicht rückgängig gemacht werden, und so raubte es jedem anwesenden Magier Essenz, bis alle im Aurafeuer vergangen waren. Nur Tilda überlebte.«

»Ach herrje«, sagte von Thunebeck. »Verstehen Sie mich nicht falsch, natürlich erfreut es mein Herz, dass die gute Tilda noch lebt. Auf ihr Essen würde ich allerdings gerne verzichten.«

»Sie sind ein Geist«, warf Kyra ein. »Sie werden also nie wieder etwas essen.«

»Kein Grund, persönlich zu werden«, erwiderte von Thunebeck patzig. »Aber kommen wir zurück aufs Thema. Es standen zwei Möglichkeiten zur Auswahl. Meine wurde mehrheitlich favorisiert, bis ich verraten und eingesperrt wurde.«

»Was war ihre Lösung?«, fragte Alex.

Kyra und Nils starrten gebannt auf die Essenzmanifestation.

Zufrieden lächelnd begann von Thunebeck zu erzählen.

19
Des Kompasses Ziel

Mit gemeinsamer Kraft hatten Jason und Alfie es geschafft, dass Madison sich nicht auf die Ältesten des Rates stürzte. Sah man einmal von dem ersten Schlag ab, der beinahe die Nase von Ata'ja zertrümmert hätte, war gar nichts Schlimmes passiert.

Sie hatten versucht zu argumentieren, doch irgendwann hatte Ata'ja die Sitzung beendet. Schließlich musste jemand ihre Nase wieder richten. Kurzerhand hatte Ma'belo Madison, Jason und Alfie in ihre neue Hütte gebracht.

Madison hatte sie beide aufgefordert, zu gehen. Sie wollte unter vier Augen mit dem Ratsherrn sprechen. Ganz augenscheinlich hatte sie dabei körperliche Interaktionen im Sinn. Alfie war es nur recht. Wenn das dazu führte, dass sie einen Ausweg fand, sollte sie so viel Spaß haben, wie sie nur wollte.

Jason war überraschend schweigsam.

Vor wenigen Minuten hatte er sich dann verabschiedet und war nach unten geschwebt, zwischen das dichte Grün des Waldes. Seitdem war Alfie allein. Er war über Dutzende von Hängebrücken gewandert, hatte Bäume und Pflanzen betrachtet, war sogar in die Höhe geschwebt, um sich einen Überblick zu verschaffen.

Das Reich der Kuyakunga war gewaltig und nahm die gesamte Steppe ein. Nimags sahen lediglich verödetes Land, hellen Sand und vereinzelte Pflanzen, die sich allen Widernissen zum Trotz durchgesetzt hatten. Doch hier, in der Dimensionsfalte, grünte und blühte die Natur in allen Farben und Formen. Ein Bach plätscherte fröhlich zwischen den Stämmen hindurch, Kinder badeten darin oder tollten zwischen den Farnen umher. Während in der Welt außerhalb der Wall der Magie Zügel anlegte, war Essenz hier drinnen im Überfluss verfügbar. Das Hexenholz war angereichert mit einer reinen Form der Essenz, er hatte es selbst gespürt. Um Alfie herum pulsierte die Magie und stand jedem in unbegrenztem Maße zur Verfügung. Die Kinder erschufen Manifestationen, ältere nutzten Wandeltränke, schwebten umher oder duellierten sich im Spaß. Es war eine starke, fröhliche Gesellschaft. Er konnte sogar verstehen, dass der Rat alles tat, um diesen Ort geheim zu halten.

Gerade in den Zeiten des Walls würden zahlreiche Magier gierig ihre Finger nach diesem Ort ausstrecken. Es gab mächtige Dynastien, die unzufrieden waren mit der Vervollständigung des Walls. Auf der einen Seite waren sie froh darüber, dass die Lichtkämpfer die Schattenfrau besiegt hatten. Andererseits gaben sie ihnen die Schuld am Wall. Dieser hatte massiv an Popularität eingebüßt.

Ein silbriges Leuchten zog Alfies Aufmerksamkeit auf sich.

Er machte einen Satz über die Brüstung. »Gravitate Negum.« Sanft schwebte er in die Tiefe.

Auf einer Lichtung, zwischen den gewaltigen Stämmen der Hexenholzbäume, hatte sich eine Gruppe Magier versammelt. Sie hatten die Arme erhoben und die Fingerspitzen ineinander verhakt, wodurch sie ein Dach bildeten. Angeführt von einer hochgewachsenen Kuyakunga intonierten sie magischen Worte in einem Singsang.

Zwischen ihnen schoben sich Wurzeln aus dem Boden hervor, umschlangen einander und sprossen in die Höhe. Immer höher schob sich das Gebilde empor. Schließlich löste sich die hochgewachsene Frau aus dem Kreis der Singenden, trat an den neuen Hexenholzstamm und legte ihre Stirn an das Holz.

»Wir danken dir, edle Mutter, für das Geschenk aus deiner Mitte. Möge das Holz des Herzens schützen, bewahren und stärken. Die Gemeinschaft dankt dir.«

In einer fliegenden Bewegung zog die Kuyakunga eine Klinge aus ihrem Gürtel, ging in die Knie und durchschnitt den Stamm, als bestünde dieser aus Butter. Das Holz kippte zur Seite, der Singsang endete.

Zwei der Frauen traten vor und hoben das Gebilde an. Ein junger Mann hob die Schwerkraft mit einem Zauber auf.

»Wo bringt ihr es hin?«, fragte Alfie.

»Das Holz wird in Schichten von dem Stamm geschält und weiterverarbeitet«, erklärte die Hochgewachsene.

»Ein veraltetes Ritual, das viel zu lange dauert«, warf eine jüngere Kuyakunga ein.

»Oroke.« Die Hochgewachsene sprach den Namen der Jüngeren wie eine schwere Bürde aus. »Wir leben in Einklang unter dem Schutz des Herzens, diese Rituale erhalten das Gleichgewicht. Wir nehmen nicht zu schnell, nicht zu viel.«

Verblüfft bemerkte Alfie, wie der Kompass in seiner Tasche sich erwärmte. Madison hatte ihm diesen mit den Worten »*Mach dich nützlich, Baby Kent*« zugesteckt.

»Ich kann es nicht mehr hören«, blaffte Oroke.

»Dann geh. Du bist für heute freigestellt.« Die Hochgewachsene wandte sich ab und folgte den anderen Kuyakunga.

Alfie konnte sehen, wie in der Ferne ein Mann mit einem Bastkorb zur Gruppe stieß. In diesem lagen die silbrigen Gespinste, die überall zwischen den Wipfeln trieben. Zweifellos gehörten sie zur ›Weiterverarbeitung‹.

Oroke stampfte wütend in die eine Richtung davon, die Hochgewachsene in die andere.

Schnell zog Alfie den Kompass hervor. Die Nadel hatte sich wieder ausgeklappt und zuckte in die Richtung, in die Oroke verschwunden war. Schnell heftete er sich an ihre Fersen.

Die Kuyakunga mochte in den Dreißigern sein. Ihr schwarzes Haar trug sie kurz geschnitten und geglättet. Ihre Jeans gingen nur bis zu den Schenkeln, das Top lag eng an. Schuhe trug sie nicht. Auf ihrem linken Schulterblatt trug sie das Tattoo, das sie als Teil des Stammes kennzeichnete; das Symbol für den Blutschwur, der die Mitglieder des Stammes aneinanderband und den Gesetzen der Kuyakunga unterwarf.

Alfie beschleunigte seine Schritte, als Oroke einen Baumstamm passierte und im Dickicht verschwand. Der Kompass in seiner Tasche war mittlerweile heiß, ein sanftes Glimmen umgab das Holz. Die Nadel zuckte und zitterte, als wollte sie ihn dazu antreiben, Oroke zu folgen.

Beinahe wäre er über eine Wurzel gestolpert. Überall ragten sie aus dem Boden. Unterarmdick und verschlungen bildeten sie gefährliche Stolperfallen. So tief hier unten zwischen den Urwaldriesen herrschte Dämmerlicht, der Geruch von Erde und Moos lag in der Luft. Schmetterlinge flatterten umher, das Krächzen der Vögel durchbrach die Stille.

Er liebte es.

Aufgewachsen in der Großstadt London war Ruhe und Zurückgezogenheit ein hohes Gut für Alfie. Bis vor wenigen Monaten hatte er sich ein Zimmer mit seinem Bruder geteilt, was

Privatsphäre unmöglich gemacht hatte. Glücklicherweise gab es da diesen alten Schuppen auf dem Dach seines Elternhauses. Einer der Vormieter – ein alter Mann, der längst gestorben war –, war Taubenzüchter gewesen. Als Kind war Alfie immer heimlich nach oben geklettert und hatte die Tiere gefüttert. Nach dem Tod des Mannes hatte er die Türen geöffnet und die Tauben in die Freiheit entlassen.

Sie kamen noch immer regelmäßig zurück, hüpften fröhlich über das Dach und pickten Körner auf. Ihren Stall hatte Alfie offen gelassen. So konnten sie jederzeit Unterschlupf finden, aber auch wieder abhauen.

Er selbst setzte sich oft stundenlang auf den Dachsims und überblickte Angell Town. Wie klein ihm alles dort mittlerweile vorkam. Mit dem Wissen um die Welt der Magie hatte seine Perspektive sich erweitert. Sein Leben war ein völlig anderes geworden, die Vergangenheit erschien ihm winzig und grau.

Ganz anders war es hier. Groß und lebendig, farbenfroh und frei. Auch die Freundschaft zu Jason und Madison war etwas Besonderes. Sie konnten bis tief in die Nacht plaudern, wenn sie Lust bekamen, hatten sie befreienden Sex oder sprachen über Magie, duellierten sich oder übten Zauber.

Er lächelte bei dem Gedanken.

Ein Lächeln, das entgleiste, als er keinen Boden mehr unter sich spürte. Alfie ruderte mit den Armen, konnte sich aber nicht mehr halten.

Aufschreiend stürzte er in die Tiefe.

20

Ich Tarzan, du Jane

Ein Ruck, dann baumelte Alfie über dem Abgrund.
»Wir sollten uns unterhalten«, erklang die Stimme von Oroke.

Alfie schalt sich selbst. Vermutlich war er wie ein Rhinozeros durch das Unterholz gestapft. Für jemanden wie Oroke, die hier aufgewachsen war, glich das einem wandelnden Leuchtfeuer. Sie hatte ihn zu diesem Abgrund gelenkt, der von Büschen verborgen auf ahnungslose Wanderer lauerte. Bedauerlicherweise war er wohl der einzige ahnungslose Wanderer, der sich hierher verirrte.

»Gute Idee«, rief Alfie. »Zieh mich hoch.«

»Nein, du kannst hängen, bis wir fertig sind.«

»Toll. Eine neue Variante von ›Ich Tarzan, du Jane‹, nur bin ich Jane.«

»Das verstehe ich nicht«, sagte Oroke. »Du redest wirr. Aber das kenne ich schon von Fremden.«

»Es gibt noch mehr?«

»Die letzten kamen vor langer Zeit. Was wollt ihr hier?«

»Wir ...«

»Die Wahrheit«, unterbrach ihn Oroke. Die Augen der Kuyakunga blitzten wütend. »Ich bin nicht der Rat. Zwei Magier und ein Nimag, der mit Artefakten ausgestattet ist. Ein solches

Team findet nicht durch Zufall das Herz des Waldes. Sag es mir!«

Warum musste ihm das passieren? Alfie fluchte innerlich. Andererseits bot sich hier vielleicht eine Chance. »Also, soweit ich das beurteilen kann, suchen wir dich.«

»Mich? Warum?«

»Die anderen Kuyakunga leben gerne hier, nicht wahr?«, fragte er. Mittlerweile ähnelte er vermutlich einem auf dem Kopf stehenden Tomatenstrauch. Blut rauschte in seinen Ohren.

»So ist es.«

»Du aber nicht. Etwas in deinem Inneren drängt dich dazu, diesen Ort zu verlassen.«

»Woher weißt du das?!« Oroke wirkte aufgeregt.

Reine Hoffnung. »Ich weiß mehr, als du denkst. Aber ich würde gerne mit festem Boden unter den Füßen weiterreden.«

Ohne lange zu zögern, zog Oroke ein Messer – jeder hier schien eines mit sich zu führen – und durchschnitt das Seil. Kreischend stürzte Alfie in den Abgrund. Für ein paar Sekunden. Ein Zauber umfing ihn, hob ihn in die Höhe und setzte ihn neben Oroke sanft wieder ab.

»Sprich«, forderte die Kuyakunga ihn auf.

Er zog den Kompass hervor. »Er hat uns zu dir geführt.«

Sie nahm das magische Artefakt entgegen, fuhr vorsichtig mit den Fingern darüber und roch daran. »Hexenholz, sehr alt. Ein Bindungszauber liegt darauf. Wer ist es, der mich finden will?«

»Ein Nimag«, erklärte Alfie. »Er folgt einer inneren Sehnsucht.«

In Orokes Blick arbeitete es.

Alfie ließ ihr Zeit. Die Kuyakunga schien eine Frau der Tat zu sein. Sie wollte Dinge bewegen, Veränderungen hervorrufen, den Status quo nicht hinnehmen. Solche Menschen ließen sich nie lange in Ketten legen. Alfie hatte ihr mit seinen Worten einen Ausweg gezeigt, ihr einen Weg offenbart. Es stand für ihn außer Frage, dass sie die Chance ergreifen würde. Natürlich löste das noch nicht das Problem der versiegelten Dimensionsfalte. Der Rat hatte einen ziemlich starken Zauber auf sie alle gelegt, der nicht so einfach wieder gelöst werden konnte.

»Erzähl mir mehr«, forderte Oroke.

Alfie druckste ein wenig herum, gerade genug, um ihre Neugier weiter anzustacheln. Dann beschrieb er das Äußere des Nimags. Glücklicherweise hatte er ihn einmal gesehen, als er wegen einer verstauchten Hand auf die Krankenstation gemusst hatte. Unnötig zu erwähnen, dass er sich die Hand absichtlich verstaucht, aber Olga den Trick sofort durchschaut hatte. Sie hatte ihn also mit einem Kraftschlag wieder von der Krankenstation gejagt, doch wenigstens hatte er diesen Jackson kurz betrachten können.

Tatsächlich wurde Oroke noch aufgeregter, als Alfie ihr das Äußere des Nimags beschrieb.

»Ich habe von ihm geträumt«, erklärte sie und setzte sich in Bewegung.

Alfie unterstellte einfach, dass er ihr folgen sollte und tat genau das. »Ehrlich gesagt wundert mich in der magischen Welt nichts mehr.«

»Du bist seltsam«, sagte die Kuyakunga. »Ein Nimag, der Bernstein in sich trägt und Magie wirken kann. Deine Existenz ist Hohn gegenüber dem Rat. Der Wall wurde geschaffen, um den Nimags die Magie zu entziehen.«

»Tja, ich bin eben die Ausnahme«, erklärte Alfie ziemlich kategorisch. Niemand würde ihm die Magie wieder wegnehmen. Schon gar nicht jetzt, wo er erste eigene Artefakte bauen konnte. Als Nächstes wollte er den Trank, den Moriarty ihm ständig gab, analysieren. Er konnte Abhängigkeiten nicht ausstehen. »Wo gehen wir hin?«

»Zu meiner Hütte.«

Er verzichtete auf eine lustige Bemerkung, die Oroke vermutlich nicht lustig gefunden hätte. Stattdessen sagte er geistreich: »Aha.«

Die Kuyakunga glitt durch das Unterholz wie ein Wesen des Dschungels, das jeden Ast kannte. Alfie stolperte ständig, sie jedoch wirkte wie eine Tänzerin auf dem Parkett. Geschmeidig bog sie Farn beiseite, glitt zwischen Büschen hindurch und kletterte auf Wurzelstränge.

»Deine Hütte ist also hier unten?«

»So ist es.«

»Warum? Alle anderen scheinen die Baumwipfel vorzuziehen.«

»Mein Volk möchte dem Licht nahe sein. Ich fühle mich in den Schatten wohler.« Oroke lächelte. »Bei dir scheint es ähnlich zu sein. Das gewöhnliche Leben der Nimags hast du hinter dir gelassen, um dir mit Hilfe von Tricks Zugang zur Magie zu verschaffen.«

»Wir sind wohl beide nicht für ein gewöhnliches Leben bestimmt.«

Alfie stolperte ein letztes Mal, dann erreichten sie eine kleine Lichtung. Die Hütte schmiegte sich in das Unterholz und wäre mit bloßem Auge kaum zu erkennen gewesen. Hätte er nicht gesehen, dass es das Holz und die Farbe war, er hätte einen Tarnzauber vermutet.

»Gemütlich hast du es hier.«

Das Innere war größer, als der äußere Anschein vermuten ließ.

»Der Rat hat mir verboten, eine Dimensionsfalte zu erschaffen. Zauber in Zauber haben manchmal seltsame Auswirkungen. Doch nicht hier unten, so nah am Herz.«

»Verstehe. Hier kannst du in deinem eigenen kleinen Palast wohnen.«

Das Innere der Hütte glich einem Loft. Durch Treppenstufen miteinander verbunden, fügte sich Ebene an Ebene. Es gab einen Schlaf-, einen Arbeits- und einen Kochbereich. Einzig das Bad war von einer Schiebetür aus Holz abgetrennt. Glasbereiche in den Wänden, die sich vom Boden bis zur Decke zogen, gaben den Blick auf das umgebende Grün frei.

Vor die Wahl gestellt, zog Alfie diese ›Hütte‹ jederzeit jenen zwischen den Wipfeln vor.

»Ziemlich cool.«

Oroke musterte ihn eingehend. Schließlich nickte sie. »Danke.«

Als sie dieses Mal davonstapfte, forderte sie ihn mit einer Handbewegung auf, ihr zu folgen. Vor einem breiten Schreibtisch blieb sie stehen. Daneben, an der Wand, hingen zahlreiche Papiere, auf denen Kohlestiftzeichnungen prangten.

Alfie erkannte Jackson sofort.

»Diesen hier habe ich nach meinem Erwachen gezeichnet«, erklärte Oroke.

»Ja, das ist er.«

Auf einigen Bildern schlief der Nimag in einem Bett, auf anderen stand er erstarrt in der Mitte eines Raumes. Wieder auf einem anderen trug er die Uniform eines Polizisten.

»Zeig mir alle«, bat Alfie.

Oroke kam der Aufforderung nach.

21

Ausweg

»Und das hat sie gezeichnet?« Madisons Blick huschte über die Papiere.

»Alle«, bestätigte Alfie.

Vor wenigen Minuten war sie eingetroffen, kurz darauf Jason. Oroke hatte ihm gestattet, seine beiden Freunde mit einer magischen Spur hierherzubringen. Unterdessen huschte sie durch ihr Domizil und packte.

»Und sie will uns wirklich helfen, aus der Dimensionsfalte zu fliehen?«, fragte Jason.

Alfie nickte zustimmend. »Anscheinend will sie unbedingt zu Jackson. Ein wenig unheimlich ist das schon. Aber besser wir brechen gemeinsam aus, als dass wir auf Moriarty warten. Der würde hier alle erledigen.«

Moriarty war ein freundlicher, einfühlsamer Mann, aber wenn ihn jemand ärgerte, konnte er verdammt wütend werden. Alfie hielt ihn für einen tollen Vorsitzenden des dunklen Rates. Wobei er immer noch der Meinung war, dass die Bezeichnung ›dunkel‹ überhaupt nicht passte. Der Rat der sogenannten Lichtkämpfer war dagegen eine grausame Sekte.

»Schau nicht so grimmig, Baby Kent. Wir kriegen das hin.« Madison schlug ihm so fest gegen die Schulter, dass er taumelte.

»Ich bin auf jeden Fall gespannt, wie«, warf Jason ein. »Denn auch wenn sie uns hilft, dieser Trank sorgt dafür, dass wir die Barriere nicht durchschreiten können. So einfach lässt er sich nicht neutralisieren. Da kann Oroke noch so sehr zu ihrem Herzblatt wollen.«

Auf der einen Seite fand Alfie es gruselig, auf der anderen irgendwie toll. Jackson und Oroke fühlten sich über viele Kilometer und Dimensionsgrenzen hinweg zueinander hingezogen. Wer konnte schon von sich behaupten, eine derartige Liebe erlebt zu haben.

»Igitt, jetzt schaust du auch nicht viel besser«, kommentierte Madison.

»Ach, lass mich doch!«, fauchte er.

Madison runzelte die Stirn und setzte dazu an, etwas zu sagen, doch in diesem Augenblick hatte Oroke fertig gepackt.

Erwartungsvoll warf sie einen Beutel über die Schulter und nickte. »Wir können los.«

Ohne abzuwarten, trat sie aus ihrer ›Hütte‹. Sich an Orokes Fersen zu heften, erforderte absolute Konzentration, weshalb sie es schweigend taten. Seltsam, Alfie fand es schade, dass sie die Dimensionsfalte wieder verließen. Er hätte gerne noch etwas Zeit inmitten der Kuyakunga verbracht, ihre Bräuche studiert und sich mit der Magie der Hexenholzbäume vertraut gemacht. Andererseits dachte er dabei eher an einige Tage, nicht gleich an die Ewigkeit. Dass diese Magier es immer übertreiben mussten.

Auf dem Weg von der Barriere bis zum Dorf hatte er friedlich geschlummert, weswegen er kein Gefühl für die Entfernung besaß. Oroke führte sie zielstrebig durch das Unterholz, zwischen den Bäumen und unter gewaltigen Wurzelsträngen hindurch, die Bögen bildeten. Es war ein Ort voller Wunder.

Doch während Madison, Jason und er alle paar Meter staunten, nahm Oroke die Umgebung lediglich mit einem kurzen Blick wahr. Mehr als einmal bedachte sie Bäume oder bestimmte Pflanzen abschätzig.

Als Jason und Madison gerade mal wieder diskutierten, schloss Alfie zu der jungen Kuyakunga auf. »Fühlst du dich hier so unwohl?«

»Ja«, blaffte sie und ergänzte prompt etwas leiser: »Nein. Seltsam nicht, eigentlich sollte ich mich hier wohlfühlen. Jeder tut das. Klar, gewisse Dinge darf ich nicht und es gibt Regeln, aber das ist ja überall das Gleiche. Trotzdem sehne ich mich nach einem anderen Ort. Ich könnte dir nicht einmal sagen, welcher das ist. Es ist wie mit den Träumen.«

Alfie wich einer Liane aus, die sich bei genauerem Hinsehen als Schlange entpuppte. Kurz überlegte er, Madison zu warnen, grinste dann aber freudig auf, als hinter ihm ein Kreischen erklang. »Hast du noch mehr solcher Träume gehabt?«

Sie nickte. »Seit ich ein junges Mädchen war. Die Alten haben mich allen möglichen Tests unterzogen und behaupten, ich stamme von einem weißen Schamanen ab, der die Nebel der Zukunft teilen konnte.«

»Er konnte die Zukunft sehen?«

»Das war vor dem Wall wohl möglich.« Sie nickte. »Eine Zeit lang glaubten sie, ich könne durch meine Träume den Schatten kommender Ereignisse sehen.«

»Und?«

»Es sind Träume. Sie haben ganz offensichtlich eine Bedeutung, aber dass ich die Zukunft sehe, glaube ich nicht.«

Alfie fragte sich, wie es wohl sein mochte, sein Leben lang Träume zu erleben, die von allen für die Zukunft gehalten wurden. Oder hatten diese anderen recht? Vielleicht zweifelte Oroke an ihrer eigenen Gabe, weil sie andernfalls vor dem Rat hätte zugeben müssen, dass er recht hatte. Andererseits hatte es in einem von Moriartys Büchern dazu ein – wenn auch kurzes – Kapitel gegeben. Blicke in die Zukunft waren nicht länger möglich. Schon vor dem Wall war die Gabe selten und ungenau gewesen, doch mit der Erschaffung der magischen Sphäre hatten präkognitive Zauber endgültig ihr Ende gefunden.

Oroke wollte wissen, wie das Leben außerhalb der Dimensionsfalte aussah. Alfie erzählte ihr von seiner Heimat, England. In nächster Zeit würde er wohl nicht dorthin zurückkehren, sein Zuhause war die *East End*. Während die übrigen Schattenkrieger das neue Refugium einrichteten, waren Madison, Jason und er dauerhaft auf dem Luftschiff eingezogen.

Moriarty hatte nicht genauer erwähnt, weshalb er das wollte, doch sie hinterfragten die Entscheidung auch nicht. Die *East End* bot ihnen Freiheiten, die sie im neuen Refugium nicht gehabt hätten.

»Wir sind da«, erklärte Oroke und deutete auf eine wabernde Barriere.

»Lasst mich mal«, forderte Madison.

Oroke tat einen Schritt zurück und bedeutete Maddie, sich auszutoben.

»Aditorum«, aktivierte diese sofort den Zauber, der einen verborgenen Zugang – oder Ausgang – freilegte.

Tatsächlich entstand eine Spalte in der Barriere. Zufrieden machte Madison einen Schritt. Obgleich Alfie mit dem bloßen Auge kein Hindernis erkennen konnte, knallte sie prompt gegen … Luft.

»Der Trank in eurem Blut hält euch innerhalb der Grenzen des Herzens. Außerhalb gibt es kein Hexenholz, daher könnt ihr diese Barriere nicht durchschreiten.«

»Was ist, wenn wir ein Stück Holz abbrechen und mit uns

nehmen?«, fragte Jason. »Dann befinden wir uns dauerhaft in der Nähe von dem Zeug, bis Olga oder Moriarty den Zauber auf der *East End* lösen können.«

»Das wäre unklug«, erklärte Oroke. »Wenn ihr versucht, einen Ast abzubrechen, wird die Magie der Bäume euch töten. Ihr könnt nur nutzen, was das Herz freiwillig gibt.«

»Was sollen wir dann tun?«, fragte Alfie.

»Ganz einfach.« Oroke deutete auf die Barriere. »Der Trank kann nur von allen Ratsmitgliedern aufgehoben werden. Aber um ihn kurzzeitig zu neutralisieren, benötigt es lediglich einen. Und da ich zufällig blutsverwandt mit einem der Ratsmitglieder bin, kann ich das übernehmen.«

»Moment mal, was?!« Madison betrachtete Oroke aufgebracht. »Sag mir bitte, dass das nicht wahr ist.«

»Ka'uja ist mein Vater«, erklärte die Kuyakunga. »Mein voller Name ist Oroke'uja.«

»Shit! Dann sollten wir verdammt schnell hier weg. Du glaubst doch nicht, dass dein Vater gemütlich in der Hängematte liegt. Der merkt es doch sofort, wenn du dich der Barriere näherst.«

Oroke machte eine beruhigende Armbewegung und wollte ganz eindeutig widersprechen.

Doch der Speer, der sich glühend zwischen ihnen in die Erde bohrte, gab Madison recht.

22

Dunkel oder Licht?

Die Oper spielte, doch ihre Klänge waren misstönend. Mozart betrachtete zufrieden die sich anbahnende Katastrophe. Dies war das Ende von Antonio Salieri.

»Mein Bester, da habt Ihr aber schon g'schmeidigere Opern g'zaubert«, kommentierte der Abgesandte des Erzherzogs.

Mit zusammengepressten Lippen nickte der Antonio. Abgehackt natürlich und unzufrieden. Mozart hingegen schwebte auf Wolken. Mit Wohlwollen hatte der Gesandte eine Träne mit dem weißen Taschentuch des Fürsten fortgetupft, den kleinen Finger weit abgespreizt, als er Mozarts Klängen lauschte.

Gerührt war er gewesen.

Zu Tränen! Ha!

Mozart ließ sich den Triumph nicht anmerken. Stattdessen schenkte er dem Salieri einen bedauernden Blick und warf unterstützend ein: »Aber lauscht doch dem Crescendo.« Damit war der falschen Hilfe Genüge getan.

»Das Crescendo. Nun ja.« Der Gesandte lächelte, doch es wirkte eher, als habe er auf einen Frosch gebissen und zwinge sich zu einem freundlichen Gesicht. »Es ist nett. Alles lauter, bis zum Höhepunkt. Doch, wahrlich – das ist es: nett.«

Darauf hätte Mozart gerne angestoßen. Auf *nett*. Er mochte

das Wort. Vor allem, wenn es auf Antonio Salieris Arbeiten angewendet wurde.

Dessen Karriere am erzherzöglichen Hof war damit beendet. Mozarts Stern ging stattdessen auf. Ja, er würde gemeinsam mit seinem Constanzerl die besten Kleider tragen und ein gern gesehener Gast des Adels sein. Es war das Leben, wie er es sich erhofft, erträumt und ersehnt hatte.

Nach der Oper wollte er dem Antonio sein Bedauern aussprechen, doch der war fort. So ging das auf keinen Fall. Er musste doch ein paar Worte mit ihm wechseln, verdeutlichen, dass er – Wolfgang Amadeus Mozart – ihm jeden Erfolg gönnte. Egal wie klein der war.

Er fand Salieri in ein Gespräch mit dem Furthofener vertieft. Da beschwatzte er den doch tatsächlich, sprach von Intrigen und angeblichen Verschwörungen, die Mozart gegen ihn hegte. Entsetzt bemerkte Mozart, dass der Furthofener Salieri glaubte. Und der besaß das Ohr des Erzherzogs.

Eine eisige Klaue umschloss Mozarts Herz.

Konnte der Erfolg sein Untergang werden?

Er wich zurück, damit die beiden ihn nicht bemerkten, und landete prompt am privaten Tisch Antonio Salieris. Hier würde er speisen, eindeutig. Der Wein stand schon bereit. War das wohl die Möglichkeit? Wie dahingezaubert lag der Flakon mit dem Arsen in seiner Hand. Er konnte den Korken herunterziehen und alles ins Weinglas kippen. Niemand würde es verdächtig finden, wenn ein Mann wie der Antonio einfach umkippte. Feinde hatte der schließlich genug.

Mozart hob die Hand. Und verharrte über dem Glas. Etwas in seinem Inneren sträubte sich, wollte ihn davon abhalten, die Tat auszuführen. Ja, da war dieses Licht. Unschuldig und rein, wie ein Kind, das ihm Kraft spendete und ihn davon abhalten wollte, etwas Schreckliches zu tun – ein Leben zu nehmen.

Er kämpfte dagegen an und wollte es doch tun. Immerhin ging es nicht nur um sein Leben! Auch Constanze würde in den Abgrund stürzen, wenn Mozart sie nicht länger beschützen konnte.

Doch wie durch Magie sah er vor seinem geistigen Auge die leblose Gestalt des Antonio Salieri. Sollte er wirklich ein Leben nehmen, wegen einer Intrige?

Erschrocken über sich selbst riss Mozart die Hand zurück. Beinahe hätte er das Schrecklichste getan, was ein Mensch tun konnte. Er war doch kein Mörder, das wollte er nicht sein. Zeit seines Lebens hatte er oft den Schabernacker gemacht, aber doch niemals, um andere zu verletzen. Er wollte mit seiner Musik berühren, verzaubern, umfangen, das Leben der Menschen verändern. Auf eine gute Weise.

Die Umgebung verschwand von einer Sekunde zu nächsten.

Mozart kauerte auf einer weiten Ebene. Über ihm schwebten die Spiegel. Wie angeknipst kehrte seine Erinnerung zurück, ebenso Nikodemus, der Gute.

»Was war das für ein Streich?«, fragte der Freund. »Du warst fort und in der nächsten Sekunde wieder da.«

»Ein Test«, erklärte Mozart. »Getestet haben sie mich, oh ja.«

»Und natürlich hast du bestanden. Sag's nur, Mozart.«

Vermutlich war sein bedrücktes Gesicht Aussage genug, denn Nikodemus, der Gute, wirkte sogleich auch unglücklich.

»Oh.«

»Ich hätte ihn töten soll'n, den Antonio Salieri.«

»Wie garstig. Nein, ganz abscheulich. Und dann hast du es natürlich gelassen.«

»Ich könnt niemals … undenkbar.« Eine tiefe Ruhe umfasste Mozart. »Niemals.«

»Dann ist's vorbei.«

Nikodemus grinste. Dann war er fort. Einfach so. Für eine Sekunde hätte Mozart schwören können, dass sein Äußeres sich in das eines Mannes mit Bart und klappriger Statur gewandelt hatte. Als sei der gute Nikodemus nur ein Trugbild gewesen. Aber das konnte doch nicht sein. Er war sein einziger Anker, sein Freund.

Die Spiegel begannen zu vibrieren und mit ihnen die gesamte Ebene. Selbst das Sigil in seinem Inneren konnte Mozart nicht länger Sicherheit spenden, nicht an einem Ort wie diesem, der von Dunkelheit durchzogen wurde. Risse bildeten sich in der Erde, die Schwärze ringsum verdichtete sich.

Er hatte Angst.

Und doch war er froh.

Welch ein Leben konnte es sein, in dem er ewig leben durfte, weil er bereit war zu töten? Gnadenlos, gemein, immer auf den eigenen Vorteil bedacht und nur auf diesen. So wollte er nicht sein.

Mit einem Lächeln dachte er an sein Constanzerl. So lange war sie begraben, falls der Nikodemus nicht gelogen hatte. Ob sie die letzten Jahre ihres Lebens in Freude verbracht hatte? Schade war es, dass sie nicht mehr Zeit gehabt hatten. Einen weiteren Sohn hätte er gerne ins Leben entlassen, hatte aber nie die Zeit gefunden. An Versuchen hatte er es nicht mangeln lassen, aber aufgepasst hatte sie, die Constanze. Ein weiteres Kind in Armut? Unmöglich. Doch wenn er jetzt in sein Inneres lauschte, fühlte er die lodernde Flamme neuen Lebens und purer Freude, vermischt mit Unschuld. Es war das Sigil, das ihn schützen wollte vor der boshaften Ausstrahlung der Dunkelheit. Natürlich war es nicht stark genug. Die dunklen Schöpfer hatten ihr Urteil gefällt und setzten es gnadenlos um.

Der Wind frischte auf und trug winzige Körner mit sich heran, die über Mozarts Haut schmirgelten.

Sein zweites Leben endete, bevor es überhaupt begann. Wie gerne hätte er die Welt dort draußen gesehen. Den Menschen seine Musik gebracht, verzaubert auf die neuen Klänge gelauscht. Doch nichts davon war ihm vergönnt.

Im Tod hatte Antonio Salieri seinen letzten Trumpf gezogen. Oder doch nicht? Hatte er stattdessen nicht verloren? Mozart war nicht zum Mörder geworden, hatte sich die Reinheit seiner Seele und seines Sigils bewahrt.

»Dann geh ich halt.«

Und er begann, ihn zu summen, den Sonnenklang.

Das Ende kam.

23
Die transzendente Apparatur

»Die was?«, hakte Alex nach.

Von Thunebeck warf ihm einen gefährlichen Blick zu. »Meine transzendente Apparatur.«

»Aha.« Irgendwas musste Alex ja sagen.

»Ein beschränkter Geist wie der deine kann damit natürlich nichts anfangen.«

Wann sie zum *Du* übergegangen waren, hatte Alex nicht bemerkt, aber er hatte keine Probleme damit, mit gleicher Münze zurückzuzahlen. »Dann erklär es uns einfachen Geistern doch mal verständlich.«

»Ich werde mich bemühen.« Die Essenzmanifestation des Magiers verschränkte die Arme hinter dem Rücken und stolzierte zum zentralen Punkt des Raumes. »Es war so simpel wie genial. Meine Idee bestand darin, auf der Basis uralter Baupläne eine transzendente Apparatur zu entwickeln. Die Kernelemente sind verbunden mit einem gewaltigen Bernsteinnetz, welches das gesamte Fundament des Castillos durchzieht. An verschiedenen Punkten der Außenmauer gibt es Himmelsglasprismen, die die Energien umleiten. Auf dieser Basis entsteht bei der Aktivierung der Apparatur eine Kuppel.«

»Aha«, kommentierte Alex. »Eine Schutzsphäre.«

»Nein!«, motzte von Thunebeck. »Und hör auf, mich zu unterbrechen. Habt ihr in der Jetztzeit keine Manieren mehr? Nimm dir ein Beispiel an der Frau, sie weiß, wie man sich verhält.«

An dieser Stelle hätte Jen dem arroganten Wicht sehr deutlich die Meinung gesagt, schade, dass sie nicht hier war. Kyra war noch zu sehr von der Vergangenheit geprägt.

»Es ist eine Apparatur zur magischen Translokation.«

»Wie bitte?«, hakte nun auch Kyra nach und entband Alex damit von dieser Pflicht.

»Das Castillo verschwindet und taucht an einem anderen Ort wieder auf.«

»Wow. Ein springendes Castillo. Voll cool.«

»Ku-ul? Nun ja, wenn das Wort ein positiver Ausdruck ist, stimmt das wohl.« Von Thunebeck lächelte huldvoll.

Alex verzichtete darauf, ihm zu erklären, wie das Wort korrekt betont wurde. »Aber ich verstehe nicht, wieso dann dieses furchtbare Artefakt eingesetzt wurde.«

»Der oberste Magier war ein Idiot«, platzte es aus dem Geist heraus. »Die wenigen Fehler hätten wir problemlos ausmerzen können.«

»Welche Fehler denn?«, fragte Kyra.

Von Thunebeck betrachtete seine Fingernägel. »Zum einen lässt die Apparatur nicht zu, dass wir den Zielort bestimmen. Deshalb hätten wir immer erst dort herausgefunden, wo wir gelandet sind. Hierfür hätten wir natürlich Sicherungsmaßnahmen ergreifen können.«

In Gedanken sah Alex das Castillo irgendwo unter dem Meer oder auf dem Mond materialisieren. Zudem gab es diverse Splitterreiche, von denen er in Jules Vernes Büchern gelesen hatte. In diesen wollte er lieber nicht landen, niemals.

»Das ist alles?«

»Quasi.«

»Definiere ›quasi‹!« Alex hielt den Blick auf den Geist gerichtet, dieses Mal gewann er das Duell.

»Die Apparatur lässt sich nicht ausschalten«, gab von Thunebeck zu. »Wir wären also immer weitergesprungen. Das Castillo hätte ein Ziel angesteuert, dort hätte es eine gewisse Zeit verharrt, bis es weitergesprungen wäre.«

»Das wird ja immer schlimmer«, konnte Alex sich nicht verkneifen. »Es muss doch eine Möglichkeit geben, das abzustellen.«

»Besser, als von Feinden überrannt zu werden«, gab Kyra zu bedenken.

Der Geist schenkte ihr ein strahlendes Lächeln. »Du verstehst es. Im Gegensatz zu diesem Kretin. Außerdem wäre es natürlich nicht ewig weitergegangen. Nur, bis das Noxanith verbraucht gewesen wäre.«

»Das Metall vom Anbeginn?«, hakte Alex nach.

»In der Tat. Kurz vor der bedauerlichen Fehlentscheidung, die alle hier das Leben kostete, fand einer der Archäomagier zahlreiche Artefakte vom Anbeginn. Sie wurden eingelagert. Ich entnahm einen Metalldolch und es gelang – durch die Einwirkung von Magie – das Metall zu zerpulvern.« Er deutete auf den Glaszylinder. »Solange Pulver vorhanden ist, arbeitet die Apparatur. Ist es aufgebraucht, stellt sie die Arbeit ein.«

»Aber der Zylinder ist leer.«

Nils ging näher heran, nahm den Behälter auf und schüttelte ihn. Bedauerlicherweise war der Zwerg so klein und der Zylinder so groß, dass er ihn nicht halten konnte. Er taumelte, dann erklang ein lautes Scheppern.

»Pass gefälligst auf!«, brüllte von Thunebeck. »Glücklicherweise besteht der Zylinder aus Himmelsglas. Trotzdem sollte kein Kind ihn anfassen.«

Nils flitzte zu Ataciaru und vergrub das Gesicht in dessen Fell.

Von Thunebeck ging zu dem Zylinder, hob ihn auf und stellte ihn wieder neben das Podest. »Das enthaltene Noxanith hat sich über die Jahre durch das Glas des Zylinders transzendiert und in meinen Knochen abgelagert. *Deshalb* kann ich phasenweise feste Materie annehmen. Wenn auch bedauerlicherweise nicht für lange.«

»Unglaublich«, hauchte Kyra.

»Für meinen Geschmack habt ihr hier ein wenig viel mit Artefakten vom Anbeginn hantiert«, stellte Alex fest. »Wer kann schon sagen, was passiert wäre, wenn du die Apparatur in Gang gesetzt hättest? Bei diesem anderen Ding hätte auch niemand damit gerechnet, dass es jedes Sigil leer saugt.«

»Auch die Höhlenmenschen hatten vor langer Zeit Angst vor dem Feuer.« Die arrogant hochgezogene Augenbraue machte deutlich, wen von Thunebeck für den Höhlenmenschen in diesem Raum hielt.

»Wenigstens bin ich noch am Leben«, gab Alex gekonnt schlagfertig zurück. »Wenn du vorsichtiger gewesen wärst, würden wir jetzt nicht mit einer Essenzmanifestation sprechen.«

»In Anbetracht der Tatsache, dass all meine Gefährten in diesen Mauern gestorben sind, habe ich wohl das bessere Los gezogen.«

Er musste wirklich immer das letzte Wort haben!

»Moment, wer war es denn nun? Wer hat dich im magischen Kreis eingeschlossen?«

»Oh, richtig, das hatte ich ganz vergessen. Das war ich selbst.«

»Bitte?«

Von Thunebeck nickte eifrig. »Brillant, nicht wahr? Die eine

Hälfte der Lichtkämpfer wollte das Castillo entmaterialisieren, die andere war für die transzendente Apparatur. Bedauerlicherweise habe ich die Hinterhältigkeit dieser elenden Verräter unterschätzt. Kurz vor der großen Abstimmung wurde ich hier unten eingesperrt. Es war mir natürlich klar, wie das Ganze ausgeht. Also habe ich den Kreis entworfen, um vor den Auswirkungen des Artefaktes geschützt zu sein.«

»Du hast also geahnt, was passiert?«, fragte Alex.

»Natürlich. Deshalb habe ich ja dagegen argumentiert und hier an einem Ersatz gearbeitet. Bedauerlicherweise war die Dummheit erneut größer als das Genie.« Er breitete die Arme aus.

Alex war stolz darauf, auf jeden Kommentar zu verzichten. Obgleich es ihn Überwindung kostete.

»Wo ist Nils?«, fragte Kyra.

Verwirrt sah Alex sich um. Ataciaru saß noch immer hinter ihnen, hatte den Kopf auf die Pfoten gelegt und lauschte. Von Nils gab es jedoch keine Spur.

»Ich schaue nach ihm«, versprach Alex. »Ihr könnt euch ja überlegen, was wir mit den Knochen machen.«

»Was ist denn das für eine Frage?!«, keifte von Thunebeck sofort los. »Nichts natürlich.«

Alex ignorierte ihn und verließ die Katakomben.

24

Ein Herz, zu bluten

»Der Übertritt ist euch verwehrt!«, brüllte Ka'uja.

Der älteste Ratsherr war wütend. Diplomatisch formuliert. Vermutlich hatte das etwas damit zu tun, dass sie gemeinsam mit seiner Tochter hatten fliehen wollen.

»Du kannst sie nicht ewig hier festhalten!«, brüllte Oroke zurück.

»Es geht nicht um mich oder dich.« Ka'uja führte eine Formation aus Kriegern an, die in Sichtweite näher kamen. »Hier geht es um das Wohl des Volkes. Du kannst das Herz des Waldes jederzeit verlassen, der Blutschwur bindet dich an Verschwiegenheit. Nicht jedoch diese drei!«

»Tja, das tut mir aufrichtig leid, aber wir werden gehen«, mischte Madison sich in ihrer üblichen freundlichen Art ein und zeigte Ka'uja einen ihrer Finger. Den mittleren.

Die Krieger hoben ihre Essenzlanzen. Die Eisenspitzen glühten auf, magische Blitze zuckten über das Holz.

Madison und Jason erhoben ihrerseits die Essenzstäbe. Alfie verzichtete noch darauf. Möglicherweise gab es eine Möglichkeit der Deeskalation. Die Erinnerungen an sein Zuhause waren da hilfreich. Wie oft waren Gangs aneinandergeraten, hatten Schüsse die nächtliche Stille zerrissen.

»Wir müssen das nicht mit Gewalt lösen.« Alfie hob beide Hände.

»Könnten wir aber«, warf Madison ein. »Die haben uns vergiftet, Baby Kent.«

»Wenn ihr uns gehen lasst«, rief Alfie unbeeindruckt weiter, »können wir das Ganze vergessen.«

»Das ist unmöglich«, erklärte Ka'uja.

Jason veränderte allmählich seine Position, wodurch er mit Madison und Alfie einen Fächer bildete. Drei unterschiedliche Positionen waren schwieriger anzuvisieren. In den vergangenen Wochen hatten sie nicht umsonst ständig trainiert.

»Wir gehen!«, erklärte Madison kategorisch.

Ka'uja öffnete die Hand. Sein Speer kehrte dorthin zurück. »Stoppt sie.«

Die Worte waren fast leise, völlig ohne Emotion ausgesprochen, doch sie entfesselten einen Sturm. Die Krieger der Kuyakunga stürmten voran. Worte wurden so schnell gebrüllt, dass Alfie sie nicht erfassen konnte. Afrikanische Zauber, verwoben mit Latein und Altdeutsch.

Die Erde brach auf, eine Horde halb durchscheinender Rhinozerosse preschte auf sie zu.

»Gravitate Negum!«, rief Jason und ließ sie alle drei in die Luft steigen.

»Potesta Maxima.« Alfie deckte die Krieger mit Kraftschlägen ein.

»Contego!« Eine schützende Sphäre umhüllte sie. »Da guckst du, was?!« Madison lachte. »Das ist Teamwork.«

Eine schnelle Folge aus Klacklauten schoss aus Ka'ujas Kehle. Wind kam auf, erfasste aber nur Jason. Dieser konnte den Zauber nicht länger halten und landete krachend im nächsten Baum.

Neben Madison landete Alfie auf dem Boden.

»Ignis Aemulatio!« Madison schleuderte eine Feuerlohe auf den Ratsherrn.

Sie besaß keinerlei Effekt, da er kurzerhand Wasser aus dem Erdreich saugte. Doch die übrigen Krieger vereinten ihre Essenzspeere und schleuderten verästelnde Blitze auf die Schutzsphäre. Madisons Zauber erlosch schlagartig, die folgende Energie warf sie geschockt durch die Luft.

»Vater, hör auf!«, forderte Oroke.

Die junge Kuyakunga mischte sich nicht in den Kampf ein. Entweder sie wollte nicht gegen ihre eigenen Leute kämpfen oder der Blutschwur hinderte sie daran.

Damit war Alfie alleine.

Er etablierte einen neuen Schutzzauber, doch die Krieger ließen Kraftschläge darauf einprasseln. Erste Risse entstanden, weitere kamen hinzu. Seine Essenz ging zur Neige. Die Bernsteinkörner in seinem Blut waren leer, die Artefakte nahezu entladen. Längst schickte der Siegelring ein warmes Glimmen aus.

Doch woher sollte er die fehlende Essenz nehmen?

Die Krieger würden kaum den Kampf einstellen, damit er mit Jason und Madison ein wenig Spaß haben konnte, um wieder an Essenz zu gelangen.

Die Sphäre kollabierte.

Gebündelte Gravitation erfasste Alfie und schleuderte auch ihn durch die Luft. Die Umgebung schien in einem dickflüssigen Sirup gefangen, alles verlief in Zeitlupe, während sein Geist mit absoluter Klarheit jedes Detail erfasste.

Oroke schrie, ihre Augen waren schreckgeweitet auf die Angriffszauber gerichtet. Im Blick ihres Vaters gab es nichts außer Gnadenlosigkeit, er würde sie niemals gehen lassen. Keinen von ihnen. Die Krieger befolgten ihre Befehle, und ja: Sie waren wütend.

Zwischen den Bäumen schwebte ein Vogel, die Flügel ausgebreitet und langsam schlagend. Staub wallte auf, wo die Krieger über die Erde trampelten. Grasbüschel bogen sich, Baumwipfeln raschelten, ein uralter Atem wehte an den Stämmen vorbei und umfing Alfies Seele. Er konnte die Kraft darin spüren. Essenz, überall ringsum, verborgen im Grün des Laubes, den Körnern der Erde, dem Geäst der Wipfel. Die silbrigen Gespinste bestanden aus purer Essenz, schwebten zwischen den uralten Baumriesen hindurch und blieben unbeeindruckt von dem Kampf am Boden.

Doch da war noch etwas.

Eine Präsenz, so alt wie der älteste Baum. Sie gab, aber sie nahm auch. Sie wuchs und gedieh, beschützte und bewahrte. Er konnte die Macht des Seins selbst spüren.

Die Augen von Ka'uja weiteten sich. Er starrte Alfie an, als sei dieser ein Gespenst. Zum Leben erwacht, um sie alle zu vernichten.

Noch während er durch die Luft segelte, breitete Alfie die Arme aus. Er sperrte sich nicht länger, versuchte aber auch nicht, von selbst danach zu greifen. Es musste ohne Zwang geschehen.

Und das Herz des Waldes reagierte.

Silbrige Flammen umloderten Alfies Körper, als alle Bernsteinkörner in seinem Blut abrupt mit Essenz befüllt wurden. Ganz besonderer Essenz. Sie kam aus den Tiefen der Erde, getragen von dem Atem der Ahnen, verstärkt durch die lange Zeit im Inneren der Wurzeln, des Holzes, im Netzwerk unter der Erde.

Denn genau das war es. Ein gewaltiger, lebender Organismus. Ein Sigil aus Wurzeln, das alles innerhalb der Dimensionsfalte miteinander verband und beständig Essenz produzierte. Das

Land selbst, das Erdreich, alles war Teil dieses Organismus.

Und da war noch mehr.

Alfies Sturz endete abrupt. Er hing in der Luft wie ein herabgestiegener Engel, umlodert von flammender Essenz, die Arme weit ausgestreckt. Bilder drangen in sein Bewusstsein. Sie zeigten Männer und Frauen aus längst vergangener Zeit. Sie hatten hier gelebt und waren hier gestorben. Die Wurzeln des Waldes hatten all diese Leben, all die Erinnerungen aufgenommen und bewahrten sie für die Ewigkeit.

Er konnte sehen, was vor zehn Jahren hier geschehen war und vor hundert und vor tausend. Alles lag ausgebreitet vor ihm, als befände er sich im Jetzt und im Damals zugleich. Erinnerungen bildeten Geschichten und die Geschichten das Fundament, auf dem diese Gemeinschaft ruhte.

Die Unsterblichen des Rates würden alles tun, um diese Macht in Händen zu halten. Alles. Dschingis Kahn oder Rasputin würden hierhereilen, so schnell es ging.

»Das Geheimnis muss gewahrt bleiben«, flüsterte er.

Sanft glitt er zu Boden und ließ seine Arme sinken.

»Wir können nicht kämpfen.«

»Was!« Wütend stapfte Madison aus dem Dickicht hervor und zupfte einen Regenwurm aus ihren Haaren. »Du spielst hier Captain Marvel und dann sagst du einfach: Wir dürfen nicht kämpfen. Hau sie um und dann raus hier.«

Alfie öffnete die Hand.

Zwei Funken lösten sich daraus und glitten zu Jason und Madison.

Augenblicke später ließ Madison ihren Essenzstab sinken. »Verdammt. Wir können nicht kämpfen.« Sie schnaubte. »Ich will trotzdem hier heraus.«

Alfie nickte. »Und da gibt es durchaus eine Möglichkeit.«

25

Ein Herz, zu bewahren

Die Nadel stach durch die Haut.
Wurzelblut nannten die Kuyakunga die Tinte, mit der das Symbol eingestochen wurde. Immerhin durfte sich jeder den Platz aussuchen. Lustigerweise hatten sich sowohl Jason als auch Madison und Alfie jeweils für die linke Schulter entschieden. Das verschlungene magische Zeichen war nur handtellergroß, kam aber mit einer gewaltigen Wirkung.

»Ihr könnt diesen Blutschwur niemals brechen«, hatte Ratsherrin Ata'ja erklärt, nachdem Ka'uja wütend mit seiner Tochter aus der Hütte gestürmt war.

Immerhin hatte Orokes Vater auf einen weiteren Kampf verzichtet, nachdem er erkannt hatte, dass das Herz des Waldes Verbindung mit Alfie aufgenommen hatte.

Die Lösung für ihrer aller Problem war genau genommen recht simpel. Sie unterwarfen sich dem Blutschwur und konnten damit außerhalb der Dimensionsfalte niemandem von dem geheimen Ort erzählen.

Vorausgesetzt, sie wurden akzeptiert.

Helfer reichten ihnen Holzschalen. Obwohl sie mit Getränken keine gute Erfahrung an diesem Ort gemacht hatten, trank Alfie, ohne zu zögern. Nach einem skeptischen Blick folgten auch Jason und Madison. Letztere, nachdem sie Alfie einen genervten Blick zugeworfen hatte.

Wärme spülte Alfies Bewusstsein fort.

Als er die Augen öffnete, stand er auf jener Ebene, die in der Realität dort lag, wo die Dimensionsfalte sich befand. Der Boden war von dunkler Erde bedeckt, Bäume ragten empor. Dazwischen standen Männer und Frauen, junge und alte Menschen, gingen, hüpften oder lagen am Boden. Doch sie bestanden nicht aus Haut und Knochen, sondern aus gefestigter Erde, erstarrt in Bewegungslosigkeit.

Alfie machte einen Schritt und bemerkte erst jetzt, dass er nackt war. Es störte ihn nicht, denn es wirkte an diesem Ort völlig natürlich. Die Bäume glommen in einem silbrigen Licht, doch davon abgesehen gab es überall nur Erde. Verblüfft registrierte Alfie, dass zwischen den Kuyakunga – um solche handelte es sich zweifellos – auch Abbilder von seinem Bruder und seiner Mutter standen. Seltsam, normalerweise peitschte der Gedanke an Alex puren Hass durch seine Adern, doch hier war das anders. Er spürte nur ... Bedauern. Und Beunruhigung.

Wind kam auf und trug die typischen silbrigen Gespinste mit sich heran. Sie glitten über den Horizont, warfen ihren Schein auf die Figuren. Erde bröckelte. Doch dort, wo eine Figur zerfiel, entstand eine neue.

Tiere kamen hinzu, die Kleidung veränderte sich. Alfie glaubte, sie verschiedenen Epochen zuordnen zu können. War das hier eine Reise durch die Erinnerung?

In der Ferne erschienen Farbtupfer.

Im Näherkommen erkannte er Rasputin. Direkt neben ihm schritt Moriarty aus. Beide schwangen ihre Essenzstäbe und zerstören Erdfiguren wie ein Bagger, der ein Sonnenblumenfeld niedermähte. Schönheit, Leben und Hoffnung verschwanden, wichen einem gebrochenen Land.

Alfie riss seinen Essenzstab empor. Woher der kam, wusste er nicht, aber das spielte keine Rolle. Er musste die Unsterblichen aufhalten. Gerade wollte er den Zauber für eine Gegenattacke sprechen, da hielt er inne. Moriarty hatte ihm die Welt der Magie nähergebracht, ihm Wunder gezeigt und all das erst gegeben. Alfie gab sich keinen Illusionen hin, der Unsterbliche konnte ihm auch alles wieder nehmen. Vermochte er auf die Magie zu verzichten? Die Nähe zu Madison und Jason? Konnte er als unbedarfter Nimag an einem Ort leben, der jede Hoffnung im Keim erstickte?

Genau das wäre seine Zukunft.

Doch tat er nichts, würden Rasputin und Moriarty sich alles nehmen. Sie würden die Barriere niederwalzen, in das Herz des Waldes vordringen und dem Boden die Essenz entreißen. All die Erinnerungen, die Leben, die einst gewesen waren, würden zerbröseln.

Direkt neben ihm geschah genau das mit einer der Figuren. In einem Augenblick war da noch das lachende Gesicht eines heranwachsenden Jungen, im nächsten zerfiel die Erde. Im Reflex ließ Alfie seinen Essenzstab fallen und versuchte, die Figur zu stabilisieren. Ohne Erfolg. Erde rann durch seine Finger und wurde zu Asche und Staub. Der Wind trug die Reste davon.

Moriarty und Rasputin tobten weiter, gingen gnadenlos gegen die Erdfiguren vor, die sich nicht wehrten. Sie standen einfach nur da und ertrugen ihr Schicksal in schweigender Endgültigkeit.

»Was soll ich tun?« Verzweifelt klaubte Alfie seinen Essenzstab auf. »Ich kann doch nicht gegen Moriarty kämpfen.«

Hatte er überhaupt eine Chance?

Oder war er damit lediglich ein Opfer, das vermieden werden konnte?

»Alfie Kent, reiß dich zusammen.«

Er wusste, was das Richtige war. Mit erhobenem Essenzstab trat er Moriarty in den Weg. Der lachte nur und machte weiter. Wie ein wild gewordener Derwisch tobte er zwischen den Figuren hindurch.

Ohne nachzudenken, entfesselte Alfie ein magisches Feuer ...

... und verbrannte Moriarty zu Asche.

Keuchend fuhr er auf, sah sich verwirrt um. Das Tattoo auf seinem Schulterblatt brannte. Er trug nur seine Cargo-Hosen.

»Was ist passiert?«

»Du hast die Reise in das Erdreich vollendet«, erklärte Oroke. Sie saß mit untergeschlagenen Beinen neben ihm. »Du wurdest akzeptiert, der Blutschwur ist angenommen.«

»What the f...« Jason kam ruckartig hoch.

»Alles klar?«, fragte Alfie.

»Ich habe gerade Dschingis erledigt.« Er schlug sich vor den Mund. »Das war natürlich nur metaphorisch gemeint. Ich würde nie ...«

»Lass gut sein, bei mir waren es Moriarty und Rasputin.«

»Oh.«

»Er hat also auch bestanden?«, wollte Alfie von Oroke wissen.

»Das hat er«, bestätigte die Kuyakunga.

Sie blickten geschlossen zu Madison. Ein Schweißfilm stand auf ihrer Stirn, sie zuckte. Doch schließlich fuhr auch sie in die Höhe. »Ich hasse euch, ihr blöden W...«

»Sie hat auch bestanden«, erklärte Oroke schnell.

»Wer war es denn bei dir?«, fragte Jason.

Der Blick, den Madison ihm zuwarf, ging tief und war getränkt mit Bitterkeit. »Ihr beiden. Ich habe euch getötet.«

Damit sprang sie auf und stapfte hinaus.

»Wow, sie fühlt sich richtig beschissen«, flüsterte Jason.

»Oh ja, es tut echt weh«, ergänzte Alfie, nur um ruckartig Oroke anzustarren. »Moment mal. Ich fühle, was sie fühlt!«

Die Kuyakunga winkte ab. »Ihr drei seid über den Blutschwur miteinander verbunden. Das hat verschiedene Effekte. Je näher man sich steht, desto mehr wird durch die magische Verbindung geteilt. Gefühle, Gedanken ...«

»Gedanken!«, brüllte Alfie. »Hättet ihr das vielleicht mal vorher erwähnen können?!«

»Ist das denn wichtig?«

Er schnaubte. »Ich hoffe, du hast dich von deinem tollen Vater verabschiedet. Wir bleiben keine Minute länger hier. Ich habe genug von dieser blöden Magie!«

»Wow, du bist ja richtig sauer«, hauchte Jason. »Das fühlt sich krass an.«

Alfie ballte die Fäuste und brüllte einmal laut auf. Dann tat er es Madison gleich und stapfte aus dem Raum.

26

Die Zusammenkunft

Der Rückweg war überraschend kurz. Nachdem sie das Herz des Waldes verlassen hatten, brachte Madison sie alle gleichzeitig auf die *East End* – und wäre prompt fast kollabiert. Es war allein der schnellen Hilfe von Olga mit einem Essenzstärkungstrunk zu verdanken, dass Schlimmeres abgewendet wurde.

Moriarty blieb kaum genug Zeit, sich Oroke vorzustellen, da drängte diese bereits in Richtung Krankenstation. Er ließ sie gewähren.

Exakt in der Sekunde, in der die Kuyakunga eintrat, erwachte Jackson.

»Ich kenne dich«, flüsterte Oroke. »Aus meinen Träumen.«

Jackson lächelte. »Und ich kenne dich.«

Im nächsten Augenblick umschlangen sie einander und verfielen in einen innigen Kuss.

»Wow. Das nenne ich mal ein erstes Date«, flüsterte Jason.

»Im Geiste waren sie sich schon sehr lange nahe«, kommentierte Moriarty. »Sie waren füreinander bestimmt. Wo habt ihr sie gefunden?«

»Ein Dorf am Rande des Okavango River«, erklärte Madison. »Ziemlich kaputt, ziemlich winzig. Sie wollte sofort mit hierher.«

Alfie überreichte Moriarty den Kompass.

»Gute Arbeit. Allerdings bin ich noch nicht sicher, ob das etwas Gutes ist.«

»Wieso?«, fragte Alfie und beobachtete den Unsterblichen eingehend.

»Weil wir weder wissen, wann und wo dieser alte Pakt entstand, noch weshalb in jeder Generation bis zum Tod gekämpft wird. Diese beiden haben sich gefunden. Was wird passieren, wenn die anderen soweit sind?«

»Anscheinend gab es diesen netten kleinen Kampf schon in jeder Generation und wir sind alle noch da.« Madison zuckte leichthin mit den Schultern. »Von mir aus können sie sich gegenseitig umbringen.«

Moriarty schien sie nicht wahrzunehmen, als er sagte: »Alles hat einen Grund. Manchmal sind die Konsequenzen erst abzusehen, wenn es zu spät ist. Die Lichtkämpfer haben seit Generationen für den Wall gekämpft, jetzt wird ihnen schmerzlich bewusst, was das wirklich bedeutet. Die Magie sinkt weiter, Essenz wird stetig knapper. Und vergessen wir nicht die Prophezeiung. Wenn der Wall entsteht, wird das Böse triumphieren. Er ist entstanden.«

»Also, bisher triumphieren wir noch nicht«, merkte Jason mit einem Grinsen an, wurde aber sofort ernst, als Moriartys Blick ihn traf.

»Wir mögen für eine Zerstörung des Walls stehen und für ein gnadenloses Vorgehen gegen unsere Feinde, aber keiner von uns ist böse aus sich selbst heraus. Nein, damit ist etwas anderes gemeint.« Er kraulte sich gedankenverloren den Bart. »Wir wissen noch immer zu wenig. Der Pakt, der Wall, alles hängt zusammen. Aber ich weiß nicht, wie.«

»Vielleicht können die beiden uns helfen.« Alfie nickte mit dem Kinn in Richtung Oroke und Jackson.

Tatsächlich nahm Moriarty neben dem küssenden Paar Aufstellung und räusperte sich vernehmlich. »Dürfen wir vielleicht kurz stören?«

Jacksons Wangen nahmen einen leichten Rotton an.

Oroke nickte nur huldvoll. »Ich muss dir danken. Du hast Madison, Alfie und Jason geschickt. Sie haben mich hierhergebracht, wo ich meinen Seelenverwandten gefunden habe. Es ist, als sei ein Schleier fort, der die Sicht auf die Welt bisher verfälscht hat.«

»Ich kann es spüren«, flüsterte Jackson. »Es sind nur diffuse Bilder, aber sie werden klarer. Bald wissen wir, was zu tun ist.«

Oroke nickte nachdrücklich. »Gemeinsam.«

Olga hatte in der Bewegung innegehalten und den Worten ebenso gelauscht wie alle anderen.

»Gut, gut«, sagte Moriarty. »Ich lasse eine Kabine an Bord der *East End* herrichten. Bis ihr eure weiteren Schritte geplant habt, seid ihr meine Gäste.« Als Jackson den Mund öffnete, ergänzte Moriarty: »Ich bestehe darauf.«

Ohne weiter auf die beiden zu achten, verließ er die Krankenstation und verschwand in seinem Studierzimmer. Die Tür waberte kurz auf und wich der holzvertäfelten Wand. Moriarty wollte seine Ruhe.

Das war Alfie ganz recht. Er war beeindruckt, wie leicht Madison den Obersten des Rates belogen hatte.

»Boah, jetzt schaut er wieder so *vorwurfsvoll*.« Madison verdrehte die Augen und bedachte Alfie mit einem genervten Augenrollen.

»Was hast du gesagt?«, fragte Alfie.

»Ich?« Sie wirkte verwirrt. »Nichts.«

»Du hast gesagt: Boah, jetzt schaut er wieder so.«

Madisons Augen weiteten sich. »Nein, das habe ich gedacht.«

Nun war es an Alfie, sie anzustarren. »Ich kann deine Gedanken lesen!«

»Shit«, sandte Madison lautlos.

»Cool«, kam es von Jason.

»Also, wenn ihr weiter schweigend in der Gegend herumstehen wollt, dann könnt ihr das auch in eurer Kabine machen.« Olga bedeutete ihnen, zu verschwinden.

Entsetzt taumelte Alfie hinaus. Das waren *seine* Gedanken, die gingen niemanden etwas an.

»Es wird mit der Zeit besser!«, rief Oroke ihnen hinterher.

Natürlich, sie kannte die Folgen des Blutschwurs. Bedeutete das, dass alle Kuyakunga gedanklich miteinander kommunizieren konnten? Oder nur Liebende? Die Mitglieder einer Familie? Er würde Oroke das alles fragen, sobald er sich gesammelt hatte.

Einstweilen flüchtete er in sein Quartier. Jason und Madison hatten auch keine Lust auf Nähe, sie verschwanden in ihren eigenen Kabinen.

Ab heute besaßen sie also keine Geheimnisse mehr voreinander. Gruselig. Jeder peinliche Gedanke war automatisch Teil des Dreierkollektivs. Oder konnte er es steuern? Gab es einen Zauber, der die Verbindung unterbrach? Er würde das in der Bibliothek nachschlagen müssen. Bedauerlicherweise konnte er nicht einmal Moriarty um Hilfe bitten, denn über die Kuyakunga oder den Blutschwur selbst konnte und durfte er ja nicht sprechen.

»Einfach genial!«

Er legte seinen Essenzstab in das Etui, den Siegelring in die

Schatulle und kickte die Schuhe weg. In Cargos und Shirt ließ Alfie sich auf das Bett fallen und trommelte gegen das Kissen. Gleichzeitig lauschte er in sein Innerstes. Die Bernsteinkörner waren noch bis zum Bersten gefüllt. Wenigstens bestand erst einmal kein Zwang, sie zügig wieder aufzufüllen. Der Gedanke an Nähe war aktuell unerträglich.

Sobald Oroke sich wieder von ihrem Herzblatt lösen konnte, würde er sie ausquetschen. Er wollte alle Informationen zum Blutschwur und den potenziellen Folgen. Wer konnte schon wissen, welche Auswirkungen es noch gab?

»Du machst dir zu viele Gedanken, Baby Kent«, erklang die Stimme von Madison in seinem Kopf.

Aufstöhnend zog Alfie sich das Kissen über den Kopf.

27

Plaudern auf dem Dach

Die Sonne versank am Horizont und schickte ihre Strahlen über die sandige Ebene vor dem Verlorenen Castillo. Wärme legte sich wie ein sanftes Tuch auf Alex' Gesicht. Er sank neben Nils auf den Rand des Daches und ließ die Beine über die Kante baumeln.

»Schön hier«, sagte er.

Nils nickte nur. So traurig hatte er den Zwerg noch nie erlebt.

»Ataciaru lebt, Kleiner. Es geht ihm gut.«

»Aber nur fast«, erklärte Nils. »Das Licht wollte ihn kaputtmachen.«

Alex schluckte. Wie erklärte man einem Kind, dass der Tod Teil des Lebens war und die magische Welt voller Gefahren? Das Wichtigste zuerst: Er zog Nils in eine Umarmung. Der Winzling vergrub sein Gesicht in Alex' Hoodie. Sein Haar stand zu allen Seiten ab, Alex konnte nicht anders, er musste es einfach noch ein wenig verstrubbeln.

»Schau«, nahm er Anlauf, »Ataciaru ist ein sehr mächtiger … Hund. Aber dort draußen gibt es nun einmal Gefahren. So ist die Welt. Wir passen gegenseitig aufeinander auf und beschützen uns.«

»Wie Familie?«, drang Nils' gedämpfte Stimme durch den Stoff des Hoodies.

»Genau!« Wieso war er nicht darauf gekommen? »Wie eine kleine nette Familie. Wenn es jemandem schlecht geht, unterstützen wir uns, sind füreinander da. Wir trinken Tee, essen Kekse und kuscheln. Und bestimmt suchen die Ordnungsmagier nicht nur nach mir, sie suchen auch nach deiner Mama und einem Papa. Bald kannst du auch wieder heim.«

Nils hob den Kopf. Zögerlich und mit einer Miene, als hätte er etwas Furchtbares getan, zog er den krümeligen Rest eines Kekses aus der Tasche. »Der letzte. Die dicke Tilda hat sie gemacht. Für dich.«

Dieser freche Kleine ... »Das macht doch nichts.« Alex nahm den Keks und aß ihn, worauf Nils freudig grinste. »Lecker. Aber man sagt nicht ›dicke Tilda‹. Es heißt nur Tilda.«

»Warum?«

»Weil viele Menschen das Wort ›dick‹ als Beleidigung benutzen. Gemeinerweise. Und du möchtest doch nicht, dass Tilda traurig ist.«

Nils schüttelte eifrig den Kopf. »Wieso hilft niemand Chloe?«

Verdutzt erwiderte Alex den Blick von Nils. »Wieso, was ist mit ihr?«

Wenn er es genau nahm, war es seltsam, dass sie sich nicht einmal über den Kontaktstein gemeldet hatte, nachdem er doch seit einigen Tagen hier lebte. Die anderen sprachen ständig davon, dass sie total glücklich war, weil ihr Bruder aus dem Koma erwacht war. Gleichzeitig hatte Johanna sie diesem Magier zugeteilt, der aus dem Onyxquader herausgekommen war und keine Erinnerungen mehr an sein Leben besaß. Mit dem Vergessen hatte Alex nun seine Erfahrungen gemacht, daher verstand er durchaus, dass die Sache hohe Priorität besaß. Wie lange hatte Ellis wohl in dem Quader verbracht?

»Sie ist glücklich-traurig«, erklärte Nils mit gewichtiger Miene. »Attu erzählt mir alles. Wir singen uns Lieder vor.«

Verzweifelt kratzte Alex sich am Kopf. Wieso gab es keinen Übersetzungszauber für *Kindersprech*? »Weißt du, ich glaube, Chloe ist total im Stress und überwältigt von den Veränderungen in ihrem Leben. Sie hat ihren Bruder wieder und pendelt ständig zwischen Irland und Spanien hin und her.«

»Ihr versteht nicht.«

»Okay, ich verspreche dir was. Sobald Jen wieder da ist, frage ich sie wegen Chloe und verlange, dass Nikki sie mal herbeischafft. Dann kann ich mit ihr reden.«

»Versprochen?«

»Versprochen!«

Erst jetzt wurde ihm bewusst, dass diese Sache doch irgendwie seltsam war. Ataciaru und Chloe waren eine verschworene Gemeinschaft, Seelenverwandte, jedenfalls bis vor Kurzem noch. Der Hüterhund von Antarktika hatte sein Zuhause für sie aufgegeben. Trotzdem schien Chloe sich überhaupt nicht mehr um ihn zu kümmern, das Tier war ständig bei Nils. Dazu die Kommunikationsstille.

»My Spider-Sence is tingling«, flüsterte er.

Nils kicherte. »Tingelding.«

»Oder so ähnlich. Also, du machst dir jetzt keine Sorgen mehr um Ataciaru, okay?«

»Doch«, bekräftigte Nils. »Ich passe auf Attu auf.«

»Okay, aber wenn etwas Schlimmes passiert, dann kannst du am besten auf ihn aufpassen, indem du Jen oder Kyra oder mich um Hilfe rufst. Verstehst du?«

Nils schürzte die Lippen und dachte nach. Es dauerte überraschend lange, bis er nickte. »Ja.«

Mehr konnte Alex eigentlich nicht erwarten. »Okay, dann springst du jetzt am besten gleich zu Attu und knuddelst ihn ganz dolle. Da freut er sich.«

Nils Augen leuchteten.

Plopp.

Der Platz neben Alex war leer. »Toll, du hättest mich auch mitnehmen können.«

Er erhob sich, um über die Treppe zurückzukehren, erinnerte sich dann aber, dass dies ja nicht das Castillo mit Leonardo und Johanna war. Niemand brüllte ihn an, wenn er auf dem Dach saß, keiner erwartete ihn mit wütendem Blick, wenn er einfach sprang. Schließlich musste er die furchtbare Erinnerung an die Traumebene loswerden. Dort wäre Jen beinahe auf die Pflastersteine geknallt, als sie versuchte, den Traum durch ihren eigenen Tod zu beenden.

»Gravitate Negum.«

Alex trat über die Kante. Sanft schwebte er in den Hof des Verlorenen Castillos. Von hier oben war es ein seltsamer Anblick. Eine weite Mauer umgab das Areal, in dem Gras spross und Pflanzen in schillernden Farben gediehen. Auf der anderen Seite befanden sich nur Wüste, Geröll und Sand.

Sanft landete er neben einem Kräuterbeet. An kleinen Holzstecken hingen Schildchen mit den Namen der Pflanzen. Hier hatte Tilda viele Jahre ihres Lebens verbracht, allein und einsam. Es wunderte ihn nicht, dass sie in der Gegenwart von Menschen aufblühte und wie ein vertrockneter Schwamm das Wissen der Neuzeit einsog. Kyra und sie hätten sich bestimmt gut verstanden. Beide hatten viel zu erzählen.

Die magische Gemeinschaft wusste noch so wenig über

Wechselbälger. Falls Kyra ihr Wissen mit ihnen teilte, konnten sie zumindest Licht in einen Teil des Dunkels bringen. Zweifellos hatte es zahlreiche Vorurteile gegeben, die über die Jahre durch Gerüchte entstanden waren. Es gab immer zwei Seiten.

Rasputin schien das Paradebeispiel für die böse Seite zu sein. Er hatte sogar im Tod noch versucht, durch Lügen über die Romanows Leonardo zu manipulieren.

Kyra, auf der anderen Seite, war zwischen liebenden Geschwistern aufgewachsen und hatte die Nähe zu Menschen und Magiern genossen. Nicht umsonst war sie es gewesen, die Alex das Leben gerettet hatte.

Seine Gedanken wandten sich Jen zu.

Die erste Erinnerung nach seinem Erwachen war ihr Blick gewesen. Sanfte Augen, in denen der Schrecken nur langsam verblasste, hatten ihn gemustert. Ihre Finger hatten über seine Wange gestreichelt, Tränenspuren hatten in ihrem Gesicht geglänzt.

Er verdankte sein Leben seinen Freunden und ganz besonders Jen.

Da war er, der Schauer. Als brannte ein Teil von ihm nur für sie, wollte sie umarmen und nie wieder loslassen. Die Anziehungskraft wurde immer stärker, er wollte sich nicht länger zurückhalten.

Blöder Dylan.

Sofort verpuffte seine gute Laune. Grimmig stieg er die Treppen hinauf in sein Zimmer.

Dort stand Jen.

28

Seelenverwandte

Alex schlug die Tür wütend hinter sich ins Schloss. »Jetzt ist es aber gut!«

»Wie bitte?« Die Jen-Kopie erhob sich vom Bett, auf dem sie bis eben gesessen hatte.

Mit erzwungener Ruhe legte Alex den Essenzstab ab. »Es ist wirklich nett von dir, Kyra, aber so geht das nicht. Ja, du hast recht, ich mag Jen. Ich mag sie sehr. Am liebsten würde ich sie die ganze Zeit umarmen, von morgens bis abends. Und natürlich küssen. Und Dinge machen, über die ich jetzt nicht mit dir spreche.«

Auf dem Gesicht der falschen Jen erschien ein Grinsen. »So?«

»Ja!«, blaffte er. »Aber du kannst sie nicht ständig kopieren. Obendrein ist diese Version total schlecht.« Ha, das hatte gesessen. »Du hast ihr Gesicht retuschiert. Jen hat viel mehr Falten um die Augen. Und ein wenig mehr auf den Hüften. Außerdem hat sie einen besseren Kleidergeschmack. Oh, und wenn sie wütend ist, dann pocht da diese kleine Ader … Ja genau, das bekommst du schon sehr gut hin. Genau so.«

Kyra erhob sich, behielt die Gestalt von Jen aber bei. »Kent!«, fuhr sie ihn in einer perfekten Imitation von Jen an. »Willst

du damit sagen, ich bin faltig und dick und die Kleidung, die ich trage, sind Lumpen?«
»Nein«, gab er verärgert zurück. »Nicht du, Jen. Also nein, sie ist natürlich nicht faltig, das sind Lachfalten. Und die stehen ihr total gut. Außerdem mag ich ihre Hüften.« Er zwickte ihr in selbige. »Und was die Kleidung angeht, könnte sie sowieso gerne die ganze Zeit nackt sein.«
»Und dir Bier bringen«, half Kyra netterweise mit einer Idee aus, die Alex sehr gut gefiel.
»Ja! Das wäre toll.« Er lächelte selig.
Ein Klopfen an der Tür unterbrach das Gespräch. Alex wandte sich von Kyra ab. »Ja?«
Die Tür wurde geöffnet und Kyra steckte den Kopf herein.
»Hey, ich wollte dir nur sagen, dass es Nils wieder gut geht. Er und Ataciaru machen die Speisekammer unsicher. Von Thunebeck hat sich zum Nachdenken wieder in seine Knochen entmanifestiert. Oh. Hallo, Jen, schön dich zu sehen. Dann lasse ich euch mal alleine.«
Die Tür fiel mit einem endgültigen Klacken ins Schloss.
Er war allein.
Und zum Tode verurteilt.
Ganz langsam wandte Alex sich wieder um. »Das war alles nur ein Witz. Haha. Ich wusste natürlich, dass du es bist. Wollte dich nur ärgern.« Vermutlich verriet ihn die Panik, die in seinem Gesicht zu lesen war.
»Kent!«, brüllte Jen.
»Ja?«
»Halt die Klappe.«
»Alles, was du willst.«
»Du bist der unmöglichste, nervigste … Aaaaahhh, ich möchte dich den ganzen Tag schütteln und schlagen!«, rief Jen. »Es

gibt niemanden, wirklich niemanden, der mich so provoziert wie du.« Sie zog ihren Essenzstab hervor.

Sicherheitshalber wich Alex einen Schritt zurück.

Doch sie legte das magische Artefakt einfach direkt neben seines. Eine Handbreit voneinander entfernt lagen die Stäbe auf dem Tisch, dann kullerte seiner zur Seite. Nun lagen beide dicht beieinander.

»Und gleichzeitig ist da diese Anziehungskraft.«

Sein Mund wurde trocken. Er hatte nur noch Blicke für diese wunderschönen Augen, die geschwungenen Lippen, den Hauch eines angedeuteten Lächelns.

»Ich will dich küssen, dich umarmen, über dich herfallen, … mit dir lachen und jede Herausforderung meistern.« Ihre Stimme wurde heiser. »Ich weiß einfach, dass wir zusammengehören.«

Dieses Mal wich Alex nicht zurück, als Jen ganz nah an ihn herantrat. Sie umschlang seine Hüfte, zog ihn sanft heran und legte ihre Lippen auf die seinen. Alex' Magen machte einen Hüpfer. Prickelnde Freude schoss durch seine Adern, ließ das Hier und Jetzt verschwimmen und alles ringsum zur Bedeutungslosigkeit werden.

Jen schmeckte nach Veilchen und Minze. Ihre Lippen waren weich und nach einem ersten zaghaften Vortasten wurde sie stürmischer.

Sie umschlangen einander wie zwei Ertrinkende. Es fühlte sich richtig an. Als kam etwas zusammen, was dazu bestimmt war, zusammenzukommen. Sie waren beide Teil eines Ganzen.

Ihr Kuss wurde leidenschaftlicher.

In fiebriger Hitze streifte Alex Jen den Pullover über den Kopf. Sie erledigte seinen Hoodie und das Shirt in einem Aufwasch. Kleidungsstücke fielen bei jedem Schritt zu Boden, den sie aneinandergepresst in Richtung Bett machten. Seine Gürtelschnalle klackte, dann trug er nicht mehr als enge Shorts, Jen einen Slip.

Seine Lippen wanderten über ihre Haut, ließen keine Stelle ungeküsst. Er war eindeutig im Himmel. Die Erde drehte sich, als Jen ihn mit sanfter Gewalt in die Kissen drückte und auf seiner Hüfte Platz nahm.

»Das werde ich so bereuen«, flüsterte sie.

»Nein«, gab er zurück. »Wirst du nicht.«

»Nein, werde ich nicht.« Sie lächelte ihr Lächeln, das tausend Schmetterlinge in seinem Bauch explodieren ließ.

Ihre Haare kitzelten sein Gesicht, strichen über seine Wangen.

Er zog sie zu sich hinab, versiegelte ihren Mund mit feurigen Küssen.

Kein Unum-Zauber war notwendig, keine mystische Macht, die sie zu etwas zwang. Sie wussten beide, dass es so sein musste, dass es so sein sollte. Es fühlte sich richtig an und gut.

Dann erwachte die Gier.

Jen ließ ihre Hände tiefer wandern, befreite ihn von den Shorts und lächelte zufrieden, als er es ihr gleich tat. Dann waren sie sich ganz nah.

Leidenschaft spülte ihr Denken hinfort.

Und sie vergaßen die Welt.

29
Was dereinst war

Moriarty schloss den Kompass. Wie gewollt, hatte das magische Artefakt alles aufgezeichnet, was Jason, Madison und Alfie erlebt hatten. Die drei mochten in ihrer Gesamtheit ein vortreffliches Werkzeug sein, das bedeutete jedoch nicht, dass er sie ohne Kontrolle in die Weltgeschichte schickte. Was passierte, wenn man seine Untergebenen nicht ständig überwachte, hatte das Schicksal des Grafen von Saint Germain verdeutlicht.

Er war nicht wütend.

Die drei hatten aus einer ausweglosen Situation alles herausgeholt, was möglich war. Einstweilen würde er nicht versuchen, den Blutschwur zu lösen. Das Geheimnis um die Kuyakunga blieb so vor allen anderen Unsterblichen gewahrt, nur er wusste Bescheid. Eines Tages mochte die Quelle des Hexenholzes sich als nützlich erweisen. Bis dahin sollten diese besseren Gärtner das Herz des Waldes hegen und pflegen.

Ganz anders sah es jedoch mit Jackson und Oroke aus. Die beiden hatten es am Ende tatsächlich geschafft, Olga aus der Krankenstation der *East End* zu vertreiben und waren übereinander hergefallen. Die Anziehungskraft zwischen der Magierin und dem Nimag war stärker als alles, was Moriarty bisher kennengelernt hatte. Selbst der magische Trank, den er regelmäßig verdampft hatte, damit Alfie Kent ihn einatmete und gefügig wurde, hatte nicht so eine perfekte Wirkung.

Womöglich musste er erneut in die endlosen Tiefen steigen, um mehr über den Pakt zu erfahren. Jede weitere Suche war ergebnislos verlaufen, aber in irgendeinem versteckten, uralten Foliant oder Mentiglobus mochte durchaus noch eine Information zu finden sein. Andererseits konnte er nicht ständig seine Pflichten als Ratsoberhaupt vernachlässigen. Die Berichte aus der Niederlassung kündeten von einem energetischen, gut gelaunten Crowley. So etwas bedeutete nie etwas Gutes.

Ein Klopfen riss ihn aus seinen Gedanken.

Moriarty löschte die Illusionierung und gewährte der Besucherin eintritt. Oroke trug ein Bündel Blätter bei sich.

»Ich möchte dir danken«, sagte sie.

Er setzte sein liebenswürdigstes Lächeln auf. »Das habe ich doch gerne getan.«

»Nein.« Ihre Stimme war kalt. »Hast du nicht. Ich spüre Machtgier und Skrupellosigkeit in dir, doch keinerlei Güte. Ersparen wir uns beide die Spielchen.«

Für eine einzige Sekunde fiel seine Maske, der Angriff traf ihn unvorbereitet. Aber gut, dann eben anders. »Ausgezeichnet. Ihr beiden seid hier, damit ich euch überwachen kann und mehr über den Pakt erfahre.«

»Das soll mir recht sein. Doch eines solltest du wissen, Moriarty: Falls du jemals Ränke gegen uns schmiedest, wirst du es bereuen. Unterschätze mich nicht.«

»Oh, keine Sorge, dieser Fehler unterläuft mir nie wieder.«

»Ich bin die Kriegerin«, flüsterte Oroke mit glasigem Blick. »Ich muss es fortführen.«

Moriarty setzte sich kerzengerade auf. »Was?«

Verwirrt schaute Oroke sich um, schien seine Frage aber gar nicht gehört zu haben. »Ich bin hier, um dich zu warnen.«

»Kein Grund, weitere Drohungen auszusprechen.«

»Das meinte ich nicht.« Mit einem Rascheln landeten die Blätter vor ihm.

Moriarty legte sie nebeneinander. »Was ist das?«

Er sah Menschengruppen im Dunkel. Magisches Feuer, das loderte, und eine Explosion. Dazwischen standen Silhouetten, die Schwarz und Weiß ausgemalt waren.

»Etwas Dunkles kommt auf uns alle zu. Der Rat mag recht gehabt haben, als er meine Zeichnungen interpretierte. Das Blut eines Sehers fließt durch meine Adern.«

»Und diese ominöse Dunkelheit, was stellt sie dar?«, fragte Moriarty.

»Eine Gefahr, die Magier und Nimags gleichermaßen betrifft. Lichtkämpfer und Schattenkrieger, Jung und Alt, es gibt keine Unterschiede.«

Moriarty gab nichts auf Geschwätz über die Zukunft, doch die Bilder bewegten etwas in ihm. Bei einem der Bilder zuckte er zusammen. Abrupt riss er es hoch, um mehr Details zu erkennen.

»Was ist?«, fragte Oroke.

»Dieses Bild zeigt nicht die Zukunft. Ich habe es schon einmal gesehen. Das ist die Blutnacht von Alicante.« Er kniff die Augen zusammen. »Ja, das dort vorne ist der Verräter, der den Kristallschirm um das Castillo einst öffnete. Er wollte damit verhindern, dass der Wall erschaffen wird. Unter den Schattenkriegern und sogar dem Rat der Unsterblichen gilt er als Held.«

»Wo ist er heute?«

»Das weiß niemand. Er verschwand kurz nach der Blutnacht und kehrte nie zurück.« Gedankenverloren strich Moriarty über das Papier. »Aber was haben diese Ereignisse mit den anderen Bildern zu tun?«

»Ich kann dir nur sagen, dass sie Dinge zeigen, die erst noch kommen«, erklärte Oroke. »Und dieser Mann, von dem du sprichst, hat etwas damit zu tun.«

Sie tippte auf eines der Bilder.

Der Verräter war auch darauf zu sehen, trug jedoch moderne Kleidung. Er lebte also noch. Das gefiel ihm gar nicht. Helden konnten nur allzu leicht die Masse hinter sich vereinen. Das wäre fatal.

»Hat das etwas mit dem Pakt zu tun?«, fragte Moriarty.

»Alles hat mit allem zu tun«, erwiderte Oroke. »Wenn du den Strängen einer Wurzel folgst – und mögen sie auch noch so verzweigt sein –, landest du immer im Zentrum. Dort, wo alles begonnen hat und alles endet.«

Mit diesen Worten wandte sie sich ab und verließ den Raum.

Moriarty atmete tief ein und wieder aus. Wie er diese verdammten Andeutungen hasste. Sie konnten von Glück sagen, dass es keine Seher mehr gab, die mit ihrem verschwurbelten Gebrabbel Fürsten und Könige zu abrupten Reaktionen verleiteten. Was waren schon ein paar Zeichnungen? Andererseits hatte die Blutnacht nun einmal stattgefunden. Und auch die Bilder mit Jackson hatten sich bewahrheitet, Oroke hatte ihn gefunden. Wenn also tatsächlich etwas an dieser Sache dran war, wenn eine ominöse Dunkelheit näher kam, dann sollte er das ernst nehmen. Doch was tun? Die Bilder sagten nichts über die Natur der Gefahr aus. Kam sie von einer Person, einer Gruppe, einem Artefakt? Alles war möglich.

»Der einzige Ansatz bist du.« Moriarty tippte auf die Zeichnung des Verräters. »Vielleicht haben wir dich viel zu lange in Ruhe gelassen. Du bist zu mächtig und viel zu gefährlich.«

Bedauerlicherweise besaß er auch hier keinen Anhaltspunkt, was der Verräter damals nach der fatalen Nacht getrieben hatte. Wohin war er geflüchtet, wo verkroch er sich?

Mit einer wütenden Geste fegte Moriarty die Papiere beiseite. Sie wirbelten durch die Luft und fielen zu Boden. Er hätte sie verbrennen sollen!

Was sollte er nur tun?

Zum ersten Mal seit Langem hatte Moriarty keinen Plan. Und das gefiel ihm nicht. Sein Gefühl sagte ihm, dass Oroke recht hatte, doch er konnte nichts weiter tun als dem Verhängnis entgegenzusehen, das sich unaufhaltsam näherte.

30
Tod eines Unsterblichen

Mozart starb.

Er blickte an sich hinab und konnte dabei zusehen, wie die Haut sich einfach ablöste. Blut, Fleisch, Knochen, alles wurde zu einem Sand, den der Wind davonwehte.

»Götterfunke, trag mich ins Elysium«, murmelte er.

Was auch im Jenseits bevorstand, es war zweifellos besser als dieser Ort. Auch sein Constanzerl würde dort auf ihn warten. Sollten die Unsterblichen und Essenzstabwedler ihre Ränke ohne ihn schmieden.

Sanft löste das Glimmen sich aus seinem Inneren. Das Sigil und er, dazu bestimmt, eins zu sein, wurden wieder getrennt. Und es nahm etwas von ihm mit sich, das konnte er spüren. Wissen, Emotionen, Erinnerungen wurden Teil des reinen Lichts, aus dem verschlungene Linien waberten. Es war wunderschön.

Dann …

… starb Mozart.

Von einem Augenblick zum nächsten war er nicht mehr da. Nur noch das Sigil. Das Sigil, das er war und doch wieder nicht. Ohne den Körper war es alleine und einsam, doch es kannte einen Zufluchtsort. Eine andere Dimension, wo ein Haus stand, in dem eine alte Frau auf seinesgleichen achtgab. Dorthin wollte es.

Das Sigil griff nach den Fasern des Seins selbst, um einen Korridor dorthin zu öffnen. Bevor die düsteren Schatten im Spiegel etwas tun konnten, war es fort. Farben glitten an ihm vorbei, Emotionen streiften es, so viele Ebenen des Seins existierten um es herum.

Der Widerstand wuchs.

Etwas war nicht gut. Die Barriere sollte nicht so stark sein. Der Wall. Die Information war einfach da, gehörte zu jenem Teil seines Wesens, das von Anfang an Wissen in sich trug. Der Weg war versperrt.

Das Sigil schlug verzweifelt um sich.

Wenn es nicht entkam, würde es vergehen. Und mit ihm das letzte Wissen von Mozart. In seiner Verzweiflung brüllte das Sigil auf. Es klammerte sich an die Erinnerungen des Musikers, um von den Gewalten nicht auseinandergerissen zu werden. Doch das Sein selbst wurde zu seinem Feind und löschte Namen und Orte aus.

Constanzerl.

Wer?

Fort.

Antonio Salieri.

Wer?

Fort.

Nikodemus.

Wer?

Fort.

Alles kollabierte, verschwand. Nur ein Gedanke blieb. Die Erinnerung an das Kind, das Mozart hatte haben wollen. Den Sohn. Ein Wunsch, der die letzten Jahre seines Seins mit Trauer erfüllt hatte.

Die Umgebung zerfaserte.

Der Korridor in die Realität öffnete sich, noch aber war das Sigil nicht in Sicherheit.

Es klammerte sich weiter an den Gedanken. Da war der Name. Mozart hatte ihn bereits gewählt, doch niemals vergeben können. Alles war fort, nur der Name nicht. Der letzte Anker.

Die Wirklichkeit nahm das Sigil auf, im gleichen Augenblick erhielt es seine menschliche Form, seine Gestalt.

Der Name!

Plopp.

Das Sigil stand in einer Küche. Vor ihm begann eine dicke Frau zu schreien, sprang zurück und hob eine Bratpfanne in die Höhe. Ein Mann und eine Frau kamen durch eine Tür aus dem Garten hereingestürmt. Sie trugen längliche Holzstäbe in der Hand.

Der Mann ließ seinen Essenzstab sinken.

Die Frau auch. »Wer bist du?«

Der Name! Er war wichtig, obwohl er nicht mehr wusste, weshalb.

»Ich heiße Nils«, krächzte er.

»Ich bin Johanna«, sagte die freundliche Frau. Sie hatte ihr Haar zu einem lustigen Pferdeschwanz gebunden, der ständig auf und ab wippte. Sie roch nach verbranntem Holz. »Das da ist Leonardo.« Sie zeigte auf den großen grimmigen Mann mit dem Bart.

Er schielte zu der schreienden Frau, die ihm ein bisschen Angst gemacht hatte. »Und wer ist die dicke Frau?«

»Also, ich muss doch sehr bitten.« Sie legte die Bratpfanne beiseite. »Ich bin lediglich gut genährt. Mein Name ist Tilda. Und wie kommst du hier herein? Da dreht man sich um, und mit einem *Plopp* steht plötzlich ... Oh.«

Von da an waren sie alle nett.

Die dicke Frau hatte Angst, dass Nils verhungerte, sie brachte ihm deshalb ganz viele Kekse. Manchmal nahm er sie sich auch einfach aus der Speisekammer. Attu wurde sein neuer Freund. Jen war sehr oft traurig, deshalb begleitete er sie zu Alex, der sehr viel schlief.

Das Castillo wurde sein neues Zuhause. Er spielte mit Attu, lernte von Nikki, wie ein Magier springen musste, obwohl er das längst konnte, und kuschelte mit seinen Freunden. Am meisten gefiel ihm die Musik. Er saß oft bei Tilda in der Küche. Sie dachte, er käme wegen des Essens, doch in Wahrheit lauschte er den Klängen des Orchesters, das in der kleinen Maschine spielte.

Manchmal sang er auch selbst.

Abends, wenn er in seinem Zimmer mit Attu im Bett lag und schmuste, während draußen der Schnee zu Boden fiel, sang er ihm ein Lied. Er wusste nicht, woher er es kannte, aber es war schön. Es klang nach Sonne. Attu war dann ganz still und spitzte die Ohren. Wenn er fertig war, sang Attu ihm auch ein Lied vor. Darin kamen Schnee und Wind und weite Steppen vor. Er sang von seinen Brüdern und Schwestern, mit denen er im Mondschein über das Eis getobt war. Danach schliefen sie beide ein.

Nils fand Geheimgänge in den Wänden, untersuchte den Dachboden und spielte mit Attu Verstecken. Dann lauschte er wieder stundenlang der Musik und sah, welche Wirkung sie auf Tilda hatte. Sie lachte, wenn ein fröhliches Lied gespielt wurde und weinte, wenn es traurig war. Sie sprachen ständig von Magie. Es dauerte eine Weile, bis Nils begriff, dass sie etwas anderes meinten als er. Musik war für ihn Magie. Doch die anderen nahmen sie nicht wahr.

Manchmal, wenn Jen, Alex oder einer der anderen über die Unsterblichen sprachen, wurde er traurig. Dann glaubte er, etwas Wichtiges verloren zu haben. Doch das Gefühl verging. Er war glücklich im Castillo. Auch wenn er sich Sorgen um die Frau mit dem lustigen Haar machte. Und um Attu. Und überhaupt um alle. Denn der alte Mann konnte Attu nicht sehen. Und das bedeutete, dass der alte Mann böse war.

Aber niemand hörte auf Nils.

Sie strubbelten ihm immer nur durchs Haar. Danach lächelten sie ihn an und machten weiter, als sei nichts geschehen.

Dabei arbeitete der böse Mann ganz viel.

Um ihn herum war Dunkelheit.

Er wurde stärker.

Es war fast schon zu spät.

31

Schall und Rauch

Ich konnte spüren, wie Mozart starb«, beendete Bran seine Erzählung.

Anne saß mit übereinandergeschlagenen Beinen vor dem Schreibtisch und hatte bis eben gebannt gelauscht. Natürlich kannte sie das Ende. Ein vom Opernhaus vorgesehener Unsterblicher konnte sich doch niemals für den Spiegelsaal qualifizieren. Die notwendige Skrupellosigkeit fehlte.

»Damit endet die Geschichte von Wolfgang Amadeus Mozart«, schloss Anne. »Wer immer das auch war.«

»Ein großartiger Musiker.« Bran nahm einen Schluck Wein. »Genau deshalb musste er gehen.«

»Willst du mir das erklären?«

»Musik ist etwas Wundervolles, Grausames, Bewegendes«, erklärte Bran. »Ich gewähre den Menschen Glück und nehme dafür das Pfand. Doch sie müssen verzweifelt sein. Bei jedem gibt es diesen einen Punkt der absoluten Traurigkeit. Ich gewähre ihnen inneren Frieden und Glück, wie auch Musik es vermag. Deshalb hätte Mozart ein Problem darstellen können.«

»Ein Musiker«, sagte Anne abschätzig. »Der Rat soll froh sein, dass ich stattdessen gekommen bin. Ein gezielter Säbelstreich ist endgültiger als tausend Noten.«

»Aber vielleicht sind die tausend Noten doch mächtiger als der Säbelstreich«, gab Bran zu bedenken. »Wir werden es nie erfahren.«

Und darüber war Anne nur allzu froh. Im Refugium der Schattenkrieger schien Crowley der verlängerte Arm von Bran zu sein. Hier war sie es. Und diese Chloe mit den grünen Haaren.

»Ich danke dir für diese Geschichte«, sagte Anne. »Du warst Nikodemus, richtig?«

Bran nickte. »Auf dieser Ebene der Existenz ist das körperliche Abbild nur Illusion. Eine Manifestation des Geistes. Letztlich verirrte Mozart sich nur in den Spiegelsaal, weil ich ihn lenkte.«

»Eine Illusion«, echote Anne. »Genau wie Namen, nicht wahr?«

»Was meinst du?«

»Sagtest du nicht zu mir, dass Namen nur Schall und Rauch sind?«

»Das tat ich«, bestätigte Bran. »Doch was hat das mit meiner Geschichte zu tun?«

»Es passt nicht zusammen«, erklärte Anne mit einem spitzbübischen Lächeln. Gleichzeitig war sie jederzeit auf eine Attacke gefasst. »Du hast im Onyxquader geruht, wo du deinen Geist projizieren konntest an alle Orte dieser Welt und in jede Dimensionsfalte.«

»Das ist richtig. Und?«

»Doch was war in der Zeit vor dem Quader? Du warst kein Unsterblicher, das hast du selbst gesagt. Nur ein Magier. Bevor das Ritual zur Erschaffung des Walls stattfand, lebtest du also als sterblicher, alternder Magier.«

Bran deutete auf sich selbst. »So ist es. Wie du siehst, habe ich meine besten Jahre längst hinter mir gelassen.« Es sollte witzig klingen, doch in den Augen ihres Gegenübers sah Anne ein gefährliches Funkeln.

»Ich habe mir die Aufzeichnungen der magischen Gemeinschaft angesehen«, erklärte sie. »Alles sehr akkurat. Doch dort taucht nie ein Bran auf. Als hätte es ihn gar nicht gegeben.«

Stille.

Nur das Prasseln der Flammen im Kamin war zu hören, während Brans eiskalter Blick sie traf. Er hatte die Fingerspitzen aneinandergelegt. Sie wirkten wie die Klauen eines Untoten. »Durchtrieben, gnadenlos und auch noch schlau. Einige dieser Eigenschaften sind gefährlich, liebe Anne. Aber du hast recht, Namen sind nur Schall und Rauch. Bran war nicht der Name, den meine Eltern mir vor langer Zeit gaben. Ich glaube noch an die alte Magie, in der Namen eine Bedeutung haben. Deshalb habe ich meinen Geburtsnamen ausgelöscht und im Laufe der Zeit zahlreiche weitere benutzt. Schall und Rauch sind zugleich ein Schutz.«

»Doch du warst vor dem Onyxquader kein Unsterblicher«, wiederholte sie.

»Nein«, bestätigte er noch einmal. »Diese Ehre wurde mir verwehrt.«

Anne nahm ihren Met, trank und betrachtete Bran mit zusammengekniffenen Augen. Chloe hatte ihm den Namen Ellis gegeben. Zu der Zeit, als er sich Leonardo und Johanna vorgestellt hatte, um ihnen dabei zu helfen, Piero gefangen zu setzen, hatte er sich als Bran gezeigt. Sie versuchte in Gedanken, die Zeit abzugleichen. Bran war bereits alt gewesen, als das Ritual um den Onyxquader erst langsam erschaffen und diskutiert wurde. Cixi hatte es eingebracht, ebenso wie das Artefakt selbst.

»Es passt trotzdem nicht«, erklärte sie. »Dein Alter.«

Sie wagte sich auf gefährliches Territorium, das war ihr bewusst. Doch was Bran auch immer vorhatte, es war gewaltig und weitaus mehr als das, was er andeutete. Um zu begreifen, was sein Ziel war, musste sie wissen, was ihn antrieb. Wer er war.

»Der Onyxquader war schon immer da«, erklärte er, »doch in verschiedenster Form. Er war Dornenkrone, Gral, Bundeslade und noch mehr. Seine Kraft ist gewaltig. Schon vor dem Quader wurde mir die Ehre zuteil, seine Macht zu nutzen.«

»Du bist also noch früher geboren«, flüsterte Anne. »Wann?«

Bran lachte. »Meine liebste Anne, auch in der Zeit der Geburt liegt Macht begraben. Das solltest du doch wissen.«

Sie zuckte zusammen. Mit einem Mal glaubte sie, das Schreien ihres Kindes vor dem Prasseln der Flammen zu vernehmen. Der Tod war so nah gewesen. Schnell schüttelte sie den Kopf, um die Schatten der Vergangenheit ins Vergessen zurückzutreiben. »Du willst mir also nicht sagen, wer du bist?«

»Es spielt keine Rolle«, erklärte er. »Ich war unbedeutend. Das ist die Tragik der Geschichte. Ein unbedeutendes Leben hätte in einem unbedeutenden Tod gemündet. Ich habe Zeit meines Lebens ein Geheimnis enthüllt, das mich einen Blick auf jene werfen ließ, die von der Zitadelle ernannt wurden oder werden würden. Ich sah also, dass ich eines unbedeutenden Todes sterben würde. Keine Ernennung, keine Wacht. Ab diesem Zeitpunkt beschloss ich, einen Ausweg zu finden. Einen Weg, der mich hierherführte. Das sind alle Informationen, die du benötigst.«

Mehr würde sie nicht erfahren, das realisierte Anne. Sie trank einen letzten Schluck. »Danke für diesen Einblick.«

Sie erhob sich.

»Anne.«

»Ja?«

»Es würde mir leidtun, wenn ich nach Mozart einen weiteren Unsterblichen aus dem Verkehr ziehen müsste. Verstehst du, was ich sagen will?«

»Aber ja.« Sie lächelte. »Das wird nicht nötig sein. Ich weiß durchaus zu schätzen, was du für mich getan hast, und stehe auf deiner Seite.«

»Gut. Dann kannst du jetzt gehen.« Ruckartig wandte Bran sich wieder seinen Schriften zu.

Das flackernde Feuer des Kamins warf tanzende Schatten auf sein Antlitz.

Nur Schall und Rauch.

Anne verließ den Raum mit dem Geschmack von Met auf der Zunge. Und Misstrauen im Herzen.

Epilog

Johanna war verzweifelt.

Um sie herum schienen immer mehr Verbündete zu verschwinden. Gutes wandte sich zum Schlechten. Das Schicksal von Leonardo blieb ungewiss, die Suche von Annora, Tomoe und der Archivarin hatte nichts erbracht. Alexander Kent blieb verschwunden, mit jedem Tag wurde die Situation dadurch gefährlicher. Obgleich sie täglich einen Spaziergang hinter das Castillo unternahm, gab es auch von Einstein kein Lebenszeichen. Wann war die Magie der Bühne endlich aufgebraucht, damit der Freund zurückkehren konnte?

Tomoe befand sich fast nur noch in der Holding, fluchte über Politik und versuchte, eine mögliche Katastrophe für die Holding abzuwenden. Aktuell unterschrieb sie die letzten Verträge, um den Transfer von London nach Frankfurt abzuschließen. Gleichzeitig suchte sie nach neuem Nimag-Personal.

Obwohl Chloe sich ins Zeug legte, gab es bei Ellis keinerlei Fortschritte. Er konnte sich nicht an seine Vergangenheit erinnern. In Kürze würde er allerdings Wesley Mandeville aufsuchen, was hoffentlich Neuigkeiten zutage förderte.

Anne wiederum war zwar ein Teil des Rates, doch Johanna hatte das Gefühl, dass sie ihr jederzeit den Säbel in den Rücken rammen konnte. Es stand außer Frage, dass die neue Unsterbliche sich als bessere Vorsitzende des Rates sah.

Überall nur Baustellen, Fragezeichen und Chaos.

Ein warmes Glimmen ließ Johanna in die Höhe fahren. Mit geweiteten Augen starrte sie auf den Ring. Er glühte.

»Ich weiß nicht, wie lange meine Reise dauern wird«, drang die Stimme ihrer besten Freundin aus der Erinnerung an Johannas Ohr. »Doch irgendwann kehre ich zurück. Dann *wird dieses Artefakt leuchten und du bewegst dich am besten so schnell du kannst zu mir.«*

Sie war zurück!

Johanna streifte sich eine Jacke über und rannte aus dem Büro. Sie musste Nikki finden. Nein! Sie hielt inne. Es war besser, wenn niemand hiervon erfuhr. Sie kehrte zurück in ihr Büro und kramte einen Gürtel mit Phiolen aus der Schublade des Schreibtisches. Ohne jemanden zu informieren, stürmte sie aus dem Castillo, stürzte einen Wandeltrank hinunter und flog kurz darauf durch die Nacht.

Normalerweise genoss sie die wenigen Gelegenheiten, bei denen sie in Tiergestalt transformierte, nicht jedoch heute. Ihr gesamter Instinkt war darauf ausgelegt, so schnell wie möglich das Ziel zu erreichen.

Prag.

Ein wenig Magie beschleunigte ihren Flug. So landete sie zwei Stunden später in den verwinkelten Gassen der Altstadt. Sie war lange nicht mehr hier gewesen. Zu lange. Trotzdem kannte sie den Weg im Schlaf. Wie oft hatten sie zu dritt zusammengesessen und geplaudert, Pläne geschmiedet und in waghalsigen Aktionen Geheimnisse gelüftet.

Bis jetzt waren sie nur zu zweit, noch aber gab es Hoffnung.

Der Ring glühte stärker.

Johanna hastete eine verwinkelte Gasse entlang, die uneben abfiel. Am Ende wartete eine grob behauene Wand. Mit einem Schwung ihres Essenzstabes löste sie die Versiegelung. Stein wurde zu Rauch, die Wand zu einem Grundstück. Ein hochgewachsenes Herrenhaus stand, umgeben von dichtem Grün, in einer wohltemperierten Sphärenblase.

Ja, ihre Freundin hatte alles bedacht.

So war sie.

Johanna eilte über den schmalen gepflasterten Pfad. Vor der gewaltigen Flügeltür blieb sie stehen, atmete noch einmal tief durch und hämmerte mit dem Klopfer gegen die Tür. Ein lautes Pochen hallte durch die Nacht.

Schritte erklangen.

Die Tür wurde geöffnet.

Johanna lächelte. »Willkommen daheim.«

XVII

Seelenmosaik

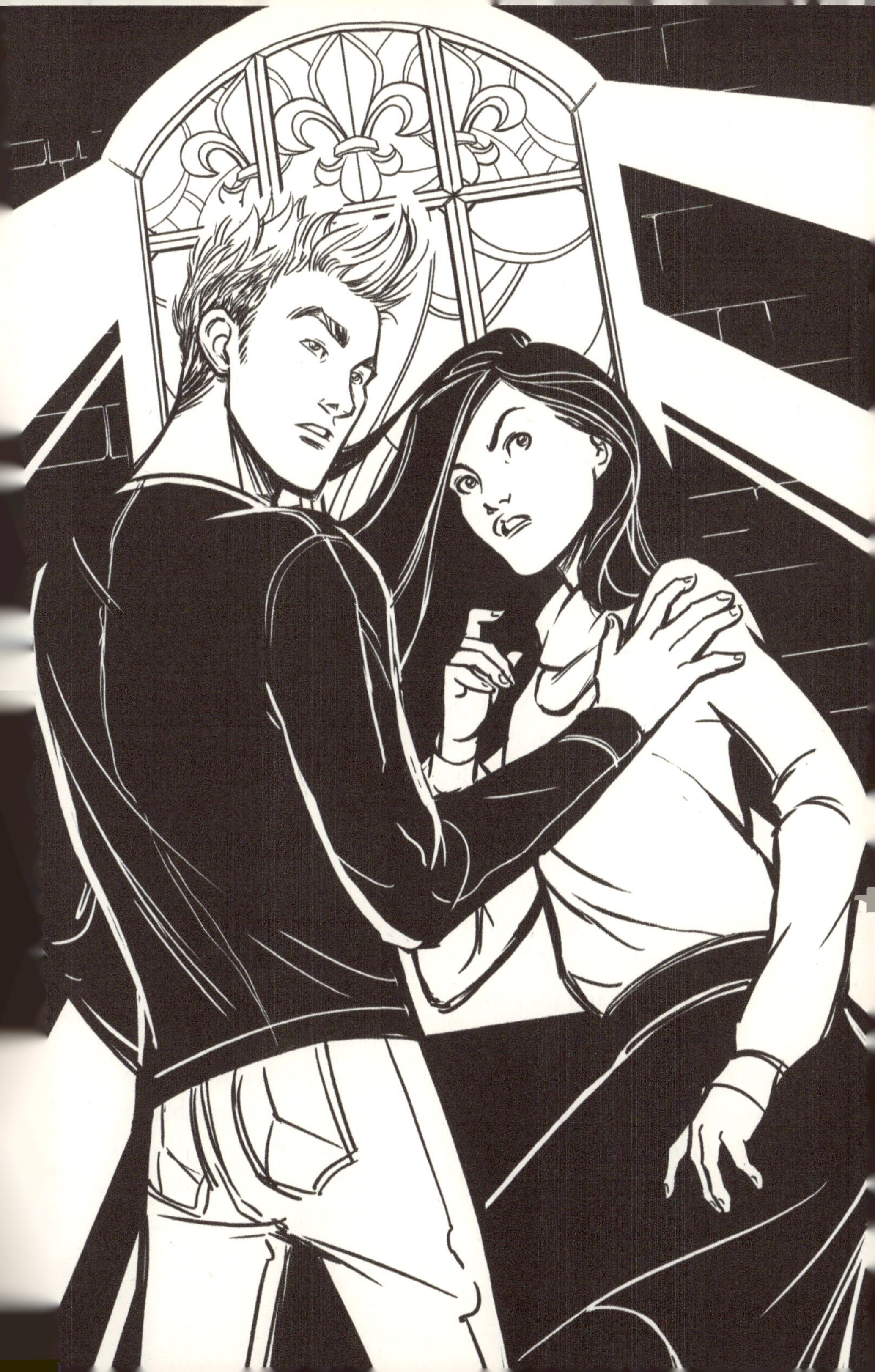

Prolog

Der Wasserfall teilte sich wie ein Vorhang und gab den Blick frei auf eine Bühne voller Gegenstände.

»Wow«, kommentierte Chloe.

Ihre Boots patschten in den Pfützen, als sie tiefer in die Höhle vordrang. Neugierig betrachtete sie die Artefakte. Sie lagen in geöffneten Kisten oder wurden in Bernstein aufbewahrt.

»Du hast das alles zusammengetragen?«, fragte Eliot, der bisher schweigend neben ihr hergeschritten war. Im fahlen Licht der Höhle wirkte er bleicher als gewöhnlich.

»In der Tat«, bestätigte Bran.

Er trug lederne Schuhe, eine Hose aus dunklem Stoff und eine Kutte darüber. Im Gegensatz zu früher waren seine Schritte fest, aus jeder Bewegung sprach Stärke. Und Gnadenlosigkeit.

Kantige Felsbrocken umrahmten eine Höhle mit den Ausmaßen einer kleinen Dorfkapelle. Ein ausgetrockneter Brunnen ragte exakt im Zentrum aus dem Boden. Hoch über ihnen gab es Schächte im Gestein, durch die Tageslicht fiel.

»Warum sind wir hier?«, fragte Chloe.

Bran schenkte ihr ein Lächeln, was ein Feuerwerk freudiger Gefühle in ihrem Inneren auslöste. »Wir sind hier, weil ich euch beiden wichtige Aufgaben übergeben werde. Schlüsselaufgaben, die den letzten Schritt zur neuen Ordnung darstellen.«

Er hob die Hand und eine Kiste öffnete sich.

Einmal mehr begriff Chloe, dass Brans Magie anders funktionierte. Gewöhnliche Lichtkämpfer und Unsterbliche mussten Essenz durch Artikulation in Verbindung mit magischen Symbolen manifestieren. Bran nicht. Er schien seine Kraft direkt von einer unerschöpflichen Quelle abzugreifen und mit einem Gedanken auszuformen.

Eliot ging neben der Kiste in die Knie und entnahm ihr einen Kragen aus Holz. »Hexenholz. Die Symbole darauf habe ich noch nie gesehen.«

»Weil sie heutzutage nicht mehr benutzt werden«, erklärte Bran. »Die Unsterblichen sehen es als Folter an, wenn der Kragen eingesetzt wird. Da nutzen sie lieber den Immortalis-Kerker. Diese Halskrause aber, einmal umgelegt, verhindert die Ausübung besonderer magischer Fähigkeiten.«

Bran strich mit dem Finger durch die Luft, worauf der Kragen sanft zu Chloe schwebte. »Ich möchte, dass du ihn an dich nimmst und auf mein Kommando Nikki umlegst.«

Für den Bruchteil einer Sekunde fuhr ein elektrischer Schlag durch Chloes Magen. Dann akzeptierte sie es. Der Weg zum Glück war steinig. Sie nahm den Kragen an sich. »Wann wird das sein?«

»Schon sehr bald. Denn du wirst zu einer Mission aufbrechen. Zu einer der wichtigsten Missionen, die du je durchgeführt hast. Nikki wird an deiner Seite sein.«

Bran öffnete eine zweite Kiste.

Wieder ging Eliot in die Knie und entnahm den darin befindlichen Gegenstand. »Für mich?«

»In der Tat«, bestätigte Bran. »Du wirst dich um jemand anderen kümmern. Für diese Person benötigen wir eine endgültige Lösung.«

Er legte ihnen ihre Aufträge dar.

»Wir werden dich nicht enttäuschen«, erklärte Chloe.

»Natürlich werdet ihr das nicht.«

Bran lächelte.

1

Zweisamkeit

Jen öffnete die Augen und gab sich ganz ihren Gefühlen hin. Wie lange war es her, dass sie schwerelos, befreit von Sorgen, einfach hatte dahintreiben können? Keine Gedanken an das Gestern oder Morgen.

Lächelnd wandte sie den Kopf zur Seite. »Waaaah!«

Alex grinste sie an. Er war längst wach und musste sie beobachtet haben. »Ich stehe doch eher auf das klassische ›Guten Morgen‹.«

»Wenn du mich das nächste Mal nicht mehr so anstarrst, lässt sich das vielleicht einrichten. Wie lange tust du das schon?«

»Nicht lange genug.«

»Kent!«

»Eine Stunde. Plus minus zwei Stunden.« Er grinste.

Tausend Schmetterlinge flatterten in ihrem Magen umher. »Das ist total ...«

»... romantisch?«

»... beängstigend.« Sie drehte sich weg.

Wie vermutet rückte er näher, umschlang sie von hinten und hauchte einen Kuss in ihren Nacken. »Besser?«

»Viel besser.« Und sie spürte da noch etwas anderes. »Du scheinst wirklich bereits komplett wach zu sein.«

»Ich halte das mit dem alten Spruch ›allzeit bereit‹«, hauchte er.

»Angeber.«

»Soll ich es beweisen?«

»Na gut.«

Da sie praktischerweise sowieso fast nackt waren, kostete es lediglich Sekunden, bis auch die verbliebenen Stofffetzen verschwunden waren. Dann taten sie das, was sie am vergangenen Abend und in der Nacht bereits zweimal getan hatten.

Jen trieb auf einer Welle des Glücks dahin. Sie waren sich so nah wie nie zuvor. Küsse überall, Haut auf Haut. So fühlte es sich richtig an.

Irgendwann lagen sie dicht umschlungen nebeneinander.

Seit drei Tagen absolvierten sie dieses Programm hier gemeinsam in Alex' Zimmer, nur unterbrochen vom Duschen zu zweit, Spaziergängen oder Stippvisiten im Castillo, wo sie zum Schein immer mal wieder auftauchen musste.

Die Stille tat so gut.

Ein Knurren erklang.

»Hunger?«, fragte sie.

»So was von. Aber warte, dafür habe ich eine Lösung.« Alex grinste breit, schlüpfte in seine Shorts und griff an den Kontaktstein.

Plopp. Nils erschien. Er hielt ein winziges Tablett in den Händen, auf dem sich Kekse und Sandwiches stapelten. »Das ist ein komisches Spiel.«

»Es macht auch erst richtig Spaß, wenn du mir zehnmal Essen und Trinken gebracht hast. Und du darfst selbst nichts davon nehmen.«

Nils zog eine Schnute, überreichte Alex aber das Tablett. Um den Hals des Zwergs hing ein winziger Kontaktstein.

»Ich rufe dich dann«, sagte Alex.

Plopp.

Nils war verschwunden.

»Sandwich?« Alex stopfte sich bereits eines in den Mund.

»Kent!«, brüllte Jen. »Hast du wirklich einen kleinen Jungen dazu gebracht, uns Essen zu bringen? Was kommt als Nächstes, Bier?!«

»So was würde ich nie tun!«

Plopp.

»Habe ich vergessen.« Nils stellte eine Flasche Bier auf dem Tisch ab und verschwand wieder.

Alex schluckte, schielte aus den Augenwinkeln in Richtung der Bierflasche und sagte: »Das war jetzt blödes Timing.«

»Ich gebe dir gleich Timing!«

Dieser elende ... Jen überlegte ernsthaft, Alex mit dem Essenzstab zu verprügeln. »Du kannst doch nicht einfach ... Das geht doch nicht!«

»Er hat mir die letzten Kekse weggegessen, die Tilda ihm mitgegeben hatte. Das ist die Strafe. Er hat angefangen.«

Jen fasste sich mit der Hand an die Stirn. »Ich fasse es nicht.«

»Weißt du, du solltest mehr essen. Das täte dir wirklich gut.« Er hielt ihr eines der Sandwiches hin, zog es aber zurück, als sie ihm einen eisigen Blick zuwarf.

»Du wirst Nils nicht länger als Butler benutzen.«

»Nur noch fünfmal?«

»Nein!«

»Einmal!«

»Das ist keine Verhandlung! Wenn du weiterhin willst, dass ich hier nackt neben dir liege, dann hörst du damit auf.«

»Ist erledigt«, gab er sofort nach. »War sowieso nicht so wichtig.«

Jen seufzte. Wenigstens war es für sie gerade ziemlich einfach, ihre Argumente durchzusetzen. Trotzdem hätte sie Alex gerne ordentlich geschüttelt, als dieser genüsslich grinsend zu der verdammten Bierflasche griff.

»Weißt du, als Nächstes hätte ich Nils natürlich beigebracht, wie er Cosmopolitans für dich mixt.«

Ein tödlicher Blick.

»Was natürlich eine dumme Idee gewesen wäre.«

»Da schau, schon sind wir uns einig.«

Plopp.

»Echt jetzt?« Jen setzte bereits zu einer Tirade an, als sie Nikki erkannte. »Oh, sorry.«

»Du wolltest doch, dass ich dir die Recherche-Ergebnisse vorbeibringe«, verkündete die neuseeländische Lichtkämpferin. »Hier.« Damit legte sie eine Mappe auf den Tisch.

»Ach, *das* wollte Jen von dir?« Alex warf ihr einen Blick zu, für den sie ihn in den nächsten Minuten eindeutig aus dem Fenster werfen würde. »Und da lässt sie dich einfach hierherspringen? Wie einen Butler? Das gehört sich echt nicht.«

»Viel Spaß noch.« Nikki zwinkerte und verschwand.

»Dein Zimmer verwandelt sich langsam in einen Bahnhof«, sagte Jen nur.

»Es ist wirklich eine gemeine Sache, Sprungmagier ständig für die eigenen Zwecke zu missbrauchen, was?« Freches Grinsen hoch zehn. »Sandwich? Komm schon, du willst es doch auch.«

»Kent! Na gut, gib her.« Schließlich musste Frau etwas essen. Trotzdem ergänzte sie: »Das ist nicht dasselbe. Und wage es nicht, darüber zu diskutieren.«

»Käme mir nie in den Sinn«, gab er kauend zurück. »Sonst kommen wieder irgendwelche Drohungen über Sexentzug.«

Sie aßen schweigend. Am Ende ließ Jen sich dazu hinreißen,

einen Schluck Bier zu trinken – es war einfach nichts anderes da. Damit festigte sich ihre Überzeugung, das Zeug nie wieder anzurühren. Es war einfach ekelhaft.

»Was hat Nikki dir da gebracht?«, fragte Alex und deutete auf die Mappe.

Jen wischte sich den Mund mit einer Serviette ab, die auf dem Tablett gelegen hatte. »Hast du Nils tatsächlich ein Stück deines Kontaktsteins gegeben?«

»Hab' ich.«

»Komisch. Ich dachte, Magier können keine Kontaktsteine von anderen benutzen. Immer nur die eigenen, weil die sich mit dem Sigil verbinden.«

»Frag den Knirps«, schlug Alex vor. »Wurden seine Eltern denn mittlerweile gefunden?«

Jen schüttelte den Kopf. »Bisher nicht. Und seine Angaben sind auch total seltsam. Wir wissen nur, dass seine Mutter Anna Maria heißt. Und frag nicht, wie schwer es war, das herauszubekommen. Er sagt nämlich immer: Anma.«

Alex kicherte. »Bis sie gefunden sind, geben wir auf jeden Fall gut auf ihn Acht. Also, was hat es mit der Akte auf sich?«

Jen nickte und wandte sich diesem Thema zu. »Das finden wir jetzt gemeinsam heraus.«

Sie griff danach.

2

Marks Pfad

»Mark?«, fragte Alex.

Der Gedanke verursachte ihm Magenschmerzen. Natürlich war das völlig idiotisch. Trotzdem teilte er Jen auf gewisse Weise mit *zwei* anderen Männern.

Einmal gab es da Dylan. Den tollen Superkerl und Nimag. Er stellte für Jen den Ausweg aus einem chaotischen Leben als Magierin dar, das verdammt viele schmerzhafte Ereignisse enthielt.

Eines dieser schmerzhaften Ereignisse war Mark. Alex' Vorgänger war durch die Attacken eines geheimen Ordens gestorben, deren Mitglieder später auch versucht hatten, Alex zu töten. Ein Teil von ihrem ehemaligen Partner würde wohl immer mit dabei sein.

»Jap«, bestätigte Jen.

Sie saßen beide auf dem Bett. Während er selbst nur Shorts trug, hatte Jen sich einen ziemlich knappen Slip angezogen. Mal ehrlich, wer konnte bei einem solchen Anblick vernünftig denken? Schnell griff er nach einem weiteren Sandwich, um sich abzulenken.

»Ich habe Nikki gebeten, noch einmal die alte Spur zu verfolgen. Wir haben uns total darauf konzentriert, das zweite Kryptex zu finden, dabei ist das gar nicht notwendig. Mark muss ja selbst irgendwann auf die ursprünglichen Informationen gestoßen sein.«

»Und diese Quelle willst du ebenfalls finden.«

Jen nickte. »Schau, hier steht, dass Mark wenige Tage vor seinem Tod seine Eltern besucht hat.«

»Das ist Glück, so haben sie ihn wenigstens noch mal gesehen.«

»Die waren nicht gut aufeinander zu sprechen«, erklärte Jen. »Anders gesagt: Er hat sie gehasst und sie ihn.«

»Er war gar nicht dort«, schloss Alex.

»Eher nicht. Aber das bedeutet, dass er seinen wahren Zielort geheim gehalten hat.« Jen knabberte gedankenverloren an ihrer Unterlippe, was sehr süß aussah. »Aber wo war er dann? Er wird kaum einen Mentiglobus angefertigt haben.«

Konzentration! »Was er auch herausgefunden hat, es hat ihn geschockt. Er schrieb es in das zweite Kryptex. Aber wo könnte er geforscht haben?«

Jen überflog die Liste. »Er hatte mehrere Auslandseinsätze, aber immer im Team mit anderen. Dann war er einmal im Archiv, aber das wissen wir schon.«

Mark hatte für die Eltern von Chris und Kevin recherchiert. Ava Grant hatte diese Erinnerungen in einem Mentiglobus-Siegelring festgehalten. Dank eines weiteren Erinnerungsspeichers, den Kevin angefertigt hatte, war das Wissen mittlerweile jedem in ihrem Team bekannt.

Alex kniff die Augen zusammen und versuchte, sich alles ins Gedächtnis zurückzurufen. »Er hatte das Archiv über ein Türportal nach Brasilien verlassen, richtig?«

Jen nickte. »Aber das bringt uns auch nicht weiter. Wir wissen, dass er den beiden alles zum wilden Sigil offengelegt hatte.«

Im Reflex strich Alex über seine Brust. Endlich verspürte er wieder das vertraute Bernsteinglimmen des Sigils in seinem Inneren.

»Da fällt mir ein: Wie steht es um die Anklage gegen Ava Grant?«, fragte er.

»In ein paar Tagen startet der Prozess«, erklärte Jen. »Sie ist noch daheim, wird sich aber bald im Castillo einfinden.«

»Wie geht es den Zwillingen?«

»Kevin wälzt Gesetzestexte«, erwiderte Jen. »Chris ist eher am Verdrängen. Dabei hilft ihm Nikki.«

Alex kicherte. »Wer hätte gedacht, dass aus den beiden was werden würde. Sie ist so winzig und er der starke Muskelmann.«

»Innerlich sind sie aber völlig gleich«, merkte Jen an. »Nach allem, was er erlebt hat, ist Chris total verletzlich.«

»Genau. Total«, sagte Alex nickend.

»Männer.« Jen verdreht die Augen. Das sah auch ziemlich niedlich aus. »Aber zurück zum Thema. Wo würde jemand wie Mark suchen, um Informationen über das wilde Sigil zu erhalten? Nein, halt. Es kann nicht wirklich darum gehen. Dazu wissen wir doch alles. Es geht eher um die Kombination aus dem wilden Sigil mit dir.«

»Du meinst um mich«, stellte Alex klar. »Das wilde Sigil wurde von der Schattenfrau in mich gelenkt, ein paar Personen sind darüber sehr unglücklich. Aber was ist an mir anders? Wieso darf ausgerechnet ich kein Magier sein?«

»Und weshalb ist Johanna, die wirklich zu den größten Lichtkämpfern der Geschichte zählt und auf die Einhaltung der Regeln pocht, dazu bereit, dich zu töten?«

Ein Punkt, der Alex schlaflose Nächte bescherte. Johanna von Orleans war eine Unsterbliche, die erwählt worden war, weil sie sich um die Menschheit positiv verdient gemacht hatte. Ausgerechnet sie sollte eine Mörderin sein? Dafür musste es einen

Grund geben. »Wir können davon ausgehen, dass Leonardo eingeweiht ist.«

»Die beiden haben keine Geheimnisse voreinander«, stimmte Jen zu.

»Sind wir jetzt eigentlich zusammen?«

Verdattert starrte sie ihn an. »Was?«

»Ich meine ja nur, weil wir jetzt hier … drei Tage lang … und da ist ja auch noch Dylan. Vielleicht willst du ja etwas Offenes. Oder nur Spaß. Spaß ist natürlich toll. Wenn du das willst, hab' ich damit …«

»Kent!«

»Ja?«

»Bevor du weitersprichst – und wir wissen, dass das in eine Katastrophe führen wird: Lass es lieber.« Sie strich sich leicht verlegen eine Strähne aus der Stirn. Was total süß aussah. »Ja, wir sind zusammen. Also, falls du das willst?«

»Absolut.«

»Gut. Dann ab jetzt kein Bier mehr.«

»Was?«

Das Entsetzen stand ihm so deutlich ins Gesicht geschrieben, dass Jen im gleichen Augenblick schallend lachen musste. Dieses gemeine Biest. Das führte zu einer Kitzelschlacht, die in feurigen Küssen endete. Das wiederrum führte zum vierten Mal.

Danach lagen sie keuchend auf dem Bett.

»Wenn wir so weitermachen, werden wir einen Rekord aufstellen«, kommentierte Jen.

»Gute Idee.«

»Fühl dich auf den Hinterkopf geschlagen.«

»Autsch.«

Jen grinste. »Brav.«

Alex fuhr kerzengerade in die Höhe. »Johanna.«

»Ernsthaft?«

»Nein, ich meine: Johanna ist der Schlüssel. Verstehst du nicht: Mark hat das Rätsel irgendwann gelöst, indem er es von der Quelle erfahren hat. Leonardo und Johanna wissen Bescheid, und beide müssen es doch auch irgendwie herausgefunden haben.«

Jetzt war es an Jen, in die Höhe zu schnellen. »Du hast Recht! Davon muss es eine Aufzeichnung geben. Die Frage ist, wie wir diese finden.«

»Es gibt nur einen Ort, an dem so etwas aufbewahrt wird.« Alex sprang in die Höhe, schlüpfte in Shorts, Jeans und Shirt. »Im Archiv.«

»Da stimme ich dir zu. Und ich finde sicher eine Möglichkeit, dort vorbeizuschauen. Du allerdings…«

»Vergiss es«, unterbrach er sie. »Ich war lange genug auf der Ersatzbank. Es geht hier um mein Leben, meine Zukunft, meine Familie. Ich möchte meine Mum wieder besuchen, sie soll sich an mich erinnern. Außerdem muss ich Alfie retten. Ich bleibe nicht hier.«

Jen wirkte unglücklich. »Ist dir klar, was du für ein Risiko eingehst?«

»Absolut.«

Ein Seufzen. »Okay. Gemeinsam.« Ein diabolisches Grinsen schlich sich auf Jens Gesicht. »Und ich habe da auch schon eine Idee.«

Aus irgendeinem Grund fühlte Alex sich unwohl.

3

Beste Freundin

Prag

»Willkommen daheim.«
Lächelnd fielen sie sich in die Arme.
»Ich dachte mir schon, dass du die Erste bist. Steh nicht so herum, komm rein.«

Der vertraute Geruch nach Honig und Tee hieß Johanna willkommen. Den Rest erledigte sie auf Autopilot. Schuhe abstreifen, Jacke an den Kleiderständer hängen. Kurz stehen bleiben und die Zehen in dem flauschigen Teppich vergraben, dann weiter in den Salon. Im Kamin prasselte bereits ein Feuer, auf dem Tablett standen vier Tassen mit Tee und Kaffee.

Dieser Anblick versetzte Johanna einen Stich.

»Dann schauen wir mal, welcher der beiden als Nächstes kommen wird.« Grace lächelte freudig.

Sie mochte als Unsterbliche nicht älter werden, doch in ihren Augen lag eine Tiefe, die zuvor nicht dagewesen war. Es wunderte Johanna nicht, immerhin hatte das Nimag-Leben von Grace erst 1948 geendet, sie war direkt danach zur Unsterblichen ernannt worden. Anfangs war sie recht ungestüm gewesen, wenn auch durchsetzungsstark wie im vorherigen Leben. Doch jetzt …

»Du warst lange fort«, sagte Johanna, um nicht sofort auf die Bemerkung eingehen zu müssen.

»Es kam mir auch lange vor«, gab Grace zurück. »Aber hast du nicht schon Expeditionen hinter dich gebracht, die über ein Jahr gingen?«

»Das schon«, entgegnete Johanna. »Aber keine, die über 59 Jahre ging.«

Es geschah nicht oft, doch jetzt zuckte Grace verblüfft zusammen. »Wovon redest du? Ich war drei Jahre unterwegs.«

Sie starrten einander an. In den Augen ihrer besten Freundin erkannte Johanna die stille Hoffnung, dass dies alles nur ein Scherz war. Eine Hoffnung, die zerstört wurde, als Johanna das tatsächliche Datum nannte.

»Der Zeitablauf ist durcheinandergeraten«, flüsterte Grace. »Natürlich. In manchen Splitterreichen vergeht die Zeit schneller oder langsamer. Andere schicken dich beim Verlassen ruckartig in der Zeit voran, in dem sie den Übergang verlangsamen. Da die äußerliche Bezugsgröße fehlt, konnte ich das nicht merken.«

Mit hinter dem Rücken verschränkten Armen ging Grace langsam durch das Zimmer. Wie immer bevorzugte sie eine wissenschaftliche und logische Herangehensweise.

Nicht umsonst hatte sie zu Lebzeiten den Beinamen *Weiblicher Sherlock Holmes* getragen. Mochten in der heutigen Zeit nur die wenigsten von Grace Humiston gehört haben, so war sie zu ihren Lebzeiten als Nimag doch eine beachtliche Größe gewesen, wenn es darum gegangen war, Verbrechen aufzuklären.

»Hattest du Erfolg?«, fragte Johanna.

Grace stoppte ihren Gang. »Das weiß ich noch nicht. Zuerst

muss ich den Zauber weben, um das Ergebnis zu erden und die Linien zu ziehen. Möglicherweise.«

»Du ahnst es noch nicht, aber es könnte ausschlaggebend für die Zukunft sein, wenn du Erfolg hattest.«

»Was ist passiert?« Grace sank neben Johanna auf die Couch. »Leonardo wird nicht kommen, oder?«

»Nein, wird er nicht«, bestätigte Johanna. »Und Steph auch nicht.«

»Steph«, echote Grace. »Wann ist er gestorben?«

»1993«, erklärte Johanna.

Die Worte, leichthin ausgesprochen, ließen die Traurigkeit in Johannas Seele aufsteigen wie aus einem tiefen See, der bisher in Stille geruht hatte, nun jedoch Wellen warf.

»Wer ist es in dieser Generation?«

»Alexander Kent. Aber wir haben ein Problem, das wir schon einmal hatten.«

Grace schloss für eine Sekunde die Augen. Sie war als Frau Anfang vierzig ins Leben zurückgekehrt. Das schwarze Haar trug sie schulterlang, ihren linken Ringfinger schmückte ein Siegelring. Neben ihr an der Seite lag ein alter Expeditionshelm, wie er 1914 gängig gewesen war. Grace' Hemd war blütenweiß, obgleich es zweifellos einiges mitgemacht hatte, die Treckinghosen waren nur leicht verschlissen. Sie wirkte wie eine Urwaldentdeckerin aus einem Tarzan-Film.

Auf der Anrichte lag ein Rucksack. Er war geöffnet und bis oben gefüllt mit Mentigloben. Was mochte Grace nur in all den Jahren erlebt haben? Vermutlich genug Stoff für eine eigene Buchreihe.

»Was ist passiert?«

Johanna schluckte. »Zu viel.«

Grace zog ihren Essenzstab. Das schwarze Holz war von

geschlängelten Linien aus Bernstein durchzogen, in das Himmelsglassteine eingepasst waren. »Aportate Tasse Johanna.« Es gab ein kurzes Flimmern von vergilbter Essenz, die wie Feenstaub herabrieselte. Doch die Spur besaß nicht nur die Farbe von vergilbtem Papier, auch der Geruch von staubigem Pergament lag in der Luft.

»Kannst du mir erklären, weshalb meine Spur plötzlich einen Geruch besitzt?«

Johanna nahm die heranschwebende Teetasse entgegen. »Der Wall ist vollständig entstanden. All die Jahre davor fehlten drei Essenzsplitter, die kürzlich darin aufgegangen sind. Das verändert bei einigen von uns die Spur. Die Farben facettieren leicht, Gerüche und Geräusche entstehen.«

»Das bedeutet, der Wall bestand zuvor nicht vollständig? Wie ist das möglich?«

Die Frage machte Johanna deutlich, wie wenig Grace über die aktuellen Ereignisse wusste.

Sie begann zu erzählen. Von der Schattenfrau, Alexander Kent, Clara Ashwell und der Wahrheit um den Wall; dem Zeitkreis, Mark Fenton, dem aktuellen Stand des alten Paktes und der Anwendung des Opernhaus-Protokolls.

Die Nacht wich dem Morgen. Als Johanna geendet hatte, dämmerte der nächste Abend herauf. Sie hatten ihr Gespräch nur unterbrochen, um etwas zu essen und einmal kurz zu dösen – Letzteres war einfach so passiert.

»Ich weiß nicht, wo mir der Kopf steht«, ergänzte sie abschließend. »Wir haben mit Ellis einen neuen Bewohner im Castillo, um den ich mich kümmern muss. Er hat etwas mit dem Onyxquader zu tun, aber ich finde über ihn einfach keine Hinweise in den Schriften. Dann ist da Alexander Kent, der noch immer verschwunden ist und mit jedem Tag das Ungleichgewicht verstärkt. Du erinnerst dich daran, was damals passiert ist, als die Gegenseite einen ähnlichen Trick verwendet hat?«

Grace schloss die Augen. »Aber natürlich. Ich werde es nie vergessen. Das war 1954 in Frankreich. Die Kathedrale.«

Johanna nickte, einen bitteren Kloß im Hals. »Ich wollte verhindern, dass es sich wiederholt.«

»Mein Rat: Du hättest einfach offen sein sollen. Hättest du es ihm und Jennifer Danvers gesagt, wäre womöglich alles anders gekommen.«

»Auch das hätte das Gleichgewicht beeinflusst.«

»Ich glaube, ab diesem Punkt konntest du nichts mehr richtig machen.« Grace griff nach Johannas Hand und drückte sie fest.

Die Berührung spendete Johanna Kraft und ließ sie aufatmen.

»Du weißt nicht, wo Leonardo sich befindet?«

»Nein. Er hätte mir schon längst geholfen.«

»Es ist wirklich kaum zu glauben, dass Piero noch lebt«, flüsterte Grace. »Das muss Leonardo erschüttert haben.«

»Unser Sohn ist tot«, stellte Johanna klar. »Sein Körper mag noch irgendwo existieren, aber sein Geist wurde von einem Schamanen übernommen, der sich die Kraft eines Blutsteins zunutze machte.«

»Diese verdammten Dinger.« Grace erhob sich und goss sich frisch aufgebrühten Kaffee in eine Tasse aus hauchdünnem Porzellan. »Ich habe meine Erfahrungen mit ihnen gemacht.«

»Wer hat das nicht?«, gab Johanna zurück.

»Was du mir also sagen willst, ist Folgendes: Während die Offenbarung eurer verlorenen Erinnerungen für dich ein Abschluss war, wodurch du die alten Schmerzen abstreifen konntest, ist bei Leonardo alles wieder hochgekocht. Er dachte, er hätte es überwunden, stattdessen hat es ihn auf diese Odyssee geschickt. Er wollte mehr darüber wissen, was mit Bran geschah.«

»Du hättest Psychologin werden sollen«, bemerkte Johanna trocken. »Aber das fasst es wohl zusammen.«

Schweigend nippte Grace an ihrem Kaffee.

Schließlich sagte sie: »Dann dürften unsere nächsten Schritte doch klar sein.«

4

Die nächsten Schritte

»Das würdest du tun?«

»Natürlich«, bekräftigte Grace. »Leonardo ist schließlich mein Freund.«

Johanna ließ eine Braue in die Höhe wandern. »Wie hast du ihn zuletzt genannt? Einen eitlen Bullen, der jeden Arsch aufs Korn nimmt?«

Grace lachte leise. »Nun ja, das stimmt auch. Diese Gerüchte von angeblicher Monogamie und Vaterschaft habe ich nie so ganz glauben wollen. Gut, das mit der Vaterschaft schon. Natürlich war mir bewusst, dass er den Schmerz über den Verlust seines Sohnes mit den amourösen Abenteuern auf beiden Seiten der Geschlechter kompensiert.«

Eine Ableitung, die nicht schwer herzustellen war. Zumindest in der Anfangszeit nach dem Verlust. Doch später war es anders geworden. »Er hat sich verändert. Vergiss nicht, dass du lange fort warst. Leonardo und ich sind heute eher so etwas wie Bruder und Schwester, die körperliche Verbindung, die wir einst hatten, ist vorbei. Er hatte nach mir durchaus auch ernste Beziehungen zu Männern und Frauen, es hielt jedoch nie mehr als ein gutes Jahrzehnt.«

Der Fluch der Langlebigkeit. Jede Bindung zu einem Magier

oder Nimag ging irgendwann in die Brüche, sobald der Altersunterschied zu gewaltig wurde. Man entwickelte sich auseinander, die Interessen veränderten sich, dazu kam der Schmerz. Wer sah schon gerne die eigene Jugend verwelken, während die des Partners auf ewig blühte. Das führte die Sterblichkeit täglich aufs Neue vor Augen.

Der Dienst im Licht der Zitadelle war stets beides, Segen und Fluch.

»Ich finde Leonardo«, erklärte Grace. »Und falls ich dabei Informationen zu Bran entdecke, ist das zweifellos auch nicht schlecht.«

»Du musst vorsichtig sein«, bat Johanna. »Irgendwie hat Bran es geschafft, all die Jahre unter dem Radar zu bleiben. Er ist kein Unsterblicher, lebt heute aber immer noch.«

»Das lässt auf Schlafphasen im Bernstein schließen«, überlegte Grace. »Er könnte immer nur ein paar Jahre aktiv gewesen sein, um sich danach in Bernstein zurückzuziehen.«

Johanna hatte diese Idee auch schon in Betracht gezogen, jedoch wieder verworfen. »Dafür sind Unmengen von Essenz erforderlich. Zwar ließe sich das machen, aber er wäre stets wieder aufgetaucht, um seine Ränke zu schmieden. Irgendwie hätten wir ihn bemerken müssen.«

Grace schürzte die Lippen. »Hast du mir nicht gerade davon erzählt, dass Clara Ashwell die Schattenfrau war, zweimal existierte und ständig in die Geschichte eingriff, um Veränderungen durchzuführen?«

»Es war eher ein Zeitkreis«, wiegelte Johanna ab. »Doch du hast recht.«

»Schließe nichts aus, bis die Fakten es für dich ausschließen«, verkündete Grace eines ihrer Mantras. »Theorien sind nicht mehr als das, und es ist gefährlich, wenn man sich auf eine davon versteift und die Fakten so auslegt und interpretiert, dass sie diese Theorie unterstützen. In meiner Zeit als Detektivin ebenso wie bei der Staatsanwaltschaft ist es oft passiert, dass Polizisten einen Verdächtigen im Blick hatten. Sie wollten, dass die Beweise das jeweilige Individuum schuldig aussehen ließen, wollten, dass ihre jeweilige Theorie die richtige war. Das führte oft zur Verhaftung von Unschuldigen.«

»Dann lass mich alle Fakten, die ich bisher kenne, zusammenfassen: Bran ist gefährlich.«

Grace lachte glockenhell. »Der Punkt geht an dich. Und das würde ich auch nicht in Zweifel ziehen. Immerhin hat er die Erinnerungen von Unsterblichen manipuliert, die Entstehung von Nagi Tanka in die Wege geleitet und ein komplettes Volk in Varye verwandelt. Und diesen blinden Jungen hat er dann fortgebracht. Das lässt übrigens interessante Schlüsse auf die Maschine unter Paris zu.«

»Er hat sie gebaut, um die Splitterreiche zu verankern.«

Grace nickte. »Einmal jenes Reich, in dem Nagi Tanka herrschte und in dem Cixi starb. Dann jenes mit den Varye. Ihr habt zudem von einem berichtet, das Unsterbliche nicht betreten können, ist das richtig?«

»Eine dunkle Version von London, in der Sigile manifestiert in ihrer reinen kindlicher Form Unterschlupf bei einer alten Dame finden.«

»Das ist interessant.« Grace hatte ihren Gang wieder aufgenommen. »Sie half ja augenscheinlich bei dem Problem mit dem Silberregen-Splitter, ist also freundlich gesinnt. Wie passt sie in das Bild der Splitterreiche? Jene, die über Paris gebunden sind, habe ich nicht aufgesucht.« Grace winkte ab. »Aber verzetteln wir uns nicht. Mein Ziel heißt: Leonardo finden. Du kümmerst dich um Alexander Kent. Verstärke die Suche nach ihm. Und vielleicht solltest du dich genauer mit diesem Ellis unterhalten. Chloe O'Sullivan mag eine starke Lichtkämpferin sein, aber du bist eine Unsterbliche und siehst damit mehr als jedes sterbliche Wesen. Das Wissen der Jahrhunderte ist in dir lebendig.«

»Wie gehst du vor?«

Grace schwieg eine ganze Weile. »Irgendwann in der nahen Vergangenheit sind Leonardo und Bran aufeinandergetroffen. Du sagtest, dass er China aufsuchen wollte, also wäre das ein Ansatzpunkt. Doch ich glaube, dass auch das Äußere von Bran ein Element sein könnte, das mich im nächsten Schritt zu Leonardo führen könnte.«

»Du hast also zwei Ansatzpunkte.«

Grace nickte. »Und nur einen Ort, an dem ich beiden Spuren nachzugehen vermag. Ich werde das Archiv aufsuchen.«

»Ich gebe dir mein Permit.«

»Nicht nötig.« Grace wandte sich mit einem Schmunzeln Johanna zu. »Die Archivarin war beeindruckt von meinem Vorhaben. Daher gab sie mir ebenfalls eines. Und zwar ein dauerhaftes.«

Grace zog ihren Essenzstab, fuhr damit über ihren Unterarm und sprach: »Revelatio.«

Ein glühendes Symbol erschien unter ihrer Haut.

»Was ist das?«

»Ein Permit. Gebannt als magisches Symbol auf meinen Knochen. Wir gingen davon aus, dass es in den Splitterreichen chaotisch zugehen könnte. Damit ich es nicht verliere, wurde es dauerhaft befestigt.«

»Das hätte sie vielleicht mal bei uns tun sollen«, grummelte Johanna. »Dieses verdammte Permit von Leonardo hat für einiges an Chaos gesorgt.«

»Ich habe sie wohl gerade in einer passenden Phase erwischt. Sie war in ihren Sechzigern und eher in sich ruhend. In einer ihrer Kindphasen oder in der Pubertät hätte ich wohl keine Chance gehabt. Wie steht es denn momentan um sie?«

»Sie ist ein Kind«, erklärte Johanna. »Oder das war sie letztes Mal, als wir vorbeigeschaut haben.«

»Gut, gut. Dann werde ich mich auf den Weg machen. Schön, dass wir Unsterblichen weniger Schlaf benötigen als sterbliche Magier.«

»Ach, tatsächlich?«

Grace kicherte. »Wenn du meinen Kaffee getrunken hast, dann schon. Das ist ein Geheimrezept. Lass es mich so sagen: Es gibt eine magische Kreatur, die Kaffeebohnen isst und wieder ausscheidet. Wenn du aus diesen dann Kaffee brühst, …«

»Danke, jetzt ist mir schlecht.«

»Du bist eine Banausin, aber das warst du schon immer.«

»Sagte die Amerikanerin zur Französin«, gab Johanna keck zurück.

»Ah, jetzt kommt diese Karte wieder. Du Snob.«

»Immerhin haben wir Franzosen Kultur.«

»Behauptest du.«

Sie lachten beide.

»Viel Glück«, schloss Johanna.

»Dir auch. Sobald ich etwas weiß, lasse ich es dich wissen. Unsere Kaffee-Tee-Runde wird bald wieder vollständig sein.«

Johanna betrachtete die vierte Tasse. »So weit das noch möglich ist.«

Tief in Erinnerungen versunken verließ sie das Herrenhaus, um nach Spanien zurückzukehren. Es wurde Zeit, dass sie sich mit Ellis unterhielt.

5

Das Wiedersehen

In der Nähe von Nemos Unterwasserbasis

Plopp.

Der Wind schlug ihm ins Gesicht und hätte ihn beinahe von der Plattform gefegt.

»Vorsicht, ist ziemlich windig hier«, sprach Chloe grinsend das Offensichtliche aus.

»Danke für die Warnung«, patzte Chris.

Schnell zog er Nikki fester an sich, damit sie nicht ebenfalls getroffen wurde. Der Duft von Meer und frischen Blumen stieg in seine Nase, was daran liegen mochte, dass er sie in ihrem Haar vergrub.

»Danke fürs Bringen«, flüsterte er.

»Du bist der Einzige, der sich bedankt.« Sie lächelte. Ein Lächeln, das einzigartig war auf der Welt.

Chloe verschränkte die Arme und wartete geduldig.

»Okay, warum sind wir hier?«, fragte Nikki.

»Johanna hat uns einen Auftrag erteilt«, erklärte Chloe. »Es geht darum, ein gefährliches Artefakt zu bergen. Es befindet sich unter Wasser. Deshalb benötigen wir die Hilfe eines alten Freundes.« Sie deutete in die Tiefe.

»Och nee, echt jetzt?« Chris war nicht begeistert.

Grinsend packte Chloe drei Phiolen aus, in denen eine violette Flüssigkeit schwappte. »Auf ex. Kleopatra hat fest versprochen, dass sie dieses Mal mehr Minze beigemischt hat, um den Fischgeschmack zu überdecken.«

Nikki schnappte sich das Gefäß und kippte den Trank hinunter, Chris tat es ihr gleich. Natürlich war nicht einmal ansatzweise genug Minze darin. Ekelhaft.

Es dauerte nur Sekunden, dann spürte er, wie sich die Kiemen bildeten. Gleichzeitig wurde die Haut härter und der Stoffwechsel beschleunigt. Auf diese Art konnten sie dem Druck und der Kälte unter Wasser standhalten und Sauerstoff aus dem umgebenden Nass ziehen.

»Es werden sich automatisch Luftblasen um unsere Münder herum bilden«, erklärte Chloe. »So können wir uns weiterhin normal unterhalten. Das wurde verbessert.«

Sie alle hatten die Mentiglobus-Aufzeichnungen jedes Beteiligten des letzten Einsatzes studiert, um die Ereignisse aus jedem Blickwinkel nacherleben zu können. Auf diese Art hatte Chris auch noch einmal erfahren, wie Alex beinahe gestorben war. Gruselig.

Kreaturen vom Anbeginn hatten Nemos Unterwasserbasis übernommen und beinahe alle Bewohner getötet. Einzig Sunita war es zu verdanken gewesen, dass diese Wesen heute nicht die Meere bevölkerten. Ein einziges gefundenes Ei hatte all das ausgelöst.

Suni wiederum war noch immer von der Magie des Anbeginns verseucht und nach dem Abenteuer auf Antarktika bei Nemo in der Basis geblieben. Chris freute sich darauf, sie wiederzusehen.

»Na dann.« Er sprang ins Wasser. Natürlich saugte sich die

Alltagskleidung umgehend voll. Nichts, was ein Zauber nicht innerhalb von Sekunden wieder ausgleichen konnte. Trotzdem hätte er sich in einem Neoprenanzug deutlich wohler gefühlt.

Zuerst ließ er sich treiben, übergab seinen Körper der Strömung und testete die Kiemen. Es war ein seltsames Gefühl zu atmen, ohne den Mund zu benutzen. Der Sauerstoff strömte durch seinen Körper und versorgte ihn mit klarer Frische. Tatsächlich fühlte sich das Meer nicht kalt an. Auch als er tiefer schwamm, störte ihn der Druck kein bisschen.

»Ich bin die Erste!«, rief Nikki.

Grinsend schoss Chris in die Tiefe. Sie lieferten sich ein Wettrennen, vorbei an Fischen und allerlei anderen unidentifizierbaren Tiefseekreaturen. Was hätten die Nimag-Wissenschaftler wohl für diese Möglichkeit gegeben. Ein kurzer Trip ohne Tauchglocke in gewaltige Meerestiefen.

Immerhin mussten sie dank Nikki und der neuen Plattform kein Boot mehr mieten, um zu Nemos Kuppel zu gelangen. Der Unsterbliche hatte zugestimmt, über Wasser eine Plattform zu bauen, gehalten von magischen Bernsteinankern, die die Gravitation beeinflussten. Im nächsten Schritt sollte ein aktivierbarer Tunnel entstehen, der Magier ohne Trank nach unten beförderte. Wie ein Lift. Nur dass es keine Kabine gab und man durch Magie langsam in die Tiefe würde gleiten können.

Chris war sehr dafür. Dadurch musste er seinem Körper dieses ekelhafte Gebräu nicht länger antun.

Das Wettrennen verwandelte sich in einen Schlingerkurs. Nikki und er schwammen umeinander herum und näherten sich Nemos Kuppel in einem Korkenzieherkurs. Direkt über dem gewaltigen Gebilde stoppten sie. Chris ließ die Luftblase um seinen Mund entstehen, Nikki tat es ihm gleich.

Umgeben von leuchtenden Algen und neugierig heranschwimmenden winzigen Fischen versanken sie in einen ausgiebigen Kuss. Nikkis Lippen waren weich und zart. Leider schmeckte sie nach fischiger Minze, genau wie er.

»Wo sind die Kaugummis, wenn man sie braucht?« Nikki kicherte.

Sie trieben eng umschlungen ein wenig ab.

»Hey!«, rief Chloe. »Ihr erschreckt noch die Algen. Jetzt bewegt euch gefälligst hierher!«

Die Punk-Freundin trug wie immer Boots, verschlissene Jeans und fingerlose Handschuhe. Ihr Haar waberte grün wie Seegras unter Wasser. Im Gegensatz zu sonst trug Chloe noch einen Rucksack, in dem wohl Utensilien für den Einsatz untergebracht waren.

Zu dritt glitten sie in die Schleuse. Das äußere Tor schloss sich rollend und rastete ein, das Wasser wurde abgepumpt.

»Das ist so cool«, flüsterte Chris.

Nikki lächelte ihm zu und drückte fest seine Hand. Er erwiderte das Lächeln. Sie hatte es bemerkt. Eigentlich mochte er Wasser nicht, seit er als Jugendlicher beinahe in einem Fass ertrunken war, in das ihn ein paar ›Freunde‹ gesteckt hatten. Es war lediglich seiner Großmutter zu verdanken, dass er überlebt hatte. Noch Jahre danach war er regelmäßig in Panik ausgebrochen, wenn es draußen geregnet hatte. Baden war unmöglich, duschen in den ersten Wochen auch. Er benutzte stattdessen Reinlichkeitszauber.

Seine Großmutter hatte ihn langsam wieder an die Normalität gewöhnt, zu der Wasser nun einmal gehörte. Außer ihr hatte niemals jemand von den Ereignissen erfahren, bis Crowley die Erinnerungen zurückbrachte, um den Zwillingsfluch zu aktivieren. Seitdem wusste auch Kevin davon und nun Nikki.

Obwohl er Wasser nicht mochte, konnte er heute doch

wieder normal damit umgehen. Und auch dieser Tauchgang erwies sich als überraschend einfach.

Das innere Schott fuhr rumpelnd beiseite.

»Ich begrüße euch.« Vor ihnen stand Anik Kumar, Nemos Stellvertreter.

Der Mann hatte sich kaum verändert. Er trug sein dunkles Haar schulterlang und dazu einen gepflegten Schnauzbart. Der Essenzstab hing in einem Etui an seinem Gürtel, die einfarbige Uniform mit dem Rangabzeichen wies ihn als stellvertretenden Kommandanten der *Nautilus* aus.

Nacheinander erwiderten sie den Gruß.

»Wir haben wenig Zeit«, erklärte Chloe. »Johanna benötigt Nemos Hilfe.« Sie zog ein gerolltes und versiegeltes Pergament aus dem Rucksack und überreichte es.

Kumar nahm es entgegen. »Nemo erwartet euch bereits. Hier entlang.«

Ein kurzer Zauber genügte und sie waren wieder trocken.

Gemeinsam betraten sie die unterirdische Station aus einer großen und mehreren kleinen angeflanschten Kuppeln. Überall in den Wänden ragten Armaturen aus Holz hervor, die mit Schaltern und Zahnrädern ausgestattet waren. Chrom und Metallaufschläge überzogen die Oberflächen.

Die Umgebung erinnerte Chris an eine Unterwasser-Steampunk-Station, die zu Beginn des neunzehnten Jahrhunderts errichtet worden war. Vermutlich lag er damit gar nicht so falsch.

Hier unten bauten Nemos Leute alles an, was sie zum Leben benötigten, und erforschten die Meere. Dabei war der Unsterbliche schon mehr als einmal auf Hinterlassenschaften der Kreaturen vom Anbeginn gestoßen. Zuletzt auf das seltsame Ei. Sein Einsatz war unabdingbar für die Sicherheit der Menschheit.

Zielstrebig eilten sie durch die Gänge.

Vor der Tür zu Nemos Büro blieben sie stehen. Kumar klopfte mit harten Schlägen an.

»Herein«, erklang eine tiefe Stimme.

Die Tür öffnete sich.

6

Reich unter Wasser

Nemos Büro glich in seiner Einrichtung einem Studierzimmer des vorherigen Jahrhunderts. Das Glas in der Wand, durch das die Fische vom Meeresgrund sichtbar waren, bildete eine Ausnahme.

Der breitschultrige Inder mit dem schwarzen Vollbart erhob sich bei ihrem Eintreten, die Augen von Lachfalten eingerahmt. »Willkommen.« Er schüttelte jedem von ihnen die Hand.

Hinter ihm erhob sich Sunita Singh Khalsa von ihrem Stuhl. Ihr dunkles Haar fiel als Zopf geflochten über die Schulter und reichte bis zur Hüfte. Während ihr rechtes Auge die normale Farbe aufwies, war ihr linkes durchzogen von einem verschlungenen Tattoo, das golden schimmerte und von dunklen Fäden durchwoben war. Die Pupille war orange-rot.

Bei der Versiegelung eines Tores vom Anbeginn war Suni von einer Waffe verletzt worden. Die Heiler hatten das Tattoo eingestochen, um die Ausbreitung der Dunkelheit in ihrem Innern zu verhindern. Das magische Symbol konnte die Infizierung nicht vollständig neutralisieren, wohl aber einschränken.

»Suni.« Chloe zog die Freundin in eine Umarmung. Chris tat es ihr gleich.

Ein freudiges Lächeln überzog Sunis Gesicht. »Es ist schön,

euch wiederzusehen.«

»Wie geht es dir?«, fragte Nikki.

»Besser. Nach dem Blackout habe ich lange geruht und wieder Kraft geschöpft.«

Chris erinnerte sich an den Augenblick, als Suni mit fremder Stimme gesprochen hatte und Macht vom Anbeginn die Kreaturen aus dem Ei zerstörte. Das hatte erstmals deutlich gemacht, dass die Verletzung mit der Waffe vom Anbeginn massive Folgen für Suni hatte.

»Setzt euch doch«, bat Nemo.

Es standen ausreichend Stühle vor seinem Tisch, die mit roten Kissen ausgelegt waren. Er bot ihnen Schwarztee an, was Chris und Nikki dankend annahmen. Chloe lehnte ab.

»Ich überlasse es dir, Sunita«, sprach Nemo und trank selbst mit kleinen Schlucken.

»Wir wissen nun, was mit mir nicht stimmt«, erklärte Sunita. Im Gegensatz zu früher wirkte sie unsicher, ja fast schüchtern. »Die Verletzung durch die Waffe hat etwas in mir ausgelöst. Die Wunde erzeugt Noxanith in meinem Blut.«

»Das Metall vom Anbeginn«, flüsterte Chloe. »Es ist in dir?«

Suni nickte bedrückt. »Wir wissen nicht, was es bedeutet.«

»Besteht Gefahr für dich?«, fragte Chris vorsichtig.

Ein sanftes Lächeln untermalte die Antwort. »Es freut mich, dass du dich sorgst. Es kam bisher zu keinen weiteren Blackouts, meine Gesundheit ist stabil.«

»Dann sollten wir uns dem aktuellen Problem widmen.« Chloe wandte sich an Nemo. »Johanna hat mich beauftragt, ein Artefakt zu bergen. Es ist von äußerster Wichtigkeit, dass wir das schnell erledigen.«

»Müssen wir befürchten, auf Schattenkrieger zu treffen?«, fragte Nemo.

Chloe wiegte den Kopf hin und her. »Könnte passieren. Wir sind uns da nicht sicher. Aber es darf auf keinen Fall in deren Hände fallen.«

»Worum handelt es sich?«

»In den alten Schriften ist es unter der Bezeichnung ›Seelenmosaik‹ bekannt. Ihm wohnt eine zerstörerische Kraft inne, die seinesgleichen sucht. Mehr wissen wir nicht.« Chloe deutete auf das entrollte Pergament, das Kumar auf Nemos Schreibtisch gelegt hatte. Es handelte sich um eine Karte. »Wir haben grobe Koordinaten und Notizen, die auf einen Eintrittspunkt in ein Splitterreich unter Wasser hindeuten.«

Stirnrunzelnd betrachtete Nemo die Karte. »Mit der *Nautilus* können wir diesen Punkt innerhalb eines Tages erreichen.«

»Ich hatte darauf gehofft, dass wir es schneller schaffen könnten«, entgegnete Chloe.

Verblüfft betrachtete Chris die Freundin. Sie wirkte aggressiver als gewöhnlich, schien völlig in ihrer Mission aufzugehen. War die Bergung des Seelenmosaiks so wichtig? Und weshalb hatte Johanna sie nicht alle zusammengerufen und den Auftrag persönlich überbracht?

»Seit der vollständigen Entstehung des Walls ist die *Nautilus* ein wenig eingeschränkt. Zauber entarten, die Bernsteine entleeren sich zu schnell.«

Ein Problem, das überall auftrat. Wasser auf die Mühlen der Schattenkrieger, die ständig propagierten, dass mit der Entstehung des Walls die Magie weiter gedämpft werden würde und etwas Grauenvolles geschehen sollte. Letzteres war glücklicherweise ausgeblieben.

»Dann sollten wir sofort aufbrechen«, bat Chloe.

Nemo nickte abgehackt. »Die *Nautilus* ist startklar. Ich werde mit Johanna Kontakt aufnehmen, um weitere Details zu besprechen.«

»Gute Idee.« Chloe rollte die Karte wieder ein.

Das gewaltige Schiff von Nemo, das über und unter Wasser fahren konnte, glich von der Form her einem riesigen Metallrochen, der über zahlreiche Aufbauten verfügte – Geschütze, Periskope, den Bernsteinantrieb. Der Unsterbliche hatte das Design angepasst, um die größeren Bernsteine unterzubringen, die wiederum mehr Antriebsessenz erzeugten.

Über eine Schleuse betraten sie das Schiff.

Nemo trat an einen in die Wand verbauten Lautsprecher, an dem mehrere Knöpfe zu erkennen waren. »Amika, starten Sie das Schiff.«

»Aye, Kapitän«, drang die Stimme einer Frau aus dem Lautsprecher.

»Erinnert irgendwie an Kirks Enterprise«, flüsterte Chris Nikki zu. »Überall Kippschalter. Ich bin ja eher ein Fan von Touch-Displays.«

»Nemo ist da wohl altmodischer«, gab Nikki grinsend zurück. »Und immerhin kannst du solche Schalter noch selbst reparieren. Da ist im schlimmsten Fall mal ein Kabel locker. Wenn bei einem Display das Saphirglas kaputt ist, geht nichts mehr.«

Verdattert starrte Chris auf seine Freundin. »Du bist ja schlau.«

»War das jetzt etwa Verblüffung?«

Er schenkte ihr ein freches Grinsen. »Nicht allgemein. Aber woher weißt du so viel über Technik?«

»Mein Vater ist Ingenieur«, erklärt Nikki. »Er arbeitet in einer Firma, die in der Fusionsreaktorforschung tätig ist. Daheim hat er eine kleine Werkstatt, in der er ständig tüftelt. Da habe ich so einiges mitbekommen.«

»Ich weiß noch viel zu wenig über dich.« Chris zog sie in eine Umarmung und hauchte ihr einen Kuss auf die Lippen.

»Wir haben alle Zeit der Welt, das zu ändern.« Nikki stupste mit ihrer Nase seine an.

»Brücke!«, rief Chloe.

Chris hüstelte und löste sich aus der Umarmung. »Beeilen wir uns lieber, bevor sie es Johanna petzt. Dann bekommen wir womöglich Nils als Springer zugeteilt.«

Nikki kicherte. »Damit dürfte eure Erfolgsrate beim Erreichen der Ziele ziemlich niedrig ausfallen.«

Nemo und Chloe hatten die Brücke bereits betreten, als Nikki und Chris zu ihnen stießen.

Überall im Raum verteilt gab es Pulte, die von Knöpfen, Schaltern und kleinen Monitoren bedeckt waren. Die Männer und Frauen dahinter waren eifrig bei der Arbeit. Nemos Platz stand im Zentrum.

Ein gewaltiger Kartentisch war an der Seite angebracht.

Auf Nemos Wunsch rollte Chloe die Karte aus. Der Kapitän nahm einen kleinen Bernstein und setzte ihn auf das Ziel. Im Tisch eingelassene Zahnräder drehten sich, eine Metalllupe fuhr an jene Stelle auf der Karte. Koordinaten wurden von einer Messingfeder auf eingelassenem Papier am Rand des Tisches niedergeschrieben.

»Koordinaten erhalten«, rief ein Mann, der hinter der Steuerkonsole saß. »Kurs liegt an.«

Nemo deutete auf die Stühle, die am Rand des Raumes aufragten. »Ihr könnt die Brücke jederzeit aufsuchen und euch hier niederlassen. Zuvor wird euch der Stewart die Kabinen zeigen.«

Chris freute sich darauf, das Schiff genauer zu erkunden.

Die *Nautilus* war auf Kurs.

7

Das dynamische Duo

Im Archiv

»Das ist nicht lustig«, kommentierte Alex.

Dem konnte Jen nur widersprechen. »Das hängt von der Perspektive ab.«

Der Wandlungstrank hatte Alex das Äußere einer Lichtkämpferin verpasst. Da alle Welt Ausschau nach ihm hielt, stand zu befürchten, dass er in Jens Gegenwart sofort erkannt wurde – selbst wenn er die Gestalt eines anderen Mannes annahm. Doch wer dachte schon so weit, dass Alexander Kent sich mit einem Wandlungstrank in eine Frau verwandeln würde?

»Ich könnte mir einen hübschen Namen für dich ausdenken. Sheila. Chantalle. Oder Schackeline.«

»Das wagst du nicht«, knurrte er.

»Meine Liebe, du solltest nicht so aufstampfen wie ein Bauarbeiter, sondern eher grazil dahinschweben wie eine Elfe.«

»Ich hasse dich.«

Jen grinste. »Das ist süß. Ich dich auch.«

Sie hatten die Bibliothek durch ein Türportal erreicht, was nicht weiter schwierig war, nachdem Jen unter Aufbietung ihrer ganzen Überzeugungskraft ein Permit erhalten hatte. Ihr Opfer war Tomoe gewesen, die momentan kurz vor einem Nervenzusammenbruch stand. Als Verantwortliche für die Finanzen der Lichtkämpfer konnte sie das Wort Brexit nicht mehr hören. Daher war das Gespräch auch sehr kurz gewesen. Tomoe hatte Jen einfach wieder loswerden wollen und deren Argumente, weshalb sie das Permit für eine Recherche benötigte, nur abgenickt. Dass Johanna aktuell nicht im Castillo war, kam ihnen dabei zugute.

Kyra war im Verlorenen Castillo geblieben und unterhielt sich täglich angeregt mit der Essenzmanifestation von Thunebeck. Außerdem schaute Nils des Öfteren mit Ataciaru bei ihr vorbei.

Wie immer herrschte im Archiv Hochbetrieb. Archivare und Archivarinnen saßen und standen hinter den Pulten, wo sie Schriften anfertigten, Mentigloben katalogisierten und sonstige überaus wichtige Dinge taten.

»Kann ich euch helfen?«, begrüßte sie einer der Archivare.

Wie jeder hier trug er eine weite Kutte mit zurückgeschlagener Kapuze.

»Hi«, grüßte Alex, nur um auf Jens scharfen Blick zu ergänzen: »Hallo, … mein Bester.«

Jen verdrehte die Augen und lenkte die Aufmerksamkeit des Archivars schnell auf sich. »Das wäre ganz ausgezeichnet. Ich bin Jennifer Danvers und besitze ein Permit von Tomoe Gozen. Wir sind hier, um die Unterlagen einzusehen, die Mark Fenton vor seinem Tod studierte.«

»Alles, was Mark Fenton betrifft, unterliegt dem Opernhaus--Protokoll und damit strengster Geheimhaltung«, erklärte der Archivar mit einem Stirnrunzeln. »Ich muss zuvor mit Johanna Rücksprache halten.«

»Die ist leider gerade nicht erreichbar«, erklärte Jen freundlich. »Irgendwo in der Wüste unterwegs, kein Wasser weit und breit.« In diesem Augenblick war sie froh, dass die Kontaktsteine zerstört waren und die primäre Kommunikation über magifizierte spiegelnde Flächen stattfand. »Tomoe hat gerade viel zu tun und Leonardo ist verschwunden. Kleopatra hat einen Pickel entdeckt, du weißt ja, das ist in der Pubertät keine schöne Sache. Aber Anne Bonney wäre erreichbar.«

Jen grinste innerlich. Wenn es jemanden gab, der noch keine Ahnung von Protokollen oder den Ereignissen um Mark hatte, dann war es Anne. Sie würde den Auftrag sofort bestätigen.

»Nun gut. Ich werde das überprüfen. Ihr könnt in einem der Besucherzimmer warten.«

Der Archivar führte sie in einen gemütlich eingerichteten Raum. Auf einem Regal standen leere Mentigloben bereit, falls Aufzeichnungen angefertigt oder kopiert werden mussten. Auf einem runden Tisch lag ein Stapel Papier, daneben eine Schreibfeder.

»Du solltest wirklich versuchen, etwas überzeugender zu sein«, zischte Jen. »Das ist kein Witz. Wenn die bemerken, wer du bist, werden sie dich verhaften. Ich habe keine Lust, dir noch mal beim Sterben zuzusehen.« Sie schluckte den Kloß in ihrem Hals hinunter.

»Tut mir leid.« Er schloss sie sanft in seine Arme und seufzte.

»Will ich wissen, was du gerade denkst, Kent?«

»Ich habe da diese Fantasie, an die wir uns gerade annähern.« Er grinste frech. »Also es geht um zwei leichtbekleidete Lichtkämpferinnen ...«

Jen schubste ihn beiseite. »Keine Umarmungen oder Küsse mehr, während du als Frau unterwegs bist.«

Es klopfte, der Archivar steckte den Kopf herein. »Ich muss

sagen, dass diese neue Unsterbliche über keine vernünftigen Umgangsformen verfügt. Ich soll sie nicht weiter nerven. Ihr erhaltet das Gewünschte in Kürze, viel Erfolg bei der Recherche. Falls ihr Hilfe benötigt, könnt ihr mich rufen.«

Die Tür schloss sich mit einem Klicken.

Sekunden später waberte die Luft auf dem Tisch. Ein gewaltiger Stapel aus Pergamenten, Mentigloben und handschriftlichen Notizen erschien.

»Na toll«, kommentierte Alex.

»Unglaublich«, flüsterte Jen. »Monatelang haben sie das ganze Zeug vor uns versteckt. Direkt nach dem Tod von Mark kam Leonardo ins Turmzimmer gestürmt und hat alle Unterlagen beschlagnahmt.«

»Du hast sie ausgetrickst«, sagte Alex stolz.

Jen lächelte. »Wir hatten Glück, dass Johanna und Leonardo gerade beide nicht erreichbar sind. Ihre Geheimniskrämerei wird ihnen jetzt zum Verhängnis. Hätten sie Anne eingeweiht, hätte die der Freigabe niemals zugestimmt.«

»Beeilen wir uns.« Alex sank auf einen der beiden Stühle. »Immerhin ist da noch die Archivarin. Ich möchte vermeiden, dass die uns erwischt. Du kannst jede Wette eingehen, dass sie Bescheid weiß.«

Auch Jen ließ sich nieder und griff nach dem ersten Pergament. »Chloe hatte mal im Verlauf einer Recherche zum Zwillingsfluch mit ihr zu tun. Sie hat erwähnt, dass die Archivarin mit jedem Mentiglobus, jedem Pergament, einfach mit allem verbunden ist. Aber es ist wie bei uns Menschen mit der Erinnerung: Wir vergessen viel und erinnern uns erst wieder, wenn ein Auslöser auftaucht.«

Sie arbeiteten sich durch Berge von Aufzeichnungen.

Die Mentigloben waren glücklicherweise mit kleinen Zettelchen unter dem Sockel versehen, die Jahreszahlen, Personen und Orte enthielten.

»Schau mal, hier.« Jen deutete auf ein Pergament. »Mark hat sich eine Erinnerung angesehen, in der Leonardo, Johanna, eine Frau namens Grace und ein Mann, der Kylian heißt, vorkommen. Irgendwas in Frankreich. Dahinter steht das Wort ›Opernhaus‹.«

»Also, warte mal. Unsterbliche werden von dieser Zitadelle ernannt, richtig?«

Jen nickte. »Und das Opernhaus ist der Teil, der die Unsterblichen auf unserer Seite hervorbringt. Aber sobald sie erwacht sind, wissen sie nichts mehr darüber. Bei Johanna und Leonardo scheint das aber anders zu sein.«

»Aber warum?«

»Darauf gibt anscheinend dieser Mentiglobus eine Antwort. Und wenn die Unterlagen von Mark entfernt wurden, weil er etwas über dieses Opernhaus erfahren hat, dann muss es auch mit dir zu tun haben.«

Alex griff nach dem entsprechenden Mentiglobus und setzte ihn in die Mitte. »Dann wird es wohl Zeit für einen kleinen Ausflug.«

Jen überprüfte das Schild auf der Unterseite. »Frankreich, 1954. Die Erinnerung folgt Leonardo da Vinci, Johanna von Orleans, Kylian Dubois und einer Grace Humiston.«

Sie berührten beide den Mentiglobus und sprachen: »Memorum Excitare.«

Die Erinnerung wurde lebendig.

8

Die Ankunft

Frankreich, 1954

Das Erste, was Alex bewusst wurde, war sein eigener Körper. Er trug nicht länger das Äußere einer Frau. Sein Hoodie, seine Jeans, seine Sneakers und auch alles, was sich innerhalb der Kleidung befand, war wieder männlich.

Er wusste längst, dass Mentigloben Überraschungen bereithalten konnten. Mal erlebte man die Erinnerungen als Gast mit, mal vergaß man das eigene Ich und schlüpfte in die Rolle desjenigen, der die Erinnerung gespeichert hatte. Und falls gemeine Magier eine Falle eingebaut hatten, bekam man die auf schmerzhafte Art zu spüren. Alles war möglich.

Neben ihm stand die durchscheinende Silhouette von Jen, getaucht in das farbige Licht, das durch die Buntglasfenster in die Kirche fiel. Staub wirbelte im Lichtschein. Vor dem Gebäude musste heller Mittag sein, hier drinnen war es jedoch dämmrig und kühl.

»Wir haben erst mal Ruhe«, erklang die Stimme von Leonardo. »Ich habe einen Bannkreis gezogen. Die Nimags haben gerade so gar keine Lust auf eine Andacht.«

»Wie immer spricht der Respekt für den Glauben anderer aus deinen Worten«, erklang eine fremde Stimme.

Eine Frau trat hinter einer Säule hervor. Sie mochte in den Vierzigern sein, hatte schulterlanges Haar und trug einen Siegelring.

»Lass ihn in Ruhe, Grace«, mischte Johanna sich ein. »Es war seine Aufgabe, uns den Rücken freizuhalten.«

»Ist ja gut«, gab die fremde Unsterbliche zurück.

»Wie kommt es eigentlich, dass die drei Unsterblichen in der Runde – die alt und weise sein sollten – ständig streiten, während ich als einfacher Nimag völlig beherrscht und ernst bin.« Ein verschmitzt lächelnder Franzose trat ins Licht.

Er trug das schwarze Haar kurz geschnitten und grinste frech. Obgleich er ein Nimag war und 1954 der Wall bereits existierte, schien er von Magie und Unsterblichkeit zu wissen.

»Ja genau, *beherrscht* und *ernst* beschreibt dich am besten, Kylian«, kommentierte Grace trocken.

Der Nimag kicherte. »Danke.«

»Das war Ironie.«

»Ich weiß. Aber ich weigere mich grundsätzlich, Ironie zur Kenntnis zu nehmen. Damit lebt es sich besser.«

Alex konnte ein freudiges Lachen nicht unterdrücken. »Ich mag ihn total.«

»Das kommt jetzt überraschend«, kommentierte Jen.

»Finde ich nicht.«

»Das war Ironie.«

»Ich weigere mich ab sofort auch, Ironie zur Kenntnis zu nehmen«, erklärte Alex freundlich.

Jen seufzte schwer. »Womit habe ich das nur verdient?«

Eine Frage, die Alex nicht mit einer Antwort würdigte. Stattdessen wandte er sich wieder dem ungleichen Quartett zu. Sie trugen alle einfache Stoffhosen, dazu Hemden oder Blusen. Die Kleidung war sehr schlicht gehalten, grau und farblos. »Die Fünfziger sind nicht so meine Zeit.«

»Europa hatte ja auch einiges hinter sich. Der Zweite Weltkrieg tobte bis 1945. Kurz danach ging die Welt in den Kalten Krieg über. Da ist nicht viel Platz für Unbeschwertheit und Frieden. Die Menschen hatten unter anderem Angst vor einem Atomkrieg. Was der für Folgen haben könnte, war durch den Abwurf der Bomben auf Hiroshima und Nagasaki bekannt. Und vergiss nicht, dass das Nachbarland – Deutschland – teilweise von russischen Kräften der ehemaligen Allianz kontrolliert wurde.«

Alex schenkte Jen einen beeindruckten Blick. »Du bist ein lebendes Wikipedia.«

»Ich interessiere mich einfach auch für die Geschichte der Nimags«, erwiderte Jen. »Es gibt da die Kulturzyklustheorie. Ich habe oft mit Einstein darüber diskutiert, wenn er über die Ereignisse in der magischen Gemeinschaft sprach. Sie besagt, dass die historischen Entwicklungen aller Kulturen – egal ob Nimag oder Magier – sich zyklisch wiederholen.«

»Du meinst auf Krieg folgt Frieden folgt Krieg?«

Nun warf Jen ihm einen beeindruckten Blick zu, was Alex ein bisschen ärgerte. »Das ist zwar sehr vereinfacht ausgedrückt, aber ja: Das bedeutet es.«

»Ziemlich negative Einstellung, oder?«

»Vielleicht. Aber die Menschen, die in Frieden leben, vergessen nach einer gewissen Zeit, was Krieg bedeutet, welche Opfer er kostet. Dann werden sie aggressiv, wollen wieder mehr Land oder Rohstoffe oder sind aus anderen Gründen unzufrieden. Sie vergessen, dass es ihnen viel besser geht als zuvor und setzen alles wieder aufs Spiel. Schau doch in unsere Welt der Gegenwart.«

»Okay, du hast es geschafft, meine Laune ist dahin.«

»Hey, auf den Krieg folgt auch wieder der Frieden.« Sie knuffte ihn in die Seite.

»Also, wo soll diese verdammte Geheimkammer sein?!«, rief Leonardo.

»Wenn wir das wüssten, würden wir nicht danach suchen«, erklärte Grace, als spräche sie mit einem Grundschüler.

»Bist du nicht Sherlockina Holmes?«, gab er zurück. »Dann streng dich doch mal an.«

Grace hielt inne, verschränkte die Arme hinter dem Rücken und ging langsam auf und ab. »Wir wissen, dass die Nimags eine Legende aus den Ereignissen gestrickt haben. Angeblich stieg ein Engel herab und übergab Chlodwig I. die erste Fleur de Lis. Aus den Aufzeichnungen wissen wir, dass dies eines von wenigen Ereignissen war, an denen die Zitadelle direkt Kontakt mit uns aufnahm. Auch wenn der Grund hierfür im Verborgenen liegt. Chlodwig fertigte kurz darauf Aufzeichnungen an, und zwar im Beisein seiner Ehefrau Chrodechild und zwei weiterer unbekannter Personen. Diese Pergamente wurden mit einem Zauber versiegelt und fortgebracht. Ihre Spur führt durch die Jahrhunderte bis zu dieser Kathedrale.«

»Aber hier gibt es kein Liliensymbol.« Ein wenig Staub hatte sich auf Leonardos dunklem Haar abgelegt.

»Das Teil ist auf allen möglichen Wappen angebracht«, erklärte Kylian. »Aber hier in der Kirche ist es seltsamerweise nicht vorhanden.«

»Es muss hier sein«, entgegnete Grace. »Wir wissen lediglich nicht, wo genau. Vermutlich war genau das die Intention jener, die die Spur gelegt haben. Nur die Würdigen sollen es finden.«

»Toll«, blaffte Leonardo. »Und wer ist würdig?«

»Der Geduldige«, erklärte Grace knurrend.

»Okay, okay«, mischte Johanna sich schnell ein. »Ist ja nicht so, als hätte ich als Französin zu wenig historisches Wissen. Immerhin durfte ich den Scheiterhaufen miterleben und alle möglichen und angeblichen Könige. Diese Zitadelle, von der nur echohafte Erinnerungen übrig sind, will eindeutig, dass jemand diese Aufzeichnungen findet. Wenn wir bis hierher gekommen sind, schaffen wir auch den Rest.«

Stille senkte sich herab, als jeder seinen Gedanken nachhing.

»Ich hab sie gefunden«, erklärte Alex.

»Wie bitte?« Jen starrte ihn an.

Er deutet nach oben. »Sie ist in die Zeichnungen der Buntglasfenster eingelassen.«

»Ich hab sie gefunden!«, verkündete Kylian. »Sie ist in die Zeichnungen der Buntglasfenster eingelassen.«

»Warum nur wundert mich das nicht?« Grace lächelte und ergriff die Hand von Kylian. »Was auch immer es mit diesem Pakt auf sich hat und wie er dich auch betreffen mag – wir finden es heraus.«

Kylian lächelte.

Alex stand direkt neben dem Franzosen und starrte ihn an. »Du bist einer meiner Vorgänger.«

Kylian machte einen Schritt nach vorne und stieg direkt durch Alex hindurch.

»Na dann.« Leonardo hob den Essenzstab. »Potesta Maxima.«

Er zielte direkt auf die Stelle des Bodens, die im Lichtschein des Buntglasfensters lag.

Eine Explosion zerriss das Gestein.

9

Des Rätsels Wurzel

Im Archiv

»Du bist zurück«, stellte die Archivarin fest. Grace hatte sich ein wenig mehr Freude erhofft, doch was konnte sie von einem Kind, das sich selbst gerade neu entdeckte, schon erwarten. »Offensichtlich.«

»Tut mir leid, aber diese hormonellen Umstellungen der Pubertät belasten mich.« Sie seufzte. »Es ist eine schwere Bürde.«

Nachdem Johanna das Herrenhaus in Prag verlassen hatte, war Grace umgehend in das Archiv gewechselt. Seit ihrem letzten Aufenthalt hier hatte sich tatsächlich nichts verändert. Die Archivare standen gebeugt über ihren Tischen und arbeiteten. Einer davon führte zwei Besucher in einen Raum. Sie eilte die Treppen hinauf, direkt zum Büro der Archivarin. Und hier stand sie nun.

Sie erklärte dem uralten Kind, was ihre Reise durch die Splitterreiche erbracht hatte.

»Und für dich sind nur drei Jahre vergangen?« Die Archivarin trat dicht an Grace heran.

Vor den vier Fenstern des Raumes tobten Feuer, Wasser, Stürme. Erde türmte sich auf. An der Seite stand ein Tonquader,

der mit Symbolen bedeckt war. Die Regale beherbergten Nimag-Bücher und allerlei dekorative Gegenstände.

»Für den Rest der Welt eindeutig mehr«, erwiderte Grace. »Ich werde mich einleben müssen, das tue ich immer. Genau genommen freue ich mich sogar darauf. Nichtsdestotrotz benötigt Johanna meine Hilfe.«

»Ja, das tut sie. Wie kann ich helfen?« Die Archivarin warf ihre roten Zöpfe zurück und versank in dem gewaltigen Stuhl.

»Ich möchte dort anknüpfen, wo Leonardo verschwunden ist. Das scheint in China geschehen zu sein.«

»Er war hier und informierte sich über verschiedene Areale, die in Zusammenhang mit Cixi stehen.« Die Archivarin lehnte sich zurück. »Ich weiß nicht, *was* geschehen ist. Aber ich kann dir sagen, *wo*.«

»Wie bitte?« Grace bedachte das Kind mit einem entgeisterten Blick. »Wieso weiß Johanna dann nichts davon?«

»Sie hat andere Probleme.«

»Aber sollte sie nicht ...«

»Nein«, unterbrach die Archivarin. »Sie benötigt all ihre Aufmerksamkeit. Dieses Rätsel musst du allein lösen.«

Grace betrachtete die Archivarin eine Weile schweigend. »Was ist los? Ich komme an und habe das Gefühl, dass jeden Augenblick eine Bombe hochgehen könnte.«

»Möglicherweise«, kam es gemurmelt zurück. »Das Schicksal hält den Atem an. Etwas kommt auf uns zu, das alles verändern wird, aber ich kann nicht sehen, aus welcher Richtung.«

»Was siehst du?«

»Einzelne Personen, die wichtig sind. Kleine Schrauben, an denen ich drehen kann, doch der Rest liegt im Schatten. Und dahinter lauert ein Krake mit tausend Armen.«

»Brauchst dann nicht eher *du* meine Hilfe?« Die Worte beunruhigten Grace.

»Du musst deine Suche vollenden«, erklärte die Archivarin. »Womöglich benötigen wir in Kürze Leonardo da Vinci und Clara Ashwell sehr dringend.«

»Sie sind zusammen unterwegs?«

»Sie verschwanden gemeinsam«, erklärte die Archivarin. »Und wo sie auch sind – sie sind ganz sicher in Gefahr.«

»Dann sollte ich besser zu Werke gehen. Zeig mir, wo sie zuletzt waren.«

Die Archivarin hob ihre Hand. Eine feine Spur aus braunrötlichen Körnern wirbelte durch die Luft. Eine durchscheinende Landkarte entstand, auf der ein Punkt zu sehen war. »Geheime Katakomben, die einst von Cixi angelegt wurden. Mehr weiß ich davon nicht.«

»Die große Cixi.« Grace nickte leicht.

Auch sie hatte von der Unsterblichen gehört, die zuerst als Nimag geboren worden war, um in der Vergangenheit im Licht der Zitadelle wiedergeboren zu werden. Sie war die Begründerin des Walls und viele Jahre später im Splitterreich von Nagi Tanka gestorben.

»Rätsel über Rätsel.« Grace schüttelte den Kopf. »Aber ich kümmere mich darum. Und danach finde ich Alexander Kent.«

»Nein!«, entfuhr es der Archivarin scharf. »*Er* ist nicht deine Aufgabe.«

»Aber ...«

»Grace, ich versichere dir, dass Alexander Kent ist, wo er sein soll.«

»Johanna hat mir davon berichtet, dass er ein Magier ist«, entgegnete Grace unbeeindruckt. Sie ließ sich selbst von den

Mächtigsten nicht das Wort verbieten. »Du weißt, dass das nicht geht. Es verstößt gegen die Regeln.«

»Ich sage nicht, dass du damit falsch liegst, Grace«, erklärt die Archivarin eindringlich. »Doch dein Fokus muss ein anderer sein. Ich kann die dunkle Welle spüren, sie kommt näher.« Ihre Finger fuhren durch die Luft. »Das Böse erhebt sich und prescht heran.« Frustriert ließ sie ihre Hand sinken. »Aber ich kann es nicht sehen. Es versteckt sich.«

»Wieso weiß der Rat nichts davon?«

»Stellschrauben«, flüsterte die Archivarin. »Ich drehe daran, positioniere Figuren auf dem Schachbrett des Schicksals neu. Doch ob das ausreicht, wird sich erst noch zeigen. Ich sehe Blut. Den Tod jener, die geliebt werden. Feuer lodert und Schreie hallen in der Nacht.«

Eine Gänsehaut rann über Grace' Arme. »Es ist wahrlich schön, wieder hier zu sein.«

»Finde Leonardo und enthülle das Antlitz von Bran«, forderte die Archivarin.

Und Grace begriff.

»Ich bin dann wohl eine der Figuren.«

Ein kindliches Lächeln erblühte im Gesicht des uralten Mädchens. »Du bist das, was du schon immer warst: die Wahrheitsfinderin.«

»Immer noch besser als Sherlockina Holmes.«

»Bitte?«

Grace winkte ab. »Leonardo hatte ein paar nette Namen für mich parat. Aus meiner Sicht liegt das gar nicht so lange zurück.«

»Du solltest aufbrechen.«

»Vermutlich.« Grace erhob sich. »Ich hoffe, es stört dich

nicht, dass ich das Archiv als Durchgang nutze. Das beschleunigt meine Suche.«

»Es sei dir gestattet, die Türportale nach Belieben zu nutzen. Dafür wurde dir das Permit verliehen.«

»Danke.«

Grace war schon beinahe durch die Tür, als die Archivarin sie noch einmal zurückhielt. »Du bist vertraut damit, unzählige Geheimnisse zu enthüllen und das gewaltige Bild der Wahrheit zu vervollständigen, das Mosaik. Doch dieses Mal wird die Zeit womöglich nicht ausreichen. Bedenke, dass es manchmal besser ist, sich zurückzuziehen und zu beobachten.«

»Du hättest eine ausgezeichnete Seherin abgegeben«, gab Grace zurück.

»Und wer sagt, dass ich das nicht war? Es gibt so viel über die Vergangenheit, was niemand mehr weiß. Die Geschichten von Königen, Sehern und Unsterblichen sind vergessen im Staub der Ewigkeit. Dieser Ort«, sie hob die Arme und machte eine Bewegung, die das gesamte Archiv einschloss, »enthält die Geheimnisse, die vergessen wurden«.

Grace nickte nur.

Wenn sie etwas verstand, dann das.

Die Archivarin verabschiedete sich mit einem Lächeln. Die Tür fiel ins Schloss. Grace eilte hinab in die große Halle. Hier legte sie die Hand auf einen Türknauf und konzentrierte sich auf das Ziel.

Dann öffnete sie die Tür.

Dahinter lag eine unterirdische Halle voller Terrakotta-Krieger.

Sie übertrat die Schwelle.

10

Zeitschatten

Methodisches Vorgehen war schon immer eine Stärke von Grace gewesen.

Zuerst zog sie einen Bannkreis um die Terrakotta-Armee. Oder besser um das, was von ihr übrig war. Denn dass hier ein Kampf stattgefunden hatte, war nicht zu übersehen. Bruchstücke der Krieger lagen überall am Boden verstreut.

Erst nachdem sie alle Sicherheitsvorkehrungen getroffen hatte, aktivierte sie die Blutchronik und betrat die Kammer. Cixis Vergangenheit wurde lebendig. Zumindest Teile davon. Einzelne Szenen waren nur noch verwaschen einsehbar, Worte wurden lautlos ausgesprochen.

Am Ende der Erinnerungen verließ Grace den Raum und überdachte das Erlebte schweigend.

»Warum hast du Cixi erwählt?«, flüsterte sie irgendwann. »Und was ist in dieser unterirdischen Ausgrabungsstätte passiert?« Ausgerechnet jene Erinnerung hatte kaum noch verwertbare Bilder besessen.

Ein Zauber wurde aktiv.

Hätte Grace den Bannkreis nicht gezogen, hätte nun jemand erfahren, dass sie sich hier befand. Es war nicht schwer zu erraten, wer das war.

Wie lange lag das Verschwinden Leonardos und Clara Ashwells zurück?

Grace wob einen Zeitschattenzauber und ging so weit in die Vergangenheit zurück, wie sie konnte. Verschwommene Silhouetten führten einen Kampf miteinander, dann wurden sie von etwas eingesaugt, das wie ein Riss aussah.

»Verdammt, Leonardo: Du suchst nach Bran, und als er vor dir steht, lässt du dich überrumpeln.«

Sie sorgte sich um den Freund. Mochten sie sich auch ständig streiten – er hatte eine Art, die Grace manchmal zur Weißglut trieb –, so standen sie sich andererseits sehr nah. Die letzten Jahre vor Graces Aufbruch hatten sie Verständnis füreinander entwickelt.

Doch damit verlor sich die Spur.

Um herauszufinden, wo Leonardo und Clara Ashwell sich befanden, musste sie zuerst Bran finden. Oder zumindest einen genauen Blick auf seine Herkunft werfen.

Letztlich gab es hierfür nur einen Ansatz: Amerika. Die Register über die Kolonialisierung reichten weit zurück. Aus Johannas Erzählungen wusste sie, dass Nagi Tanka zu diesen Zeiten in Virginia, Maine und New York furchtbar gewütet hatte. Die Unsterblichen hatten ihn zu Fall gebracht, doch sein Geist war schließlich in den Körper von Piero gefahren. Bran hatte heimlich mitgemischt – als Mensch, nicht als Projektion. Möglicherweise gab es also auch Aufzeichnungen in den Registern von New York. Der Kampf gegen die Indianerstämme mochte dort längst als Straßenschlacht behandelt werden, immerhin hatte der Wall die Wahrheit maskiert, doch die Register blieben davon unberührt.

Grace lächelte bei dem Gedanken, ihre alte Heimat wiederzusehen. Amerika. Sie hatte vor langer Zeit an der New York

University Jura studiert, in einer Zeit, in der dies für Frauen nicht selbstverständlich gewesen war. Sie erinnerte sich, dass es dort auch das Department of History gab, das über ausgewiesene Experten auf diesem Gebiet verfügte.

Dank des Permits reichte ein Schritt, um in das Archiv zurückzukehren, ein zweiter, um aus der Tür eines Nebengebäudes direkt vor der NYU zu landen.

Verblüfft hielt Grace inne.

Bisher hatte sie nicht realisiert, was ihre lange Abwesenheit bedeutete. New York hatte sich verändert. Die Straßen waren vollgestopft mit gelben Taxis und Privatfahrzeugen, Menschenmassen schoben sich über die Gehsteige. Alles wirkte größer und heller und schneller.

Ein Teil der NYU war in einem roten Sandsteingebäude untergebracht, dicke Säulen erhoben sich vor dem Eingang. Ein weiterer Glasbau schloss sich an. Das Areal war deutlich größer als früher. Junge Menschen eilten geschäftig hin und her, überraschend viele Mädchen waren darunter, was Grace sehr freute. Sie starrten alle auf die kleinen Kästchen, die Johanna ›Smartphone‹ genannt hatte.

Eines war sicher: In dieser neuen Zeit gab es viel zu entdecken. Grace freute sich darauf.

Bei der Kleidung war sie sich noch nicht ganz sicher. Diese war doch sehr … offenherzig. Andererseits schienen die jungen Leute in ihrem Leben viele Freiheiten zu genießen, was etwas Gutes war.

Grace wollte alles wissen. Die Politik der Gegenwart, die Entwicklungen der unterschiedlichen Gesellschaften. Was hatte sich in der Strafverfolgung geändert? Wie waren Gesetze angepasst worden? Hatten die Nimags endlich ein paar der schrecklichen alten Vorschriften geändert? Immerhin, sie wusste von

Johanna, dass Leonardo heute in den meisten Ländern nicht mehr verfolgt wurde, wenn er sich mit einem Mann einließ. In manchen fortschrittlichen Gesellschaften durften Frauen und Männer auch Partner des gleichen Geschlechts heiraten, was damals unvorstellbar gewesen wäre.

Eine Gruppe schritt an ihr vorbei und betrat das Gebäude. Grace schloss sich ihnen kurzerhand an. Die Umgebung hatte nichts mehr mit jener aus den 1960ern oder davor gemein.

Sie zog einen Klappausweis hervor und belegte ihn mit einer Illusionierung. Damit konnte sie sich als angebliche Mitarbeiterin des FBI ausweisen, die um Hilfe in einem Mordfall ersuchte, der auf Basis alter Rituale stattfand. Eine freundliche ältere Dame am Empfang verwies sie zu einem der Nebengebäude, in dem ein gewisser Professor Archibald Galbraith untergebracht war. Dieser rekonstruierte Familienlinien und historische Ereignisse.

Nach einigem Suchen fand Grace das entsprechende Gebäude. Im Inneren erwartete sie eine ausladende Bibliothek, die gemütlich eingerichtet war.

»Hallo? Professor Galbraith?«

»Wer will das wissen?«, erklang eine patzige Antwort zwischen den Regalen.

»Mein Name ist Grace Hummel«, gab sie zurück. »Ich benötige Ihre Expertise in einem Fall.«

»Fall?« Ein Quietschen erklang. »Sie sind keine Studentin?« Ein älterer Herr in einem Rollstuhl kam zwischen zwei Regalreihen hervor. Er mochte Mitte fünfzig sein, besaß schlohweißes Haar und einen Vollbart. »Das sind Sie ganz eindeutig nicht.«

»Was hat mich verraten?«

»Ihre Klasse.« Galbraith stoppte vor ihr, ergriff ihre Hand

und hauchte einen Kuss darauf. »Elegante Kleidung und ein Hauch konservativer Eleganz.«

Vermutlich ging der Professor davon aus, ihr gerade ein Kompliment gemacht zu haben, weshalb Grace lächelte. Immerhin war er kein ruppiger Zausel, zumindest nicht ihr gegenüber. »Danke. Denke ich.«

Galbraith lachte leise. »Und auf den Mund gefallen sind Sie auch nicht. Sie wissen gar nicht, wie gut es tut, mit jemandem zu sprechen, der dabei nicht auf sein Smartphone starrt.«

»Das kann ich mir denken.« Sie musste diese kleinen Geräte unbedingt studieren. »Bekomme ich meine Hand zurück?«

»Oh, natürlich.« Er ließ sie los. »FBI?«

»Richtig.«

»Einen Tee?«

»Dazu sage ich nicht Nein.« Grace bevorzugte Kaffee, doch sie wusste, dass es einer Unhöflichkeit gleichkam, einen angebotenen Tee abzulehnen. Galbraith war Engländer.

»Klassisch?«

»Gerne.«

Sie nahm auf dem Sofa Platz und hatte das Gefühl, in einem privaten Wohnzimmer zu sitzen. Professor Galbraith hatte den Raum ganz und gar in Beschlag genommen. Die Bücher atmeten seine Seele.

Zuerst brachte er Grace den Tee. Schwarz mit einer gehörigen Portion Milch. Als Nächstes folgte ein Teller voller Kekse. Dann erst seine eigene Tasse.

Sie trank in kleinen Schlucken. »Ausgezeichnet. Vielen Dank.«

Er nahm das Kompliment mit einem erfreuten Nicken zur Kenntnis. »Dann erzählen Sie, was führt eine Mitarbeiterin des FBI hierher?«

»Ich bin auf der Suche nach einer Person, die um die 1790er-Jahre hier in Amerika gelebt hat. Es geht um Morde, die mit der Familienlinie dieser Person zusammenhängen.«

»Welcher Familie?«

»Das ist das Problem, ich kenne nur den Vornamen.«

Galbraith blickte sie über den Rand ihrer Tasse verdutzt an. »Jetzt bin ich *richtig* gespannt.«

Grace erklärte es ihm.

11

Der Siegelbrecher

Tief unter dem Meer

Nikki gähnte ausgiebig, was ihr einen kurzen Blick von Chloe einbrachte.
Nachdem der Stewart der *Nautilus* Chris und Nikki ihr gemeinsames Zimmer gezeigt hatte – woher wusste er, dass sie beide zusammen waren? –, hatten sie sich ausgiebig geküsst. Eins hatte zum anderen geführt und der von Chris verkündete Satz »Ich habe es noch nie in einem U-Boot getan« traf jetzt nicht mehr zu.

Nikki hatte sich noch nie so lebendig gefühlt. Nach dem Tod aller anderen Sprungmagier war sie in ein tiefes Loch gestürzt. Chris hatte ihr herausgeholfen. Viele Stunden lang hatten sie geredet, waren an den Stränden Neuseelands entlangspaziert und hatten in heißen Quellen gebadet. Eine Sprungmagierin zu sein, hatte durchaus Vorteile.

Irgendwann war aus der innigen Verbundenheit mehr geworden.

Bisher wusste nur das Team um Jen davon.

Weder Chris noch Nikki wollten das Risiko eingehen, dass

die Unsterblichen sie voneinander isolierten. Bisher schien der Plan aufzugehen.

»Wir erreichen in wenigen Minuten den anvisierten Punkt«, verkündete der Navigator.

»Ausgezeichnet«, kommentierte Chloe.

Nikki beobachtete die Freundin aus den Augenwinkeln. Etwas an ihr war anders als sonst. Nach dem Erwachen ihres Bruders hatte Chloe auf einer Wolke des Glücks geschwebt und war mit einem breiten Grinsen durch das Castillo gestreift. Durch die Verantwortung, die sie für den aus dem zerbrochenen Onyxquader aufgetauchten Mann namens Ellis und ihren Bruder übernommen hatte, sah man sie kaum noch. Aber ihr ging es gut. Und in Nils gab es jemanden, der sich mit kindlicher Freude um Ataciaru kümmerte. Die beiden waren ein Herz und eine Seele geworden. Doch vermisste Chloe ihren Seelenverwandten, den ›Hüterhund‹ von Antarktika, denn gar nicht? Und weshalb war sie so angespannt?

Über das verbliebene Kontaktsteinnetz hatte sie mitbekommen, dass Alex Chloe ins Verlorene Castillo eingeladen hatte. Er wollte mit ihr plaudern und gemeinsam Kekse essen.

Doch die Freundin hatte abgelehnt. Zu viel war zu tun. Außerdem befürchtete sie, dass ihre Abwesenheit auffallen könnte.

»Alles in Ordnung?« Chloe hatte ihren Blick bemerkt.

»Klar«, erwiderte Nikki hastig. »Ich bin einfach nur gespannt, was uns am Ziel erwartet.«

»Wir haben das Ziel erreicht«, verkündete der Navigator prompt.

»Die Sensoren zeigen nichts an«, ergänzte Amika Idora, die Sensorspezialistin. Sie aktivierte den Monitor, der als gewölbtes Band über die gesamte Wand in Blickrichtung lief.

»Das wird sich gleich ändern.« Chloe kramte in ihrem Rucksack und zog etwas hervor.

»Was ist das für ein Armband?«, fragte Nemo. »Ich schätze es nicht, über Artefakte auf meinem Schiff im Unklaren gelassen zu werden. Sollte Johanna irgendwann wieder erreichbar sein, werde ich ihr das deutlich sagen.«

»Tut mir leid«, erwiderte Chloe, doch der Tonfall machte deutlich, dass dem nicht so war. »Aber diese Mission ist wichtiger als alle, die ich zuvor geleitet habe. Es darf kein Fehler passieren.«

Sie streifte das Armband über.

Nemo erhob sich von seinem Sitz. »Ist das etwa ein Siegelbrecher?« Seine Stimme hatte jede Kraft verloren. »Was geht hier vor?!«

Chloe strich sanft über das mit Edelsteinen besetzte Band. »Cruciatum Sigillum. Cruciatum Aeterna. Cruciatum Maxima.«

Auf der Brücke der *Nautilus* war nichts zu bemerken, doch auf dem Monitor konnten sie sehen, wie sich die Kraft des Siegelbrechers entfaltete. Essenz von unterschiedlicher Farbe zuckte durch das Wasser, schwarze Verästelungen rissen Wunden in die Wirklichkeit.

Suni, die bisher still an der Seite gestanden hatte, stöhnte auf.

»Was ist los?«, fragte Chris besorgt.

»Suni reagiert auf Noxanith«, erklärte Nemo. »Der Siegelbrecher nutzt durch Essenz manifestiertes Noxanith, um ein ewiges Siegel zu brechen.«

»Ein ewiges Siegel«, echote Nikki. »Ich habe davon gehört. Damit werden Splitterreiche vollständig isoliert, falls sie eine Gefahr für Nimags und Magier darstellen. Aber benötigt man für ein solches Siegel nicht die Macht von dreizehn Unsterblichen?«

»So ist es«, bestätigte Nemo. »Es ist selten und weist eine Besonderheit auf.« Er nickte mit dem Kinn in Richtung des Risses. »Es regeneriert sich selbst. Der Riss, den eure Freundin gerade geöffnet hat, wird nur für kurze Zeit vorhanden sein.«

Chloe nickte zufrieden. »Also dann.«

»Ich will Antworten«, sagte Nemo gefährlich leise. »Dieser Riss besitzt eine begrenzte Größe. Um ihn zu passieren, müssen wir eines der Beiboote nehmen. Das bedeutet weniger Schutz.«

Zum ersten Mal wirkte Chloe schuldbewusst. »Es tut mir leid. In der Hitze des Gefechts bin ich vielleicht ein wenig über das Ziel hinausgeschossen, aber mein Auftrag ist klar. Brechen des Siegels und Bergung des Seelenmosaiks.«

»Was erwartet uns auf der anderen Seite?«, fragte Nemo.

»Ich weiß es nicht.« Auf einen scharfen Blick des Kapitäns hin ergänzte sie: »Wirklich nicht.«

Er atmete schwer. »Dieses Siegel muss erschaffen worden sein, lange bevor ich in den Dienst der Zitadelle trat. Auf der anderen Seite erwarten uns mit Sicherheit keine freundlichen Meeresbewohner.«

»Eher nicht«, sagte Chloe.

»Kumar, du übernimmst das Kommando über die *Nautilus*«, befahl Nemo. »Halte die Position.«

»Aye, Kapitän.«

Grimmig dreinblickend verließ Nemo die Brücke. Chloe, Chris, Nikki und Suni folgten ihm. Dazu einige der Offiziere aus den Reihen der Brückenbesatzung.

Kurz darauf schoss eines der Beiboote aus einer Luke an Backbord. Sie glitten auf den Riss im Siegel zu.

12
Ein Reich zu bewahren

Auch auf der anderen Seite des Risses erwartete sie Wasser. Nicht, dass Nikki das verwundert hätte. Seltsamerweise verspürte sie trotz Nemos angespannter Haltung keine Angst. Vermutlich lag das an der Nähe von Chris, dessen Anwesenheit ihr Kraft spendete.

Das Beiboot glich einem übergroßen Torpedo, der mit magischen Schutzsymbolen versehen war. Auch hier gab es mehrere Kabinen und Platz für gut hundert Personen.

Sie glitten durch das Dämmerlicht des Ozeans.

»Woher kommt das Licht?«, fragte Chloe.

Nemo hatte selbst das Steuer übernommen und lediglich eine Rumpfmannschaft aus fünf Personen mit durch den Riss genommen, darunter Amika Idora. »Lumineszierende Mikropartikel.«

Eine fremde Welt enthüllte sich um sie herum. Doch sie war anders als jene vor dem Riss. Abgestorbene Pflanzen trieben im Wasser, zerbrochene Muschelschalen glitten an ihnen vorbei.

»Hier ist alles tot«, flüsterte Chris.

»Ich kann eine gewaltige Masseansammlung orten«, verkündete Amika Idora. »Auch Lebenszeichen sind darunter, ich kann sie jedoch keiner Spezies zuordnen.«

Nemo warf einen Blick auf den Monitor. »Die Masse entspricht einer Großstadt auf der Erde. Ich ändere den Kurs.«

Das Beiboot, dem Nemo den Namen *Moby Dick* gegeben hatte, richtete sich auf das neue Ziel aus. Nemo schonte die Essenz in den Bernsteinkammern und behielt eine moderate Geschwindigkeit bei. Falls der Riss bei ihrer Rückkehr geschlossen war, konnte Chloe ihn jederzeit mit dem Siegelbrecher wieder öffnen.

Wenige Meter vor dem Ziel stoppte er den Antrieb der *Moby Dick*.

»Wow«, kommentierte Chris den Anblick auf dem Monitor.

Vor ihnen, geschützt von einer Blase aus durchscheinender Essenz, ragte eine Stadt empor. Sie befand sich unter Wasser und bestand aus grazilen Glasbauten, die mit Korallenelementen verstärkt worden waren. Dazwischen glitten Gestalten umher, die aussahen wie Menschen. Ihre Haut war jedoch glatt, ohne Poren. Eine Vergrößerung zeigte Kiemen am Hals und auf dem Rücken. Ihre Körper waren schlank, aber muskulös, die Haut besaß einen bläulichen Schimmer.

»Menschen mit Kiemen«, flüsterte Chris.

»Und es handelt sich um Magier«, erklärte Amika Idora. »Jeder von ihnen ist von einer deutlichen Aura umgeben.« Sie tippte mit den Fingern auf einen kleineren Monitor.

»Hier sind mehr Magier versammelt, als es in Iria Kon der Fall war.« Nemo schaute mit einem traurigen Blick auf die Zivilisation.

Kleine Kapseln, die aus von Korallen eingerahmtem Glas bestanden, glitten durch die Stadt.

»Was für ein Idyll.« Nikki ging näher heran. »Keine Umweltverschmutzung, alles ist organisch und sauber.«

»Aber vergessen wir nicht, dass es einen Grund dafür geben

muss, dass diese Wesen hier eingesperrt wurden«, meldete Chloe sich zu Wort. »Dieses Volk könnte eine feindliche Streitmacht sein.«

»Sind das möglicherweise Kreaturen vom Anbeginn?«, fragte Chris.

»Nein«, bemerkte Suni. »Das könnte ich spüren. Jene Wesen aus der Zeit vor der Zeit sind anders – fremdartiger. Ihre Technik ist unverständlich für uns, das Material schädlich.«

»Wenigstens etwas«, sagte Chris leise. »Aber was hat es dann mit dieser Stadt auf sich?«

»Um das herauszubekommen, gibt es wohl nur eine Möglichkeit«, schloss Nikki: »Wir müssen sie fragen.«

»Was ist mit der Kuppel?«, sann Chris.

»Laut den Sensoren hält sie metallische Gegenstände ebenso ab wie Elemente vom Anbeginn«, erklärte Amika Idora.

»Womit ich erst einmal hier gebunden bin«, stellte Suni fest. »Außerdem kann das Schiff nicht bis zur Stadt vordringen.«

»Wir haben Tiefseetränke für Außenteams an Bord«, verkündete Nemo. »Sie besitzen eine bessere Qualität als alles, was im Castillo gebraut werden kann.«

»Das sagen wir Kleopatra lieber nicht«, flüsterte Chris.

»Nein«, blaffte Nemo, »das sagt ihr dieser Diva natürlich nicht!«

Er stapfte davon.

Wieder beeilten sich Chloe, Nikki und Chris, ihm zu folgen. Suni würde mit Amika Idora und dem Rest der Crew die Stellung vor der Blase halten.

Vor der Schleuse verteilte Nemo die Phiolen. »Die Tränke wirken je nach Stoffwechsel zwischen sieben und zwölf Stunden.« Er reichte jedem einen Ersatz. »Wenn ihr Atemschwierigkeiten bekommt, trinkt ihr sofort einen weiteren Trank.«

»Aye, Sir«, sagte Chris salutierend.

Nemo schenkte ihm einen seiner bösen Blicke, die aktuell zu seiner Spezialität geworden waren, worauf Chris sich räusperte und nur leise »Machen wir« sagte.

»Wenn das hier vorbei ist, werde ich mit Johanna ein ernstes Wort sprechen«, erklärte Nemo.

Wenigstens wirkte Chloe angemessen schuldbewusst. Natürlich konnte sie nichts für die Sache, Auftrag war Auftrag. Fingerspitzengefühl hatte sie allerdings keines bewiesen.

»Der Trank sorgt übrigens auch für abrupten Druckausgleich«, erklärte Nemo an Nikki gewandt. »Du kannst mit uns springen. Falls es ernst wird, können wir sofort auf die *Moby Dick* zurückkehren.«

Das beruhigte Nikki tatsächlich etwas. Auch Chris entspannte sich merklich.

Sie betraten die Schleuse.

Wasser strömte ein. Chris schloss die Augen und atmete langsam ein und wieder aus. Obwohl Nikki keine Angst vor Wasser hatte, war es doch ein mulmiges Gefühl, in einem engen Raum zu stehen, der sich mit einem potenziell tödlichen Element füllte.

Das Außenschott öffnete sich, als keine Luft mehr in der Schleuse war. Befreit glitten sie durch das Dämmerlicht. Wenn Nikki sich umsah, fühlte sie die Erhabenheit der Weite. Sie schwebten in einer anderen Welt.

»Das ist echt genial.« Verblüfft runzelte Chris die Stirn. »Meine Stimme klingt, als würde ich ganz normal an der Erdoberfläche sprechen.«

»Ich sage ja: Unsere Tränke sind besser«, verkündete Nemo. »Die Magie hebt die Beschränkungen des Mediums für unsere Stimmen auf.«

Zusammengenommen mit der erhöhten Muskelkraft nahm man das Wasser kaum noch wahr.

Vor ihnen tauchte der gewaltige Essenzschirm auf. Als hätten tausend Magier gemeinsam ein Contego Maxima gesprochen. Doch im Gegensatz zu der normalen Schutzsphäre konnten sie problemlos passieren. Die Kuppel stellte kein Hindernis dar.

Ein Gong ertönte.

»Ich glaube kaum, dass das ein Zufall ist«, sprach Nikki ihre Überlegung laut aus.

Die Menschen flohen von den Straßen, Glaskugeln rasten davon. Direkt über ihnen, an jener Stelle, an der sie die Kuppel durchdrungen hatten, leuchtete es rot auf. Als hätten sie eine Wunde in einem Gewebe erzeugt.

Eine Gruppe näherte sich. Gekleidet in Rüstungen und bewaffnet mit Gebilden, die Schwertern ähnelten, aber aus Korallen gefertigt waren, schossen sie heran.

»So viel dazu.« Chris zog seinen Essenzstab.

Dann waren die Fremden heran.

13

Ein Spaziergang

In der Erinnerung, Frankreich 1954

»Ich sagte doch, das wird ein Spaziergang«, verkündete Leonardo eine Sekunde, bevor der gepanzerte Handschuh aus Stein ihn im Gesicht traf.

Ein matschiges Geräusch erklang. Haut platzte auf, Blut spritzte. Gurgelnd stolperte Leonardo zurück. Mit den Armen wild rudernd, schlug er auf dem Boden auf. Sein Gesicht war nur noch eine breiige Masse.

»Contego Maxima«, brüllte Grace.

»Potesta!«, rief Alex mit gezücktem Essenzstab.

Im nächsten Augenblick schalt er sich einen Narren. Er und Jen waren nur Beobachter.

»Eins mit Sternchen für den Versuch«, lobte ihn Jen.

Überall in der Kirche stiegen die Figuren von ihren Sockeln – Ritter in Rüstungen, Schilde und Schwerter erhoben. Steinstaub rieselte herab und enthüllte die Fleur de Lis auf den Schilden.

»Von wegen Spaziergang. Johanna, hilf Leonardo«, befahl Grace.

Wie eine Virtuosin schwang die Unsterbliche den Essenzstab. Die Schutzsphäre teilte sich, umhüllte einmal Johanna, die sich über Leonardo beugte, und einmal Kylian und sie.

»Ich ...«, begann der Nimag.

»Du bleibst in Deckung«, forderte Grace. »Gravitate Negum!«

Eine der Figuren verlor den Halt, glitt hinauf unter die Decke und krachte dann zu Boden. Zufrieden begutachtete Grace ihr Zerstörungswerk. Bedauerlicherweise setzten die Steine sich wieder neu zusammen.

»Sieben unzerstörbare Figuren«, kommentierte Alex. »Das ist heftig.« Er hatte natürlich auch schon einige Herausforderungen bestanden, doch aus irgendeinem Grund jagte ihm dieser Angriff einen Schauer über den Rücken; als erfasste er die potenziell tödliche Gefahr auf einer anderen, tieferen Ebene. »Spürst du das auch?«

»Ja.« Jen schien instinktiv zu begreifen, was er meinte. »Irgendwie scheint mir das alles hier auf eine Art bedrohlich, die mir Angst macht. Obwohl wir nur Zuschauer sind.«

»Sanitatem Corpus«, rief Johanna.

Der Heilzauber tat seine Wirkung, Leonardos Gesicht nahm wieder die normale Form an. Gleich zwei der Kreaturen droschen auf die Sphäre ein, die die beiden Unsterblichen schützte.

»Fiat Lux«, rief Johanna und erzeugte einen leuchtenden Ball, den sie einem Steinritter ins Gesicht schleuderte.

Er zerbarst, ...

... setzte sich aber sofort wieder neu zusammen.

Leonardo sprang wütend auf. »Transformere Elementum. Luft zu Stein.«

Rund um die beiden Ritter verdichtete sich die Luft, wurde zu einem undurchdringlichen Kokon und schloss die Feinde ein.

Für Sekunden.

Dann platzte die Hülle, Splitter regneten herab.

»Generate Mirage.« Grace erschuf einen Illusionierungszauber. Plötzlich gab es sie gleich im Dutzend, alle Versionen von ihr rannten in unterschiedliche Richtungen davon. Doch die Ritter fokussierten sich weiter auf das Original.

»Crepitus!« Johanna schleuderte einem der Angreifer kleine Explosionen entgegen, was diesen immerhin zurücktrieb.

»So kommen wir nicht weiter.« Leonardo duckte sich unter einem Schlag weg. »Corpus trans…«

»Nein!«, unterbrach ihn Johanna. »Wenn du das tust, hast du danach keine Kraft mehr. Wage es ja nicht, den Physicorum einzusetzen.«

»Hast du eine bessere Idee?«

»Potesta Incendere«, erwiderte Johanna.

Ihr Essenzstab wurde heiß, begann nach wenigen Sekunden in gefährlichem Rot zu glühen. Er glich einem Schürhaken, den jemand in lodernde Flammen gehalten hatte. Elegant sprang Johanna zwischen den Feinden herum. Wieder und wieder schlug sie zu, trennte Arme aus Stein ab, zerstörte Schilder und Schwerter.

Doch immer wieder setzten sich die Ritter neu zusammen.

Grace hantierte mit den Sphären, damit diese jeden von ihnen schützten, doch es bildeten sich bereits Risse darauf. Die Kraft der Steinritter und die Wucht ihrer Schläge wurde von Magie geführt. Jemand hatte hier mehrere hochkomplexe Zauber miteinander verkettet, um jeden, der die Lilie fand, zu töten.

Nicht nur, dass ihm diese Art des Zaubers bekannt vorkam. Alex glaubte auch, schon einmal davon gelesen zu haben. Oder gehört? War es auf der Traumebene gewesen? In einer von Jules

Vernes Bibliotheken? Es blieb bei dem Gefühl, er kam nicht auf die Lösung.

Kylian, auf den niemand mehr geachtet hatte, sprang voran. Wütend warf er sich gegen eine der Figuren, um diese zu Fall zu bringen. Doch ebenso gut hätte er gegen eine Hauswand treten können.

»Kylian, Vorsicht!«, brüllte Johanna.

Doch es war zu spät. Der Schwertstreich eines Ritters drang tief in Kylians Rücken ein. Wieder spritzte Blut.

Johannas Attacken wurden noch wütender. Auch Leonardo wirkte entsetzt. Während er Schläge parierte und Steinritter zu Fall brachte, schob er sich auf den Nimag zu.

Grace hatte ihrerseits die Schutzsphäre um ihn verstärkt. Panisch blickte die Unsterbliche zwischen den Kriegern hin und her. »Corpus Immobilus.«

Eine der Kreaturen stoppte in der Bewegung. Der Zauber, der sie immobilisieren sollte, schien jedoch nicht korrekt zu wirken. Die Pranken des Ritters vibrierten, er wehrte sich.

»Was ist das nur für ein verdammter Zauber?!«, fluchte Johanna.

Leonardo war längst dabei, die Wunde von Kylian zu behandeln.

»Auf dass die Unwürdigen der Wahrheit werden nie gewahr«, flüsterte Grace. »Der Lilie Schein in Engelslicht, bewahrt von Rittershand. So einzig Rittershand lässt ein, wem Würde ist zuteil. Ein Sieg aus der Mitte heraus.«

Ganz offensichtlich bezog sie sich auf einen Text, der das Quartett hierhergeführt hatte. Doch was sollte er bedeuten?

Die Unsterblichen schienen allesamt ratlos, Kylian war noch immer dabei, das Gesicht vor Schmerz zu verziehen. Wieso hatten sie einen Nimag überhaupt hierhergebracht? Mitten in einen möglichen Kampf.

»Gravitate Negum«, wob Grace den Zauber für die Schwerelosigkeit.

Elegant stieß sie sich ab und schwebte in die Höhe. Von oben das Schlachtfeld überblickend, visierte sie die steinernen Ritter an.

Feuer regnete herab, so heiß, dass die Steinritter alle gleichzeitig zersprangen. Die Luft kochte außerhalb der Contego-Sphären. Die Holzbänke begannen zu brennen, ebenso die Vorhänge. Weihwasser verdampfte im Becken, bevor auch die Becken selbst barsten.

Grace löste ein Inferno aus.

Doch die Figuren setzten sich erneut zusammen. Wieder griffen sie an.

Unter ihren Hieben zersplitterten die Contego-Sphären. Und zwischen brennenden Bänken und zerbrochenem Gestein sahen die Freunde ihrem Ende entgegen.

14
Der Lilie Schein in Engelslicht

Ein Hieb schleuderte Leonardo durch die Kirche und ließ ihn auf den Boden aufprallen wie einen Kartoffelsack. Bewusstlos blieb er liegen.

Johanna stellte sich mit glühendem Stab weiter den Steinkriegern entgegen, doch ihre Hiebe wurden zunehmend schwächer, die Essenz ging zur Neige. Die Steinritter umzingelten sie bereits.

Um aus der Reichweite der Angreifer zu sein, schwebte Grace weiter über allem. Von hier oben schoss sie auf die Ritter maximale Kraftschläge hinab, die bestenfalls jedoch für ein Zerbrechen der jeweiligen Figur sorgten. Sekunden später stand diese wieder auf ihren Beinen. Es gab einfach keinen rechten Ansatzpunkt.

Der Nimag war an die Wand zurückgewichen und starrte entsetzt auf die sich abzeichnende Niederlage. Johanna mochte seine Wunde geheilt haben, doch das würde sein Ende nur aufschieben.

Zum ersten Mal fragte Jen sich, in wessen Erinnerungen sie sich überhaupt befanden. Leonardo schied aus, der war bewusstlos, wodurch sie nicht weiter hätten beobachten können, was geschah. Es musste also einer der anderen drei sein.

Die Flammen verzehrten weiterhin die Bänke und griffen auf den Beichtstuhl über. Der Innenraum der Kirche verwandelte sich in ein Inferno, das Jen an den Brand in der Bibliothek des Castillos erinnerte. Funken stoben, Asche rieselte zu Boden, Holz verlor den Zusammenhalt.

Es war wohl nur dem Bannkreis Leonardos zu verdanken, dass die Nimags vor dem Gebäude noch nichts von dem Brand bemerkt hatten.

Das Licht fiel durch die Fenster und beleuchtete jene Stelle am Boden, auf der die Lilie geprangt hatte. Ein dunkler Schacht tat sich darunter auf.

»Wieso fliehen sie nicht einfach?«, fragte Alex. »Da ist doch der Ausweg.«

»Sollen sie die Angreifer im Rücken haben?«

»In den Schacht passen die kaum hinein.«

Trotzdem konnte Jen die vier verstehen. Irgendwann hätten sie sich so oder so um das Problem kümmern müssen. Doch weshalb nutzten sie nicht einfach ihre Kontaktsteine, um Verstärkung herbeizurufen? Immerhin ging es hier längst um Leben und Tod.

Leonardo stöhnte auf, erlangte aber noch immer nicht das Bewusstsein zurück.

Glücklicherweise kümmerten sich die Ritter um die wild streitende Johanna. Weder Leonardo noch Kylian schienen aktuell von Bedeutung zu sein. Lediglich zwei von ihnen taumelten unterhalb von Grace hin und her und schlugen mit den Schwertern durch die Luft. Ihre Bewegungen wurden abgehackter, wütender. Doch die Unsterbliche schien darüber nachzudenken, welche Optionen es noch gab, um ihre Gegner zu besiegen.

Ein fataler Fehler.

Grace war abgelenkt, als einer der Krieger sein Schwert durch die Luft warf. Die Waffe aus Stein traf die Unsterbliche und fegte sie aus der Luft wie eine Fliege. Aufschreiend krachte sie in die Tiefe.

Das steinerne Schwert zersprang.

Doch während die Waffe sich wieder zusammensetze, blieb Grace mit verdrehten Gliedern am Boden liegen. Blut sickerte in dünnen Fäden aus ihrer Nase. Noch hob und senkte sich ihre Brust, doch bereits unregelmäßig.

»Grace!«, brüllte Johanna mit Panik im Blick.

Damit war sie die Einzige, die noch kämpfen konnte.

Das schien auch Kylian klar zu werden, denn er hielt sich nicht länger seitlich. Stattdessen sprang er zwischen den Kriegern hindurch und rannte zu den verbrannten Gängen. Zu den Flammen gesellte sich mittlerweile dichter Rauch, der beißend in der Luft hing.

Hustend griff Kylian in die Asche.

Als einer der Steinritter auf ihn zugestampft kam, schleuderte er ihm die winzigen Rußpartikel ins Gesicht. Tatsächlich schien der Riese irritiert und rieb sich über die Augen. Die Angreifer nutzten also ihre Augen zum Sehen, keine Magie.

»Ha, ein Schwachpunkt!«, freute sich Alex.

Jen nickte nur still. Was sollte ein Nimag gegen diese Steinmonster ausrichten? Sie mussten verhindern, dass sie sich wieder zusammensetzten, doch wie?

»Kylian, Vorsicht!«, rief Johanna.

Ein Schwert krachte neben dem Nimag zu Boden, durchbrach die Platten und ließ explosionsartig Steinbrocken davonfliegen. Einer traf Kylian an der Schläfe. Der Nimag taumelte, Blut rann über seine Wangen. Doch er ging nicht zu Boden. Schnell klaubte er weitere Asche auf, rannte zu Johanna und bewarf deren Gegner damit. Gemeinsam brachen sie aus dem Kreis aus, den die Steinritter gebildet hatten.

»Ich muss zu Grace«, hauchte Johanna.

»Diese Dinger beachten gerade weder Leo noch Grace.« Kylian zerrte Johanna mit sich. »Wenn du jetzt dorthin rennst, wird sich das ändern.«

Johanna kniff die Augen zusammen. Jen begriff, dass sie ihren Weitblick einsetzte. »Sie atmet noch.«

Die beiden ungleichen Gefährten sprangen durch das Feuer in den dahinter liegenden Aufgang zur Galerie. Keuchend rannten sie die Treppe empor. Die Steinritter waren zu groß, als dass sie den gleichen Weg hätten nehmen können, doch auch sie fanden eine Lösung. Kurzerhand schlugen sie mit ihren Fäusten so fest gegen das Gestein, dass die Wand durchbrochen wurde.

Doch sie waren zu langsam.

Kylian und Johanna erreichten die Galerie.

»Irgendeine Idee?«, fragte der Nimag.

»Überleben«, erwiderte Johanna.

»Klingt simpel.«

»Damit bin ich immer am besten gefahren.«

Kylian schenkte Johanna einen skeptischen Blick. »Du wurdest auf dem Scheiterhaufen verbrannt.«

»Ausnahmen bestätigen die Regel.«

»Mit siebzehn.«

Eine Faust krachte gegen das Geländer und hinterließ nur Bruchstücke. Ein Teil des Bodens brach weg. Johanna ruderte mit den Armen.

Vergeblich.

Zuerst fiel ihr Essenzstab in die Tiefe, landete zwischen lodernden Flammen des Feuers. Dann kippte auch sie. Kylian versuchte noch, sie festzuhalten, doch seine Hand griff ins Leere.

Johanna starrte ihn mit weit aufgerissenen Augen an, streckte panisch die Arme aus. Wie in Zeitlupe kippte sie nach hinten, das Haar flatterte, Funken stoben. Ihr Körper wurde eingerahmt vom Flammenmeer des Infernos. Dazwischen standen die Steinkrieger. Monumente der Vergangenheit, die den Atem des Bösen in sich trugen.

Johanna verschwand aus seinem Gesichtsfeld und stürzte zwischen die Flammen.

»Nein«, hauchte Kylian.

Sein Gesicht nahm einen wütenden Ausdruck an, er ballte die Fäuste.

»Scheiß auf die Regeln.«

Er hob die Arme und bewegte sie blitzschnell, eine lodernde Spur hinterlassend.

»Inferno Maxima!«

Als habe jemand den Knopf einer Bombe betätigt, flutete Essenz in den Raum …

… und die Welt verging.

15

Ein Mysterium

New York

»Es war eine raue und chaotische Zeit«, erklärte Professor Archibald Galbraith. Sein Tee wurde kalt, doch das schien den Geschichtswissenschaftler nicht zu stören.

»Inwiefern?«, hakte Grace nach.

»Sie müssen wissen, dass das, was wir heute die Vereinigten Staaten nennen, erst mal aus Kolonien bestand. Mehrzahl. Die Holländer, die Engländer, jeder wollte ein Stück des neuen Kontinents abhaben. Erst später wurde den Kolonialherren klar, dass das Geld kostete. Hinzu kamen Konflikte zwischen den Parteien, man nehme nur Kalifornien. Wie auch immer, am Ende blieben die Engländer übrig, was später zum Unabhängigkeitskrieg führte.«

»Der erst 1783 mit dem Frieden von Paris endete«, schloss Grace. Auf den beeindruckten, aber gleichermaßen verblüfften Blick des Professors hin ergänzte sie: »Ich habe Jura studiert und in diesem Kontext auch einige Semester Geschichte.«

»Wollen Sie mich heiraten?«

»Wie bitte?«

Galbraith lachte. »Keine Angst, damit wollte ich lediglich verdeutlichen, wie sehr Sie mich beeindrucken.«

Grace realisierte, dass die Gepflogenheiten zwischen Mann und Frau sich eindeutig massiv verändert hatten. Sie musste sich dringend über die aktuellen Entwicklungen informieren. Eher früher als später.

»Die junge Republik hatte mit zahlreichen Widerständen und inneren Problemen zu kämpfen«, führte Galbraith weiter aus. »Aber damit möchte ich sie nicht langweilen. Nach einer Familienlinie dieser Zeit zu suchen, ist dank zahlreicher Dokumente sogar möglich, wenn man das notwendige Fachwissen mit sich bringt. Unser Beamtentum war auch damals schon sehr ausgeprägt. Allerdings wird es schwer, da wir nur den Vornamen kennen.«

»War Bran denn so häufig?«

Galbraith nippte an seinem Tee und verzog mit dem Wort ›kalt‹ das Gesicht. Klirrend stellte er die Tasse wieder ab. »In der Tat. Der Name Bran entstammt dem Walisischen. Aus dieser Region gab es zahlreiche Einwanderer. Aber schauen wir mal, was sich machen lässt.«

Der Professor packte die Räder seines Rollstuhls und fuhr davon. Grace nahm das als stille Aufforderung, ihm zu folgen. Sie landeten in einem sauberen Raum, vollgestopft mit hüfthohen Aktenschränken, wodurch Galbraith sie alle erreichen konnte. Murmelnd betrachtete er die Schildchen und öffnete schließlich eine der Schubladen. Aus dem Inneren förderte er ein vergilbtes Buch zutage.

»Einreiseunterlagen«, erklärte er.

Grace nickte lächelnd.

Während der Professor sich über die Unterlagen hermachte,

schob sie sich aus seinem Gesichtsfeld. Leise murmelte Grace: »Aportate Bran.«

Eine der Schubladen öffnete sich. Schnell trat sie einen Schritt nach vorn und legte ihre Hand darauf. »Ist es für Sie in Ordnung, wenn ich auch mal reinschaue?«

»Aber gerne.«

Grace entnahm das Buch. Es enthielt Aufzeichnungen aus den Jahren nach der Gedächtnislöschung und dem Kampf um New York. Seltsam. Einreiseunterlagen in die Kolonien konnten es nicht sein. Allerdings bezweifelte Grace, dass Bran sich mal eben in ein Register eingetragen hatte. Dafür schien er viel zu viel Wert darauf gelegt zu haben, inkognito zu bleiben. Jemand, der so auf seine Sicherheit bedacht war, nutzte nicht nur einen falschen Namen, er sorgte auch dafür, dass dieser Alias nicht zu bekannt wurde.

Mit gerunzelter Stirn betrachtete Grace die Einträge. Die Beamten hatten sich Mühe gegeben und eine fein säuberliche Schrift genutzt. Wenigstens etwas. Auf diese Art benötigte sie keinen Lesbarkeitszauber.

»Das ist eine Beschwerde«, murmelte sie. »Von einem Häuptling.«

Neugierig sah Galbraith auf. »Hat ihr Fall etwas mit den Ureinwohnern zu tun?«

»Ritualmorde, die dieser ethnischen Grundlage zuordenbar sind«, improvisierte Grace.

Dass Nagi Tanka genau das damals getan hatte, musste der Professor nicht unbedingt wissen.

»Interessant.« Galbraith kam herbeigerollt und blickte Grace über die Schulter. »Das ist eine Beschwerde über einen Mann namens Bran. Wie haben Sie das so schnell gefunden?«

»Instinkt.«

»Ich sitze oft wochenlang hier und stöbere in Unterlagen, bis ich das Richtige gefunden habe. Die meisten dieser Dokumente sind noch nicht digitalisiert. Wenn ich endlich genug Geld für eine Hilfskraft bekäme, ließe sich das ändern. Aber so kann ich die Indizierung einer modernen Datenbank nicht nutzen. Alles muss noch persönlich herausgesucht werden.«

Es entsetzte Grace ein wenig, dass sie kein Wort von dem verstand, was der Professor von sich gab. Worte wie ›Indizierung‹, ›Datenbank‹ oder ›Digitalisierung‹ sagten ihr nichts. Sie schloss jedoch daraus, dass es sich um eine moderne Art der Suche handelte. Mit ›Indizierung‹ musste eine Art Index gemeint sein, der Unterlagen referenzierte, wie Karteikarten es taten. Das Wort ›Datenbank‹ musste etwas mit Daten zu tun haben, die wie in einer Bank sicher hinterlegt wurden. Durch die neue Art der Indexverweise war augenscheinlich eine schnelle Möglichkeit gegeben, die Unterlagen zu finden. Nur mit ›Digitalisierung‹ konnte sie wirklich nichts anfangen.

Grace spürte den altbekannten Wissensdurst erwachen. Gerne hätte sie sich direkt mit diesem Thema beschäftigt.

»Das ist interessant«, murmelte Galbraith. »Kennen Sie sich mit der die Ureinwohner betreffenden Politik aus?«

»Mein Wissen ist ... veraltet.«

»Zusammengefasst ist es eine tragische Sache. Die Kolonisten kamen und drängten die Ureinwohner zurück. Sie wurden in ihren Reservaten eingesperrt, wodurch ihre Nahrungsbeschaffung nicht mehr wie ursprünglich möglich war. Die Regierung besaß Kontrolle über die zugeteilten Essensrationen und nutzte das als Druckmittel, um die ›Wilden‹ zu ›zivilisieren‹. Ab 1871 war jede Zuteilung von Grund und Boden in Regierungshand, die Ureinwohner damit entmachtet und entrechtet.«

Grace schluckte. »Und natürlich bekamen sie als Entschädigung meist wertloses Land.«

»Wertlos nach damaligen Gesichtspunkten. Später fand man auf den Ländereien oftmals Öl oder Uran. Letzteres war für die Ureinwohner eine Katastrophe, denn der Abbau hatte schwere gesundheitliche Folgen. Nun ja, wir wissen ja, wie es heute aussieht.«

Erwartungsvoll blickte Grace den Professor an.

»Ha! In Geschichte ein Ass, aber nicht auf dem neuesten Stand der Dinge bei aktueller Politik?«

»Ich fürchte, nein.«

»Seien Sie froh, es sieht nicht viel besser aus. Ein großer Teil der Reservate existiert noch immer, aber die Arbeitslosigkeit ist gewaltig. Hoffnungslosigkeit, wohin man schaut.« Galbraith schüttelte den Kopf.

»Was hat es damit auf sich?« Grace tippte auf das Papier.

»Es scheint, als habe einer der Häuptlinge aus dem Stamm der Sioux bei einem Sheriff vorgesprochen. Es ging um Morde innerhalb des Reservats der Lakota.« Der Professor überflog neugierig die Zeilen. »Angeblich begann das alles, nachdem ein unbekannter weißer Mann namens Bran auftauchte. Der Sheriff lehnte eine Übergabe der Zeugnisdokumente ab und stufte den Fall als interne Stammesangelegenheit ein.«

Grace fragte sich, weshalb die Magier nicht eingegriffen hatten. Sie mussten von einem solchen Vorgang doch erfahren haben. »Gibt es diese Zeugnisunterlagen noch?«

»Wenn ja, dann im Archiv des Reservates.«

»Und dieses Reservat ...«

»Ja, das gibt es noch. Es liegt in South Dakota. Die Cheyenne River Reservation. Die Lakota-Sioux unterteilten sich in verschiedene Gruppen. Soweit ich das beurteilen kann, müssten sie mit einem Vertreter der Minneconjou sprechen. Ausgerechnet dieses Reservat.«

»Wie meinen Sie das?«

»Haben Sie noch nie von Sitting Bull gehört? Big Foot? Die Geistertänzer? Die Badlands?«

Bedauernd musste Grace verneinen.

»Dann sollte ich wohl eine weitere Tasse Tee aufsetzen.« Galbraith wandte sich ab und rollte zurück in den Besucherbereich seiner kleinen Bibliothek.

Kurz darauf saßen sie wieder auf der Couch und Grace lauschte gebannt den Worten des Professors. Worte, die Bilder von Angst, Traurigkeit und Schrecken aus der Vergangenheit lebendig werden ließen.

16

Ohne Hoffnung

Grünes Gras bedeckte das Land hinter den Häusern, täuschte jedoch nicht über die Hoffnungslosigkeit hinweg, die dazwischen wucherte.

Dank der Archivverbindung hatte wiederum nur ein Schritt genügt, Grace direkt aus einem Toilettengebäude einer nahen Tankstelle treten zu lassen.

Noch immer hing die Erzählung von Galbraith in ihren Gedanken wie flüssige Säure, die jede Freude zersetzte.

Er hatte von der Geistertanz-Bewegung erzählt, die Häuptling Sitting Bull angeführt hatte. Ein Protest gegen die Zustände, der 1890 mit dem Tod des Anführers geendet hatte. Andere Häuptlinge hatten ihn – vermutlich aus Angst vor den Soldaten aus Fort Yates – getötet. Seine Leute waren in die Badlands geflohen. Ein Gebiet, das von weiten Canyons und Schluchten durchzogen war. Doch die Soldaten hatten sie gefunden. Auf dem Rückweg war es zu einem Massaker gekommen. Die Soldaten hatten 350 der Indianer getötet.

Letztlich, das hatte Grace längst begriffen, waren die Ureinwohner des Landes auch heute nicht mehr als Gefangene. Sie liebte ihr Land, an dessen Rechtssystem sie ebenso glaubte wie an die moralischen Grundsätze der Gegenwart. Doch es gab uraltes, gewachsenes Unrecht, das bis heute nicht wiedergutgemacht worden war.

Zögernd schritt sie aus.

Die Informationen, die sie suchte, musste es in der städtischen Verwaltung geben. Oder dem entsprechenden Gegenstück hier vor Ort. Leider kannte sie sich mit den Gebräuchen der Lakota-Sioux nicht aus. Normalerweise bereitete sie sich ausgiebig auf einen Einsatz vor. Doch die Worte der Archivarin hatten ihr verdeutlicht, dass die Zeit drängte.

Da es später Nachmittag war, waren die Straßen gut gefüllt. Etwa achttausend Menschen lebten hier in dem Reservat. Sie alle wirkten fröhlich und zufrieden. Ja, sie schritten aufrecht aus, lächelten ihr freundlich zu. Verblüfft betrachtete Grace die Gesichter der Frauen und Männer. Von der vermuteten Kraftlosigkeit und der Angst war nichts zu sehen. Womöglich waren auch die Informationen von Professor Galbraith veraltet.

Sie richtete ihre Gedanken auf das eigentliche Ziel ihres Besuches: Bran.

Was auch immer er getan hatte – die indianischen Ureinwohner Amerikas schienen damit in Verbindung zu stehen. Nagi Tanka war also nur eine Facette. Doch was hatte der umtriebige Feind nach den Ereignissen um die Schlacht von New York noch in Gang gesetzt?

»Entschuldigung«, sprach Grace einen der Ureinwohner an. »Können Sie mir sagen, wie ich zum … Rathaus komme?«

Der Mann war um die dreißig und trug sein Haar zu einem Zopf gebunden. Wie bei den meisten hier, bestand seine Kleidung aus Boots, Jeans und einem Holzfällerhemd. An den Armen trug er aus Fäden geflochtene Bänder.

Mit einem Mal wurde es still.

Die Bewohner blieben stehen, ihre Arme sanken herab, ihre Gesichter wandten sich Grace zu.

»Aber natürlich kann ich das«, erwiderten alle Bewohner der Stadt gleichzeitig.

Über achttausend Menschen sprachen mit einer Stimme und erschufen so eine Melange aus Alt und Jung, Männlich und Weiblich, die durch die Straßen hallte wie das Donnergrollen eines Gottes.

»Aber wozu, Grace?«

Im Reflex wich sie einen Schritt zurück. Der Essenzstab lag von einem Atemzug auf den nächsten in ihrer Hand. »Bran.«

»Ich bewundere deinen Scharfsinn. Du musst gewusst haben, dass mir *deine Suche nicht verborgen bleibt. Du warst in China und nun tauchst du ausgerechnet hier auf.*« Die Worte schienen der Kehle eines Riesen zu entspringen.

»Was hast du mit Leonardo und Clara Ashwell gemacht?«

»Vergeude deine Zeit doch nicht mit unnötigen Fragen«, gab Bran zurück. »Sie leben beide. Obwohl sie sich vermutlich wünschten, sich für den Tod entschieden zu haben. Doch das soll heute nicht unser Thema *sein.*«

»Was hast du diesen armen Menschen hier angetan?«, fragte sie.

»Angetan«, echote es tausendfach. »Aber schau dich doch um, Grace. Die Menschen hier sind glücklich. Sie gaben mir ein Pfand, ich gab *ihnen das Glück. Endlich haben sie das, was sie sich immer ersehnten, was sich* alle *ersehnen.*«

»Eine Illusion!«

»Ein Tauschgeschäft«, parierte Bran. »Aber kümmern wir uns um die wirklich wichtigen Dinge. Sag mir, Grace, war dein Ausflug erfolgreich?«

Sie konnte nicht verhindern, dass ihre Augen sich weiteten. »Du weißt ...«

»Konntest du die Karte der Splitterreiche anfertigen?!«, brüllten tausend Kehlen die Frage hinaus.

Die Wahrheit hätte gelautet: Ja. Ihr Vorhaben, eine Karte aller Splitterreiche anzufertigen, war gelungen, wenn auch erst in der Theorie. Sie hatte die Ankersteine hinterlassen und mit dem Gewebe der Reiche verbunden. Nun musste sie lediglich noch den Bindungsspruch formulieren, um die Karte zu erschaffen. Eine Karte, die sich von selbst aktualisierte.

Damit stand sie nur noch einen Schritt von dem endgültigen Ziel entfernt. Denn mit der Karte ausgestattet, wollte sie das erste aller Splitterreiche finden. Es stand außer Frage, dass dies auch Brans Intention war.

»Nein«, sagte sie daher.

Ein Lachen erscholl, abgehackt, hell und dunkel, böse und lieblich. »Du warst schon immer eine schlechte Lügnerin. Schau nicht so überrascht. Natürlich habe ich eine Frau wie dich im Blick behalten, wie so viele andere auch. Es hat seine Vorteile, keinen Körper zu besitzen.«

Keinen Körper? »Du bist ... Was bist du?«

»Mehr, als du dir jemals vorstellen kannst. Aber ich sprach *von der Vergangenheit. Heute besitze ich wieder einen Leib. Wir werden uns bald von Angesicht zu Angesicht gegenüberstehen und du solltest wirklich darüber nachdenken, mir die Karte auszuhändigen.*« Die Bewohner ringsum hoben in einer freundlichen Geste beide Arme. »*Ich würde mich auch mit dem Schlussstein der Ankersteine zufriedengeben. Dann fertige ich die Karte selbst an.*«

Das Wissen und die Macht, die aus diesen Worten sprachen, entsetzten Grace. Woher wusste Bran das alles? Und wie konnte er eine komplette Stadt mit über achttausend Menschen kontrollieren?

»Vielleicht sollten wir jetzt sofort von Angesicht zu Angesicht miteinander sprechen«, schlug Grace vor. »Dann ließe sich das bestimmt klären.«

Wieder erklang das bekannte Lachen. »Ich verhandle nicht. Das ist vorbei. Gib mir die Karte oder den Schlussstein. Weigerst du dich, werde ich dich hier und jetzt töten lassen, um das Wissen mit deinem letzten Atemzug aufzugreifen und das Artefakt allein zu finden.«

»Wieso reden wir dann?«, fragte Grace. »Du kennst meine Antwort. Ich verhandle ebenfalls nicht.«

Stille.

Die Lakota-Sioux standen in den Straßen, schweigend und ohne sich zu rühren; wie Marionetten, die von einem unsichtbaren Puppenspieler geführt wurden.

»Ich habe gewartet«, sprachen sie dann weiter. »So viele haben den Fehler begangen, vor ihrer Zeit aus dem Schatten zu treten. Kein Regnum *währt ewig. Meines jedoch ist dazu bestimmt, das Schicksal zu besiegen. Ich bin zurück. Du kannst mich nicht mehr verdrängen, gefangen nehmen oder gar töten. Nimm diese Worte mit zu den letzten Sekunden an den Gestaden deines Lebens.*«

Augen schlossen sich. Die erdrückende Präsenz von Bran verschwand. Das Antlitz des Mannes vor ihr veränderte sich. Freundlich lächelte er ihr entgegen. Sie alle lächelten freundlich.

Dann blitzte etwas.

Tödlicher Stahl fuhr durch die Luft.

Und achttausend Menschen griffen an, um zu töten.

17

Fischstäbchen mit Dreizack

Im versiegelten Splitterreich

Sie wurden umzingelt, Schwerter waren auf sie gerichtet.
»Wir kommen in Frieden«, erklärte Nemo.
Die Wassermenschen verzichteten darauf, sie aufzuspießen. Doch die Bewegungen, die sie mit ihren Waffen machten, waren eindeutig.

Umgeben von diesem Kokon aus Schwertspitzen glitten die Freunde in die Tiefe auf einen Turm zu. Genauer: zu dessen Plattform auf der Oberseite.

Chris kam sich winzig vor.

Er schwebte zwischen den gewaltigen Gebäuden hindurch, blickte hinab auf ausgestorbene Straßen und vergaß keine Sekunde die gewaltige Schlagkraft, die sie umgab. Erst nachdem sie auf der Plattform aufkamen, zogen sich die Wassermenschen zurück.

»Ich komme mir vor wie Aquaman«, flüsterte Chris.

Die Tür öffnete sich, aus dem Inneren glitt eine Person hervor. Wie auch die übrigen sah das Wesen androgyn aus, war keinem Geschlecht zuordenbar. Wortlos öffnete es eine Schatulle. Im Inneren lagen acht winzige organische Plättchen, die wie Fischflossen wirkten. Das Wesen deutete auf seine Ohren.

Nemo trat zielstrebig nach vorne, nahm eines der Plättchen und schob es sich ins Ohr. Er wiederholte es auf der anderen Seite.

Aufseufzend tat Chris es ihm gleich. »Ich stecke mir total gerne irgendwelche unbekannten Dinge ins Ohr.«

»Grummel nicht«, sagte Nikki leise. »Als Kind haben wir uns auch Murmeln in die Nase gestopft.«

»Die waren nicht glitschig«, gab er fürs Protokoll zurück.

Die wabbeligen Gebilde fühlten sich zuerst seltsam an, dann konnte er sie nicht mehr fühlen.

»Ich grüße euch«, sprach das Wesen. »Mein Name ist Angrel und ich gehöre zum Volk der Aquarianer. Könnt ihr mich verstehen?«

»Das können wir«, erklärte Nemo. »Wir kommen in Frieden.«

»Das ist euer Glück«, gab Angrel lächelnd zurück. »Andernfalls wärt ihr bereits tot. Ich bin Sicherheitswahrer und damit für mögliche Brüche in der Kuppel verantwortlich.«

»Brüche?«, echote Chris. »Hi, freut mich, dich kennenzulernen. Habt ihr solche Brüche öfter?«

»Früher war das tatsächlich der Fall«, erklärte Angrel. »Doch irgendwann haben die Kreaturen vom Anbeginn begriffen, dass ein Eindringen unmöglich ist und nur zum Tod des Betroffenen führt.«

»Sagtest du: Kreaturen vom Anbeginn?«, hakte Chloe nach. »Hier gibt es welche?«

»Durchaus. Aber vielleicht sollten wir uns im Inneren weiter unterhalten.« Angrel deutete auf den Eingang.

Augenscheinlich hatten die Sicherheitswahrer außerhalb des Turms keine Probleme damit. Sie zogen sich zurück. Da es sich bei Nemo, Chloe, Nikki und Chris nicht um Kreaturen vom Anbeginn handelte, schienen die Aquarianer keine Gefahr in ihnen zu sehen.

Anstatt einer Treppe erwartete sie ein weiter Schacht mit rundumlaufenden Galerien. Angrel schwebte hinab. Auf der untersten Ebene gab es ausladende Möbel aus Korallen und einen ganzen Pulk weiterer Aquarianer, die sie mit einem freundlichen Nicken begrüßten.

»Ich bin überrascht, euch zu sehen«, sagte Angrel, nachdem sie alle Platz genommen hatten.

Die übrigen Aquarianer waren im Hintergrund mit allen möglichen Aufgaben beschäftigt.

»Ihr erhaltet wohl nicht oft Besuch«, gab Chloe zurück.

»Und das ist gut so«, erklärte Angrel. »Es liegt viele Generationen zurück, dass wir hierhergekommen sind.«

»Wir sollten …«, begann Chloe.

Doch Nemo ließ sie nicht aussprechen. »Wie kam es dazu?«

»Wir wissen lediglich, dass unsere Vorfahren einst Iria Kon verließen und diesen Ort hier aufsuchten, weil sie Schutz benötigten«, erklärte Angrel. »Sie wollten das Artefakt vor Schaden bewahren, doch schließlich bewahrte es sie davor, von den Kreaturen des Anbeginns angegriffen zu werden.«

»Die Kuppel«, warf Chris ein.

»So ist es. Um hier leben zu können, entwickelten sie einen magischen Trank, der eine permanente Transformation einleitete. Sie wurden zu Land-Wasser-Atmern.« Angrel deutete auf seine Kiemen. »Ihre Kinder wurden bereits so geboren. Auf diese Art entwickelte sich unsere Gesellschaft, geschützt durch die Kuppel vor den Kreaturen des Anbeginns.«

»Ich traue mich das jetzt gar nicht zu fragen«, sagte Chris,

»aber das Artefakt, das euch vor den Kreaturen schützt: Wie nennt ihr das?«

»Es ist der Stein der vier Seelen«, erklärte Angrel. »In Absprache mit dem damaligen Rat der Unsterblichen wurde das Splitterreich einige Jahre nach der Flucht unserer Vorfahren mit einem permanenten Siegel belegt.«

Bisher hatte Chris weitestgehend geschwiegen. Wie gefährlich musste das Artefakt sein, wenn sich ein ganzes Volk hier einsperren ließ und seine Lebensweise – ja, die eigenen Körper – veränderte? Die Unsterblichen hatten dem zugestimmt und das Siegel erschaffen, wohl wissend, dass alle hier isoliert sein würden.

»Sie haben euch einfach hier eingesperrt, zusammen mit den Kreaturen vom Anbeginn?«, sprach Nikki seine Gedanken aus.

Angrel winkte ab. »So war es nicht. Die Wesen vom Anbeginn kamen erst später. Wir dachten zuerst, dass das Siegel wieder gebrochen wurde, doch dann stellten wir fest, dass die Kreaturen von einem anderen Ort hierherkamen. Zuerst waren es nur Eier, doch nachdem sie aufbrachen, wurden es Tausende, Millionen.«

»Mit diesen Eiern haben wir auch unsere Erfahrung gemacht«, warf Nemo ein. »Eines davon hat tatsächlich den Weg zu uns gefunden, doch wir konnten es unschädlich machen. Es war knapp.«

»Ich frage mich oft, wie die Meere in der Zeit vor dem Anbeginn aussahen«, flüsterte Angrel. »Wenn jene Kreaturen darin lebten, müssen sie ein feindlicher Ort gewesen sein.«

Chris' Bemerkung dazu ging in einem durchdringenden Vibrieren unter.

»Alarm!«, verkündete Angrel.

Eine Handbewegung genügte und im Wasser erschien ein Band, auf dem die Außenansicht der Kuppel zu sehen war. In der Ferne erschienen glühende Lichtpunkte, jeweils zwei nebeneinander.

»Was ist das?«, fragte Chris.

Die Antwort kam Sekunden später. Augen. Die Augen der Kreaturen vom Anbeginn. Hunderte, Tausende. Eine Armee rückte auf die Kuppel zu.

»Sie müssen gespürt haben, dass ihr kommt«, sagte Angrel. »Doch keine Angst, hier drinnen sind wir sicher.«

»Was ist mit der *Moby Dick*?«, fragte Niki. »Unser U-Boot.«

»Ihr könnt es ebenfalls durch die Kuppel steuern.«

»Nicht wirklich.« Chris erklärte, was es mit Suni auf sich hatte.

»Normalerweise lassen wir nichts vom Anbeginn hier hinein«, erklärte Angrel, »doch eure Freundin soll hier selbstverständlich Schutz finden. Wir werden eine Lücke für das Boot öffnen. Kommt mit. Wir müssen zum Seelenstein.«

Chris warf einen schnellen Blick auf die Kreaturen, die wie eine lebendige Wand auf die Kuppel zu rückten. Zwischen ihnen und dem Schutzschild hing ein kleines, ja winziges U-Boot im Meer. Chancenlos den tödlichen Kräften ausgeliefert.

Hastig folgte er den anderen.

18

Das Urböse

Das Meer war angefüllt mit glühenden Augen, beschuppter Haut und nadelspitzen Zähnen.

Sunita stand auf der Brücke der *Moby Dick* und starrte auf die Kreaturen vom Anbeginn, die sich näherten. Backbords lag die schützende Kuppel, hinter der Nemo, Nikki, Chris und Chloe sich verbargen. An Steuerbord gab es nur noch diese tückisch glitzernden Augen, aus denen das Böse selbst zu fließen schien.

Seit jenem Tag, an dem sie versucht hatte, das flüssige Tor zu schließen, hatte Sunis Leben sich verändert. Zuvor hatte sie sich nur wenig mit dem Anbeginn beschäftigt, immerhin spielten die Hinterlassenschaften aus jener Zeit kaum noch eine Rolle. Hier und da wurden Artefakte gefunden, nutzten findige Konstrukteure das Noxanith zum Bau von Apparaturen. Doch seit der Versiegelung des Tores und den damit zusammenhängenden Ereignissen war etwas in ihr. Eine Präsenz, eine Macht, eine Kraft – sie konnte es nicht in Worte fassen. Nemos Ärzte hatten herausgefunden, dass in ihrem Blut Noxanith schwappte. Außerdem strahlte die Tätowierung eine Art magische Essenz ab. Wie winzige Körner aus Noxanith rieselten sie herab und brachten das Symbol zum Glühen.

Suni war nicht undankbar, immerhin hatte jene Kraft sie

alle gerettet, als die Kreaturen vom Anbeginn versucht hatten, die Basis von Nemo zu erobern. Trotzdem war es eine schreckliche Empfindung. Ihr eigener Körper fühlte sich für sie fremd an.

In den vergangenen Wochen hatte sie sich zurückgezogen, viel gelesen und geforscht. Kein Buch, in dem etwas über die Zeit vor dem Anbeginn stand, war vor ihr sicher gewesen. Stundenlang hatte sie mit Nemo gesprochen. Über ihn, sein Leben, den Pfad, der ihn unter das Meer geführt hatte.

Da niemand wissen konnte, wie die Magie vom Anbeginn auf Gefahren reagierte, war sie dem finalen Kampf gegen die Schattenfrau ferngeblieben. Nemo selbst hatte sich auf Johannas Befehl hin ebenfalls nicht eingemischt. Für den Fall der Fälle sollten wenigstens ein paar Unsterbliche überleben.

Doch letztlich hatte Clara Ashwell in einem Akt der größten Selbstopferung ihr dunkles Ich getötet.

Von diesem Zeitpunkt an hatte Suni aufgehört, sich selbst zu bemitleiden. Sie alle hatten ihre Bürde zu tragen. Stattdessen hatte sie gemeinsam mit Amika Idora erste Streifzüge unter dem Meer durchgeführt, hatte zu sich selbst zurückgefunden und ihr Wissen um Kampfmagie erweitert. Sie wollte die Artefakte aus der Zeit vor dem Anbeginn suchen und bergen, die Welt endgültig von deren Magie befreien.

»Es sind Tausende«, meldete Amika nach einem Blick auf den Monitor. Im Gesicht der Freundin spiegelte sich Sunis eigene Angst.

»Ihr könnt verschwinden«, erklärte Suni. »Die Kuppel scheint lediglich mich abzustoßen. Ihr könnt vor diesen Monstern fliehen.«

»Kommt nicht infrage«, stellte Amika klar. »Erstens würden

wir dich nicht im Stich lassen und zweitens benötigen wir die *Moby Dick*, um zurück zum Portal zu gelangen.«

Einzelne Kreaturen lösten sich aus der Formation und glitten auf das U-Boot zu.

»Ich aktiviere den Verdichtungsschirm«, rief ein junger Matrose.

Die Bernsteine in der Wand des Schiffes leuchteten auf. Magie verdichtete das Wasser zu einer Wand, fester als Stahl. Quasi eine Contego-Sphäre für das Schiff. Und sie entstand keinen Augenblick zu früh. Schon waren die ersten Kreaturen heran, schwangen ihre Dreizacke aus dunklem Metall und stießen damit gegen den Verdichtungsschirm. Die zugehörige Anzeige auf dem Steuerpult verringerte sich von hundert auf sechsundachtzig.

»Das halten wir nicht lange durch.« Amika warf Suni einen hoffnungsvollen Blick zu. »Kannst du die Kraft in dir wieder aktivieren?«

»Ich weiß nicht, wie.« Davon abgesehen saßen sie in einem U-Boot. Ein Ausbruch uralter Magie in Form gerichteter Kraft würde im schlimmsten Fall das gesamte Unterwassergefährt zerfetzen.

»Waffen sind bereit«, rief jemand aus dem rückwärtigen Teil der Brücke.

»Feuert alles ab«, befahl Amika.

Torpedos lösten sich aus den Rohren und glitten durch das Wasser auf die Formation der Kreaturen zu. Ihre Hüllen bestanden aus dünnem Metall, die am Ziel abgesprengt wurden. Im Inneren jedes Torpedos kam ein Bernstein zum Vorschein, der mit eingeritzten Symbolen für einen Explosionszauber übersät war. Detonationen erblühten.

Und tatsächlich, die getroffenen Kreaturen wurden zerfetzt

und fortgeschleudert. Doch dahinter kamen neue nach. Die Armee schien unendlich zu sein.

Kraftschläge wurden abgefeuert, weitere Torpedos und Fernzauber.

Fasziniert betrachtete Suni eine Apparatur im Hintergrund. Dort lief ein Pergament über eine Walze, auf dem magische Angriffszauber notiert waren. Ein Essenzstab fuhr über die Symbole.

»Er überträgt die Magie auf sein Gegenstück«, erklärte Amika. »Zwillingsstäbe. Der zweite ist im Schiffsrumpf mit riesigen Bernsteinen verbaut und feuert die Zauber dann ab.«

Mechanisierte Zauber, die durch Apparaturen gewirkt wurden. Suni war stets aufs Neue vom Einfallsreichtum Nemos beeindruckt, der immerzu mit neuen Ideen aufwartete, um die *Nautilus* zu verbessern. In alten Karten suchte er nach Hinweisen zu Artefakten, die vom Meeresboden geborgen werden sollten.

Zweifellos hielt dieses Splitterreich welche bereit.

»Wir haben erste Risse im Verdichtungsschirm.« Amika schluckte.

»Ihr müsst gehen«, flüsterte Suni.

»Was?«

»Es nutzt nichts, wenn ihr euch hier töten lasst. Mit dem Trank benötigt ihr nur wenige Sekunden bis zur Kuppel. Ich halte euch den Rücken frei.«

»Aber ...«

»Amika«, sagte Suni sanft. »Wir haben keine Chance. Wir werden von einer Handvoll der Kreaturen direkt angegriffen, und der Verdichtungsschirm zeigt bereits erste Risse.«

Die Freundin zögerte. Dann brüllte sie den Matrosen Befehle entgegen: »Trank einnehmen und raus aus der Schleuse. Rettet euch zur Kuppel.«

Innerhalb von Sekunden leerte sich die Brücke.

»Es hat mich gefreut, dich zu kennen.« Eine Träne rollte Amikas Wangen hinab. »Und ich hätte dich gerne noch besser kennengelernt.«

Der Blick, den Suni ihr zuwarf, war sanft, aber eindringlich. »Manche Dinge sind nicht für dieses Leben bestimmt.«

Die Freundin rannte hinaus.

Über den Monitor konnte Suni verfolgen, wie die Flüchtenden zur Kuppel schwammen. Ein Matrose wurde von einem geworfenen Dreizack durchbohrt, alle anderen erreichten sicher das Ziel.

Suni schlug mit der Faust auf die Schalter, die das gesamte Torpedomagazin leerten. Die Geschosse rasten durch das Wasser und schlugen gewaltige Schneisen in die Front der Kreaturen.

Verblüfft realisierte Suni, dass ihre Feinde zurückwichen.

Sie lächelte.

Ein Lächeln, das ihr entgleiste.

Die Kreaturen hatten lediglich Platz gemacht, für das, was sich nun zwischen ihnen hervorschob. Suni begriff, dass sie niemals eine Chance gehabt hatten.

19
Der magische Nimag

In der Erinnerung, Frankreich 1954

Essenz waberte durch die Kirche. Was bisher nicht zerstört war, fiel der entfesselten Gewalt zum Opfer. Kylian stand auf der Galerie, die Hände zu Fäusten geballt.

»Contego Maxima!«

Eine Schutzsphäre entstand, hüllte Johanna ein und erweiterte sich auf Grace und Leonardo. Doch die Magie schien nicht, wie sonst üblich, aus dem Inneren von Kylian zu stammen. Um seinen Hals trug er ein Amulett. Eingepasst in ein goldenes Oval funkelte darin ein grüner Smaragd. Ebenso verliefen goldene Linien über dessen Oberfläche. Im Inneren wirbelte ein verschlungenes Konstrukt.

Ein Sigil in einem Amulett?

Alex hatte etwas Derartiges nie zuvor gesehen. Auch in der Bibliothek von Jules Verne war er nicht darauf gestoßen, obgleich er sich quer durch alle Bücher gelesen hatte.

Mit gezielten Kraftschlägen von unglaublicher Wut zerstörte Kylian jeden der Steinkrieger. Doch erneut setzten diese sich von allein wieder zusammen.

Mittlerweile war Johanna zu Grace und Leonardo geeilt. Mit

ihrem Essenzstab heilte sie beide, was vor allem bei ihrer Freundin ekelhaft wirkte. Grace' Knochen knackten und drehten sich wieder in die richtige Position, Wunden schlossen sich.

Wie von einem Blitz getroffen fuhr Grace in die Höhe. »Aus der Mitte heraus!«

Kylian wandte sich ihr zu, das Gesicht ein einziges Fragezeichen.

»Du musst ihre eigenen Waffen benutzen, um sie zu bekämpfen!«

Neben Alex klatschte sich Jen mit der flachen Hand gegen die Stirn. »Das hätten wir eigentlich kapieren müssen.«

Kylian verstand. »Dirigi!«

Mit seinen Händen wandte er den Fernlenkzauber an, der von den meisten Lichtkämpfern Puppenspieler-Zauber genannt wurde. Als habe jemand Fäden an die Schwerter der Krieger gebunden und führte diese nun damit, übernahm Kylian die Kontrolle darüber. Wild fuhren die Waffen durch die Luft und bohrten sich in die Steinritter.

Wieder knirschte es, Stein zersprang. Erneut setzten die Angreifer sich zusammen, doch dieses Mal stampften sie zurück zu ihren Podesten, wo sie wieder zu leblosen Figuren wurden.

»Du bist ein Genie!«, rief Johanna und umarmte Grace.

»Du hast deine Momente«, gestand Leonardo ein.

»Was hast du dir dabei gedacht?!«, brüllte Johanna in Richtung von Kylian. »Du darfst keine Magie einsetzen. Du weißt, was sonst passiert.«

Obwohl der Nimag das Leben seiner Freunde gerettet hatte, wirkte er schuldbewusst. Da die Treppe zerstört war, half Johanna ihm mit einem Schwebezauber aus.

Kylian betastete sanft, ja liebevoll, das Amulett. »Hätte ich zusehen sollen, wie ihr sterbt?«

»Notfalls ja«, erklärte Johanna. »Du bist zu wichtig, als dass dies eine Rolle spielen sollte. Und nicht nur du.« Sie deutete auf das Amulett. »Woher willst du wissen, dass dieses Band ihm nicht schadet?«

»Er liegt im Koma«, blaffte Kylian. »Wenn die Verbindung zu seinem Sigil euch alle rettet, wird er kaum etwas dagegen haben.«

Johanna seufzte. Müde strich sie Kylian über die Wange. »Du weißt, wir tun alles, um ihn aus dem Koma zu holen. Wir werden einen Zauber finden.«

»Kannst du überhaupt verstehen, wie es ist, wenn der Mensch, den du am meisten liebst, nicht mehr in deine Arme sinkt? Wenn sein Lachen verstummt? Du nur auf sein bleiches Gesicht schauen kannst, das im Bernstein eingerahmt nichts mehr von der Welt erlebt?«

»Ja«, sagte Johanna leise. »Du weißt, dass ich das kann.«

Kylian schluckte. »Es tut mir leid. Natürlich kannst du das.«

»Trotzdem schadet es dir, Magie einzusetzen. Du vergisst wichtige Dinge.«

Johannas Stimme hallte in der Kirche wider. Ihr Echo schien direkt an Alex gerichtet zu sein. Ihre Worte brachten eine Seite in ihm zum Klingen, die er zuvor nicht wahrgenommen hatte.

»Das Amulett verbindet uns«, flüsterte Kylian.

»Und ist eine ständige Versuchung«, bekräftigte Johanna. »Es wurde dir nicht gegeben, um dir zu helfen. Jemand möchte Einfluss nehmen.«

»In dem er mir Magie zugänglich macht? Tomoe hat das Amulett intensiv untersucht. Es manipuliert mich nicht, hat keine negative Ausstrahlung, keinen eingewobenen Zauber …«

»Das wohl nicht«, schaltete Grace sich ein, nachdem sie die Feuer gelöscht hatte. »Doch die Magie selbst hat nun einmal eine gewisse Wirkung auf dich. Woran das liegt, wissen wir hoffentlich bald.« Sie deutete auf den Schacht unter den Bodenplatten. Du hast uns gerettet, dafür bin ich dir dankbar. Doch meiner Ansicht nach solltest du nie wieder Magie einsetzen.«

Kylian schien anderer Ansicht zu sein, atmete jedoch nur schwer aus. »Dann finden wir jetzt endlich heraus, was hier los ist. Und danach wird mich nichts mehr davon abhalten, diesen verdammten Bernstein zu zerstören und ein Heilmittel zu finden.«

Johanna lächelte. »Ich werde an deiner Seite sein.«

Grace zog Kylian in eine kurze Umarmung. »Ganz ohne Frage.«

Leonardo hatte mittlerweile die zerstörten Bänke wieder zusammengesetzt. Er schlug Kylian kameradschaftlich auf die Schulter. »Keine Sorge, das wird eine Geschichte mit Happy End.«

»Hoffentlich nicht so eins wie dieses«, kommentierte Grace und deutete auf die Bänke. »Da hängen ja überall Rußklumpen.«

»Das Holz hat ja auch gebrannt«, blaffte Leonardo.

»Wie wäre es dann mit einem Erneuerungszauber?« Grace schürzte die Lippen. »Oder reicht deine Mannes…, Entschuldigung, deine Essenzkraft nicht mehr aus?«

»Ich habe mir nicht die einfache Arbeit ausgesucht und lediglich das Feuer gelöscht.«

»Du solltest einen Blick auf die Vorhänge werfen«, schoss Grace zurück. »Kein einziger Faden besitzt eine Rußspur.«

»Jetzt ist's aber gut!«, mischte Johanna sich ein. »Wir haben wichtige Dinge zu erledigen.«

»Sag ich doch«, grummelte Leonardo.

»Wärst du so nett, den Ruß der Bänke mit einem Erneuerungszauber zu entfernen?«

Leonardo setzte zu einer wütenden Entgegnung an, schwieg dann aber. »Um des lieben Friedens willen.«

Ein böser Blick sorgte dafür, dass Grace dazu nichts mehr sagte.

»Ich mag sie.« Alex kicherte. »Die Frau hat Pep.«

»Du hast aber schon gesehen, warum Leonardo die Bänke nicht mehr gereinigt hat, ja?«

»Was meinst du?«

»Als Johanna erwähnte, dass sie den Schmerz von Kylian nachempfinden kann, ist Leonardo zusammengezuckt. Er wurde fahrig und hat den Zauber der Erneuerung nicht mehr hinbekommen.«

»Oh, Shit. Die Trauer um Piero.«

Jen nickte. »Diese Grace scheint ein sehr analytischer und schlauer Mensch zu sein, aber in dem Augenblick hat sie nicht richtig hingeschaut. Und Johanna auch nicht.«

Nachdenklich betrachtete Alex Leonardo. Unweigerlich stellte er sich die Frage, wie oft in der Vergangenheit er selbst nicht richtig hingeschaut hatte. Wie sehr nahmen die damaligen Ereignisse Leonardo da Vinci auch in der Gegenwart noch gefangen?

In aller Stille und mit verschlossenem Blick entfernte der Unsterbliche den Ruß von den Bänken. Was wirklich in ihm vorging, blieb unausgesprochen.

20
Die ewige Kirche

»Irgendwie bin ich froh, dass wir nur Zuschauer sind«, erklärte Alex, als ein weiterer Kraftschlag an seinem Gesicht vorbeisauste und in die Wand einschlug.

Hinter der Dunkelheit unter dem Boden hatte sich eine Wendeltreppe verborgen. Unebene Stufen führten in die Tiefe und endeten …

… in der Kirche.

Zumindest sah diese exakt so aus wie jene, die sie bereits verlassen hatten. Das Spiel mit den Rittern hatte sich wiederholt, doch dieses Mal waren weitere Zauber im Raum aktiv geworden. Am Ende erschien ein neues Rätsel in feuriger Schrift. Dank Grace gelang ihnen die Lösung. Sie zerstörten den Stein hinter dem Beichtstuhl.

Wieder erwartete sie ein dunkles Loch, dahinter eine Treppe, die in die Tiefe führte.

»Die wievielte Ebene ist das jetzt?«, fragte Alex und sank neben Jen auf die Bank im Beichtstuhl.

Durch die geteilten Vorhänge beobachteten sie Grace, Johanna, Leonardo und Kylian beim Kämpfen.

»Die achte Ebene«, erwiderte Jen. »Ich wünschte, ich hätte Popcorn.«

Das Quartett sah mittlerweile ziemlich mitgenommen aus. Vor allem Kylian schien massiv an Kraft einzubüßen, je tiefer sie vordrangen.

»Na ja, irgendwann muss das ja enden.« Alex stützte das Kinn auf die Handfläche. »Warum kann man in Mentigloben eigentlich nicht vorspulen?«

Verblüfft schaute Jen zu ihm herüber. »Gute Frage. Darüber habe ich noch nie nachgedacht. Vielleicht kann man in der Erinnerung nach vorne springen?«

»Das wäre jetzt ganz praktisch.«

»Aber womöglich würden wir dadurch etwas Wichtiges verpassen«, gab Jen zu bedenken. »Du blätterst bei einem Buch ja auch nicht zum Ende und liest, was dort steht. Meist würde das auch gar keinen Sinn ergeben, denn man benötigt immer einen Kontext.«

»Aber man kann ja querlesen«, schlug Alex vor.

»Das finde ich gemein gegenüber dem Autor«, merkte Jen an. »Außerdem habe ich keine Ahnung, wie das in Mentigloben funktionieren sollte.«

Der letzte Zauber wurde neutralisiert.

Während Johanna, Leonardo und Grace das neue Rätsel studierten, stützte Kylian sich an der Wand ab. Sein Gesicht wirkte bleich.

»Aua«, entfuhr es Alex.

»Was ist?«

»Mein Rücken tut weh.« Er betrachtete Kylian durchdringend. »An genau der Stelle, an der er vorhin verletzt wurde.«

»Wenn es Kylians Erinnerungen sind …« Jen eilte zu Alex und zog seinen Pulli in die Höhe. »Da ist nichts. Es könnte eine Gefühlsübertragung sein, das ist nicht ungewöhnlich.«

Ein lauter Knall ertönte.

Grace hatte mit einem kräftigen Schlag das Portal der Kirche zerstört. Doch dahinter lag nicht der Vorplatz. Glücklicherweise aber auch keine weitere Kirche.

Jen und Alex sprangen synchron auf.

Hinter dem Portal lag ein gemütlicher Raum mit Kamin. Ein Feuer prasselte darin. Auf dem Sofa davor saß ein alter Mann mit einem goldenen Monokel im Auge, ein Buch auf dem Schoß.

»Nicht schlecht, guter Schuss«, begrüßte er Grace. »Ein oder zweimal dachte ich tatsächlich, das war es.«

»Wer sind Sie?« Leonardo wirkte ein wenig zerrupft. Feuerzauber hatten seine Kleidung an mehreren Stellen versengt.

»Ein unbedeutender Hüter der Schriften«, erklärte der Alte.

»Welcher Schriften?« Johanna richtete sich ihren Pferdeschwanz.

»Nun, ihr habt nach Antworten gesucht, hier sind sie.« Der Alte hob beide Arme. »Diese kleine, aber feine Bibliothek enthält alle Informationen über den alten Pakt, das Opernhaus ...«

»Alles über den Pakt?«, hakte Johanna nach.

»Ein Opernhaus?«, fragte Leonardo.

Der Alte seufzte. »Wer die Prüfungen besteht, sich als würdig erweist und auf die Lilie schwört, wird die Wahrheit erfahren.«

»Welcher Schwur?«, fragte Kylian.

»Das letzte Rätsel«, erklärte der Alte. »Zu schwören auf der Lilie Kraft, so schwöre ich ...«

»Ernsthaft, wir haben geschworen, ohne zu wissen, dass wir schwören?«, fragte Johanna.

»Es war alles sehr trickreich aufgebaut, um kein Schlupfloch offen zu lassen«, erklärte der Alte. »Auf diese Weise könnt ihr später über nichts von dem sprechen, was ihr heute hier erfahrt.«

Es war Johanna anzusehen, dass sie dem Alten seinen Schwur gerne auf eine sehr unangenehme Art an einen Ort gesteckt hätte, wo die Sonne nicht schien.

»Ihr habt vergessen, was euch einst ins Leben zurückbrachte«, der Wahrer der Schriften rückte ein wenig näher ans Feuer und wärmte sich die Hände. »Jener Ort, an dem Unsterbliche zurückgeführt werden. Die Zitadelle. Opernhaus und Spiegelsaal, zwei Seiten einer Münze. Erschaffen in den Schatten des Anbeginns, um das Gleichgewicht zu erhalten und die Welt nie wieder fallen zu lassen in die alte Dunkelheit.«

Gebannt hing das Quartett an seinen Lippen.

Kylian sank auf die Couch, dem Alten gegenüber.

»Alles hängt zusammen. Mag der Baum des Lebens seine Wurzeln auch verästeln, im Kern besitzt jedes Element des großen Plans den gleichen Ursprung. Doch während jene unter euch, die mit dem ewigen Leben beschenkt wurden, das Chaos zurückdrängen, gibt es auch jene, die in einem ewigen Opfer miteinander streiten.«

Bei diesen Worten glitten die Augen des Alten über Kylian und – wie durch einen Zufall – auch über Jen und Alex.

»Ein Pakt wurde geschmiedet zur dunkelsten Stunde der magischen Welt, als das Reich zerfiel und Blut floss«, flüsterte der Alte.

Alex lauschte mit angehaltenem Atem, eine Gänsehaut rann über seine Arme.

»Vier Seiten benötigt es für die absolute Balance«, sprach der Hüter weiter. »Ein Nimag im Licht, ein Nimag im Schatten, ein Magier im Licht, ein Magier im Schatten. Verbunden durch eine tragische Liebe, dazu verdammt, in jeder Generation aufs Neue in den Abgrund zu stürzen.«

»Nein«, flüsterte Kylian und sprach damit aus, was Alex dachte.

Instinktiv griff er nach Jens Hand und drückte sie fest.

»Der Tod beendet jede Generation unaufhaltbar. Die Regeln sind wie Ketten, die alle vier umschlungen halten bis zum Ende der Zeit. Niemals darf ein Magier zum Nimag werden oder ein Nimag zum Magier.« Der Alte deutete auf Kylians Amulett. »Eure Gegner sind schlau, sie haben dir ein vergiftetes Geschenk gemacht. Während du deiner Liebe niemals wieder nah sein kannst, setzt du Magie ein, die dich deine Bestimmung vergessen lässt. Währenddessen sammeln sie ihre Kräfte.« Er lachte auf. »Doch das spielt jetzt natürlich keine Rolle mehr.«

»Wieso das?«, fragte Johanna sofort.

»Du wurdest verletzt. Dein Leben nähert sich dem Ende, und mit dir werden auch die anderen sterben. Denn leben könnt ihr nur gemeinsam, so wie ihr gemeinsam sterben müsst. Niemand lebt ohne den anderen. Das ist das große Gleichgewicht des Paktes.«

Kylians Blick glitt ins Leere. Eine Träne rollte über seine Wange. Dann kippte er zur Seite.

Mit einem Satz war Johanna neben ihm und legte seinen Rücken frei. Die Wunde hatte sich geschlossen, doch ein verästelndes Netz aus schwarzen Linien durchzog die Haut.

»So möge diese Schlacht in einem Unentschieden enden. Denn die Belohnung erhalten die Streiter nur, wenn ihre Gegner im direkten Kampf besiegt werden«, sagte der Wahrer der Schriften. »Für dieses Mal ist es vorbei.«

21

Die Puppen des Spielers

Amerika

Grace rannte.

Ein wenig fühlte sie sich an ein Abenteuer erinnert, das sie vor langer Zeit mit Johanna, Leonardo und Kylian erlebt hatte. Bei dem Gedanken an den alten Freund fühlte sie einen Stich des Bedauerns.

Wie hätten sie das ganze Ausmaß des Paktes damals auch erahnen sollen? Erst nach den letzten Worten des Hüters der Schriften war klar geworden, was die eigentliche Wahrheit in seinen Worten war.

Reflexartig wich Grace einem Schlag aus, geführt von einem jungen Mädchen, das eine Sense in der Hand hielt.

»Konzentriere dich, Grace!«, ermahnte sie sich.

Bran wollte sie töten. Falls ihm das gelang, daran zweifelte sie keine Sekunde, würde er die Karte in seinen Besitz bringen. Und damit besaß er den Weg zu jedem existierenden Splitterreich.

Die Lakota-Indianer folgten ihr, die gesamte Stadt schien auf den Beinen. Aus Seitengassen strömten ebenso Bewohner, wie sie auf Dächern standen. Einige zielten mit Gewehren auf sie, andere hielten Alltagsgegenstände in den Händen.

»Contego.« Keuchend schuf Grace eine Schutzsphäre.

Ein Schuss hallte, doch die Kugel prallte wirkungslos ab.

Sie bog um die nächste Häuserecke. Drei Autos waren quer gestellt worden, dahinter warteten grimmig dreinblickende Männer und Frauen. Der einzige Ausweg war eine Feuerleiter, die Grace an der Rückseite eines Gebäudes entdeckte. Sie rannte darauf zu.

Die Leiter war zu hoch.

Grace schalt sich eine Närrin. Kurzerhand hob sie die Schwerkraft auf und schwebte hinauf zum Dach. Was war los mit ihr? Das Denken fiel ihr schwer, die einfachsten logischen Zusammenhänge glichen Ahornsirup, waren zähflüssig und rannen davon.

Mit Schwung glitt sie über die Kante des Daches. Eine Faust flog auf sie zu und krachte frontal gegen ihre Nase. Blut spritzte, Knochen brachen. Purer Schmerz bohrte sich in ihren Schädel. Glücklicherweise war Grace längst kampferprobt genug, um den Essenzstab nicht fallen zu lassen und den Schmerz recht schnell in den hintersten Winkel ihres Bewusstseins zu verbannen.

Ein Kraftschlag schleuderte ihren Angreifer bis zur gegenüberliegenden Brüstung des Daches. Sie achtete sorgsam darauf, ihn nicht ernsthaft zu verletzen. Doch das war das eigentliche Problem.

Theoretisch hätte sie die Nimags mit einem magischen Feuer zu Asche verbrennen können. Doch Grace war keine Mörderin. Die Männer, Frauen und Kinder wurden von Bran gelenkt. Letztlich konnte sie keinen von ihnen besiegen. Denn während sie darauf achtete, niemanden zu verletzen, wollten ihre Gegner einfach um jeden Preis Brans Wunsch erfüllen.

Was hatte er nur getan?

Was bedeutete ›Ich habe ihnen Glück gebracht‹ wirklich? An den furchtbaren Lebensumständen hatte er nichts verändert. Oder doch? Hatte er den Männern und Frauen etwas Gutes getan? Sie hatte die Wirkung von ähnlichen Zaubern erlebt, selbst die Mythologie der Nimags kannte sie. Die berühmteste unter ihnen stellte den Teufel in den Mittelpunkt. Ihm verkauften die Menschen ihre Seelen, um etwas zu erhalten, was sie mit Glück gleichsetzten.

»Was hat er euch nur angetan?«

Grace trat an den Rand des Daches. Die Menschenmenge hatte das Gebäude umzingelt. Die gesamte Stadt war gekommen, über achttausend Menschen, die die breite Straße und die Gassen vor und hinter dem Haus füllten. Alle paar Meter ragten Gewehrläufe in die Höhe. Schüsse wurden auf sie abgefeuert, doch ohne Wirkung.

»Schauen wir doch mal.« Sie räusperte sich. »Somnus!«

Der Schlafzauber breitete sich wie eine Welle aus. Doch wieder geschah nichts. Keine Reaktion auf der Straße, die Nimags schienen immun dagegen. Grace gab sich keinerlei Illusionen hin: Die Geistesstärke, die all diese Menschen vor ihren Zaubern schützte, basierte auf Brans Kontrolle. Verwirrung oder Schlaf konnte Grace also nicht anwenden.

Immobilisieren war möglicherweise eine Option, doch sie besaß nicht genug Kraft, so viele Menschen gleichzeitig mit einem Zauber zu magifizieren.

Es stand außer Frage, dass sie in der Verwaltung der Stadt keinerlei Informationen mehr über Bran finden würde. Der verdammte Kerl hatte vorgesorgt. Wo auch immer etwas auf seine Identität hindeutete, hatte er Vorkehrungen getroffen. In China war es ein Leuchtfeuer, das ihn informierte, wenn jemand die Erinnerungskammer betrat. Es war Leonardo und Clara Ashwell zum Verhängnis geworden. Hier in der Stadt hatte er kurzerhand die Bewohner an sich gebunden. Vermutlich sorgte ein Zauber dafür, dass er jeden Magier bemerkte, der die Stadt betrat oder seinen Namen aussprach. Sie wusste nicht, wie mächtig er war. Doch selbst der gesamte Rat der Unsterblichen besaß nicht genug Essenz, um eine komplette Stadt dieser Größe magisch unter Kontrolle zu halten. Ein Artefakt also? Oder hatte er hier in der Stadt Bernsteinspeicher hinterlassen?

Sie musste die Sache analytisch angehen. Sobald sie sich aber stärker konzentrierte, schien ihr Geist abzugleiten. Bran hatte mehr getan, als die Menschen dort unten zu übernehmen. Grace kniff die Augen zusammen. »Agnosco!« Feiner Nebel umgab die Lakota-Indianer, wie der Indikatorzauber enthüllt hatte.

»Ich muss hier weg.«

Ihr Vorhaben, mehr über Bran zu erfahren, war gescheitert. Wo auch immer sie weitere Informationen finden konnte – hier sicher nicht. Ein kurzer Flug über die Menge sollte genügen, sie aus der Stadt zu tragen. Grace wollte das Risiko nicht eingehen, innerhalb der Stadtgrenzen das Permit zu benutzen, um in das Archiv zu wechseln. Womöglich gelang es einigen Bewohnern, ihr zu folgen oder der Zauber von Bran hatte völlig unerwartete Konsequenzen.

Sie hob ihren Essenzstab.

Etwas knackte. Risse erschienen auf dem Stein des Daches, verästelten, breiteten sich rasend schnell aus.

»Gravitat-«

Das Dach gab nach.

Grace krachte hindurch und knallte auf den Boden des

darunterliegenden Raumes. Sie wollte aufspringen, doch ein Tritt in den Magen ließ sie aufkeuchen. Ihr Essenzstab wurde fortgeschleudert, eine Hand griff nach ihrem Hals wie ein Schraubstock.

»Argh.« Grace zappelte.

Doch der Griff war erbarmungslos. »Du hast recht«, flüsterte Bran aus der Kehle von über hundert Menschen, die hier auf sie gewartet hatten. »Ich hätte dich niemals verschont.«

Sie hatten einen Kreis um jene Stelle gebildet, an der Grace aufgekommen war. Jeder Zentimeter im Raum war besetzt, sogar auf den Fenstersimsen standen Jugendliche. Alle starrten sie an.

»Die Welt gehört mir und du hast keinen Platz mehr darin, Grace *Humiston. Stirb wohl.*«

Die Hand drückte fester zu. Grace rammte ihr Knie in die Brust des Mannes. Der Griff lockerte sich, sie fiel wieder zu Boden. Der Unbekannte taumelte zurück. Doch die anderen brandeten wie eine Welle auf sie zu. Tritte trafen Grace in die Seite, die Brust, den Magen. Sie rollte sich zusammen, um weniger Angriffsfläche zu bieten. Füße donnerten auf ihren Rücken, Knochen brachen, Haut wurde abgeschürft.

»Cont-«

Eine Faust krachte gegen ihren Mund. Zähne splitterten, Blut spritzte nach allen Seiten davon. Sie konnte nicht mehr klar sprechen. Ein weiterer Tritt auf ihr Gesicht ließ aus der gebrochenen Nase und dem blutenden Mund eine breiige Masse werden. Jemand griff nach ihren Haaren, riss ihren Kopf zurück und zog ein Messer.

Das freundliche Lächeln ihres Mörders, der vor Glück strahlte, brannte sich in Graces Geist wie ein Mal für die Ewigkeit.

Die Klinge blitzte auf, als sie herabfuhr, um ein unsterbliches Leben zu beenden.

22

Der Rauch der Erkenntnis

Pfeifenrauch. Er verströmte einen würzigen Duft, unterlegt mit etwas Berauschendem.

Grace blinzelte.

Ihre Hände fühlten weiche Erde, ihr Blick traf eine Decke aus geflochtenem Bast. Vorsichtig richtete sie sich auf. Ihr gegenüber saß ein Mann mit runzeliger Haut, ein Lakota, ganz eindeutig. Er trug eine Tätowierung, hatte Fäden mit kleinen Kügelchen in sein Haar geflochten. In der linken Hand hielt er eine Holzpfeife mit einem langen Stiel.

»Ich lebe noch«, sagte Grace zittrig.

Erst im nächsten Augenblick realisierte sie, dass sie keine Schmerzen empfand. Ihre Nase war gerichtet, sie blutete nicht länger. Ihr Hemd war jedoch voller dunkler Flecken.

»Oder?«, ergänzte sie ihre Feststellung um eine Frage.

Der alte Lakota lachte. »Du bist ganz eindeutig noch im diesseitigen Reich. Die weite Steppe, wo die Geistertänzer sich versammeln und befreit von allen Zwängen für die Ewigkeit reiten, ist dir noch verwehrt.«

»Ich glaube, das ertrage ich durchaus noch eine Weile.« Neugierig betrachtete sie ihr Gegenüber. »Du hast mich gerettet.«

»Ich konnte dich jenen entreißen, die im Bann des falschen Glückes gefangen sind.« Er nickte sachte.

»Wieso bist du es nicht auch?«

»Mein Glück konnte er mir nicht bieten«, gab der Lakota mit traurigen Augen zurück. »Wer weiß, vielleicht hätte ich sonst akzeptiert.«

Vorsichtig bewegte Grace ihre Finger, reckte und streckte sich. Keine Schmerzen. »Deine Augen verraten dich. Du bist einer von uns. Ein Unsterblicher.«

Der Lakota sog an der Pfeife und blies den weißen Rauch in Kringeln in die Luft. »Du bist eine kluge Frau, magst du auch zu jenen gehören, die mein Volk unterdrücken. Der Name, der in der Geschichte niedergeschrieben ist – unter dem du mich wohl kennen magst –, lautet Sitting Bull.«

Eine Offenbarung, die Grace kaum noch überraschen konnte. Sie wusste von Johanna, dass überall auf der Welt Unsterbliche existierten. Manche hielten sich vor dem Rat verborgen, wollten in Ruhe gelassen werden und gingen ihrer Bestimmung nach. Sie selbst war auch kein Teil des Rates gewesen.

»Wie hast du mich gerettet?«

»Der Nebel, der alles verbirgt«, erklärte Sitting Bull. »Ich setzte ihn bereits vor vielen Generationen ein, um einen Teil meiner Freunde zu retten. Ich gründete hier in den Badlands eine sichere Enklave.«

Er hob die Hand und vollführte eine Geste.

Die Wände der Hütte wurden durchscheinend, Grace sah Männer und Frauen, die lachten, plauderten und spielten. Ein Bach plätscherte fröhlich durch ein schmales Flussbett, hohe Berge umgaben das Tal wie eine schützende Mauer. Hoch oben erkannte sie Späher, die das Umland im Blick behielten.

»Wir sind nur wenige Hundert, doch wir sind frei. In jeder Generation zeige ich einer ausgewählten Gruppe den Weg hierher, wo sie in echter Freiheit leben können.«

»Es ist schön zu wissen, dass die Hoffnung doch niemals stirbt«, flüsterte sie. »Ich danke dir für meine Rettung.«

»Du hast Informationen gesucht über den Mann, der das Glück verspricht?«

»Ich hatte gehofft, in der Verwaltung mehr über ihn zu erfahren«, erwiderte Grace. »Wohin ich mich auch wende, er scheint alle Hinweise beseitigt zu haben. Er schlüpft mir durch die Finger, weiß mehr über mich als ich über ihn.«

»Du suchst an der falschen Stelle.« Sitting Bull machte eine Bewegung mit der rechten Hand, worauf die Wand der Hütte wieder ihre ursprüngliche Form annahm.

»Das habe ich bereits festgestellt!«, gab Grace mit ein wenig mehr Nachdruck zurück, als es gegenüber ihrem Lebensretter angebracht gewesen wäre. »Entschuldige. Aber ich bin erst seit wenigen Stunden wieder hier und habe das Gefühl, von einer Katastrophe nach der anderen überrollt zu werden. Nichts ist so, wie es sein sollte.«

»Der reißende Fluss des Lebens«, kommentierte Sitting Bull. »Wir schwimmen oder wir gehen unter.«

»Ich liebe Metaphern«, erklärte Grace trocken. »Man kann daraus so schöne Kalender basteln.«

Wieder lachte Sitting Bull auf angenehme, leise Art. »Ich biete dir an, den Nebel der Lüge zu lichten. Auf dass die Wahrheit offenbart wird.«

»Du kannst mir sagen, wer Bran ist?«

»Ich kann dir den Weg weisen. Jener, den du Bran nennst, er verbrachte viel Zeit auf der Erde meiner Vorfahren. Er durchstreifte die Steppe, schmiedete Ränke und verbündete sich mit einem der unseren.«

»Nagi Tanka.«

»So war sein Name. Der große Rabe wollte zu Beginn die Freiheit für unser Volk erlangen. Die Kolonisten nahmen uns alles, doch sie gaben nichts zurück, versklavten Menschen mit dunkler Haut und raubten jenen, die vor mir kamen, die Stätten der Vorfahren. Doch Nagi Tanka verlor sich in seinem Streben nach Macht und erlag den Einflüsterungen jenes Mannes namens Bran. Er wurde zu einer dunklen Kreatur. Noch heute höre ich die Krallen des Raben über die Wände seines Gefängnisses kratzen. Er ist noch am Leben.«

Auch diese Information überraschte Grace keineswegs. Zusammen mit den übrigen Unsterblichen hatten Leonardo und Johanna Nagi Tanka im Körper von Piero in eines der versiegelten Splitterreiche eingekerkert. Seit der Wall vollständig erwacht war, war dieses Reich nicht mehr erreichbar, selbst davor hätte es niemand ohne Siegelbrecher betreten können. Einzig dass der Zauber, der den Weg ursprünglich geebnet hatte, von Bran initiiert worden war, beunruhigte Grace.

»Willst du wissen, wer dein Feind ist, musst du wandeln über die Stätten der Vorväter.«

»Eine Zeitreise?«

Sitting Bull schüttelte sanft den Kopf. »Dein Geist wird durch die Schatten wandeln und beobachten, doch es sind nur die Echos einer längst vergangenen Zeit, die sich eingebrannt haben in die Bäume, das Gras und die Erde.«

Auf ihrer Reise durch die Splitterreiche hatte Grace viel gesehen. Sie war auf Zauber gestoßen, die niemand kannte, und hatte Rituale beobachtet, die fremdartig und unverständlich blieben. Es gab so vieles, was die magische Welt noch nicht kannte. Wenn ein Unsterblicher ihr also ein solches Angebot machte – und immerhin hatte er ihr zuvor das Leben gerettet –, warum sollte sie es nicht wenigstens ausprobieren?

»Was muss ich tun?«

Sitting Bull reichte ihr die Pfeife. »Nimm einen kräftigen Zug.«

»Wunderbar, ich sterbe also an einer Tabakvergiftung.« Sie tat es trotzdem.

Die in das Holz geritzten magischen Symbole waren nicht zu übersehen. Der würzige Duft des Rauches ließ darauf schließen, dass sich kein Tabak darin befand. Sicherheitshalber fragte Grace gar nicht erst nach, was Sitting Bull hineingetan hatte. Im schlimmsten Fall wurde ein interessanter Trip daraus.

Sie hustete kurz, sonst geschah nichts. »Und jetzt?«

Der Unsterbliche nahm selbst einen tiefen Zug. Er betrachtete sie einen Moment lang, dann blies er den Rauch direkt in ihr Gesicht.

Die Umgebung verwandelte sich. Sitting Bull, die Hütte, der Boden – alles verschwand, wurde zu weißem Nebel und zerfaserte. Grace fiel, doch sie hatte keine Angst. Eine schützende Wärme umgab sie, die alles Böse fernhielt. Ihr Fall wurde zu einem sanften Schweben. Sie kam auf. Die Umgebung verwandelte sich von weißem Nebel zu fester Substanz. Grace stand auf feuchter Erde. In der Ferne wurde gekämpft.

»New York«, hauchte sie.

Jemand rannte an ihr vorbei.

Sie hatte Bran gefunden.

23. Das Seelenmosaik

Im versiegelten Splitterreich

Chris hätte erwartet, dass die Aquarianer über einen so massiven Angriff beunruhigt wären. Doch das Unterwasservolk hatte sich wohl an den Belagerungszustand und den ständigen Alarm gewöhnt. Keiner der Unterwasseratmer reagierte auf die Kreaturen vom Anbeginn, was Chris ziemlich beeindruckend fand. Wenn er nach oben in das Wasser blickte, bekam er jedes Mal eine kleine Panikattacke.

»Mir wurde soeben mitgeteilt, dass die Besatzung eures U-Bootes in die Kuppel geflohen ist«, erklärte Angrel. »Sie mussten jedoch eine Frau zurücklassen.«

»Suni«, sagte Nikki ängstlich. »Wir müssen ihr helfen!«

Angrel machte eine Handbewegung. Um sie herum verdichtete sich das Wasser, ein Sog kam auf. Die umgebenden Häuser wurden zu verwaschenen Flecken, als sie in Richtung eines Gebäudes mit gewaltiger Spitze schossen.

»Das Sanktum«, erklärte Angrel. »Darin bewahren wir das Artefakt auf.«

Sie benötigten nur wenige Minuten, dann verschwand das verdichtete Wasser. Sie trieben auf den Eingang zu. Das Sanktum befand sich exakt im Zentrum der Stadt, seine Spitze berührte fast die Kuppel. Goldene Korallen überzogen einen Aufbau aus Glas und Gold.

»Wunderschön«, flüsterte Chris.

»Du kannst dich später sattsehen«, kommentierte Chloe.

Sie schossen durch das Wasser. Angrel durch eigene Kraft, die anderen nutzten Druckzauber. Die Schleusen bestanden aus organischer Materie, die sich wie eine Iris öffnete. Auf diese Art erreichten sie einen gewaltigen Raum, in dessen Mitte ein Podest emporragte. Darüber schwebte das Artefakt, gehalten von einem feinen Korallengespinst.

Vorsichtig glitten sie näher.

»Wie könnt ihr Suni helfen?«, fragte Nemo.

»Ich werde meinen Geist mit dem Artefakt verbinden und eine Lücke in der Kuppel schaffen. Auf diese Art kann eure Freundin das U-Boot hereinlenken.«

Angrel berührte sanft eine Stelle auf dem hufeisenförmigen Pult, das neben dem Artefakt aus dem Boden ragte. Wieder waberte es. Eine Projektion erschien im Wasser. Sie konnten das U-Boot sehen, das mit Bernsteintorpedos und Kraftschlägen auf die Kreaturen vom Anbeginn feuerte.

»Sie ist tapfer, aber ...« Chris' Stimme versagte.

Die Kreaturen vom Anbeginn waren zur Seite gewichen. Eine gewaltige Schneise war in ihren Reihen entstanden, durch die etwas hervorglitt, das Ähnlichkeit mit einem geschuppten Wurm hatte. Fünf Reihen nadelspitzer Zähne wurden entblößt, als dieses Monster sein Maul aufriss. Die seitlichen Schuppen drehten sich und zischten durch das Wasser, als es sie abschoss.

»Ein Zerstörer«, flüsterte Angrel. »Sie haben schon seit vielen Zyklen keinen mehr eingesetzt.«

»Okay. Los, wie helfen wir Suni?«, fragte Nikki.

»Es ist Eile geboten«, bekräftigte auch Nemo.

Angrel berührte eine Taste auf dem Pult. Der Nebel um das Artefakt schien zu verdunsten. Es dauerte einen Moment.

Chris knabberte hibbelig an seiner Unterlippe. Er hätte Kevin mit hierhernehmen sollen, damit im Falle von Todesangst der Zwillingsfluch aktiv wurde. Gegen eine solche Horde wäre das vermutlich gar nicht so schlecht gewesen, auch wenn er es hasste, auf diese Art die Kontrolle zu verlieren. Zweimal war es schon geschehen. Und beide Male hatten sie eine Schneise der Verwüstung hinterlassen.

»Das ist faszinierend«, flüsterte Chloe mit leuchtenden Augen.

Erst jetzt betrachtete Chris das Artefakt genauer. Es war ein Würfel aus Lehm, in dessen Oberfläche mit Hilfe winziger Steine Bilder von unterschiedlicher Farbe eingepasst worden waren.

»Ist das da eine Krähe?«, fragte Nikki.

Chloe nickte. »Nagi Tanka.« Auf die fragenden Blicke der anderen hin ergänzte sie: »Ein alter Freund von Johanna.«

»Und das da?« Chris beugte sich nach vorne. »Sieht aus wie ein gewaltiges Auge.«

»Es sind die Symbole für die vier Elemente«, erklärte Angrel. »So wurde es uns gesagt. Das Artefakt enthält die Seelen der vier Elemente. Das Auge steht für die Luft.«

»Die Varye«, flüsterte Chloe.

Irgendetwas an der Freundin irritierte Chris zunehmend. Er blickte immer wieder zwischen dem Artefakt und der Projektion hin und her. Das U-Boot hielt den abgeschossenen Schuppen stand, doch der Wurm – der Zerstörer – näherte sich ohne Gnade.

»Die Krähe steht für die Erde, denn aus ihr wurde sie geboren«, sprach Angrel weiter.

»Das klingt alles nicht sehr angenehm«, warf Nemo ein. »Die Flamme dürfte dann offensichtlich das Feuer sein.«

Angrel nickte. »Und der Dreizack steht für das Meer.«

Chloe lächelte bei den Worten immer wieder und ließ ihre Hand über das Nebelgespinst gleiten, das langsam verblasste.

»Sei vorsichtig«, gab Angrel zu bedenken. »Der Nebel würde dich sofort töten. Eine Berührung des Artefaktes kann deinen Geist auslöschen.«

»Keine Sorge«, winkte Chloe ab. »Ich werde nichts von beidem tun. Dafür ist der Rucksack da.«

»Was meinst du?«, fragte Chris irritiert. »Wir können das Artefakt nicht mitnehmen, wir …«

Blitzschnell fuhr Chloe herum. »Potesta Maxima!«

Der Kraftschlag traf Nemo, durchbohrte seine Brust und schleuderte ihn in Richtung des Schotts. Blut verteilte sich im Wasser.

Noch während Chris entsetzt auf Chloe starrte, vollführte diese eine Drehung und legte etwas um Nikkis Hals. Es klickte. Ein Kragen schloss sich.

Entsetzt fuhr seine Freundin zurück, griff panisch an den Kragen. »Ich kann nicht mehr springen.«

»Du musst dich nicht sorgen«, sagte Chloe, wobei sie mit dem Essenzstab auf Angrel zielte. »Immobilus!«

Bewegungslos trieb der Wasseratmer durch den Raum.

»Contego Maxima.« Endlich konnte Chris seine Starre abstreifen und erschuf eine Contego-Sphäre um sich und Nikki.

»Aber ich will euch doch nichts tun«, sagte Chloe. »Der Kragen ist bestimmt nur temporär. Ich brauche das Seelenmosaik.«

»Was soll das, was tust du?«

»Ihr werdet euer Glück auch noch finden, keine Angst.« Ihr Lächeln wirkte auf seltsame Weise obszön, wie eine Karikatur des Menschen, der Chloe einst gewesen war.

»Du kannst es nicht mitnehmen!«

»Ich muss!« Ihre Augen bekamen einen gnadenlosen Glanz. »Das Seelenmosaik muss zurückkehren zu seinem Besitzer.«

Chris blickte zu Angrel. Der Aquarianer erhielt langsam seine Beweglichkeit zurück. Nemo war weiterhin bewusstlos, doch ein Schwarm winziger seesternartiger Gebilde löste sich von der Decke, schwebte auf die Wunde zu und versiegelte sie.

»Du bist bereit, das gesamte Volk der Aquarianer zu opfern, um das Seelenmosaik zu stehlen?«, hauchte Chris ungläubig.

»Und du legst deiner Freundin einen Kragen um, der ihr ihre Fähigkeit zu springen raubt?«

»Natürlich siehst du das Ganze erst einmal negativ«, erklärte Chloe lächelnd. »Aber das ist es nicht. Sobald Nikki sich der neuen Ordnung angeschlossen hat, wird der Kragen wieder entfernt. Bis dahin muss sie auf das Springen verzichten. Was das Seelenmosaik angeht, bringe ich es lediglich seinem rechtmäßigen Besitzer zurück.«

»Und der wäre?«

»Ellis natürlich.«

Der Mann aus dem Onyxquader. Entsetzt realisierte Chris, dass mit Chloe etwas nicht stimmte. Ja, schon länger etwas nicht gestimmt hatte.

Doch jedes weitere Wort verstummte, als der Zerstörer das U-Boot erreichte und der Länge nach aufschlitzte.

24

Alles oder nichts

Das Metall der *Moby Dick* wurde zerfetzt, als bestünde es aus Papier. Der Zerstörer schlug mit seinem Schwanz nach den Resten, schleuderte sie fort in das Dämmerlicht des Meeres. Falls Suni bis hierher überlebt hatte, war dies nun ihr Ende. Ohne die schützende Hülle des U-Bootes war sie selbst mit einem Wasseratmungstrank verloren.

»Die Arme«, kommentierte Chloe. »Seht ihr, das wird in Zukunft nicht mehr passieren. Unter der neuen Ordnung gibt es keinen Kampf mehr, keine Unterdrückung oder Morde. Niemand wird mehr eingesperrt oder irgendwelcher Fähigkeiten beraubt. Nun ja, die Unruhestifter und Feinde der neuen Ordnung natürlich schon. Aber es ist für einen höheren Zweck.«

»Für Ellis?!«, brüllte Chris.

»Genau.« Eifrig lächelnd nickte Chloe. »Ihr müsst bald mit ihm sprechen. Das ist wichtig, damit ihr versteht. Euch erwartet eine glückliche Zeit.«

»Danke, aber ich verzichte!«, spie er aus.

»Und ich auch«, fiel Nikki ein. »Du hast Nemo beinahe getötet und willst unsere Gastgeber zum Tode verurteilen. Diese Stadt beherbergt Tausende von Aquarianern – Erwachsene und Kinder.«

»Ich weiß.« Chloe nickte betrübt. »Das ist traurig, wirklich. Aber sie geben ihr Leben, damit Millionen – ach, was sage ich: Milliarden in Glück und Frieden leben können. Ist es das nicht wert?«

»Äh, nein«, erwiderte Chris.

»Sag das nicht«, flüsterte Chloe mit Wut in der Stimme. »Du bist mein Freund, aber wenn du dich gegen Ellis stellst, werde ich dich bekämpfen.«

»Was ist nur aus dir geworden?«

Nikki riss ihren Essenzstab in die Höhe und richtete ihn gegen den Kragen an ihrem Hals. »Potesta Maxima!« Doch der Kraftschlag wurde von dem Kragen verschluckt wie ein Schwamm, der einen Tropfen Wasser aufsaugt.

»Das ist sinnlos«, erklärte Chloe. »Ellis hat ihn mir für dich mitgegeben. Es hat seine Richtigkeit.«

Das letzte Gespinst verwehte.

Damit lag das Seelenmosaik frei.

»Finger weg!«, brüllte Chris, als Chloe die Hand danach ausstreckte. »Obdurare Aqua. Gravitate Negum.«

Das Wasser um Chloe herum wurde hart. Eine zusätzliche Änderung der Schwerkraft ließ sie gegen das Fenster des Gebäudes knallen, das für sie jetzt die gleiche Anziehungskraft wie die Erdoberfläche besaß. Risse verästelten sich, Glas explodierte. Chloe fiel hinaus aus dem Raum.

Nikki schwamm zu Angrel. »Mobilus.«

»Ihr habt eine Feindin in unsere Reihen gebracht«, klagte er sie an.

»Wir wissen nicht, was mit ihr los ist. Sie verhält sich seltsam.«

»Sie ist vergiftet von Glück«, flüsterte Angrel. »So etwas ist schon einmal geschehen. Vor langer Zeit.«

Chris hätte gerne mehr darüber gewusst, doch zuerst mussten sie Chloe unter Kontrolle bringen. »Kannst du den Schutz um das Seelenmosaik wiederherstellen?«

»Aber natürlich.« Angrel berührte das Pult.

»Aportate Seelenmosaik.« Chloe schwebte vor dem zerbrochenen Fenster, den Essenzstab auf das Artefakt gerichtet. Das Gespinst wuchs wieder in die Höhe, doch Chloes Zauber war schneller. Das Seelenmosaik verließ seinen Platz und glitt zu ihr hinüber. Sie riss ihren Rucksack von der Schulter, schob den Würfel hinein und nickte. »Ellis wird zufrieden sein.«

»Das darfst du nicht!«, rief Angrel. »Ohne diese Quelle wird die Kuppel in wenigen Tagen zusammenbrechen. Die Kreaturen vom Anbeginn werden mein Volk niedermetzeln. Wir können gegen ihre Kraft nicht bestehen.«

Während der Aquarianer sprach, berührte er eine weitere Taste. Die Stadt schien sich von innen heraus rot zu färben. Jedes Gebäude leuchtete blutig auf, um den Gefahrenzustand zu verdeutlichen.

»Das tut mir wirklich sehr leid«, gab Chloe zurück. »Ihr habt euch von falschen Propheten leiten lassen. Die Unsterblichen sind nur Werkzeuge. Ellis weiß, was gut für uns ist. Er hat große Opfer gebracht, um zurückzukehren. Doch jetzt wird alles gut.«

Chris' Gedanken rasten.

Nemo war außer Gefecht, Nikki konnte nicht springen und Suni war entweder tot oder in Lebensgefahr. Chloe schien zu allem bereit.

»Die *Moby Dick* ist zerstört«, erklärte er ihr so sachlich wie möglich. »Du kannst den Riss nicht erreichen. Und selbst wenn, die *Nautilus* würde uns nicht im Stich lassen. Sie sind loyal gegenüber Nemo.«

Chloe lächelte. »Ich habe mich auf diesen Einsatz gut vorbereitet. Ellis gab mir ein paar Extrazauber, damit ich ihm das Seelenmosaik bringen kann. Ich weiß, ihr spielt auf Zeit. Die anderen Aquarianer strömen aus ihren Häusern und nähern sich, aber ihr könnt mich nicht aufhalten.«

»Ich werde dich nicht gehen lassen!«

Chloe lachte schallend. »Du bist ein großer Junge, Chris, aber eben nicht mehr. Ein Junge. Du hast ins Antlitz des Todes geblickt, die Angst hält dich noch heute in ihren Klauen. Du kannst die Bilder nicht abschütteln, hast Angst vor Wasser … All diese Muskeln, die du dir über Jahre antrainiert hast, sollten doch nur dafür sorgen, dass du dich nicht mehr ganz so schwach fühlst. Aber die Schwäche kommt aus deinem Inneren, dagegen helfen keine Muskeln. Du kannst dein wahres Glück nur finden, wenn du deine Angst überwindest. Ellis könnte dir dabei helfen.«

»Ich werde ihn bekämpfen bis zum letzten Atemzug.«

Chloe seufzte. »Ich dachte mir bereits, dass du das sagen würdest. Jetzt bin ich wirklich gespannt, wie dieser Zauber wirkt.« Sie hob den Essenzstab. »Negomodum.«

Zuerst geschah nichts.

»Hm, das sollte eigentlich die Wirkung eines Zaubertranks umkehren.«

Noch während Chris die Worte verarbeitete, spürte er das Ziehen, das zu einem Brennen wurde. Er brüllte. Sein Körper schien von innen heraus zu explodieren. Wieso hatte die Contego-Sphäre das nicht verhindert? Eine blaue Substanz drang von innen durch seine Hautporen. Als habe jemand Tinte ins Wasser gegossen, tropfte sie hervor.

Der Trank, begriff Chris.

Der Essenzstab entglitt seinen Fingern, als er sich an den Hals fasste. Die Kiemen wurden kleiner, er konnte nicht länger Sauerstoff aus dem Wasser ziehen.

»Hör auf!«, rief Nikki. »Potesta Maxima.« Sie richtete ihre Wut auf Chloe, die jedoch alle Zauber mühelos parierte.

Die Kiemen waren verschwunden.

Chris fuchtelte wild im Wasser herum. Er brauchte Luft! Rote Schlieren bildeten sich am Rande seines Gesichtsfeldes, verkleinerten es immer mehr. Sein Gehirn schrie nach Sauerstoff, seine Lunge wollte sich vollsaugen. Doch es ging nicht.

»Ich bin gespannt, was du tust, Nikki.« Chloe lächelte, wie sie immer lächelte. »Wirst du mich verfolgen, um sie alle zu retten? Oder kümmerst du dich um dein persönliches Glück und bewahrst Chris vor dem Ertrinken?«

Seine Gedanken wurden zu einer zusammenhanglosen Masse. Schmerz explodierte in seinem Schädel. Mit dem letzten klaren Gedanken flehte Chris, dass Nikki Chloe verfolgte. Sein Leben durfte nicht mehr wert sein als das von Tausenden.

Sein Bewusstsein erlosch.

25
Versprich es mir!

In der Erinnerung, Frankreich 1954

Johanna saß am Boden, Kylians Kopf in ihren Schoß gebettet.
Tränen rannen über die Wangen des Nimags. »Ich wollte ihm doch helfen.«

»Ich weiß.« Sanft streichelte Johanna seine Wangen. »Es tut mir so leid.«

»Wenigstens muss er nicht leiden.« Ein Husten erschütterte Kylians Körper, Blut benetzte seine Lippen. »Wir gehen zusammen.«

»Können wir ihm irgendwie helfen?«, fragte Leonardo den Hüter der Schriften.

Doch der wirkte gänzlich unbeeindruckt. »Schnee und Asche, Asche und Schnee in jeder Generation. So will es der Pakt. Doch hier wurden die Regeln gebrochen. Das endet immer in Trauer und Tod. Alle vier werden sterben, auf dass eine neue Generation das Zepter weitertragen kann.«

»Du musst ihnen helfen.« Kylians Finger krallten sich in Johannas Arm. »So etwas darf nie wieder vorkommen. Du musst verhindern, dass meine Nachfolger manipuliert werden.

Wenn einer von ihnen ein magisches Artefakt bekommt, wenn ein Nimag zu einem Magier wird, musst du es stoppen. Nimm ihm das Artefakt weg, tue etwas.«

»Ich verspreche es.«

Kylians Blick bohrte sich in den von Johanna. »Du darfst sie nicht gewinnen lassen. Notfalls musst du ihn töten.«

»Ich werde einen anderen Weg finden.«

»Nichts rechtfertigt diesen Schmerz, diese Leere«, flüsterte Kylian. »Versprich es mir!«

»Aber ...«

»Versprich es mir! Wenn die Regeln noch einmal von den anderen gebrochen werden, wenn du nichts dagegen tun kannst und sie Schmerz über meine Nachfolger bringen, musst du sie töten. Auf diese Art verhinderst du, dass die anderen gewinnen. Dann sterben alle vier.«

»Kylian ... Ich kann nicht einfach jemanden töten.« Ein beständiger Strom an Tränen rann über Johannas Wangen. »Ich könnte auch dich nicht töten.«

Grace wandte sich ab. Sie hatte die Hand vor den Mund geschlagen und stützte sich an der Wand ab. Leonardo starrte auf Kylian, das Gesicht ein Spiegel aus Entsetzen und Trauer.

»Das hier ist größer als wir alle.« Kylians Körper bebte, jedes Wort schien ihm schwerer zu fallen. »Ich kann die Bindung zu den anderen spüren. Unsere Feinde sind weiter, viel weiter. Sie wissen längst mehr. Das Wissen könnte die Welt aus den Angeln heben. Mein Tod wird es aufhalten.«

Johanna hauchte ihm einen Kuss auf die Stirn. »Ich verspreche es dir. Was es auch kostet, ich werde euch beide beschützen, und falls das nicht gelingt ... werde ich es zu Ende bringen.«

Alex starrte auf den sterbenden Kylian. All die Puzzleteile aus Andeutungen und Aktionen Johannas fielen an ihren Platz. Sie hatte seine Erinnerungen genommen, damit er seine Bestimmung realisierte. Er war verbunden mit Jen.

Sie gehörte zu ihm. Doch er hätte nie zum Magier werden dürfen.

Er erinnerte sich an jenen Tag, an dem er ernannt worden war. Der Bund des Sehenden Auges hatte ihn gefangen genommen und mit einem magischen Messer töten wollen. Warum? Weil er nie zu einem Magier hätte werden dürfen. Sie hatten gewusst, wer er war. Einer von vieren, dazu bestimmt zu kämpfen.

Doch wofür?

Weshalb?

Es waren noch so viele Fragen offen.

»Lebt wohl.« Kylian schenkte jedem seiner Freunde einen tiefen Blick. »Es hat mich gefreut, an eurer Seite zu stehen und zu kämpfen.«

Leonardo nickte nur. Seine Kieferknochen traten hervor, so fest biss er die Zähne zusammen. Er wollte die Traurigkeit nicht zulassen, den Schmerz verdrängen. Damit hatte er Erfahrung.

Ganz anders Grace. Sie sank neben Kylian auf die Knie. Sanft strich sie ihm durch das Haar. »Du musst dich nicht sorgen. Wir werden immer da sein, wir drei. Was auch passiert, deine Nachfahren können mit unserer Unterstützung rechnen.«

Kylian lächelte.

Eine letzte Träne rann über seine Wange.

Dann war es vorbei.

Johanna schluchzte auf und barg ihr Gesicht an Grace'

Schulter. Sie schämte sich ihrer Tränen nicht. Leonardo trat zur Seite. Er wollte offensichtlich nicht, dass die anderen ihn in diesem Augenblick sehen konnten.

»So sei der Kreis geschlossen«, flüsterte der Alte.

Johanna sprang wütend auf, doch bevor sie etwas sagen konnte, glitt ein Wabern über Kylian. Sein Körper verschwand.

»Was war das?«, fragte Grace verdutzt.

»Seine Gebeine werden in der Kathedrale der Paktträger bestattet«, erklärte der Wahrer der Schriften. »Dort findet seine Seele Frieden unter der Lilie.«

»Er und seine große Liebe«, flüsterte Johanna.

»Die Tage, in denen der Pakt geschmiedet wurde, waren angefüllt von Dunkelheit«, erklärte der Alte. »Verzweiflung machte sich breit, als die Mauern fielen. Liebe war das einzige Band, das dem Zauber der feindlichen Macht standhalten konnte. Denn was sonst ist stärker als Glück?«

Die Worte ergaben keinen Sinn, sah man davon ab, dass Glück eine gewaltige Kraft war. Das spürte Alex, sobald er einen Blick hinüber zu Jen warf. Vermutlich wirkte sein Grinsen idiotisch. Aber es tat gut. Und es fühlte sich an wie echtes, reines Glück.

»Geht es vielleicht auch einfach mit klaren Worten?«, blaffte Johanna den Alten an. »Wann genau wurde der Pakt geschmiedet? Was müssen die vier in jeder Generation tun? Wieso sterben alle auf einmal, falls sie nicht ihre Bestimmung erreichen? Und welcher Idiot hat den Pakt überhaupt erschaffen und weshalb?«

Der Wahrer der Schriften blickte ins Feuer. »Ich verstehe eure Wut ebenso wie eure Ungeduld. Ihr mögt nicht mehr altern, doch letztlich seid ihr wie Kinder, die die Welt um sich herum zu verstehen suchen. Die reine Wahrheit ist, dass ihr einen Teil der Antworten niemals erhaltet werdet. Der Pakt ist essenziell für das Gleichgewicht. Nur durch ihn konnte Ordnung in das Chaos gebracht werden. Jene, die sich bereit erklärten, daran teilzunehmen, taten dies aus freien Stücken. Es ist Opfer und Geschenk zugleich.«

»Ehrlich gesagt, ist mir der Teil mit dem ›Geschenk‹ so gar nicht klar«, kommentierte Leonardo. »Oder sollen sie sich geehrt fühlen, weil sie jetzt in dieser Kathedrale liegen und vor sich hinsiechen?«

»Die letzte Antwort kann nur jenen gegeben werden, die Teil des Paktes sind«, erklärte der Alte. »Ihnen wird die gesamte Wahrheit zuteil.«

»Hier!« Alex hob die Hand. »Ich hätte gerne ein paar Antworten.«

»Dem schließe ich mich an«, sagte Jen seufzend. »Ich fürchte nur, er kann uns nicht hören.«

Der Wahrer der Schriften trat an eines der Regale und nahm ein Büchlein hervor. Mit zittrigen Fingern schlug er es auf. »Eine letzte Information werde ich euch noch geben. Eine, die für jene wichtig sein wird, die nach Kylian im Licht des Paktes kämpfen. Und für dich, Johanna von Orleans. Denn das Versprechen, das du gabst, muss gehalten werden.«

Der Alte setzte das Monokel auf, um eine Seite des Büchleins zu studieren.

»Doch vorher zeige ich euch dies. Die Träger des Paktes werden kommen und gehen, doch ihr werdet bleiben. Leitet sie an, bildet sie aus, unterstützt ihren Weg. Wenn sie soweit sind, ist dies der Ort, an dem sie die letzte Wahrheit erfahren.«

Der Alte hielt das aufgeschlagene Büchlein empor.

Auf den vergilbten Seiten war eine Skizze aufgemalt. Sie zeigte einen Ort. Einen Ort, der sowohl Jen als auch Alex vertraut war.

»Das ist …« Jen starrte auf die Zeichnung.

»Oh ja, das ist.« Alex nickte. »Hast du auch manchmal das Gefühl, verarscht zu werden?«

Die Erinnerung endete.

26
Die Silhouette im Spiegel

Amerika

Instinktiv ging Grace in Abwehrhaltung.

Doch Bran beachtete sie nicht. Richtig, all das hier war längst vergangen. Das Land zeigte ihr, was sich hier vor einer halben Ewigkeit abgespielt hatte, noch vor Grace' Geburt als Nimag.

Mit schnellen Schritten folgte sie Bran. Er drang immer dichter in das Unterholz vor, ließ die letzten Ausläufer der damaligen Version New Yorks hinter sich. Diese Szene musste sich kurz nach den Ereignissen aus dem verschollenen Mentiglobus abgespielt haben.

Während der Schlacht von New York hatte Nagi Tanka seine Leute gegen die Nimags und Magier der Stadt geführt. Doch ein Kollektiv aus Unsterblichen hatte das Portal zum Kerkerreich geöffnet. Dort war Nagi Tanka im Körper von Piero festgesetzt worden. Die Tatsache, dass das ein Plan von Bran war, beunruhigte Grace.

Während die Unsterblichen also längst keine Erinnerung mehr besaßen, eilte er davon. Erst jetzt erkannte Grace im Dämmerlicht, dass er tatsächlich einen Mentiglobus bei sich trug. Sie wusste, dass dieser den Weg nach Iria Kon finden würde, wo ihn Chloe O'Sullivan dereinst barg. Erst dann bekamen die beteiligten Unsterblichen, die noch am Leben waren, ihre Erinnerungen zurück.

Seltsam: War das Angst, die sie in Brans Blick las? Müsste er nicht hocherfreut sein über den Ausgang der Ereignisse? New York war ihm zweifellos egal, der Kampf ebbte bereits ab. Er stapfte durch das dichte Unterholz, Staub wirbelte unter den Sohlen seiner Boots auf. Der Anblick Brans erinnerte Grace an die klassischen Bewohner jener Zeit. Ein dichter Vollbart, zotteliges Haar, ein Gewehr und verschlissene Kleidung, er entsprach fast einem Klischee. Hätte sie es nicht mittlerweile besser gewusst.

Ohne Magie anzuwenden beugte Bran sich nach vorn und zog das Geäst beiseite, mit dem er den Eingang zu einer Höhle getarnt hatte. Im Inneren erwarteten ihn felsiges Gestein und Erde. Aus handtellergroßen Steinen hatte er einen Kreis gebildet. Sie waren verziert mit magischen Symbolen. Im Inneren des Kreises stand eine Kiste mit Habseligkeiten, dahinter befand sich ein mannshoher Spiegel.

Bran verstaute den Mentiglobus in der Kiste. Noch einmal sah er zum Höhleneingang, dann berührte er die Intarsien des Spiegels in einer bestimmten Reihenfolge. »Vigilabo Occultum.«

Die Worte waren Grace vertraut. Es handelte sich um einen Beobachtungszauber, der offensichtlich an den Spiegel gebunden war. Dieser musste wiederum mit einer bestimmten Person verkettet sein, denn Bran nannte keinen Namen. Doch ein Artefakt auf einen einzelnen Magier oder Nimag zu verankern, machte es für alle anderen nutzlos. Wer war so wichtig, dass Bran ihn dauerhaft unter Beobachtung halten wollte?

Ein kurzes Wabern später sah Grace New York von oben.

Ein Mann saß auf einem Pferd, ritt an den Kämpfenden vorbei und schien Ausschau nach jemandem zu halten. Er hielt den Essenzstab zwischen Fingern und Zügeln fest umschlungen, das Gesicht voll grimmiger Wut.

»Du kommst zu spät«, flüsterte Bran.

Der Mann sah auf.

Grace zuckte zusammen. Sie kannte dieses Gesicht! Welcher Unsterbliche kannte es nicht? Mochte es den gewöhnlichen Magiern auch fremd sein, so hatte sich die Fratze des Mannes doch all jenen eingeprägt, die die Blutnacht von Alicante miterlebt hatten oder in einen der letzten verbliebenen Mentigloben eingetaucht waren.

»Der Verräter«, hauchte sie. »Was geht hier nur vor?«

»Ich kann dich sehen«, sagte der Mann, dessen Gesicht wie das vieler Männer mit einem dichten, dunklen Bart verhüllt war. Grimmige Linien umrahmten seine Augen. »Du magst mich beobachten, doch nicht mehr unbemerkt.«

»Du kommst zu spät«, flüsterte Bran.

»Lauf, bis zum Ende der Welt und darüber hinaus – ich finde dich. Wo du dich auch verstecken magst, ich werde jede Wand niederreißen, jeden Schild zerfetzen. Du wirst sterben, wie du es längst hättest tun sollen.«

Ein bösartiges Grinsen überzog Brans Gesicht. »Doch ich lebe. Dank deines unfreiwilligen Geschenks. Und mit jedem Jahr, das ich lebe, mit jeder Flucht, die mir gelingt, komme ich der Vollendung näher. Du wirst mich nicht aufhalten.« Ganz nah war er dem Spiegel nun, sein Atem beschlug das Glas. »Der Wall wird entstehen.«

Aufschreiend wich Grace zurück. »Nein.«

Die Wirklichkeit schien einen Wirbel aufzuführen, als die Informationen, die Johanna ihr gegeben hatte, sich mit jenen verbanden, die sie selbst erlebt oder zusammengetragen hatte. Ein Bild entstand, setzte sich aus tausend winzigen Teilen zusammen. Andeutungen wurden zur Gewissheit, unbeachtete Details verwoben zu einem Ganzen.

Voller Entsetzen blickte Grace auf das Antlitz des Mannes, der sich Bran nannte.

Sie wusste, wer der Verräter einst gewesen war. Wenn Bran über den Onyxquader den Wall erschaffen hatte, dann war die Blutnacht von Alicante nur aus einem Grund erfolgt: Der Verräter hatte das Artefakt zerstören wollen, weil das Ziel seiner Jagd im Inneren lag.

»Ellis«, hauchte Grace. »Der Quader ist zerbrochen, du bist daraus hervorgekommen. Der Verräter hat es nicht geschafft, dich aufzuhalten. Aber wenn er dich jagt, dann kannst du nur ...«

Beinahe wäre ihr schwarz vor Augen geworden, als sie begriff, wer Bran war.

»Namen sind nur Schall und Rauch«, flüsterte sie.

Wieso waren sie alle so blind gewesen? Eines fügte sich ins andere. Alles gehörte zusammen. Der Pakt. Die alten Widersacher. Diese Jagd, von der niemand etwas gewusst hatte. Bran, der längst hätte tot sein sollen, sein müssen. Er war ein sterblicher Magier gewesen, dazu bestimmt am Ende seines Lebens von der Bühne abzutreten.

Auf dem Spiegel fuhr das Gesicht des Verräters herum. Nun wich die Wut einem triumphierenden Lächeln. »Hab' ich dich. Der Spiegel mag mich zeigen, aber damit finde ich auch dich.«

Der Verräter gab seinem Pferd die Sporen.

Bran ließ den Beobachtungszauber mit einer Handbewegung erlöschen. »Dann wird es Zeit, aufzubrechen.«

Er zog seinen eigenen Essenzstab und sprach wohlbedachte Worte aus. Die Steine des Kreises begannen zu glühen. Mit jedem weiteren Wort wurde die Wand der Höhle durchsichtiger. Es war einer jener magischen Sprungkreise, über die es zwar Legenden gab, doch niemand kannte in der heutigen Zeit die notwendigen Symbole und Bestandteile, um sie zu erschaffen. Die Sprungtore hatten sie überflüssig gemacht.

»Wir werden sehen, wer am Ende gewinnt«, sprach Bran leise. »Ich verspreche dir. Wenn ich es bin, wird deine Wacht enden. Denn dann bin ich unbesiegbar.«

Ein letztes Auflodern, dann verschwanden Bran, der Mentiglobus, der Spiegel und alle übrigen Utensilien.

Grace stand in einer leeren Höhle, umgeben von matschiger Erde und dem Geruch nach feuchtem Laub. Minuten später erklangen Schritte, ein Körper brach durch das Unterholz. Der Verräter stürmte herein, dazu bereit, seine Wut gegen Bran zu schleudern.

Doch dieser war fort.

»Ich finde dich«, flüsterte er.

»Nein«, sagte Grace sanft, »das wirst du nicht. Er hat bereits gewonnen. Und ich hoffe, du bist sicher. Denn wir haben uns alle geirrt. In dir und in ihm und im Wall.«

Die Erkenntnis erstickte jede Hoffnung.

In weißem Nebel verging die Erinnerung des Landes. Und Grace kehrte zurück in eine Gegenwart, die dem Untergang geweiht war.

27

Der Untergang

Im verborgenen Splitterreich

»Wieso funktioniert es nicht?«, fragte Nikki. Mit schreckgeweiteten Augen blickte sie auf Chris. Nemo kauerte neben ihr, die Wunde von einer breiig-organischen Masse versiegelt.

»Ich weiß es nicht«, erwiderte er. »Der Trank müsste die Kiemen wieder wachsen lassen. Aber er hat keine Wirkung.«

Der Unsterbliche hatte eine Luftblase um Chris' Kopf erzeugt und mit einem Zauber das Wasser aus der Lunge gezogen. Das sah ziemlich widerlich aus. Für Chris war es wahrscheinlich sehr unangenehm, doch er war noch immer ohne Bewusstsein.

Erst danach hatten sie ihm den Ersatztrank verabreicht, doch die Wirkung setzte nicht ein. Sie wussten beide, dass die Luftblase auf einem Zauber basierte, der wiederum Essenz benötigte. Nemo war verletzt, er würde ihn nicht ewig aufrechterhalten können. Ebenso wenig Nikki, die sich aber bereit machte.

Sanft streichelte sie über Chris' Arm. »Komm wieder zu dir.«

»Wir hätten sie nicht gehen lassen dürfen«, sagte Nemo.

Und damit meinte er eigentlich: »*Du* hättest sie nicht gehen lassen dürfen.« Denn der Unsterbliche war erst wieder erwacht, als Angel bereits dabei war, Chloe zu verfolgen und Nikki sich Chris zugewandt hatte.

Sie verspürte eine Prise Schuldgefühl, vermengt mit einer ordentlichen Portion Wut. »Wenn die Aquarianer Chloe nicht aufhalten können, schaffe ich das bestimmt auch nicht! Außerdem bist du der Unsterbliche.« Wieder riss sie an dem Kragen. »Kannst du ihn nicht öffnen?«

Nemo warf einen weiteren Blick auf das Artefakt, behielt dabei aber auch Chris im Auge. »Das Schloss ist verschmolzen, es gibt keinen Ansatzpunkt. Ohne genauere Untersuchung kann ich ihn dir nicht abnehmen. Falls es Sicherungen gibt, könnte dich der Kragen …«

»Ja?«

»Vor langer Zeit habe ich etwas Ähnliches gesehen«, erklärte Nemo. »Als der Sprungmagier versuchte, seine Kraft einzusetzen, wurde er enthauptet.«

Nikki schluckte. »Also bisher ist das nicht passiert und ich habe es schon mehrfach versucht.«

»Vielleicht wartest du mit weiteren Versuchen, bis wir den Kragen entfernt haben.«

Widerwillig bestätigte sie den Vorschlag mit einem Nicken. Chris war noch immer ohne Bewusstsein, obgleich seine Brust sich gleichmäßig hob und senkte. Wieso wachte er nicht auf? Und weshalb funktionierte der Trank nicht?!

Nikki erhob sich und schwamm zum Fenster. Glühende Feuerspuren surrten durch die Luft, Explosionen erblühten. Das Inferno hatte sich über die Kuppel ausgebreitet. Chloe raste zwischen den Gebäuden durch das Wasser, verfolgt von einer ganzen Flotte Aquarianer. Andere schwammen in den Glaskugeln auf sie zu oder erschufen Zauber, die ihr den Weg versperren sollten. Nichts davon hielt Chloe auf.

Gleichzeitig hatten die Kreaturen vom Anbeginn die Attacke auf die Kuppel begonnen. Aus ihren dunklen Dreizacken schoss etwas gegen die Barriere, das an schwarze Essenz erinnerte. Gleichzeitig attackierte der Zerstörer mit seinem Körper das Hindernis. Spitze Schildplatten prallten gegen die Kuppel, richteten jedoch keinen Schaden an – bisher.

»Ohne das Artefakt wird die Kuppel kollabieren«, flüsterte Nikki. »Wieso hat Chloe das getan?«

»Es ist offensichtlich, dass ihr Auftraggeber nicht Johanna ist.« Nemo trat neben sie. »Ich habe mehrfach versucht, sie zu erreichen, doch der Beginn der Mission war gut abgepasst. Johanna stand für einen Kontakt nicht zur Verfügung. Vermutlich ahnt sie nicht einmal, was hier vorgeht.«

Und natürlich hatten weder Chris noch sie die Mission hinterfragt. Es kam öfter vor, dass einer von ihnen von einem Unsterblichen Aufträge entgegennahm und die anderen erst danach einweihte. Welchen Grund hätte es gegeben, Chloe zu misstrauen?

Sie war eine Freundin.

Oder war es zumindest gewesen.

Nikki verstand gar nichts mehr. Nur dass Chloe nicht alleine gehandelt hatte, das war klar. Es musste andere geben. Was hatte es mit der neuen Ordnung auf sich? Und wieso besaß Ellis so viel Einfluss auf sie? Er musste der wahre Feind sein! Direkt unter ihrer Nase hatte er sich eingeschlichen, aber damit war jetzt Schluss!

»Können wir eine Nachricht an Johanna schicken?«, fragte sie.

Nemo schüttelte bedauernd den Kopf. »Nicht aus einem versiegelten Splitterreich heraus.«

»Dann müssen wir zurück zur *Nautilus*.«

Der Unsterbliche nickte kurz und knapp. »Bedauerlicherweise ist die *Moby Dick* zerstört. Wir kämen mit unserem Trank nur langsam voran. Darüber hinaus ist das Siegel geschlossen und die einzige Möglichkeit es zu öffnen, ist der Siegelbrecher.«

Nikki kniff ihre Augen zusammen, um Chloe mit dem Weitblick zu folgen. Die Freundin schleuderte soeben einen Aquarianer beiseite und durchdrang die Kuppel.

»Nein.«

Doch es war zu spät. Eine flimmernde Sphäre schützte Chloe, als sie durch die Reihen der Kreaturen vom Anbeginn schwamm und Geschwindigkeit aufnahm.

Dann war sie fort.

»Sie lässt uns hier zurück?!«

Wieder nickte Nemo, fast schon unbeeindruckt. »Ihr muss von Anfang an klar gewesen sein, dass das Seelenmosaik nicht einfach entfernt werden kann. Sie hat den Untergang der *Moby Dick* ebenso eingeplant wie unsere Gefangenschaft in diesem Splitterreich.«

»Gefangenschaft«, echote Nikki.

»Ohne den Siegelbrecher kann niemand die Barriere zurück in unser Meer durchbrechen«, erklärte Nemo. »Ohne das Seelenmosaik wird die Kuppel in wenigen Tagen zusammenstürzen. Falls uns niemand von außen hilft, sind wir verloren. Und ich fürchte, dass im Castillo keiner weiß, wo wir sind.«

»Aber die *Nautilus*!«

»Ja«, bestätigte Nemo. »Die Mannschaft weiß es. Genau das macht mir Sorgen.« Sein Blick glitt in die Weite. Traurigkeit breitete sich auf seinem Gesicht aus. »Falls Chloe O'Sullivan keine Zeugen zurücklassen möchte, wird die *Nautilus* keine Chance mehr erhalten, uns zu helfen oder Kontakt mit jemandem aufzunehmen, der es kann.«

Nein! Das konnte einfach nicht sein. Chloe musste einen anderen Plan verfolgen. Vielleicht wollte sie nur das Seelenmosaik bergen und dann mit Verstärkung zurückkehren, um sie ... gefangen zu nehmen. Oder es war ein Plan. Auch Max war schon einmal zum Doppelagenten geworden. Jeder hatte gedacht, er hätte sich den Schattenkriegern angeschlossen, doch in Wahrheit war es ein Trick gewesen.

»Das muss es sein«, flüsterte Nikki. »Es ist ein Trick, um diesen Ellis hereinzulegen.« Sie nickte eifrig. »Bestimmt wird sich alles aufklären.«

Ängstlich schaute sie zu Chris, der noch immer nicht erwacht war. Und während die Kuppel dem Untergang geweiht war, verstärkten die Kreaturen vom Anbeginn ihren Angriff.

Das Armageddon hatte begonnen.

28

Signum Malus ...

Ein letztes Aufblitzen, dann schloss sich der Riss. Damit war das Splitterreich wieder versiegelt. Niemand konnte mehr hinein, keiner hinaus.

Natürlich tat es Chloe leid um Sunita, Nikki, Chris und Nemo. Vom Ende der Aquarianer ganz zu schweigen. Doch für die neue Ordnung mussten Opfer gebracht werden, so war der Lauf des Lebens.

Der Trank schützte sie noch immer, als sie in die Luftschleuse der *Nautilus* stieg. Gluckernd lief das Wasser ab. Schwer atmend wartete Chloe, bis das Innenschott rumpelnd zur Seite fuhr. Sie hatte es geschafft. Die Mission war erfüllt, das Seelenmosaik in ihrem Besitz. Das würde Ellis freuen, oh ja. Nicht auszudenken, was geschehen wäre, wenn sie das Artefakt nicht hätte bergen können. Womöglich hätte er ihr dann nicht länger seine Aufmerksamkeit geschenkt. Wie von ihm gewünscht, hatte sie zudem Nikki den Kragen umlegen können. Damit konnte diese nicht mehr springen.

Stiefelschritte erklangen. Anik Kumar tauchte auf. Der Stellvertreter Nemos wirkte verwirrt. »Wo sind die anderen, was ist passiert?«

»Ein Überfall. Wir müssen sofort Hilfe aus dem Castillo holen.«

»Ich werde keinesfalls ohne den Kapitän an Bord aufbrechen!«

»Ohne Hilfe wird er sterben! Und meine Freunde mit ihm.«

»Was genau ist passiert?«

»Es gab einen Hinterhalt. Wir ...«

»Speichere alles in einem Mentiglobus, damit wir es auf der Brücke auslesen können.« Kumar wandte sich um und eilte zur Zentrale des Schiffes.

Chloe stieß einen lautlosen Fluch aus. »Einen Mentiglobus zu bespielen dauert zu lange!«

Doch Kumar schob sich bereits ungeduldig durch das viel zu langsam aufgleitende Schott. »Ich will eine volle Sensorabtastung. Und stellt mir endlich eine Verbindung zu Johanna von Orleans her!«

»Sie ist aktuell nicht erreichbar«, erklärte Chloe eindringlich. »Wenn ihr mich an die Oberfläche bringt, kann ich sofort Hilfe herbeirufen. Dann können wir Nemo und die anderen retten. Die *Moby Dick* wird belagert. Ich konnte nur knapp entkommen.«

Kumar atmete schwer ein. »Du kannst mit einem Beiboot zur Oberfläche gebracht werden.«

»Das würde mir reichen.« Chloe konnte das Lächeln von Ellis bereits vor sich sehen.

»Ich habe Kontakt zum Castillo«, verkündete in diesem Augenblick eine junge Frau, die vor einem Schaltpult saß, in dessen Oberfläche ein Glas eingelassen war. Darunter schwappte Wasser. Die Besatzung hatte sich den neuen Verhältnissen ohne die Kontaktsteine angepasst.

»Endlich.« Kumar trat neben das Pult. »Ich grüße dich, Johanna von Orleans, wir haben das Siegel um das Splitterreich erfolgreich gebrochen. Doch Nemo und weitere Gefährten sind in Gefahr. Wir benötigen Unterstützung.«

Verwundert erwiderte Johanna Kumars Blick. »Ich verstehe nicht. Welche Mission? *Welches Splitterreich?*«

»Das versiegelte Reich«, sagte Kumar verwirrt. »Wir konnten es mit dem Siegelbrecher öffnen, den du Chloe O'Sullivan mitgegeben hast.«

Stille breitete sich auf der Brücke aus, nur unterbrochen vom Piepsen und Surren diverser Geräte.

»Es gibt keine Mission!«, rief Johanna. »Was immer hier los ist, das Siegel hätte nie gebrochen werden dürfen. Das Artefakt darf auf keinen Fall den Meeresgrund verlassen!«

Kumar fuhr in einer fließenden Bewegung herum, den Essenzstab bereits erhoben. Seine Augen weiteten sich, als Chloes Kraftschlag seine Brust und das Herz durchschlug. Er fiel tot zu Boden.

Die übrige Besatzung hatte keine Chance.

Chloe hatte sich im Stillen jeden Zauber zurechtgelegt, sogar die Reihenfolge. Die Kraftschläge mähten jeden Mann und jede Frau erbarmungslos nieder. Am Ende gab es nur noch Chloe die aufrecht stand.

»Kumar!«, rief Johanna. »Ich brauche *Ihre Position, damit wir Hilfe schicken können. Was geht da vor?*«

Chloe trat an das Kommunikationsterminal heran. »Hallo, Johanna.«

»Chloe.« Die Unsterbliche schien instinktiv zu bemerken, dass etwas nicht stimmte.

Ihr Glück war einfach für jeden sichtbar. »Du musst dir

keine Sorgen machen. Veränderungen schmerzen, aber sie führen zu etwas Besserem. Alle werden glücklich sein. Auch du.«

Damit beendete sie die Verbindung.

Auf dem Gang erklang Stiefelgetrappel. Mit einer schnellen Betätigung des Schalters ließ sie das Schott zufahren. Natürlich würde das niemanden lange aufhalten. Doch das war auch nicht notwendig.

Lächelnd hob sie den Essenzstab und vollführte jene Bewegungen, die Bran ihr beigebracht hatte. »Signum Malus. Signum Dominus.«

Der Zauber entfaltete sich, überwand alle Grenzen und erreichte Bran im Castillo. Chloe sandte ihm die Bilder der Umgebung, die toten Leiber der Offiziere und den Blick auf das ruckelnde Schott.

Ein Offizier sprang herein, gefolgt von mehreren Matrosen. Ihre Blicke glitten entsetzt über die Toten.

Chloe lächelte. »Es ist alles in Ordnung. Ihr müsst keine Angst haben. Wir werden alle glücklich sein.«

Plopp.

Bran war erschienen. Er erfasste die Situation mit einem Blick. Eine Handbewegung genügte und die Männer und Frauen wurden aus dem Raum gefegt, das Schott schloss sich.

»Du warst erfolgreich?«, fragte er.

Chloe öffnete den Rucksack und nahm das Seelenmosaik heraus. Ohne ein Wort überreichte sie es ihm.

Seine Augen glitten erfreut über die Oberfläche, die Finger über die Rillen und Erhebungen, als halte er ein Heiligtum in Händen. »Endlich. Das letzte Puzzlestück.«

»Johanna weiß es«, erklärte Chloe. »Ich konnte die anderen im Splitterreich einsperren, aber Kumar hat das Castillo kontaktiert.«

»Das spielt keine Rolle mehr«, erklärte Bran. »Geheimnistuerei ist nicht länger notwendig. Wir können beginnen. Die neue Ordnung tritt ans Licht. Ich habe unsere Freunde überall positioniert, sie warten auf den Befehl, die Vollendung einzuleiten. Beginnen wir also.«

Bran griff nach ihrem Arm.

Plopp.

Sie standen im Castillo.

Bran legte das Seelenmosaik auf die Tischfläche, strich sanft darüber und wandte sich Chloe zu. »Du hast deinen Auftrag erfüllt, ich bin sehr zufrieden. Dafür erhältst du die Ehre, an meiner Seite zu stehen, jetzt, bei der Vollendung.«

Fast hätte die Freude Chloe das Bewusstsein geraubt. Tränen rannen über ihre Wangen. Es war so schön. Alles. Die Traurigkeit war fort, ebenso die Wut. Nichts war mehr geblieben außer Glück. »Danke. Ich bin glücklich.«

»Natürlich bist du das.« Bran lächelte gütig.

Er trat ins Zentrum des Raumes und breitete die Arme aus. »Lux malus veteris tempus. Fiat regula dominus.«

Zwischen seinen Fingern erschien ein Licht, so rein und klar, wie Chloe es noch nie zuvor gesehen hatte. Fäden, halb durchscheinend, entsprangen Brans Körper und liefen ins Nichts davon. Nur einer nicht. Dieser eine war eine direkte Verbindung zwischen Chloe und ihm.

»Erwache, Macht aus alter Zeit.«

Und sie erwachte.

29
... Signum Dominus

Sie eilte an den Archivaren vorbei.
Aus einem der Zimmer traten zwei Lichtkämpferinnen, die so fahrig wirkten, wie Grace sich fühlte. Für eine winzige Sekunde fragte sie sich, was die beiden wohl derart erregte. Einer der Archivare rief Grace etwas zu, doch sie konnte nicht darauf eingehen.

Nachdem sie in der Hütte von Sitting Bull wieder zu sich gekommen war, hatte sie sofort das Permit aktiviert und den Ausgang als Übergang benutzt. Jetzt eilte sie die Stufen hinauf. Den ersten Impuls, Johanna zu kontaktieren, hatte sie verworfen. Jemand wie Bran hatte auch dafür Vorkehrungen getroffen. Ihre beste Freundin befand sich mitten im Netz der Spinne. Um ihr zu helfen, benötigte sie die Unterstützung der Archivarin.

»Wir waren so dumm.«

Endlich stand sie vor der hölzernen Tür. Ihre Schläge waren ein dumpfes Hämmern, angetrieben von Verzweiflung.

»Herein!«

Grace öffnete ruckartig die Tür. »Ich muss mit dir reden.«

Die Archivarin war nicht allein. »Darf ich euch vorstellen«, sagte das uralte Kind. »Grace Humiston, das ist Eliot Sarin, der Oberste Ordnungsmagier des Castillos.«

Er begrüßte sie mit einem freundlichen Lächeln.

»Gut, sehr gut. Genau dich brauche ich.« Sie nickte Eliot zu. »Und deine Hilfe ebenfalls. Wir müssen das Castillo warnen.«

Die Archivarin erhob sich. »Wovon sprichst du?«

»Ich weiß, wer Bran ist und wie alles zusammenhängt.«

Die Archivarin setzte dazu an, etwas zu sagen, doch mit einem Mal verkrampfte Eliot Sarin. »Es ist soweit.«

Stirnrunzelnd betrachtete Grace den Obersten Ordnungsmagier. Dann realisierte sie sein verzücktes Lächeln. Blitzschnell riss sie den Essenzstab in die Höhe.

Doch Sarin ließ sich fallen. Eine Kugel rollte über den Boden, Licht explodierte. Grace wurde hochgehoben und krachte gegen die Tür. Ein stechender Schmerz durchfuhr ihre Brust.

Kraftschlag, realisierte sie.

Doch kein gewöhnlicher. Als habe jemand all ihre Kraft mit einem Fingerschnippen aufgelöst, sackte sie zu Boden, rollte herum und blieb verkrümmt auf dem Rücken an der Wand liegen.

Die Archivarin wich zurück und hob ihre Arme. Verwirrt schaute sie auf ihre Finger, die keine magische Spur hinterließen.

»Du bist ein Wesen, das direkt mit der Geschichte und dem Wall verbunden ist«, erklärte Eliot freundlich. »Bran hat dir deine Kraft genommen. Doch du bist noch immer eine Gefahr für die neue Ordnung.«

»Du kannst mich nicht besiegen«, erklärte die Archivarin.

»Mein Leben ist Ewigkeit. Ich bin ein Teil des Zyklus aus Werden und Vergehen.«

Eliot nickte verstehend. »Mein Auftrag lautet nicht, dich zu töten. Stattdessen werde ich dich gefangen setzen und alle anderen hier töten. Danach wird das Archiv zersplittert und die Räume einzeln versiegelt. Auf dass das Wissen für immer verloren ist.«

»Das dürft ihr nicht«, flüsterte die Archivarin.

Grace versuchte, sich zu bewegen, doch es wollte nicht funktionieren.

Eliot schaute herüber zu ihr. »Aber es muss sein. So wie Grace sterben musste.«

Sterben? Der beschwörende Blick der Archivarin ließ Grace begreifen. Sie hatte es irgendwie noch geschafft, einen Zauber zu weben, der Eliot vorgaukelte, dass Grace tot war. Dass sein Schlag ihr das Herz durchstoßen hatte. Nun, viel hätte nicht gefehlt, denn das Blut sickerte unaufhörlich aus Grace heraus. Und solange sie sich nicht bewegen konnte, war eine Heilung unmöglich.

»Warum tust du das?«, fragte die Archivarin.

»Weil jeder Mensch auf dieser Welt Glück verdient«, erklärte Eliot.

Und in diesem Augenblick begriff auch die Archivarin.

»Nein, das kann nicht sein.« Die Augen weit aufgerissen starrte sie auf Eliot und wisperte: »Was ist deines Glückes Pfand?«

Der Oberste Ordnungsmagier nickte lächelnd. »Ja, er hat mir das Glück gewährt.«

»Oh, ihr törichten, törichten Menschen.« Die Archivarin schloss die Augen. »Ihr habt uns alle ins Verderben gestürzt. Es wiederholt sich. Und wieder wird ein Reich untergehen.«

Im Stillen schrie Grace auf. Sie konnten doch nicht zulassen, dass die gesamte Ordnung, alles, was seit dem Beginn der Zivilisation errichtet worden war, einfach zerbrach.

»Er wusste, dass du dich der neuen Ordnung in den Weg stellen wirst«, erklärte Eliot. »Aus diesem Grund endet dein Weg hier. Du wirst auf ewig gefangen sein in einer letzten Sekunde.« Er zog einen winzigen flachen Gegenstand hervor, den Grace nicht zuordnen konnte.

»Das ist …« Die Stimme der Archivarin versagte.

»Ewiger Bernstein.« Der Oberste Ordnungsmagier nickte. »Wahrlich etwas Beeindruckendes. Dies scheint der letzte existierende Block zu sein.«

»Ich habe sie alle vernichtet.«

»Nicht alle«, korrigierte Eliot.

Die Archivarin bäumte sich auf. Letzte Worte flossen über ihre Lippen, ein Essenzfaden stieg als nebliger Schwaden aus ihrem Mund in die Luft.

Doch Eliot lächelte nur. »Auf ewig in einer Sekunde.«

Der winzige Quader schwebte durch die Luft, wand sich und wurde größer. Wie in Zeitlupe umfloss das goldene Harz die Archivarin …

Sie schrie.

… und verfestigte sich.

Der Schrei würde niemals die Lippen des uralten Kindes verlassen. Ihr ewiger Kreislauf stoppte. Eingeschlossen im Bernstein, eingefroren in einer Sekunde.

Eliots Augen bekamen einen glasigen Schimmer. »Ich habe es getan. Die Archivarin ist auf ewig gefangen.«

Er nickte sanft. »Ich werde sie alle töten.«

Beschwingten Schrittes verließ er das Büro der Archivarin.

Grace wollte sich aufbäumen, doch was immer die Archivarin auch getan hatte: Der Zauber hatte Bestand. Sie konnte keinen Finger rühren. Noch immer pulsierte Blut aus der Wunde, benetzte den Boden und nahm Grace jede Kraft. Wieso erlosch der Zauber nicht?

Außerhalb ihres Gesichtsfeldes erklangen Schreie.

Mit einem gnadenlosen *Pwap, pwap* wurden Kraftschläge abgefeuert.

Grace wollte Eliot aufhalten, doch sie war machtlos. Zur Bewegungslosigkeit verdammt musste sie mit anhören, wie Freunde starben und Wissen auf ewig verloren ging. Der Oberste Ordnungsmagier nahm das Leben aller in den Räumen des Archivs.

Niemand konnte ihn aufhalten, niemand sah das Verhängnis kommen. Denn von all den Feinden, die sich den Lichtkämpfern und Unsterblichen über die Generationen hinweg entgegengestellt hatten, war dieser Feind der gefährlichste. Er war aus ihrer Mitte erwachsen, damals wie heute. Und so schlug er aus dem Hinterhalt zu.

Ein Reich geriet ins Wanken.

Grace lag blutend am Boden und lauschte dem Ende, das mit einem Lächeln näher kam.

30
Getrennte Wege

»War das Grace?« Alex blieb stehen und schaute der Frau hinterher, die gerade hektisch an ihnen vorbei zur Treppe rannte.

»Was?« Verwirrt blickte Jen zurück. »Wo?«

»Jetzt ist sie weg. Vielleicht habe ich mich geirrt.«

Gemeinsam rannten sie zur nächstgelegenen Tür.

»Wir sind uns also einig?«, fragte Jen.

Alex nickte eifrig. »Los geht's. Ich will Antworten. Und zwar alle. Keine Ausflüchte mehr, keine offenen Fragen.«

Sie berührten die Türklinke und drückten sie gemeinsam herab. Auf der anderen Seite wartete eine Stadt, die in Dunkelheit lag. Die Nacht war hereingebrochen, doch zahlreiche Menschen waren noch auf den Straßen unterwegs, Laternen warfen ihren Schein herab.

Hinter ihnen schloss sich die Tür zum Archiv.

»Wir hatten echt Glück, dass Anne diese Anfrage freigegeben hat«, überlegte Alex.

»Ich konnte das Leid von Johanna richtiggehend spüren, als Kylian gestorben ist.«

»Diese Mentigloben könnten ruhig ein wenig Distanz aufbauen. Wenn man so eine Erinnerung bereist, will man danach ja keine Depression bekommen.«

Jen sog tief die Luft ein. »Das tut gut. Keine staubige Kathedrale mehr.«

»Und keine Rätsel und Steinkrieger«, fügte Alex hinzu. »Das eine Mal, als Grace den Beichtstuhl zertrümmert hat, fand ich ja ganz lustig. Aber als wir vor der Statue standen, die dann geschmolzen ist ... also echt nicht. Mit Erinnerungen ist es jetzt erst mal gut.«

»Ich dachte, du liebst es, in alten Zeiten herumzustöbern.«

»Ehrlich gesagt würde ich mich gerne mal wieder hier in der richtigen Welt frei bewegen.«

»Wo wir gerade davon reden.« Jen schwang ihren Essenzstab und hob die Wirkung des Wandlungstranks auf. Danach belegte sie Alex mit einer Illusionierung. »Ich glaube, außerhalb des Archivs reicht die auch aus. Obwohl du eine hübsche Frau warst.«

»So, war ich das?« Alex schnappte sich Jen und zog sie heran. »Aber wie würde das hier denn jetzt aussehen?« Seine Lippen berührten ihre und wieder stoben die Schmetterlinge in die Höhe. Alex badete im Gefühl des vollkommenen Glücks und kostete jede Sekunde aus.

Jens Wangen hatten einen tiefen Rotton angenommen, als sie Atem schöpfte. »So genau kann ich das nicht sagen. Wir müssen das noch mal machen.«

Wieder versanken sie in einen Kuss.

Danach schlenderten sie Hand in Hand die Straße entlang. Sie kannten das nächste Ziel, befanden sich bereits ganz nah. Warum also nicht noch die wenigen Minuten genießen, bevor das nächste Chaos bevorstand? Und dass es nicht ohne abgehen würde, war klar.

»Die Skizze erklärt so einiges«, murmelte Alex halb in Gedanken, halb in Richtung Jen. »Jetzt ist mir auch klar, warum der Alte Johanna, Leonardo und Grace das Bild gezeigt hat. Sie konnten sich die Antworten gar nicht holen.«

»Was ich viel interessanter finde, ist das Versprechen, das Kylian Johanna abgenommen hat«, gab Jen zu bedenken. »Dieser Pakt scheint so zu funktionieren, dass wenn eine Partei die Regeln verletzt und die andere dadurch stirbt, automatisch alle sterben. Das ist total idiotisch. Wieso brechen die denn dann überhaupt die Regeln?«

»Vielleicht wissen sie es nicht?«, theoretisierte Alex. »Oder sie kennen auch nicht alle Antworten. Erst mal scheint es ja so zu sein, dass die andere Seite einen Vorteil hat, wenn ich Magier bin. Denn sie erkennen die Bestimmung dann schneller. Stell dir vor, die beiden würden uns angreifen und wir wären nicht vorbereitet.«

»Du glaubst also, dass ich deine große Liebe bin?« Jen warf ihm von der Seite einen durchdringenden Blick zu.

»Ja«, sagte Alex, ohne lange nachzudenken.

Er wusste es einfach.

»Ich glaube das auch«, erwiderte sie und wirkte bei den Worten fast überrascht. »Und irgendwie wusste ich es schon die ganze Zeit. Aber da war etwas, das mich zurückgehalten hat.«

»Ewig hättest du meinem Charme sowieso nicht widerstehen können.«

»Kent!«, blaffte Jen. »Dein sogenannter Charme passt in eine Bierdose.«

»Der Vergleich gefällt mir.«

»Die Schläge auf den Hinterkopf anscheinend auch.«

»Ich mag es, wenn du wild wirst.« Er kicherte. »Vielleicht sollten wir noch kurz Pause in einem Hotel einlegen.«

»Noch ein Wort und ich verprügle dich mit meinem Essenzstab.«

»Aber Ms Danvers, jetzt ...«

Alex zuckte zusammen, als sich vor ihnen eine Silhouette aus einem weißen Nebelfaden löste.

Die Archivarin erschien.

»Das Böse holt zum Schlag aus«, hallte ihre Stimme. »Das Archiv wird angegriffen, das Castillo ist in Gefahr. Aus der Mitte heraus erhebt es sich. Ellis ist unser Feind. Ellis ist Bran.«

Jens Augen weiteten sich.

Alex keuchte auf.

»Alexander Kent, folge dem Pfad bis zur Wahrheit. Du musst alles wissen, sonst sind wir verloren. Denn alles ist eins, alles hängt zusammen. Die Macht von Bran erwuchs im Schatten des Paktes. Geh und schaue nicht zurück!«

Der Blick des uralten Kindes richtete sich auf Jen.

»Doch du musst einen anderen Weg verfolgen, Jennifer Danvers. Um zu überleben, müssen dich beide Säulen tragen. Doch eine davon ist in Gefahr. Sie suchen dich und machen auch vor jenen nicht halt, die angreifbar sind. Rette den, der dir Kraft spendete. Rette den Nimag.«

Der Nebel verwehte.

Die Nimags ringsum hatten nichts bemerkt und schlenderten weiter durch die Straßen.

»Was ist hier los?«, hauchte Jen.

»Sie wusste, dass wir da sind«, begriff Alex. »Die ganze Zeit.«

Ihre Kontaktsteine erwärmten sich.

Da war Schmerz. Angst. Und noch mehr Schmerz.

»Kevin.« Jen griff nach dem Stein.

»Wenn die Archivarin recht hat, dürfen wir nicht zum Castillo«, sagte Alex.

»Aber ...«

»Nein«, sagte er entschlossen. »Alles hängt zusammen. Was hier auch vorgeht, wir müssen endlich erfahren, wer unser Feind ist.«

Jen atmete einmal tief durch. »Okay, du gehst wie besprochen vor. Hol dir die Antworten.«

Alex nickte. »Und du ...«

»Ich rette den Nimag. Da musst du durch.«

»Hey, ich will ja nicht, dass Dylan stirbt. Ein paar Kratzer reichen völlig.« Er zwinkerte, obwohl ihm elend zumute war.

Etwas Furchtbares geschah, er konnte es spüren. Kevin hatte Probleme und von den anderen meldete sich niemand.

»Wir dürfen keine Zeit verlieren.« Jen packte Alex an seiner Jacke und küsste ihn sanft. »Ich liebe dich.«

»Ich liebe dich auch.«

Dann trennten sich ihre Wege.

Die Menschenmenge verschluckte Jen. Alex hoffte, dass sie Dylan noch rechtzeitig erreichte, um ihn vor denen zu beschützen, die Jen suchten.

»Also schön, alles oder nichts.«

Mit grimmiger Miene näherte Alex sich seinem Ziel.

Epilog

Nacht hatte sich über den Wald und den Berg herabgesenkt.

Bran stand am Fenster seines Büros und blickte hinaus auf das dichte Schneetreiben. Lautlos hob er die Hand und schnippte mit dem Finger. Der entartete Zauber löste sich auf, der Schnee verschwand.

Es war eine klare Frühlingsnacht. Hoch über ihnen funkelten die Sterne, ein sanfter Wind blies durch das Geäst der Bäume. Das Wasser des nahen Sees spiegelte das Mondlicht.

Davor standen Lichtkämpfer und duellierten sich mit den Essenzstäben. Explosionen erblühten, Kraftschläge durchschlugen Brustkörbe und brachten Herzen zum Bluten. Eliot tobte durch das Archiv, niemand war ihm gewachsen. Chloe hatte das Zimmer verlassen, um den Jungen namens Nils zu finden, auch er benötigte eine Halskrause. Überall auf der Welt wurden Unsterbliche aufgespürt und niedergestreckt, drangen seine Leute in die Häuser magischer Familien vor.

Ob Lichtkämpfer oder Schattenkrieger – ab heute gab es diese Unterscheidung nicht mehr.

Es gab nur noch jene, die der neuen Ordnung folgten und jene, die die alte Ordnung verteidigten. Seine Jünger und die Feinde, die sich ihnen entgegenstellten, jedoch chancenlos waren.

»Du kommst zu spät, alter Feind«, flüsterte er. »Jetzt bin ich der Jäger und du der Gejagte.«

In Feuer und Blut kam der Wandel.

Wie schon einmal.

Fast glaubte er die Schreie aus der alten Zeit zu hören, die bis in die Gegenwart hallten und sich mit den gebrüllten Zaubern vermischten.

Niemand hatte es kommen sehen.

Niemand hatte *ihn* kommen sehen.

Die Archivarin hatte es begriffen, Grace zweifellos auch. Doch Erstere würde nie wieder den Bernstein verlassen – und Letztere war tot.

»Und die Mauern wankten unter dem Ansturm all jener, die das Glück gefunden hatten«, wisperte er. »Das alte Reich verging. Und aus Schmerzen und Chaos wurde etwas Neues geboren, das bis in alle Ewigkeiten überdauern würde.«

Ende der alten Ordnung

XVIII

Blutnacht

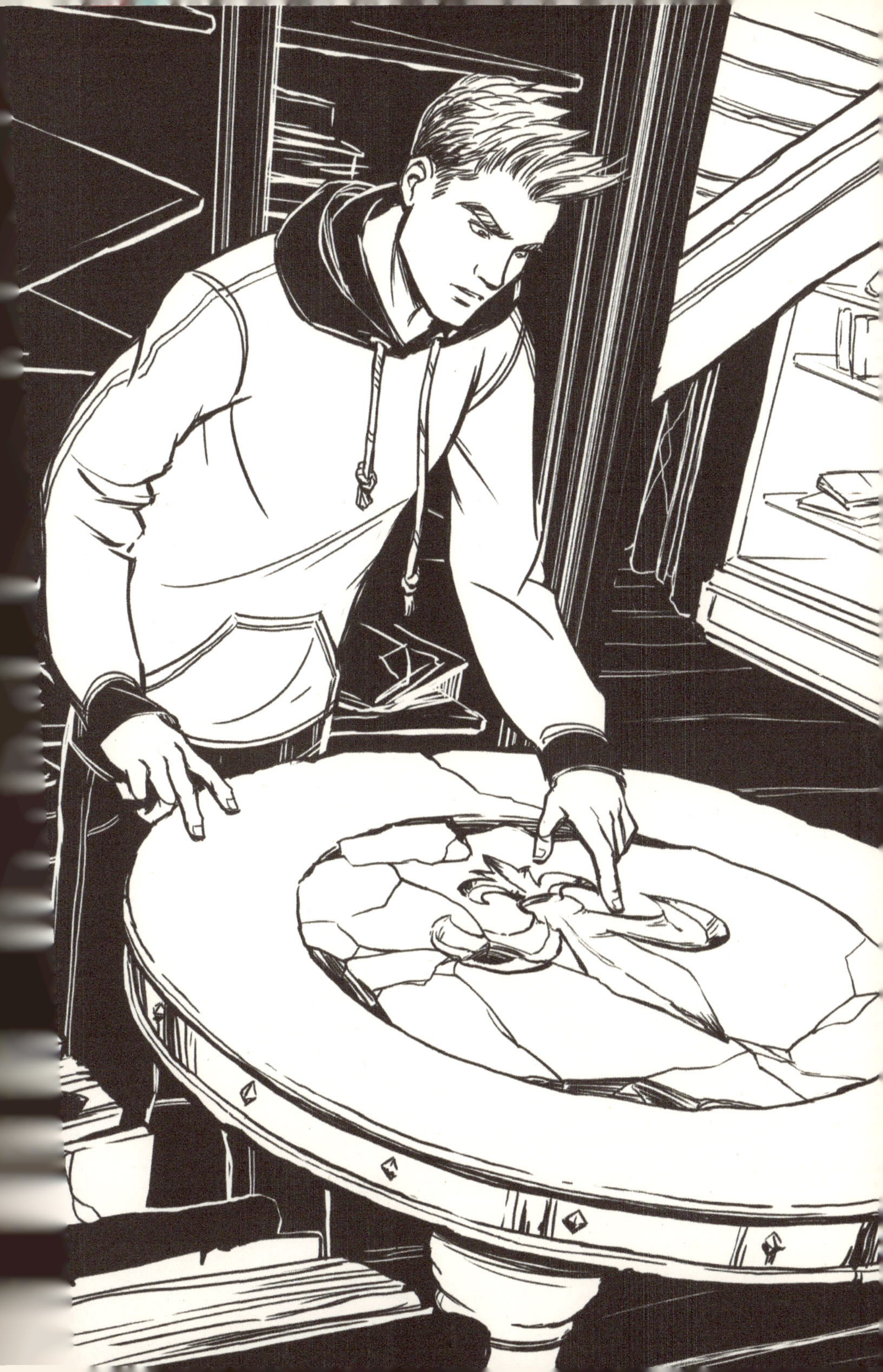

*Und die Mauern wankten unter dem Ansturm aus vergiftetem Glück. Ein Königreich zerfiel zu Asche und Staub.
Die alte Ordnung war nicht länger.
Unter dem Flammenbanner schritt er dahin.
Geboren aus den Schatten des Anbeginns, schuf er eine neue Ordnung.*

Prolog

»Beeil dich, Schatz, wir müssen hier weg«, sagte Patryk beschwörend.

Alisa warf einen letzten Blick über die mit Kissen ausgelegten Sessel, den mit Blumen geschmückten Tisch und die Gemälde an der Wand. Der Zimtgeruch lag noch immer in der Luft. Ganz ohne Magie hatte sie einen Kuchen gebacken, um Patryks Geburtstag zu feiern.

»Wie haben die das nur gemacht?«, flüsterte ihr Ehemann panisch. »Kein Schattenkrieger dürfte die Abwehrmaßnahmen so leicht außer Kraft setzen können.«

Eine Antwort gab es nicht, nur weitere Fragen.

Die Nacht lag über Chicago wie ein Leichentuch. Während die Nimags selig schlummerten, war etwas geschehen, womit niemand gerechnet hatte.

Mitten im Wassergespräch mit Maria, Alisas bester Freundin, waren Magier in deren Wohnung eingedrungen. Noch immer sah Alisa die Lichtblitze vor sich, die ihre beste Freundin und deren gesamte Familie ausgelöscht hatten. Natürlich hatten sie sofort das Castillo kontaktiert, doch dort antwortete niemand.

»Ich habe ihnen gesagt, dass Moriarty ganz bestimmt losschlägt, aber sie wollten nicht hören.« Patryks geballte Rechte umschloss den Essenzstab. »Komm schon, ich habe den Zauber vorbereitet. Niemand wird uns sehen.«

Mit einem letzten Nicken verabschiedete Alisa sich von ihrem Zuhause.

Stufen knarzten.

Panisch fuhr sie herum …

… und atmete auf.

Mit einem freundlichen Lächeln im Gesicht stieg Patricia Ashwell die Treppe zu ihnen empor. »Guten Abend.«

»Wir dachten schon, du seist ein Schattenkrieger.« Patryk atmete hektisch. »Wie kommst du hier herein?«

»Das Sprungtor«, erwiderte sie. »Das gesamte Netzwerk ist wieder aktiviert. Bran hat das Siegel aufgehoben.«

»Das ist ja fantastisch.« Alisa sah hektisch zur Tür. »Dann können wir mit einem Portal fliehen. Schnell, die Schutzzauber sind fast durchbrochen.«

Doch Patricia machte keine Anstalten, aus dem Weg zu gehen. »Nicht doch. Ihr habt Angst, doch das müsst ihr nicht. Für einen großen Teil der magisch Geborenen ist der Weg zu Ende, doch die neue Ordnung wird für den Frieden sorgen. Es gibt nicht länger Schattenkrieger und Lichtkämpfer. Wir sind alle eins.«

Blitzschnell ruckte die Spitze ihres Essenzstabes auf Patryk.

»Mortus Absolutum. Mortus Infinite!«

Noch bevor Alisa die Worte des verbotenen Todeszaubers verarbeitet hatte, erlosch das Funkeln in Patryks Augen. Leblos fiel ihr Ehemann zu Boden.

Ein Schrei erklang, der vom Ende einer Welt kündete. Erst Sekunden später realisierte Alisa, dass sie selbst ihn ausgestoßen hatte. Heiße Tränen rannen über ihre Wangen. Das durfte nicht sein, das konnte nicht sein.

»Alles wird gut«, flüsterte Patricia. »Endlich werden die Unsterblichen fallen.«

»Warum?«, wimmerte Alisa.

Ein Schlag prellte ihr den Essenzstab aus der Hand. Erst jetzt sah sie die übrigen Magier, die hinter Patricia im Schatten des Treppenabgangs standen. Lichtkämpfer und Schattenkrieger.

»Für die neue Ordnung.« Patricia sprach, als wäre das geradezu eine Selbstverständlichkeit. »Sie mag unter Schmerzen geboren werden, doch sie wird ewig währen. Und sie bringt uns allen, was wir uns am meisten ersehnen.«

Ihre Blicke trafen sich.

»Mortus Absolutum. Mortus Infinite!«

In der einen Sekunde war Alisa noch am Leben, in der nächsten existierten Träume, Glück und Liebe nicht länger.

Die Blutnacht forderte ihr Opfer.

Tausend weitere sollten folgen.

1

So wunderschön

Kurz zuvor

Manchmal glaube ich, dass weit entfernt jemand in der Dunkelheit steht und das Firmament betrachtet. Einer dieser winzigen Punkte über ihm sind dann wir«, flüsterte Max.

Kevin stand hinter ihm, hielt ihn eng umschlungen und hauchte einen Kuss in sein Haar. »Die Nimags glauben, dass es keine Magie gibt. Wer weiß, vielleicht wissen wir nur nicht, dass dort draußen etwas ist.«

Gemeinsam mit einer Gruppe Magier hatten sie sich auf dem Astronomieturm versammelt, um einen Lokalisierungszauber zu üben. Dieser machte es notwendig, die Sterne klar im Blick zu haben.

Professor Animos stand der Klasse zugewandt am Rand der Brüstung. »Haltet eure Essenzstäbe bereit.«

Er hatte ihnen ausreichend Zeit gegeben, den Anblick zu genießen. Ein simpler Zauber hatte den Schneesturm an dieser Stelle neutralisiert. Seit Tagen tobte er um das Castillo herum. Damit hatten sie nun bei klarer Luft einen atemberaubenden Ausblick auf das Firmament.

Der gezückte Essenzstab drückte gegen Max' Ring, den er an

seiner rechten Hand trug. Ein Familienerbstück, das Kevin von Annora Grant erhalten hatte, um es Max zu überreichen. Ein Verlobungsring. Da der Kampf um die Schattenfrau ausgestanden war, wollten sie noch in diesem Jahr heiraten, möglichst bevor die nächste Katastrophe ihre Pläne zunichtemachte.

»Bereit für die Lokalisierung?«, hauchte Kevin in Max' Ohr.

»Hör auf, mich abzulenken.«

»Wie jetzt, der große Agent kann sich nicht konzentrieren?«

»So weit ich das gerade erfühle, ist es nicht dein Essenzstab, der da gegen mich drückt. Wer von uns ist unkonzentriert?«

Kevin lachte leise. »Bringen wir es hinter uns und verschwinden.«

»Deal.«

Sie hoben ihre Essenzstäbe.

Ein leuchtender Blitz surrte durch die Luft, traf Professor Animos in die Brust und warf ihn über die Brüstung.

Während die vorderen Magier losstürmten, um ihm möglicherweise noch zu helfen, hatte Max längst erkannt, dass der Schlag in das Herz des Professors gegangen war. Innerlich schaltete er auf Verteidigung.

Doch selbst seine Reaktionen waren nicht schnell genug, denn der Angriff kam nicht von außen. Er erfolgte aus der Mitte heraus. Mehrere Magier hatten gleichzeitig ihre Essenzstäbe erhoben und nutzten Kraftschläge, um die Stärksten unter ihnen auszuschalten. Gleich drei davon richteten sich gegen Max.

Gleichzeitig erlosch der Schneesturm, als wäre er ausgeknipst worden.

Schreie gellten durch die Dunkelheit, Feuerzauber loderten. Das wunderschöne Idyll verging. Und eine blutige Nacht zog herauf.

Verstaubte Bücher und einzelne angebrannte Papyri – viel mehr war von der einstmals großen Bibliothek nicht geblieben, die sich im Herrenhaus befunden hatte. Das verdankten sie Chloe O'Sullivan. Wütend schlug Moriarty gegen das Holz des Regals. Sie hatten zu viel Wissen verloren. Womöglich musste er noch einmal zurückkehren in die endlosen Tiefen, um dort zu recherchieren.

Obwohl schon viel über den alten Pakt bekannt war, fehlte noch etwas. Er konnte spüren, dass es wichtig war, ja: überlebenswichtig. Moriarty stand kurz davor, die Zusammenhänge zu sehen, nur noch ein letztes Puzzleteil musste er aufspüren. Immerhin wusste er, im Gegensatz zu den übrigen Lichtkämpfern, wer der Verräter einst gewesen war. Legenden rankten sich um ihn, die Verbindung war offensichtlich. Er hatte die Seiten gewechselt und zahlreiche ehemalige Mitstreiter getötet, um den Wall zu verhindern. In diesem Zusammenhang erinnerte Moriarty sich an die Ereignisse aus alter Zeit.

»Und die Mauern wankten unter dem Ansturm des vergifteten Glücks«, flüsterte er.

Der Verräter, der Wall, der alte Pakt – alles hing irgendwie zusammen. Wieder schlug er gegen das Regal. Ein Puzzleteil fehlte, ein Fragment des Mosaiks.

Die Dielen knarzten.

Moriarty sah auf. »Ah, Grigori.«

Entgegen seiner typischen Angewohnheit lächelte Rasputin. Sein zotteliger schwarzer Bart wirkte gepflegter als üblich, seine Augen leuchteten. »Moriarty.«

»Gute Nachrichten?«

»Aber ja.«

Er stoppte seine Suche nach dem Buch. »Endlich. Es wird auch Zeit. Berichte.«

»Heute werden die Lichtkämpfer aufhören zu existieren.«

Hatte Grigori etwa eine halluzinogene Substanz eingenommen? Bei ihm konnte man nie sicher sein. »Wir haben also ein Wunderartefakt gefunden?«

»Ebenso haben die Schattenkrieger heute aufgehört zu existieren.«

Aus dem Augenwinkel sah Moriarty seinen Essenzstab auf dem kleinen Lesetisch liegen. Anfängerfehler. Jeder seiner Sinne signalisierte Gefahr, und sie ging eindeutig von Rasputin aus. Stand er unter einem Zauberbann?

»Möchtest du das näher ausführen?«, fragte Moriarty freundlich und bewegte sich vorsichtig auf den Tisch zu.

»Mir wurde zurückgegeben, was ich einst verlor«, flüsterte er freudig. »Mein ganz persönliches Glück. Jetzt diene ich ihm. Und der neuen Ordnung.«

Jede Faser von Moriartys Körper gefror. »Was redest du da?«

»Er ist zurück. Und er führt uns in eine neue Zeit, eine neue Ordnung.« Das Lächeln war widerwärtig anzusehen. »Schließ dich uns an.«

»Wie lautet sein Name?«

»Bran«, erwiderte Rasputin. »Seine Macht ist grenzenlos. Er wurde wiedergeboren aus dem Wall. Die Unterstützer der neuen Ordnung schwärmen bereits aus, das Portalnetzwerk ist wieder aktiv. Er wird auch dir dein Glück schenken.«

Vergiftetes Glück. »Es spielt wohl keine Rolle mehr, was ich sage. Wie viele unserer Schattenkrieger haben sich bereits der neuen Ordnung angeschlossen?«

»Nahezu alle«, erwiderte Rasputin. »Um alle übrigen wird sich soeben gekümmert. Wir könnten einen Mann wie dich gebrauchen, Moriarty. Schließ dich uns an. Du warst schon immer ein Stratege.«

Doch ebenso hatte er sich niemals jemandem unterworfen.

»Ich müsste darüber nachdenken.«

»Ich fürchte, das ist nicht möglich. Du musst *jetzt* eine Entscheidung treffen. Der Krieg zwischen Schattenkriegern und Lichtkämpfern ist vorbei. Bran hat große Pläne.«

»Und welche mögen das wohl sein, Grigori?«

Ein verstehendes Lachen war die Antwort. »Du schindest Zeit. Ich hätte dich für klüger gehalten. Doch so sei es. Ich erkenne an, dass du dich der neuen Ordnung nicht anschließen wirst. Damit endet deine Wacht!«

»Aportate Essenzstab!« Moriarty wirbelte herum, sprang in Richtung des Lesetischs und streckte die Hand aus.

»Mortus Absolutum! Mortus Infinite!«

Der Todeszauber schoss haarscharf an Moriarty vorbei. Entsetzt realisierte er, dass die Beschränkungen aufgehoben worden waren. Der Zauber konnte wieder ausgesprochen werden, das Bannsiegel war gelöst. Wussten diese Idioten denn nicht, was sie damit heraufbeschworen?

Mit einer geschickten Rolle kam er wieder auf die Beine.

Sie wechselten einen Blick.

Vor dem Raum erklangen Schreie, Kampfgeräusche, Todeszauber.

»Ich habe mich noch nie jemandem unterworfen.« Moriarty lächelte böse. »Und meine Wacht nimmt gerade erst ihren Anfang.«

Magie blitzte auf.

Der Kampf begann.

2

Freund oder Feind?

Kraftschläge donnerten auf die Contego-Sphäre. Max wich keinen Schritt zurück. Stattdessen weitete er den Schutz aus, um weitere Magier einzuschließen. Zu viele lagen bereits verletzt oder bewusstlos am Boden.

Hektisch blickte Kevin zwischen den Gegnern umher. »Wieso greifen sie uns an? Potesta!«

Einer der Magier verlor seinen Essenzstab. Max schickte ihm einen zweiten Kraftschlag gegen die Schläfe. Bewusstlos sank der Gegner zu Boden.

»Das muss ein Angriff der Schattenkrieger sein«, überlegte Kevin.

Er versuchte, über den Kontaktstein Jen und Alex zu erreichen, doch sie antworteten nicht. Glücklicherweise war Chloe erreichbar.

»Wo seid ihr?«

»Astronomieturm«, sandte er zurück. »Hier drehen alle durch.«

»Ich bin auf dem Weg.«

»Gravitate Negum!«, rief einer der Angreifer.

Caleb, ein freundlicher sommersprossiger Lichtkämpfer, stieg mit rudernden Armen in die Höhe. Sein Gegner lenkte ihn über die Zinnen.

»Immobilus!«, schleuderte Max seinen Zauber gegen den Angreifer, während Kevin Caleb wieder zurück in Sicherheit zog.

Kraftschläge prasselten gegen Schutzsphären, der Boden wurde flüssig, Körper stiegen in die Luft. Wundzauber wurden gebrüllt. Max hatte längst den Überblick verloren, wer Angreifer war und wer auf ihrer Seite stand. Ein brennender Baum flog auf Höhe der Brüstung vorbei und krachte seitlich in den Westflügel. Glas splitterte, Stein zerbrach. Das Holz war magifiziert und damit an Festigkeit jedem anderen Material überlegen.

Neben Max schwenkte Kevin seinen Essenzstab auf ein neues Ziel, doch er kam nicht dazu, den Zauber zu wirken. Ein Schlag traf ihn in den Rücken.

»Liz?!«, brüllte Max.

Sie lächelte ihn an. »Feinde der neuen Ordnung müssen leider sterben. Du bist ein Agent und damit automatisch ein Feind. Mortus Absolutum. Mortus Infinite!«

Max legte seine gesamte Kraft auf die Contego-Sphäre. Der Todeszauber kam mit einer unvergleichlichen Wucht und zerfetzte den Schutz, drang aber immerhin nicht bis zu ihm durch.

Es waren zu viele.

Freund oder Feind? Er konnte es nicht länger unterscheiden.

»Na schön, dann sorgen wir mal für ein wenig Klarheit.« Sein Essenzstab wirbelte durch die Luft, als er die magischen Zeichen erschuf. »Generate Somnus Mortus!«

Der Schlafzauber glitt durch die Luft und senkte sich mit Ausnahme von Kevin auf alle herab. Einige wehrten sich, versuchten, die Müdigkeit niederzukämpfen – vergeblich. Der todesähnliche Schlaf überfiel alle.

Stöhnend rappelte Kev sich auf. »Gute Idee. Das hätten wir nicht mehr lange durchgehalten.«

»Was auch immer hier passiert, es geschieht auch dort unten.« Max deutete in die Nacht hinaus. »Wie haben die den Kristallschirm überwunden?«

Als wollte das Schicksal ihm auf seine Frage antworten, entstanden Flammen inmitten der nächtlichen Schwärze. Entsetzt realisierte Max, dass es nicht die Luft war, die brannte.

»Die Kristalle«, flüsterte Kevin. »Sie ...«

»... brennen«, vollendete Max.

Jedes einzelne Element des unbrechbaren Schutzes loderte in grün-roten Flammen. Die magischen Ankerelemente schmolzen, tropften als flüssige Essenz zu Boden, Löcher bildeten sich in der Kuppel – und schließlich erlosch die Magie.

»Was geht hier vor?«, flüsterte Kevin.

Max' Gedanken rasten. »Wenn der Schutz jetzt erst bricht, erfolgte der Angriff aus dem Inneren des Castillos. Vielleicht eine starke Variation des Dirigi? Wir müssen zu Chloe. Und Johanna finden. Schnell!«

Gemeinsam eilten sie die Stufen des Turms hinab.

In den Gängen des Castillos erwartete sie Chaos. Blutende Lichtkämpfer lagen am Boden, Schreie von Verletzten erklangen, magische Sprüche wurden gebrüllt.

»Wie erkennen wir, wer auf unserer Seite steht?«, fasste Kevin seine Gedanken in Worte. »Ich meine, *bevor* wir angegriffen werden.«

Sie wechselten einen Blick.

»Contego!«

Eine Schutzsphäre entstand. Sie zogen die Kuppel jedoch

zusammen, wodurch die verfestigte Essenz ihre jeweiligen Körperformen nachbildete. Auf diese Art sparten sie Kraft. Starke Zauber würden jedoch kinetische Erschütterungen bis zu ihrem Körper durchdringen lassen.

»Hey ihr!« Chloe kam herbeigeeilt.

»Wenigstens eine, bei der wir wissen, wo sie steht«, sagte Kev leise. »Was ist hier los?«

»Der Turm?«, fragte Chloe, als sie vor ihnen zum Stehen kam.

»Schlafen alle«, erwiderte Max. »Ich habe den Somnus Mortus benutzt.«

»Clever«, lobte Chloe. »Aber so seid ihr Agenten eben.«

»Danke. Weißt du, wo Chris ist? Und Nikki? Ihr wart doch auf einer gemeinsamen Mission.«

»Ah, die sind beide noch dort«, erwiderte sie freundlich. »Wahrscheinlich sterben sie gerade.«

Schlagartig realisierte Max, dass Chloe ohne Unterbrechung lächelte.

Dann ging alles blitzschnell.

Ein Zauber traf ihn frontal – sie musste ihn bereits vorbereitet haben –, durchdrang seinen Schutz und löschte Max' Bewusstsein aus.

Blitze zuckten, als Rasputins Essenzstab auf den von Moriarty traf. Sie nutzten die Erweiterung ihres Sigils, um sich ein direktes Gefecht zu liefern; als führten sie einen Schwertkampf.

»Noch kannst du die Seiten wechseln«, erklärte Rasputin. »Bran wird dich aufnehmen, wie er es auch mit mir getan hat. Als Crowley uns vorstellte, wollte ich es erst nicht glauben, aber dann gab er mir das Geschenk.«

Es hätte Moriarty nicht gewundert, wenn Grigori in Tränen ausgebrochen wäre. Was es mit diesem Geschenk auch auf sich hatte, es schien der perfekte Köder gewesen zu sein. Doch Moriarty wollte nichts geschenkt bekommen, seine Ziele erreichte er durch effektive und gnadenlose Brutalität.

Womöglich wäre er schwach geworden, hätte ihm jemand angeboten, Holmes ins Leben zurückzuholen, damit er ihn ausgiebig foltern konnte. Davon abgesehen interessierte ihn Glück nicht.

»Mach dich nicht lächerlich, Grigori.« Er durchschaute die Finte, parierte den Schlag und unterlief die Deckung seines Gegners.

Eine blutige Wunde, geschaffen von Moriartys glühend heißem Essenzstab, zog sich über Rasputins Unterarm. Er verzog nicht einmal die Miene. Was auch immer es mit diesem ›Glück‹ auf sich hatte, es schien ihn Schmerzen leichter ertragen zu lassen.

»Ich werde dich töten«, erklärte Rasputin. »Aber es wird mir keine Freude bereiten.«

»Das ist ... nett«, gab Moriarty zurück. »Aber ich fürchte, dass ich stattdessen dich töten werde. Und ja, es wird mir Freude bereiten. Danach ist Bran an der Reihe!«

Die falschen Worte, eindeutig.

Blanker Hass trat in Rasputins Augen. »Du bist ein Nichts! Niemals werde ich zulassen, dass du Bran verletzt.«

Die Attacken nahmen an Schärfe zu, Schlag folgte auf Schlag und Moriarty wurde immer weiter zurückgedrängt. Entsetzt erkannte er, dass Rasputins Hass ihm die notwendige Stärke verlieh, um zu siegen. Aufgrund der schnellen Abfolge an Schlägen konnte Moriarty nicht einmal einen Zauber vorbereiten.

Plopp.

»Brauchst du Hilfe?«, fragte Madison.

»Weg hier. *East End*. Schnell!«

Eine Hand legte sich auf seinen Arm. Die Umgebung verschwand.

Das Letzte, was Moriarty sah, waren die vor Hass glühenden Augen Rasputins, seine sichtbare Loyalität und absolute Ergebenheit für den Mann namens Bran.

»Was ist da los?«, fragte Madison ungeduldig.

Sie hatte ihn in der Bibliothek abgesetzt, wo Jason und Alfie einmal mehr Bücher wälzten.

»Später. Ich muss das Schiff überprüfen. Nehmt euch in Acht, es könnte auch hier zu Kämpfen kommen.«

Er eilte davon.

3

Rette den Nimag

Jen war dem Wall dankbar.
Sie musste ihren Essenzstab nicht einmal wegstecken, damit die Nimags ihn nicht sahen. Selbst das intervallartige Leuchten wurde vermutlich als neuer Effekt eines modernen Regenschirms maskiert.

Der Suchzauber hatte ein Band in der Luft erschaffen, dem sie nur folgen musste. Wie nicht anders zu erwarten, führte es sie direkt in das Krankenhaus, in dem Dylan arbeitete. Es war späte Nacht, doch als Chirurg hatte er schreckliche Arbeitszeiten. Vermutlich lag eine mehrstündige OP hinter und eine weitere vor ihm.

»Der Nimag, der Leben rettet«, flüsterte sie.

Eigentlich der perfekte Mann. Gentleman, gepflegt, gut aussehend, hilfsbereit und obendrein leidenschaftlich im Bett. Trotzdem würde sie ihm das Herz brechen müssen. Natürlich erst, nachdem sie sein Leben gerettet hatte.

»Generate Mirage.« Der Illusionierungszauber kleidete Jen in einen Arztkittel, inklusive Stethoskop und Keycard.

Um die Türen für den gesperrten Bereich zu öffnen, nutzte sie Magie.

Die Nimags ringsum wirkten normal, ebenso die Angestellten. Die Schattenkrieger hatten das Krankenhaus also noch nicht erreicht. Jen fragte sich unweigerlich, weshalb es für ihre Gegner so wichtig war, ihr wehzutun. Denn der Tod Dylans würde sie erschüttern.

Die Archivarin hatte in ihrer letzten Nachricht davon gesprochen, dass er ihre menschliche Seite repräsentierte und sie damit erdete. Doch woher wussten die Schattenkrieger das? Abgesehen von Alex, Kevin, Max, Nikki, Chris und Chloe hatte sie mit niemandem über Dylan gesprochen. Na gut, sie hatte im Gespräch mit Johanna erwähnt, dass demnächst eine Galerie angemietet werden musste, damit sie ihm einen gewöhnlichen Job vorspielen konnte. Darüber hinaus wusste jedoch niemand von ihm.

Während Jen den Gang entlangeilte, versuchte sie, mit dem Kontaktstein Verbindung zu ihren Freunden herzustellen. Doch der gedankliche Äther blieb stumm. Alex war nur noch eine schattenhafte Präsenz, die sie nicht mehr greifen konnte. Chris und Nikki schwiegen noch immer, Max und Kevin ebenso.

Das Neonlicht wirkte grell und kalt, der Geruch von Desinfektions- und Reinigungsmitteln stieg ihr in die Nase. Warum wirkten Krankenhäuser nur stets so unpersönlich und unmenschlich?

Im Krankenflügel des Castillos standen exotische Pflanzen, die gewaltigen Fenster ließen Sonnenschein herein und in der Luft lag immer der Geruch von Lavendel und irgendeinem Gewürz, das sie nicht zuordnen konnte. Für ihre Patienten hatte Teresa stets ein gütiges Lächeln auf den Lippen. Nun ja, fast immer.

Die magentafarbene Spur endete vor einer unscheinbaren Tür. Der Zauber erlosch. Jen drückte die Klinke herab und lugte in den Raum. Dylan trug seine blaue OP-Kleidung, lag auf einem schmalen Bett und schlummerte. Selbst im Schlaf wirkte er übermüdet. Ringe lagen unter seinen Augen, aus dem Dreitagebart war ein Vollbart geworden.

Vorsichtig schloss Jen die Tür des Raumes.

»Du kriegst das hin, Danvers. Sanft wecken, keine Zärtlichkeiten zulassen und sofort weg hier.« Sie atmete noch einmal tief durch. »Dylan.«

»Was?!« Er schoss in die Höhe. »Oh, Jen. Ich dachte, es ist etwas mit dem Patienten. Was tust du hier? Willst du mich mit dem Regenschirm schlagen?«

So viel zu ›sanft‹. Sie ließ den Essenzstab sinken.

»Ich hab dich vermisst.« Dylan zog sie lächelnd in eine Umarmung. Seine Lippen lagen so schnell auf ihren, dass sie nichts dagegen tun konnte.

Keine Zärtlichkeiten!

Sie machte sich los.

»Was ist?« Vermutlich erkannte er den Schrecken in ihrem Blick. »Ist etwas passiert?«

»So kann man das sagen. Setz dich. Nein, steh lieber. Eigentlich sollten wir gehen.«

»Jen.« Seine dunklen Augen betrachteten sie skeptisch. »Ich werde nirgendwohin gehen, bevor du mir nicht sagst, was los ist.«

»Jemand will dich töten.«

Verdutzt erwiderte er ihren Blick, dann brach er in schallendes Gelächter aus. »Falls das ein Rollenspiel werden soll, benötige ich mehr Hinweise. Bist du die toughe Bodyguard für den … Starchirurgen?«

Jen verdrehte die Augen. »Männer, das ist so typisch! Ich mache keine Witze. Hör zu, bei der Arbeit ist etwas passiert.«

»In der Galerie?«

Wieso hatte sie sich nur eine so dämliche Identität ausgedacht? Was konnte in einer Galerie schon passieren? »Weißt du, ich bin keine Galeristin. Genau genommen arbeite ich für die CIA, das Geschäft ist nur Tarnung. Und jetzt haben Feinde des … Staates herausgefunden, dass du mit mir zusammen bist und wollen dich töten.«

Sein Blick wandelte sich langsam von ›Ich freue mich auf das Rollenspiel‹ zu ›Wie bekomme ich die Kollegen aus der Psychiatrie möglichst schnell hierher‹.

»Okay, das tut mir jetzt leid, aber wir müssen hier weg.« Sie ließ den Essenzstab durch die Luft wirbeln, erschuf ein Symbol und sprach: »Dirigi.«

Dylans Augen weiteten sich, als sein Körper sich ohne eigenes Zutun bewegte. Die Verbindungen waren unsichtbar und hafteten an ihm. »Was tust du?«

»Dich retten. Mit Nanotechnologie aus meinem Regenschirm.«

Sie verließen den Raum.

Vor ihnen standen drei Magier, die bei Jens Anblick zurückwichen. »Danvers, du bist schnell.«

Sie kannte zwei von ihnen. Es waren Lichtkämpfer. Der dritte gehörte den Schattenkriegern an. »Was geht hier vor?«

»Du weißt es noch nicht?«, fragte Marietta freundlich. »Die alte Ordnung existiert nicht länger. Schattenkrieger und Lichtkämpfer sind nun eins. Wir streiten im Licht von Bran.« Sie hob ihren Essenzstab und deutete auf Dylan.

Dessen Augen weiteten sich.

Was auch immer der Wall aus dem Artefakt machte, es war kein Regenschirm.

»Schließ dich uns an«, sagte der Schattenkrieger. »Kampf

und Blutvergießen sind nicht länger notwendig. Er wird dir das Glück geben, das du am meisten ersehnst.«

»Ich brauche keine Illusion!«, blaffte Jen und wich einen Schritt zurück, Dylan mit ihrem Körper abschirmend.

»Aber nein«, sagte Marietta schnell. »Es ist keine Illusion. Verstehst du denn nicht, es ist wahr. So hat er Chloes Bruder erweckt. Und meine Mutter, die vor vielen Jahren an Krebs starb, ist als dauerhafte Manifestation wieder bei mir. Er besitzt die wahre Allmacht. Schöpfungsmacht.«

Jen konnte nicht verhindern, dass die Bilder vor ihrem geistigen Auge erschienen. Die zerstörte Villa, Jana und ihre Mum tot. Vermochte dieser Bran tatsächlich, sie wiederauferstehen zu lassen?

»Was ist, wenn ich Nein sage?«

Das Lächeln auf den Gesichtern der drei verlor einen Hauch an Intensität.

»Natürlich werden wir dich dann töten«, erklärte Marietta. »Feinde der neuen Ordnung müssen ausgelöscht werden. Ebenso wie die magischen Familien, denn sie wurden nicht vom Wall ernannt, und die Unsterblichen, die die alte Ordnung und die Zitadelle repräsentieren.«

Mit jedem Wort starrte Jen Marietta entgeisterter an. Die magischen Familien? Die Unsterblichen? Das ging über ihre schlimmsten Befürchtungen hinaus.

»Deshalb hat die Archivarin uns gewarnt«, flüsterte sie in schrecklichem Begreifen.

»Die Archivarin hat das Ende ihres Lebenskreises erreicht«, erklärte Marietta. »Ihre Helfer sind alle tot.«

Ein Schauer des Schreckens jagte durch Jens Adern. Ein Umsturz also. Bran hatte sich die Lichtkämpfer und Schattenkrieger über Wochen und Monate von innen heraus geholt – und niemand hatte es bemerkt.

Chloe.

Sie musste die anderen warnen. Wenn ihre Freundin unter Brans Bann stand, würde sie ihnen in den Rücken fallen, wenn sie es am wenigsten erwarteten. Deshalb hatte sie sich nicht um Ataciaru gekümmert!

»Du wirst dich uns nicht anschließen«, begriff Marietta.

»Gravitate Negum! Potesta!« Jen handelte und ließ die Gravitation so kippen, dass die drei durch den Gang fielen, wie durch einen Schacht.

Doch sie waren vorbereitet.

Und der Kampf begann.

4

Zwischen allen Fronten

Einer der Lichtkämpfer knallte so fest gegen die Wand, dass er das Bewusstsein verlor.

Marietta erhob sich mit einem grimmigen Funkeln in den Augen, der Schattenkrieger ebenfalls.

»Industria Silencium!«, brüllte die Lichtkämpferin.

Jen konnte nur fassungslos realisieren, dass sie jenen Zauber aussprach, der die gesamte Technik zum Erliegen brachte. Damit verurteilte sie Menschen auf dem Operationstisch zum Tode, Beatmungsgeräte stellten ihre Funktion ein, ebenso Herzschrittmacher oder andere lebenswichtige Maschinen.

»Murum Orituro!« Jen ließ eine Mauer aus dem Boden wachsen, gegen die der Schattenkrieger im Laufen prallte. Ein hässliches Knirschen erklang.

»Ulcerus!« Marietta schwang ihren Essenzstab wie eine Peitsche.

Der unsichtbare Wundzauber hinterließ eine blutige Öffnung auf Dylans Brust. Aufkeuchend kippte er zu Boden. Das Blut floss so schnell aus ihm heraus, dass sich auf dem Boden eine Lache bildete.

»Potesta Maxima!« Marietta wich dem Kraftschlag aus.

Doch das verschaffte Jen ausreichend Zeit für den nächsten Zauber. »Sanitatem Corpus.«

Es gelang ihr gerade rechtzeitig, das Symbol auf Dylans Haut aufzubringen und den Zauber zu wirken. Der Blutfluss stoppte, doch die Wunde schloss sich viel zu langsam.

»Aportate Bett!«, brüllte Marietta.

Damit gelang es ihr, Jen zu überraschen. Bevor diese den Sinn hinter der Aktion realisieren konnte, knallte eines der Betten, das herrenlos an der Wand gestanden hatte, gegen sie.

»Dirigi!«

Marietta ließ ihre Hände durch die Luft wirbeln. Die Schnüre von zwei Infusionsbeuteln, die auf dem Bett lagen, wurden zu tödlichen Tentakeln, die sich um Jens Hals schlossen. Sie bekam nicht länger Luft. Im Reflex krallte sie die Finger in die dünnen Schläuche, ihr Essenzstab glitt zu Boden.

»Die große Jen Danvers. So leicht zu besiegen«, flüsterte Marietta. »Du hattest deine Chance. Aber Chloe hat uns vorgewarnt, dass du womöglich Schwierigkeiten machst. Sie sagte, wir sollen dich schnell und effektiv töten, falls du nicht sofort zustimmst.« Sie seufzte. »Bran hatte damit recht, sie zu seiner Nummer eins zu machen. Leb wohl.«

Marietta ballte die linke Hand zur Faust.

Die Schnüre zogen sich noch fester zusammen, ihre Luft wurde knapp. Gierig versuchte Jen zu atmen, doch es konnte nicht gelingen. Rotes Flimmern bildete sich am Rande ihres Gesichtsfeldes, breitete sich aus, immer weiter und weiter. Ihr Kopf schien vor Schmerzen zu bersten.

Etwas prallte gegen Marietta.

Dylan hielt sich die blutige Seite. In seiner Hand lag ein Skalpell, das er nun in einem Schwung durch die Luft führte.

Die Spitze traf exakt die Schläuche und zerteilte sie. Aufkeuchend sackte Jen zusammen.

Neben ihr keuchte Dylan. »Wie haben die Pistolen hier hereingebracht?! Ich sage ja schon seit Jahren, dass wir vorsichtiger sein müssen, aber das. Kannst du gehen?«

»Ihr geht nirgendwohin!«, brüllte Marietta. »Potesta Incendere.«

Ihr Essenzstab glühte in feurigem Rot, so heiß wurde er. Und Marietta schlug zu. Die Spitze der magischen Waffe fuhr über Dylans Brust, spiegelverkehrt zur blutigen Wunde. Aufbrüllend kippte er zurück. Es roch nach verbranntem Fleisch und Blut und Schmerz.

Auf Dylans Brust prangte ein Kreuz.

Selbst Marietta schien verdutzt über den Anblick zu sein, sie lächelte verblüfft und auf kranke Art selig. Jen wollte ihr das verdammte Glück in den Hals stecken. Wut kochte in ihr empor. Heiße Wut. Zu viel Wut.

Sie konnte spüren, wie die violette Essenz in ihrem Inneren zu brodeln begann. Jene Macht hatte den Tod ihrer Mum, ihrer Schwester und ihres Dads verursacht.

Einmal entfesselt, konnte Jen sie nicht mehr kontrollieren. Dann brach es aus ihr heraus wie ein verzehrender Feuersturm aus purer Essenz, der alles vernichtete. Ihre Augen brannten.

Der entsetzte Blick in Dylans Gesicht machte klar, dass der Wall diesen Teil von ihr eindeutig nicht maskierte.

»Was …« Marietta wich zurück.

»Potesta!«, brüllte Jen.

Der Kraftschlag donnerte gegen Mariettas Stirn und ließ diese mit verdrehten Augen zu Boden sacken. Der Kampf war vorbei. Zumindest jener gegen die äußere Gefahr.

Tief einatmend versuchte Jen, sich zu beruhigen. Die Lichter flackerten, Geräte erwachten zu neuem Leben. Mit der Bewusstlosigkeit von Marietta war der Zauber erloschen, der die Maschinen ausgeschaltet hatte.

»Jen?«, fragte Dylan vorsichtig.

»Nicht. Bleib zurück.«

Atmen. Einfach atmen.

Tief sog sie die Luft in ihre Lunge, stieß sie langsam wieder aus. Es durfte nicht passieren. Nicht hier. Die Macht aus ihrem Inneren würde das gesamte Krankenhaus einstürzen lassen, die Nimags darin unter Trümmern begraben.

Aufbrüllend ging Jen in die Knie, hielt sich mit beiden Händen den Schädel.

»Atme.«

Hatte sie das gesagt?

Nein, definitiv nicht. Ein Blick zu Dylan, nein, er wich nur vor ihr zurück. Die Stimme war eine Erinnerung. Oder Wissen? Sie konnte es nicht greifen, nicht unterscheiden. Doch sie vertraute der Stimme. Und ja, sie hatte sie schon einmal gehört.

»Atme.«

Die Flammen in ihrem Inneren ebbten ab.

Eine gefühlte Ewigkeit später kam sie zittrig auf die Beine. Ihre Gegner lagen noch immer bewusstlos am Boden. Dylan warf ihr einen skeptischen Blick zu.

»CIA also, hm?« Er schaute grimmig. »Und die leuchtenden Augen sind was, Gadgets?«

»Ich erkläre dir alles, versprochen. Doch zuerst müssen wir hier weg. Es ist größer, als ich dachte.«

Sie packte Dylan am Arm und zog ihn mit sich.

Dieses Mal benötigte sie keinen Dirigi-Zauber. Er hatte begriffen, dass ihr beider Leben in Gefahr war. Ihre Anwesenheit im Krankenhaus hatte die Patienten gefährdet und Leben gekostet. Doch die Jagd nahm erst ihren Anfang.

Sie fuhren mit dem Aufzug in die Tiefgarage, wo Dylans Wagen stand. Er trug noch immer die blaue OP-Kleidung.

Während Jen auf den Beifahrersitz sank und er den Motor startete, griff sie nach dem Kontaktstein und sandte ihre Gedanken hinaus: »Könnt ihr mich hören? Nehmt euch in *Acht, Chloe gehört zu ihnen.*«

Das lächelnde Gesicht der Freundin erschien vor ihrem inneren Auge. »Aber Jen, das klingt ja gar nicht gut. Doch ich fürchte, hier ist niemand, der dich hören kann.«

Das fröhliche Lachen, das folgte, brannte sich in Jens Herz.

5
Mit aller Macht

»Ich habe mich höchstpersönlich um zwei Familien gekümmert«, erklärte Patricia. »Der Orden erledigt den Rest.«

Bran schenkte ihr ein erfreutes Lächeln, das ihr Herz erwärmte.

»Die magischen Familien sind flüchtende, gebrochene Seelen, nicht mehr«, sprach Bran. »Sie sind es nicht gewohnt, ohne ihren Reichtum, ihre Macht zu überleben. Das Ende der Dynastien ist nur eine Frage der Zeit. Jene, die dann übrig sind, werden Teil meiner Herrschaft sein.«

»Ich danke dir für diese Ehre.« Patricia verschränkte die Arme hinter dem Rücken. »Der Kristallschirm ist ausgelöscht, die Familien sind Gejagte auf der Flucht und die Portalmagier teilten mir mit, dass alle Portale wieder entsiegelt sind.«

»Ein Fingerschnippten war ausreichend.« Bran trank einen Schluck Wein und lauschte den Schreien vor dem Castillo. »Doch es ist erst der Anfang. Unterschätze die Unsterblichen nicht, sie sind wie Ungeziefer, das ein Haus befallen hat.«

Flammen loderten in die Höhe, Bäume brannten.

»Ich habe gerade Eliot getroffen«, berichtete Patricia. »Er wirkte außerordentlich zufrieden.«

»Zu Recht«, bestätigte Bran. »Er hat die Archivare getötet. Kein einziger ist entkommen. Vor wenigen Minuten habe ich die Verbindung der Räume voneinander gelöst, das Archiv existiert nicht länger. Es sind nur mehr verstreute Räume, überall auf der Welt verteilt. Unter dem Meer, in verborgenen Kavernen im Regenwald, alten Mayastädten und Splitterreichen. Räume, in denen die Leichen dem Zahn der Zeit überlassen sind und die Splitter von zerstörten Mentigloben wie gehärtete Tränen der Zeit im Licht glänzen.«

»Du wolltest Wissen zerstören.« Es war eine Feststellung, keine Frage.

Doch Bran nickte. »Vom heutigen Tag an wird es eine neue Geschichtsschreibung geben. Ich werde erzählen, wie es in alter Zeit wirklich gewesen ist. Die Handlungen der Unsterblichen werden in einem neuen Licht erscheinen und die Ausbildung der Neuerweckten angepasst.«

Patricia mochte Magier mit Weitsicht. Bran wusste, was zu tun war, wie er jeden Widerstand brechen konnte. Doch es blieben offene Fragen.

»Was ist mit der ewigen Gleichheit? Stirbt ein Magier endgültig, stirbt sein Gegenpart auf der Seite der Schattenkrieger.«

Es war das erste Mal, dass Bran tatsächlich laut lachte. »Aber Patricia. Die Geschichte, so wie du sie kennst, ist eine Lüge. Ebenso die Regeln. Wer, denkst du, hat jeden neuen Lichtkämpfer ausgewählt? Eine Essenzmanifestation? Nein, ich habe vom Onyxquader aus die Sigile gelenkt. Auf das jeder neue Lichtkämpfer und Schattenkrieger eine Schwäche besitzt, ein Trauma, ein Glück, das er vermisst.«

Und Patricia begriff.

Deshalb konnte er die magischen Familien nicht lenken, nicht beeinflussen. Wer sich nicht freiwillig anschließen wollte, weil er an das Ziel glaubte, war ein Feind. Deshalb hatte er ihr niemals ein Glück angeboten, niemals auf sie Einfluss ausgeübt. Patricia *glaubte* an Bran und seinen Weg: Eine magische Welt ohne Unsterbliche.

Mochte der Vie dans la Mortalité ursprünglich entworfen worden sein, um die Unsterblichen zu stürzen, war er doch längst mehr. Eine neue Ordnung sollte erschaffen werden. Bran war der perfekte Anführer, denn seine Macht kam vom Wall selbst, der sich aus den Sigilen aller speiste. Damit war er das mächtigste Wesen der Welt und jedes Splitterreiches. Hätten ihre Gegner das erkannt, sie hätten längst die Waffen gestreckt.

»Fortan sind alle eins«, erklärte er. »Ich lenke die Sigile der Gefallenen und erschaffe Neuerweckte, die zu uns passen, die sich in die neue Ordnung einfügen. Es wird niemals wieder jemand sterben durch eine der verfluchten Klingen, denn diese Sigile sind mir entzogen. Doch alles zu seiner Zeit. Es stehen noch ein paar wichtige Dinge an, die getan werden müssen.«

»Siegen beispielsweise?«

Ein leises Lachen erklang. »Das habe ich längst. Mag die Umsetzung auch noch etwas Zeit in Anspruch nehmen, so haben die Feinde der neuen Ordnung längst verloren. Es wird noch interessant sein zu sehen, wer sich uns anschließt und wer sein Leben gibt.«

»Was ist dein Auftrag für mich?«

»Bleib bei mir. Wir beide unternehmen einen Ausflug. Denn es gibt da etwas, das ich schon sehr lange tun wollte.« Bran nahm einen letzten Schluck Wein.

Ein Tropfen blieb in seinem Bart hängen, als habe er das Blut eines Feindes getrunken.

Bevor Patricia nachhaken konnte, was er zu tun gedachte, wurde die Tür des Raumes aus den Angeln gesprengt. Im

Rahmen stand Johanna von Orleans. Eine blutige Schramme zog sich über die Stirn der Unsterblichen, ihr Haar hing lose auf die Schultern herab.

»Ich hätte wissen müssen, dass du mit ihm paktierst«, spie sie Patricia entgegen.

»Johanna«, grüßte Bran tonlos. »Es ist lange her. Schön, dass du mich wiedererkennst.«

»Du! Ich werde dich aufhalten. Du zahlst für den Tod von Piero!«

Der Hass in ihrer Stimme war von solch tiefgehender Intensität, dass Patricia zurückwich. In diesen Kampf wollte sie sich keinesfalls einmischen. Zwischen einer Unsterblichen und einem Allmächtigen konnte eine einfache – wenn auch überragend intelligten und fähige – Magierin nur zerrieben werden. Daher betrachtete sie aus sicherer Entfernung, was sich gleich abspielen würde.

»Du hast den Quader also zu Cixi gebracht, hast den Wall erschaffen.«

»Ich musste nur in die Ohren von ein paar Männern und Frauen an den Schalthebeln der Macht flüstern«, erwiderte Bran. »Es war so simpel, wie es vom Beginn der Zeit an stets war. Sicherheit und Macht sind die größten Triebfedern, auf was auch immer sie basieren mögen. Ich gab ihnen, was sie wollten.«

»Um im Quader heranzureifen als Teil des Walls«, flüsterte Johanna. »Was bist du?«

»Ich war und ich bin ein Grenzgänger zwischen den Welten. Die Macht der Magie verbindet sich mit jener vom Anbeginn und der Ewigkeit. Was hier vor dir steht, ist längst weitaus mehr als alles, was ich je zu sein erhofft hatte.«

»So viele Mächtige sind gekommen und gegangen, du bist nur einer von ihnen. Wir werden dich aufhalten.«

»Der Unterschied, liebe Johanna, ist, dass ich schon immer da war. Mächtige haben Macht erhalten oder verloren, ich hingegen bin der Schöpfer von allem.«

Ein Schatten legte sich auf Johannas Blick. »Willst du dich etwa mit Gott gleichsetzen?«

Bran winkte abschätzig mit der Hand. »Ich bitte dich, ich rede doch nicht von Nimag-Glauben. Nein, ich rede von der Geschichte, wie sie wirklich war. Von *unserer* Geschichte.«

Stille senkte sich herab.

Bran bohrte seinen Blick tief in den von Johanna. »Der Wall veränderte das Wissen der Nimags über ihre eigene Historie. Er nahm ihnen die Wahrheit. Aber, liebe Johanna, der Wall ist der *zweite* seiner Art. Auch den Magiern wurde die Wahrheit einst genommen.«

»Was?« In Johannas Blick schlich sich Entsetzen. »Das ist unmöglich. Es gibt nur einen Wall.«

»Ist das so?« Bran breitete die Arme aus. »Die Geschichte, so wie du sie kennst, ist eine Lüge! Und ihr Unsterblichen seid ein Teil davon!«

Johanna stürmte auf Bran zu, den Essenzstab erhoben und Mordlust im Blick.

6

Alt gegen Neu

Max fiel bewusstlos zu Boden.

Kevin fuhr herum, weil er an eine Attacke aus dem Hinterhalt glaubte. Doch da war niemand.

»Könnt ihr mich hören? Nehmt euch in *Acht, Chloe gehört zu ihnen*«, hallte Jens Stimme durch die Kontaktsteinverbindung.

»Aber Jen, das klingt ja gar nicht gut. Doch ich fürchte, hier ist niemand, der dich hören kann.«

Kevin fuhr herum.

Chloe zwinkerte ihm zu. Ein Zauber waberte auf, umhüllte sie drei und verhinderte jede weitere Kontaktsteinkommunikation.

»Du gehörst zu ihnen?! Aber warum? Du hasst die Schattenkrieger.«

»Nicht die Schattenkrieger.« Chloe schüttelte den Kopf. »Der neuen Ordnung habe ich mich angeschlossen.«

Es folgte ein entsetzlicher Monolog über wahres Glück und die Allmacht von Bran, den sie für einen vom Himmel herabgestiegenen Engel hielt. Nur er allein war dazu in der Lage, der Welt die Glückseligkeit zu bringen.

»Weißt du, es ist ganz eindeutig: Max muss sterben, er ist

ein Agent. Aber du, du könntest dich uns anschließen. Freiwillig.« Ein erwartungsvoller Blick traf Kevin.

Sie musste tatsächlich den Verstand verloren haben. Glaubte Chloe ernsthaft, dass er seinen Verlobten umbringen ließ, um selbst einer Sekte beizutreten?

»Dachte ich mir.« Sie zuckte mit den Schultern. »Willst du die harte oder die leichte Tour?«

»Crepitus!«

Eine Explosion erblühte direkt neben Chloe und warf sie gegen die Wand.

»Die harte Tour also«, stöhnte sie. »Gravis!«

Die Schwerkraft vervielfältigte sich und drückte Kevin zu Boden. »Gravitate Negum!« Alles wurde wieder leicht. »Somnus Silenscium!«

Er wollte Chloe ihre Stimme nehmen, doch diese wehrte den Angriff mit einem kurzen Neutralisierungszauber ab. »Ignis Gravitate Sagittatum!«

Feuerlohen entstanden und wurden durch gerichtete Gravitation zu Pfeilen. Noch hielt Kevins Schutzsphäre stand, doch der Hagel wurde immer dichter. Schon bildeten sich erste Risse.

Ein Taumeln, dann stand er an der Wand, kauerte sich zu Boden.

»Du hättest es so leicht haben können!«, rief Chloe.

Sie sah nicht, dass er ein magisches Zeichen auf dem Gestein anbrachte. Mit einem Ruck seines Essenzstabes glitt es über die Wand, bis es direkt neben Chloe leuchtete. »Lapitus Vitalis«, lenkte er seine letzte Kraft in das Gestein.

Risse durchzogen die Mauer, verästelten sich. Erste Brocken brachen heraus, Arme aus Stein packten Chloe, umschlossen ihre Kehle.

Es war der magische Spruch von Tomoe, den sie beim Einfall der Schattenkrieger ins Castillo einst genutzt hatte, um sich zu wehren.

Die gemurmelten Worte drangen nicht mehr über Chloes Lippen. Mit verdrehten Augen erschlaffte ihr Körper, der Essenzstab fiel zu Boden.

»Max!« Kevin rannte zu seinem Freund, ging neben ihm in die Knie.

Erst jetzt sah er das Blut.

Ihr Essenzstab traf auf den Eibenstab, Funken sprangen durch die Luft. Johanna legte all ihren Hass in den Schlag. Doch genauso gut hätte sie eine Attacke gegen Gestein führen können. Sie wusste nicht, woher Bran jenen Stab hatte, der so groß war wie er selbst, mit dicken wurzelartigen Strängen am oberen Ende, die sich ineinander verschlangen.

»In Kürze werde auch ich einen Essenzstab besitzen«, erklärte Bran. »Doch bis dahin dient mir mein alter Helfer. Du solltest ihn kennen, immerhin entstammt er euren Verbotenen Kavernen.«

In Johannas Erinnerung regte sich etwas. Der Zipfel einer Wahrheit, den sie jedoch nicht greifen konnte. Wie ein flüchtiger Zauber verwehte der Gedanke.

Wieder und wieder führte sie ihren Schlag.

»Arme Johanna von Orleans«, sagte Bran. »Deinen Sohn hast du ebenso verloren, wie deinen Geliebten. Selbst deine Macht ist dazu verdammt in dieser Blutnacht für immer zu zerbrechen.«

In einer schnelle Abfolge bewegte er die linke Hand, kein Wort kam dabei über seine Lippen.

Ihr Essenzstab zerbröselte zu feinen Flocken aus Hexenholz, Splittern aus Engelsglas und einer Prise Noxanith.

Selbst Patricia wirkte für eine Sekunde geschockt, als realisierte sie erst jetzt die wahre Macht, die Bran repräsentierte. Wenn er mit einer Handbewegung einen Essenzstab zerstören konnte, wer vermochte ihn dann noch aufzuhalten?

»Wer bist du?«

»Keine Sorge, meinen Namen wird bald jeder kennen.« Hass schwang in seinen Worten mit, wie ein gespanntes Stahlseil, das jederzeit reißen und durch die Luft peitschen konnte. »Dieses Mal wird mich niemand vergessen, niemand meinen Anspruch zurückweisen.«

Während sie sprach, hatte Johanna hinter ihrem Rücken den Zauber vorbereitet. Es war ihr einziger und letzter Versuch, das wusste sie.

»Ignis Aemulatio. Ignis Infinite!«

Magisches Feuer loderte auf, tanzte über Brans Kleidung und ließ ihn zu einer menschlichen Fackel werden.

»Dein Leben endete als Nimag auf dem Scheiterhaufen und nun möchtest du mir das gleiche Schicksal zuteilwerden lassen?« Unbeeindruckt stand Bran im Raum. Die Flammen schienen ihm nichts anzuhaben. »Wie verzweifelt musst du sein?«

Sie erloschen.

Einfach so.

Johanna begriff, dass sie nie eine Chance gehabt hatte. Bran wollte seine Macht demonstrieren, hatte mit ihr gespielt, nicht mehr. Unsichtbare Kräfte pressten ihr die Arme gegen den Körper, ließen sie in die Höhe schweben und verschmolzen ihre Lippen zu einem Strich.

»Bewegungslos, machtlos, sprachlos.« Bran lächelte. »So mag ich dich am liebsten.«

»Was wirst du mit ihr tun?«, fragte Patricia.

In den Augen der umtriebigen Machtfrau loderte die Freude. So lange hatte sie vom Sturz der Unsterblichen geträumt, dass sie es jetzt kaum fassen konnte.

»Keiner der Unsterblichen darf seine Wacht beenden«, erklärte Bran, »denn dann würde die Zitadelle Ersatz entsenden. Dieses Mal gelingt es mir vielleicht nicht, die Wege zu tauschen, wie bei Anne und Mozart. In der Tat, Johanna: Anne sollte eigentlich bei den Schattenkriegern landen, sie steht auf meiner Seite. Mozart starb im Spiegelsaal, was die Mächte der Zitadelle jedoch nicht wissen.«

Mit jedem Satz zerbrach ein wenig mehr der klaren, heilen Welt, in der Johanna zu leben geglaubt hatte. Ohne es zu wissen, hatten sie auf einem ausgehöhlten Fundament gestanden, davon überzeugt, sicher zu sein.

Jetzt stürzte alles zusammen.

»Nein, ich werde dafür sorgen, dass die Unsterblichen sicher verwahrt werden. An einem Ort, der ein Entkommen unmöglich macht.«

Ein diabolisches Grinsen erschien auf Brans Gesicht.

Und sie begriff.

7

Der Ort der Wahrheit

Schmerz.

Mit jedem Atemzug pochte die Wunde, die sie ihm zugefügt hatten. Die Illusionierung war längst zerstoben, sein Shirt getränkt in Blut. Hoch über ihm zogen Raben ihre Kreise, ihre Schreie schienen ihn zu verhöhnen.

Die Häuser standen dicht an dicht. Wäre es nicht tiefste Nacht gewesen, er hätte es nicht gewagt, diesen Weg einzuschlagen. Doch welche Wahl hatte er?

Die Hoffnung hielt Alex auf den Beinen. Die Antwort lag so nahe, wie die Heilung. Natürlich konnte er über den Kontaktstein niemanden mehr erreichen. Jen war da, aber mehr als dumpfe Präsenz, verwaschen und nicht greifbar. Die anderen spürte er gar nicht.

Max, Kevin, Chris, Nikki und Chloe schienen aus dem Kontaktsteinverbund verschwunden zu sein. Es verwunderte ihn nicht.

Ein stechender Schmerz ließ ihn taumeln.

Glücklicherweise gelang es Alex, aus dem Schrei ein Krächzen werden zu lassen. Trotzdem erklangen kurz darauf Stimmen. Wenn sie ihn fanden, war er tot. Sie würden nicht warten, niemanden herbeirufen oder auf seine Worte hören, sie würden ihn auf der Stelle umbringen.

Keuchend taumelte er in eine schmale Gasse zwischen zwei Häusern. Sie führte zu einem Innenhof, in dem ein Baum bis hinauf auf das Dach ragte. Am liebsten hätte er Magie eingesetzt, um einfach in die Höhe zu schweben, doch das war unmöglich. Stück für Stück zog er sich am Geäst nach oben.

Dann sah er sie.

Zwei Männer, die offensichtlich nicht so leicht aufgaben. Ihre Silhouetten zeichneten sich im Mondlicht vor der Gasse ab. Sie verharrten, lauschten.

Alex hielt den Atem an. Bewegungslos hing er zwischen dem Geäst. Sie durften ihn nicht sehen, er war so nah am Ziel.

Ausnahmsweise schien das Glück auf seiner Seite zu stehen.

»Du hast dich wohl geirrt«, sagte der eine.

»Ich irre mich nie.«

»Komm schon, es ist spät. Außerdem regnet es gleich, riechst du es nicht?«

Sie verschwanden in der Gasse.

Alex wartete kurz, dann setzte er seinen Weg auf das Dach fort. Der Sims tauchte vor ihm auf, er streckte den Arm aus. Ein Ast brach knackend.

»Siehst du, ich hab es dir doch gesagt, da oben ist einer!«, erklang die bekannte Stimme.

Ein Schuss hallte. Neben Alex' Gesicht schlug die Kugel in die Rinde ein. Holzsplitter flogen durch die Luft, fuhren ihm über die Haut und hinterließen blutige Striemen. Alles auf eine Karte setzend stieß er sich ab.

Brüllend zog er sich aufs Dach.

Sein Shirt hing nass an ihm, getränkt von Blut wie ein Handtuch, das jemand ins Wasser getaucht hatte.

»Ich klettere hinterher, ruf du Verstärkung.« Schritte erklangen, dann das Ächzen eines Mannes, der am Baum emporstieg.

»Steh auf, Kent. Du musst weiter«, verlangte Alex von sich selbst.

Sein Körper war schwer, gehorchte aber.

Er taumelte über die Dachschindeln, natürlich viel zu laut, als dass die Verfolger seine Spur verloren hätten. Immer weiter, vorbei an Schornsteinen, Erkern und seltsamen Aufbauten.

»Das nächste Mal kommst du mit, Jen.«

Dem Schicksal war zuzutrauen, dass Alex hier starb, während Jen Dylan rettete. Dann konnten die beiden glücklich werden, ganz ohne schlechtes Gewissen. Er verdrängte den Gedanken.

Jen und er gehörten zusammen, das glaubte er aus tiefster Seele. Und sie auch. Da konnte auch ein Dylan nichts ändern.

Seine Kraft versiegte.

Alex taumelte, konnte sich gerade noch keuchend an einem Schornstein festhalten. Ein Schuss erklang. Funken stoben auf, wo die Kugel die Schindeln traf.

Er taumelte weiter.

Wie ein Ertrinkender in der Wüste, dessen Körper sich noch bewegte, dessen Geist vom Wassermangel aber längst auf seine Instinkte reduziert worden war. Wenn er sein Ziel nicht erreichte, war alles zu Ende. Keine Antworten, keine Hoffnung, kein Überleben.

Was gerade im Castillo geschah, hing hiermit zusammen. Die Archivarin hatte angedeutet, dass etwas nicht stimmte, es einen Kampf gab. Kevin und Max hatten über die Kontaktsteine etwas übermittelt. Gefühle, Kampf, Schmerz.

Hier ging es nicht nur um ihn und Jen, seine Freunde benötigten die Antworten ebenso.

Vor Alex tat sich ein Graben auf. Er musste springen. Taumelnd nahm er Anlauf, stieß sich ab. Mondlicht, schattenhafte Umrisse von Häusern, Schornsteine, die wie dicke Essenzstäbe in die Höhe ragten. Oben wurde zu unten. Ein Schlag, dann Stille.

Alex lag auf dem Pflasterstein. Er hatte den Sprung nicht geschafft. Das Leben floss aus ihm heraus, sein Körper starb. Ein heißer Schreck durchfuhr ihn: Starb Jen nun ebenfalls?

»Es tut mir leid«, flüsterte er.

Eine Silhouette schob sich vor das Mondlicht. Sie hatten ihn gefunden. Er blinzelte. Nein, das war keiner der Männer. Die Silhouette war kleiner, fast winzig.

»Nils?«, krächzte Alex.

Dann versank die Welt um ihn herum in allumfassender Schwärze.

8

Fieber

Hitze tobte durch seinen Körper, ein Strom aus purem Feuer.

Stöhnend öffnete Alex die Augen, blinzelte. Die Umgebung bestand aus verwaschenen Flecken, Schemen, Silhouetten.

»Alles ist gut«, erklang eine Stimme.

Er hätte sie erkennen müssen, wusste, wer sie war. Doch der Gedanke blieb ungreifbar, verbrannte in den Flammen des Fiebers.

Neben dem Bett saß der Knirps. Unerkennbar, ein Schemen wie alles hier. War Alex womöglich tot? Gestorben auf den Pflastersteinen der Gasse? Dann wäre all das hier der fiebrige Traum eines Sterbenden.

»Die Wunde ist tief«, erklang eine weitere Stimme. »Sie hätten ihn beinahe getötet.« Es war eine Frau, aber jünger als die andere.

»Und eine Tragödie ausgelöst.« Die erste Stimme klang müde. »So viele sind schon gestorben, ich habe aufgehört zu zählen.«

»Womöglich sollten Sie etwas tun.«

»Nein! Unser Platz ist verborgen im Schatten, damit niemand uns sehen kann.«

»Spielt das noch eine Rolle?«, fragte die zweite Stimme. »Er ist zurück. Früher oder später findet er uns.«

»Ich werde es ihm jedoch nicht leicht machen.« Ein Schnauben. »Wir dürfen Alexander Kent nicht verlieren. Die Folgen wären unabsehbar. Gerade jetzt. Er wird gebraucht, genau wie die anderen.«

»Das dürfte dem Schicksal egal sein.«

»Erzähl mir nichts von Schicksal. Wenn es darum ginge, wäre ich schon tausend Mal und öfter gestorben. Nein, wir sind unseres eigenen Glückes Schmied. Vergiss das nie. Der richtige Weg ist stets der beschwerliche, bei dem man nichts geschenkt bekommt.«

Schweigen.

»Ich kümmere mich um ihn, reinige die Wunden. Welche Magie soll ich dafür nutzen?«

»Nimm den zweiten Flakon vom dritten Regal, ganz links. Die Essenz schimmert himmelblau.« Die erste Stimme schwieg einen Augenblick.

Alex konnte spüren, wie die Frau ihn von oben bis unten musterte.

»Danach schließen wir die Wunden mit der anderen Essenz«, sprach sie weiter. »Der karmesinroten.«

»Natürlich.«

Sie beugte sich ganz nah zu ihm herab, bis ihre Lippen neben seinem Ohr waren. »Hör mir genau zu, Alexander Kent, du wirst kämpfen müssen, bis zum Letzten. Ich kann dir die Antworten erst geben, wenn du an Körper und Geist genesen bist. Deine Wunden gehen tief.«

Ihr Atem verschwand, die Worte verhallten.

Schritte erklangen, die Dielen knarzten.

Dann war er allein. Wie so oft. Er sehnte sich nach der Berührung von Jen, dem Lächeln seiner Mum, einem aufmunternden Spruch von Alfie. Doch sie alle waren fort. Die größten Herausforderungen, das wurde ihm einmal mehr bewusst, bestritt man allein. Tod oder Leben, Sieg oder Niederlage, Antworten oder ewiges Schweigen – es lag an ihm und ihm allein.

Er sah den Menschen vor sich, der er einst gewesen war. Wütend auf die Welt, hasserfüllt, foch stets angetrieben von dieser kleinen Flamme der Hoffnung in seinem Inneren. Bis heute wusste er nicht, woher sie ihre Kraft bezogen hatte. Der Tag, an dem das Sigil ihn erwählt hatte, war seine zweite Geburt gewesen.

Er würde nicht aufgeben.

Nicht jetzt, niemals.

Denn was vorher eine Ahnung gewesen war, war längst Gewissheit: Sein Leben besaß Bedeutung. Nicht nur für ihn oder Jen, für seine neuen Freunde oder die Welt der Magie. Es ging tiefer.

Und er war so nah daran, alles zu erkennen.

Der Geruch des Zimmers, die Stimme der Frau: All das brachte eine Seite in ihm zum Klingen, die bisher geschwiegen hatte. Alles wirkte vertraut. Als müsste er längst begreifen und wissen. Doch das konnte er nicht, weil das wilde Sigil in ihm war und das Gleichgewicht störte. Sein Gegner wusste vermutlich längst alles, was für ihn noch immer im Verborgenen lag.

»Hilf mir«, flüsterte er.

Doch die Stille antwortete nicht.

Er musste genesen. Heilen. Kämpfen.

Wieder erklangen Schritte. Eine blau leuchtende Phiole schwebte vor ihm, wurde von Fingern entkorkt. Essenz schwappte auf seine Wunden. Er brüllte. Schwarze, faulige Magie wurde aus ihm herausgespült, doch sie hatte ihre winzigen Tentakel tief in sein Fleisch geschlagen.

Seine Schreie währten Stunden.

Irgendwann waren die Wunden gereinigt. Dann kam das Karmesinrot. Es kühlte, brachte Linderung und stoppte den Abfluss seiner Kraft. Hoffnung kehrte zurück.

»Deine Wunden sind geschlossen«, flüsterte die Stimme. »Nun kannst du heilen. Wir werden dir helfen.«

Er war selbst für ein dankbares Lächeln zu müde. Sein Körper musste im Inneren nicht länger kämpfen, konnte gesunden. Und Alex durfte loslassen.

Kristallklares Wasser benetzte seine Lippen. Er trank gierig, als sei er ein Leben lang am Verdursten gewesen.

Dann sank er zurück und schlief.

9

Richter und Henker

»Ich dachte wirklich, du bist tot.« Kevin bekam das Bild einfach nicht aus seinem Schädel. »Du könntest zukünftig darauf verzichten, immer bis zum Äußersten zu gehen.«

Max zog ihn heran und hauchte ihm einen sanften Kuss auf die Lippen. »Irgendwie scheint ja immer jemand da zu sein, der mich rettet.«

»Darauf verlassen wir uns aber nicht, Herr Agent.« Kevin strich seinem Verlobten sanft über die Wange.

Der Gedanke, ihn zu verlieren, erschütterte sein Herz. Max war Gefangener des Wechselbalgs gewesen, ihm in seiner Wut fast entglitten, danach durch die Hand von Moriarty gestorben. Einzig Edisons Opfer war es zu verdanken, dass er wieder herumturnte wie ein Flummi.

»Also schön.« Max besah sich ihr gemeinsames Werk. »Sie wird erst mal nicht aufwachen. Und wenn doch, kann sie keinen Finger rühren.«

Chloe lag in einem Raum, der mit Gerümpel vollgestopft war. Aufgrund der kollabierenden Dimensionsfalten hatten die Lichtkämpfer sich von allem trennen müssen, was zu viel Platz benötigte. In Kürze sollten die Gegenstände einem guten Zweck gestiftet werden.

Sie verließen den Raum, dieses Mal jedoch hinter einer Illusionierung.

Während in der Ferne weiter Kampfeslärm tobte, wurde es ruhiger, je näher sie der großen Halle kamen. Sie hielten sich im ersten Stock und gingen hinter der umlaufenden Galerie in die Knie. Wer konnte schon ahnen, ob dieser Bran nicht auch Illusionierungen durchschaute?

»Da ist Mum«, hauchte Kevin.

Umgeben von Ordnungsmagiern stand ein Pulk Magier in der Halle. Sie waren eindeutig Gefangene. Ihre Essenzstäbe lagen säuberlich aufgeschichtet am Rand.

»Da ist dein Dad. Und deine Granny.« Max' Blick wanderte flink über die Gesichter. Er nannte weitere Namen.

Gerade wollte Kevin überlegen, wie sie weiter vorgehen sollten, als Stille sich über die Anwesenden senkte. Bran erschien. Von dem schwachen Mann, der vor wenigen Wochen aus dem Onyxquader hervorgekommen war, war nichts mehr zu erkennen. Er schritt mit Elan aus, den Blick voll unbändiger Kraft.

Neben ihm lief Patricia Ashwell, die Lippen zu einem freudigen Kräuseln verzogen.

»Johanna«, keuchte Max entsetzt.

Die Unsterbliche schwebte bewegungslos hinter dem Trio in der Luft, das durch Eliot vervollständigt wurde. Bran hatte sie also besiegt.

Vorsichtig zeichnete Max ein Symbol auf den Boden und murmelte unverständliche Worte.

Die Szene vor ihnen machte einen Sprung, kam abrupt näher. Sie konnten jetzt alles sehen und hören.

»Das sind alle, die sich gewehrt haben?«, fragte Bran.

Eliot nickte. »Deshalb musste ich dich in deinem Raum stören. Wie sollen wir vorgehen?«

Brans Blick glitt über die Anwesenden. Abrupt hob er die Hand und vollführte eine Geste. Es flimmerte, einzelne Personen in der Gruppe der Gefangenen änderten ihre Position, dann teilte die Menge sich.

»Alle auf der linken Seite kommen für die neue Ordnung infrage, ich muss lediglich mit jedem von ihnen eine Unterhaltung führen. Alle auf der rechten Seite werden niemals das Glück akzeptieren.«

»Ich kenne Magier wie dich!«, rief Kevins Granny wütend. »Ihr könnt nur zerstören! Mit Glück hat das nichts zu tun.«

»Wie praktisch.« Bran zog Kevins Eltern und seine Großmutter mit einer Handbewegung vor die Gruppe.

»Ava, Benjamin und Annora Grant. So weit mir bekannt ist, hattet ihr heute Großes vor, ein Tribunal wurde einberufen. Ich fürchte, die Richter sind nicht länger verfügbar.« Er deutete auf Johanna. »Ab jetzt bin ich derjenige, der Recht spricht.«

»Was willst du von uns?«, fragte Kevins Dad mit ruhiger Stimme. »Dir muss doch klar sein, dass du die magische Gemeinschaft nicht dauerhaft unterjochen kannst.«

»Aber wer spricht von so etwas Hässlichem wie Unterjochung?« Bran lächelte gütig auf Kevins Dad herab, als sei dieser nur zu dumm, die offensichtliche Wahrheit zu begreifen. »Ich führe nicht durch Hass oder Wut. Die Magier folgen mir, weil ich ihnen etwas dafür schenke. Glück. Echtes, greifbares Glück. So brachte ich den Bruder von Chloe O'Sullivan zurück. Eliot wählte das Vergessen, ich erfüllte seinen Wunsch.«

»Und was ist der Preis dafür?«, fragte Annora. »Das Aufgeben der Menschlichkeit?«

»Sie schließen sich der neuen Ordnung an. Wo Lichtkämpfer und Schattenkrieger nicht mehr existieren, nur die Gemeinschaft der Magier als Ganzes.«

»Mit welchem Ziel?«

Bran lächelte. Er sprach es nicht aus, doch in seinen Augen erkannte Kevin, dass seine Pläne gewaltig waren. Er wollte die Macht nicht einfach um der Macht willen, nein: Da war noch etwas.

»Ihr werdet mir nie folgen.« Brans Stimme war leise, doch klar und in ihrer Konsequenz endgültig.

Er hob die Hand und vollführte eine leichte Drehung.

Ein hässliches Knacken erklang.

Kevins Körper gefror zu Eis, als der verkrümmte Leib seines Dads zur Seite fiel. Doch Bran war noch nicht am Ende. Er wiederholte den Zauber und Kevins Mum sackte tot zu Boden.

Einfach so.

Seine Eltern waren fort. Getötet nebenbei, als seien sie nicht mehr als lästige Fliegen, die um Brans Gesicht herumgeschwirrt waren.

Kevins logisches Denken setzte aus.

»Nein!«, brüllte er und machte einen Satz über die Brüstung.

Alles ging rasend schnell.

Max sah, wie der tote Körper von Ava Grant neben den ihres Mannes fiel. Selbst die sonst um kein Wort verlegene Annora Grant stand einfach nur erstarrt neben den Leichen. Ihre Tochter und ihr Schwiegersohn waren tot.

Im Reflex wollte Max Kevin festhalten, doch sein Verlobter sprang bereits über die Brüstung. Im Fallen änderte er die Schwerkraft und feuerte einen Kraftschlag auf Bran.

Doch dieser wischte den Angriffszauber aus der Luft, in dem er ihn in seinen Eibenstab aufnahm.

»Eure Familie macht es mir leicht«, sagte Bran. »Um Christian konnte Chloe sich kümmern, und ihr beide seid auch kein Hindernis mehr.«

»Aportate Essenzstab!«, brüllte Annora.

Es war das Zeichen für den Aufstand. Die zusammengedrängten Magier schlugen los. Essenzstäbe glitten in die Hände ihrer Besitzer, Ordnungsmagier wurden mit Faustschlägen zurückgedrängt.

Er musste helfen. Max sprang ebenfalls über das Geländer. Es war zu spät für eine sinnvolle Taktik und überlegtes Vorgehen. Nun galt es, zu improvisieren. Während er Kraftschläge abschoss, Schläge parierte und Zauber vorbereitete, griff er an seinen Kontaktstein.

»Falls mich irgendjemand hören kann, wir brauchen Hilfe!«

Doch niemand antwortete.

Das Dämpfungsfeld von Chloe musste längst fort sein, doch weder Jen noch Alex, Nikki oder Chris antworteten.

Sie sicherten sich gegenseitig den Rücken, Annora, Kevin und er. Auf diese Art konnten die Contego-Sphären sich überlappen, die Zauber vereint und Angriffe frühzeitig erkannt werden. Die anderen Magier gingen im direkten Kampf gegen ihre Feinde vor, doch Max begriff mit Schrecken, dass nicht alle auf der richtigen Seite standen.

Jene, die Bran zu Beginn links eingeordnet hatte, kämpften nur halbherzig oder zogen sich an den Rand des Kampfes zurück.

Dann klatschte Bran in die Hände und murmelte ein Wort.

Jeder Magier, der sich auf der rechten Seite befunden hatte, stand im nächsten Moment in Flammen. Menschliche Fackeln brüllten ihr Leid hinaus, taumelten umher und brachen schließlich zusammen. Es roch nach verbranntem Fleisch und sterbenden Träumen.

Die Übriggebliebenen sanken auf die Knie und warfen ihre Essenzstäbe fort.

Kevin, Annora und Max standen zwischen brennenden Toten und knienden Lebenden.

Bran lächelte.

10
In Asche und Blut

»Annora Grant.«

Bran schritt langsam um den Kreis der drei herum, beachtete alle anderen nicht.

Max hingegen nahm jedes Detail in sich auf: Johanna, die in der Luft schwebte, den Blick auf die brennenden Knochen der Gefallenen gerichtet, Patricia, die siegesgewiss auf jene hinabblickte, die knieten, Eliot, der mit verschränkten Armen seine Ordnungsmagier betrachtete.

Es war vorbei und das wussten Annora und Kevin genauso wie Max. Edison hatte ihn viel gelehrt, doch nichts half gegen einen Feind vom Kaliber Brans. Er sprach seine Zauber nicht einmal aus, was es unmöglich machte, sie abzufangen. Mit einem Schnippen ließ er Magier in Flammen aufgehen und brach deren Knochen. Letzteres war nur durch eine veränderte Gravitation oder magische Symbole auf den Knochen möglich. Doch er war den Magiern nicht einmal nahe gekommen. Es gab keinen Ansatz, ihn zu bekämpfen.

»Die magischen Familien sind auf der Flucht oder tot, die Unsterblichen werden zusammengetrieben und fast alle Häuser auf der Welt sind gefallen. Was bleibt, sind einzelne

Scharmützel.« Bran hatte den Kreis vollendet und stand wieder vor Eliot, Johanna und Patricia.

»Du magst uns töten, aber es ist nicht vorbei«, erwiderte Kevins Granny, doch der Kampfeswille war aus ihrer Stimme gewichen.

»Annora Grant«, wiederholte Bran ihren Namen. »Ich habe dich beobachtet, öfter, als du glaubst. Deine Jagd nach den Blutsteinen war für mich von großer Bedeutung. Es gab noch eine wie dich. Doch sie ist tot. Gestorben im Archiv, bevor ich die Verbindung auslöschte.«

Mit jedem Wort zerstörte Bran ein weiteres Stück Hoffnung. Wie lange hatte er diesen Putsch vorbereitet? So viele Fragmente waren über Generationen an die richtige Stelle geschoben worden, ergaben ein Bild, das sich in seiner Gänze noch nicht einmal erschloss.

Max' Blick traf auf Ava und Ben Grant. Liebe Menschen, die alles für ihre Söhne getan hatten und die durch die Schattenfrau zu Teilen eines Spiels geworden waren, das sie nicht hatten übersehen können. Leben schienen Bran noch weniger zu bedeuten als der gnadenlosen besiegten Feindin, der Schattenfrau. Er tat, was immer er tun wollte.

»Aber ich habe mich lange genug mit euch aufgehalten.« Bran hob die Hand.

Plopp.

Ein verwuschelter blonder Knirps erschien direkt neben Max. Seine kleinen Hände griffen zu. Die Umgebung verschwand in einem Wirbel aus Farben und Formen, wurde nahezu gleichzeitig ersetzt von ihrem Ziel.

Sie waren in einem kleinen Raum materialisiert, der mit einer Matratze ausgelegt war. Daneben stand ein winziges Tischchen, auf dem sich Kekse und Gummibärchen stapelten. Comic-Hefte lagen neben der Matratze auf dem Boden.

Noch während Annora sich umsah, packte Max Nils an den Schultern. »Hol Kevin, schnell.«

Plopp.

Er konnte nur beten, dass der kleine Sprungmagier noch rechtzeitig kam. Hatte Bran erst einmal realisiert, dass Nils jederzeit zurückkehren konnte, würde er auch dafür einen Zauber bereithalten.

Plopp.

»Kevin ist weg.« Nils wirkte traurig.

Max' Brust schien sein Herz zu zerquetschen. »Was meinst du mit ›weg‹?«

»Der böse Mann hat Eliot gesagt, dass er Kevin in seinen Raum bringen soll.«

Der Druck verschwand, Max atmete auf. »Er lebt also noch. Gut, dann haben wir eine Chance.«

»Bring uns zu dem Raum«, verlangte Annora.

»Nein«, stoppte Max Nils' in der Bewegung. »Wir können nicht einfach mal eben in Brans Allerheiligstes springen, er wird damit rechnen.«

»Mein Essenzstab wird ihm schon zeigen ...«

»Annora«, sagte Max sanft. »Wir haben verloren. Bran muss nur mit den Fingern schnippen und unsere Essenzstäbe gehen in Flammen auf. Und wir gleich mit.«

»Willst du etwa aufgeben?!«, fuhr sie ihn an.

»Nein.« Er behielt den sanften Ton seiner Stimme bei. Annora Grant hatte gerade ihre Tochter verloren. »Wir müssen retten, wen wir retten können.«

»Flucht?«, sagte sie leise.

»Flucht«, bestätigte Max. »Mit jedem Angriff werden weitere Magier sterben oder auf seine Seite wechseln. Er hat das zu gut vorbereitet.«

»Aber ...« Die Fassungslosigkeit im Blick der alten Dame brach Max das Herz. »Es kann doch nicht sein, dass alles weg ist. Einfach so. Was wir aufgebaut haben über so viele Jahre. Der Friede, die Ordnung, die Gleichheit.«

»Wir haben nicht aufgepasst. Es geschah ganz langsam, aber wir haben in die falsche Richtung gesehen, waren beschäftigt mit unseren Alltagsproblemen.«

Stück für Stück war der Friede, den sie so hart erstritten hatten, vor ihnen zerbröckelt. Max lachte bitter auf. Wie oft hatte er über die Nimags gesprochen, in deren Gesellschaften Ähnliches geschah. Arroganz kam vor dem Fall. Und ja, das waren sie alle gewesen, arrogant.

»Wo ist Ataciaru?«, fragte er.

»Attu ist beobachten«, erklärte Nils. »Alle mit bösem Glück können ihn nicht sehen. Er ist weg.«

»Unsichtbar?«

Nils nickte eifrig. »Weg.«

»Das ist doch mal was.« Max rieb sich müde die Stirn.

Annora wandte sich ab, die Augen feucht vor Trauer. Sie hatte einst ihren Mann verloren, jetzt die Tochter und den Schwiegersohn. Das Schicksal von Chris blieb ungewiss, das von Kevin hing an einem hauchdünnen Essenzfaden.

Letzteres musste Max verdrängen.

»Aber wohin bringen wir sie?« Annora wischte ihre Tränen beiseite. Sie war eine Kämpferin. »Laut Bran werden die magischen Häuser weltweit angegriffen oder sind bereits gefallen. Die übergelaufenen Magier werden alle sicheren Häuser verraten.«

»Es gibt einen Ort«, überlegte Max. »Er ist über ein Portal erreichbar, aber am Ziel ist der Raum mit Gestein versiegelt.

Wenn wir darauf einen magischen Bann legen, kommt niemand durch die Barriere, der nicht hineingelangen soll.«

»Dadurch könnten wir jeden überprüfen. Und falls ein Feind das Portal nutzt, wüsste er gar nicht, wo er herauskommt.«

»Wir müssen das Portal trotzdem zügig versiegeln. Wenn Bran dort auftaucht, fegt er alles beiseite, was wir an Hindernissen errichten.«

»Ich habe da eine Idee.« Annora knabberte auf ihrer Unterlippe herum, was sie überraschend jugendlich wirken ließ. »Ich könnte den Portalzugang nur an Menschen weitergeben, die gerade verzweifelt sind.«

»Das …«

… war eine brillante Idee. Wer Bran folgte, fühlte sich glücklich, konnte von den aktuellen Ereignissen also nicht emotional negativ betroffen sein.

»Dann kümmerst du dich darum. Ich warne die anderen vor.«

»Die anderen?«

»Einen Geist und einen Wechselbalg.« Max zuckte entschuldigend mit den Schultern. »Sagen wir einfach, dass unser Ziel mehr als einem Flüchtling als Unterschlupf dienen wird.«

Er weihte Annora vollständig ein, erzählte von Kyra, der Essenzmanifestation Thunebecks und der Rückkehr von Alex.

»Natürlich, damals sind Jennifer Danvers und Alexander Kent dort gelandet.« Sie klatschte in die Hände, von grimmiger Entschlossenheit erfüllt. »Das kriegen wir hin.«

Sie gingen an die Arbeit.

11

Stunden im Zwielicht

»Gut, dass du einen Chirurgen dabeihast«, sagte Dylan mit zusammengebissenen Zähnen.

Seine Wunde sah böse aus, war aber nicht lebensbedrohlich. Der Sanitatem-Zauber hatte ausreichend Vorarbeit geleistet.

Jen legte ein medizinisches Notfallset auf den kleinen Holztisch. Glücklicherweise gehörte auch das zur Standardausstattung in jedem sicheren Haus, falls der betroffene Magier nicht mehr ausreichend Essenz besaß, um sich in einer Notsituation zu heilen.

Solange keine lebensbedrohliche Situation eintrat, durfte sie Dylan nicht magisch heilen.

»Was ist das für ein Haus?« Er nahm das Desinfektionsspray heraus und verteilte es mit zwei Sprühstößen auf der linken Seite seiner Brust.

Dylan saß auf der Couch, trug lediglich die blauen Hosen. Seine behaarte Brust war von Blutflecken bedeckt, geteilt von den Wunden.

»Eine Unterkunft der Firma, die für Notfälle zur Verfügung steht«, erklärte sie.

»Und mit Firma meinst du …«

»Das Hauptquartier. Ach, lassen wir das doch besser.«

»Drei durchgeknallte Amokschützen haben gerade versucht, uns beide zu töten«, merkte er an. »Ich liege blutend auf der Couch in einer … zugegeben: gemütlichen kleinen Wohnung. Ich will alles wissen! Wann kann ich zurück zur Arbeit, was ist hier eigentlich los – und warum wollten sie uns töten? Du wusstest ja anscheinend, dass sie auf dem Weg sind.«

»Kümmern wir uns doch erst einmal um deine Wunde.«

Dylan nahm ein Gerät aus dem Koffer, das aussah wie ein Tacker. »Halte mal die Ränder zusammen.«

Die blauen Handschuhe rochen nach Gummi, als Jen sie überstreifte. Sie drückte die Haut zusammen, damit Dylan den Tacker ansetzen konnte. Sein Gesicht verzog sich unter Schmerzen, als er zudrückte. Insgesamt sechsmal musste er das Gerät einsetzen, dann war die Wunde vernäht.

»Danke«, krächzte er.

»Kein Problem.« Sie streifte die blutigen Handschuhe ab.

»Ich weiß, dass du Schluss machen möchtest.«

Der Themenwechsel erwischte Jen kalt, sie zuckte zusammen. »Was?«

»Wer ist Alexander Kent?« Vermutlich wurde sie bleich, denn Dylan nickte. »Dachte ich mir. Du hast seinen Namen mehrmals im Schlaf ausgesprochen. Ein Kollege?«

»Ist er. Wir haben uns … irgendwie hat sich das entwickelt. Es tut mir so leid.«

Dylan nickte nur müde. »Ich wusste es. An dem Tag, an dem ich dich da stehen sah im Regen, da wusste ich, dass es nicht von Dauer ist.« Er rieb sich das Gesicht, das schabende Geräusch des kratzendes Bartes erklang. »Manchmal weiß man es einfach. Ich habe natürlich gehofft, aber Schicksal ist Schicksal. Das habe ich in all meinen Jahren begriffen. In einem Operationssaal kann das Team noch so gut ausgebildet sein, der Arzt ein Ass auf seinem Gebiet ... Doch wenn das Schicksal sich dagegenstellt, kann man am Ende nur noch den Todeszeitpunkt verkünden.«

Er wusste nicht einmal, wie nahe er der Wahrheit mit dieser Aussage kam. »Wir haben wohl alle unsere Erfahrung mit verlorenen Freunden gemacht.«

Sie erinnerte sich an den Abend, an dem sie auf Dylan getroffen war. Dunkelheit hatte über London gelegen und die Erkenntnis, dass Clara die Schattenfrau war, hatte Jen völlig aus dem Gleichgewicht geworfen. Dann stand plötzlich dieser attraktive Nimag vor ihr, der ihren Essenzstab für einen Regenschirm hielt, sie anlächelte und ihre Traurigkeit in eine leidenschaftliche Nacht verwandelte.

Die Wochen danach waren wie ein Traum gewesen. Doch obwohl Jen sich wohlfühlte, hatte sie doch stets gemerkt, dass da etwas fehlte. Ein winziger Teil in dem Bild namens Liebe. Wie sich herausstellte, war dieses Stück rotzfrech, bettelte förmlich darum, geschlagen zu werden und hielt niemals die Klappe.

Was Alex wohl gerade tat?

Sie hatte mehrmals versucht, ihn über den Kontaktstein zu erreichen, ebenso wie die anderen. Sobald Dylan schlief, würde sie einen Wasserzauber nutzen, um mit den Freunden zu sprechen. Die Erkenntnis, dass Chloe zu ihren Feinden übergelaufen war, hatte Jen erschüttert.

Wussten die anderen davon?

War die Warnung noch rechtzeitig erfolgt?

Im Gegensatz zu Dylan beherrschten Alex, Chris, Kevin, Max und Nikki Magie. Sie konnten sich selbst verteidigen, ein Nimag nicht. Es war ihre Pflicht, ihn zu beschützen, auch wenn alles in ihr danach schrie, ins Castillo zu rennen.

»Wird man noch einmal versuchen, uns zu töten?«, fragte Dylan.

»Wie kommst du darauf?«

»Du schaust ständig so nachdenklich, mit einem Hauch Panik im Blick«, erwiderte er. »Und man beantwortet keine Frage mit einer Gegenfrage.« Er lächelte sanft.

»Ich hol dir mal ein Shirt.«

Seine Gegenwart machte sie noch immer unruhig. Auf eine Art, die ihr Schuldgefühle bescherte.

In einem der Zimmer fand sie die übliche Ersatzkleidung. Sie brachte ihm Jeans und Hemd, worauf er sich – natürlich nur mit ihrer Hilfe – umziehen konnte. Blutverlust und so. Vermutlich hatte er noch nicht aufgegeben, wollte ihr seinen muskulösen Körper mit der breiten Brust präsentieren.

»Hier sollten wir erst einmal sicher sein«, erklärte Jen und brachte Abstand zwischen sich und Dylan.

Vor dem Fenster fuhren die Autos vorbei, wenn auch nur spärlich. Dieser Teil von London war in der Nacht unbelebt.

Das sichere Haus hatte ihnen schon oft Unterschlupf gewährt. Johanna und Leonardo hatten sich hier mit Alex und ihr getroffen und sie auf die Reise nach Indien geschickt. Die schiefen Regale, die alten Bücher, die quietschenden Dielen – alles wirkte heimelig. Jen mochte das Haus.

Leider kannten auch andere Magier diesen Ort.

Wenn Bran die Lichtkämpfer unterwandert hatte, würde sein Augenmerk sich auch auf diesen Ort richten.

»Wir haben eine Nacht«, ergänzte sie. »Danach ziehen wir weiter. In Kürze sollte ich Unterstützung erhalten, dann kann ich dir mehr sagen. Es könnte sein, dass wir dich in ein … Zeugenschutzprogramm stecken müssen.«

»Kommt nicht infrage«, stellte Dylan klar.

»Wie du schon sagtest, die drei wollten dich töten.«

»Ich bin Chirurg, Jen! Ich rette Leben. Man braucht mich im Krankenhaus. Ihr werdet das ja wohl hoffentlich klären können, was auch immer schiefgegangen ist. Wenn du mit mir darüber sprechen würdest, könnte ich vielleicht auch etwas dazu sagen.«

Sie strich ihm sanft über die Wange. »Du solltest schlafen.«

»Ich will aber nicht schlafen!«

Einen Zauber später lag er selig schlummernd auf der Couch. Sein Körper musste ruhen, um zu genesen. Außerdem konnte sie seine Fragen sowieso nicht beantworten. Sie wusste selbst nicht viel.

»Okay, Danvers, tief durchatmen. Wenn nicht über die Kontaktsteine, dann nehmen wir eine hübsche Kristallschale. Irgendwen werde ich schon finden.«

Sie machte eine Schale ausfindig, füllte sie mit Wasser aus der Leitung und stellte sie auf dem Tisch ab. Ein kurzer Blick zu Dylan zeigte ihr, dass er tief und fest schlief.

Jen sprach den Zauber.

Doch sie erreichte niemanden.

12
Ein Schlund ins Nirgendwo

Bran führte sie in den Raum, in dem einst der Onyxquader bewacht worden war. Verwundert realisierte Johanna, dass die Splitter nicht mehr herumlagen. Nach dem Zerbrechen des Artefaktes hatte niemand mehr darauf geachtet, alle hatten sich mit Ellis beschäftigt. Sie konnte noch immer nicht fassen, dass sie direkt vor ihrem alten Feind Bran gestanden hatte, dem Mörder ihres Sohnes. Doch aufgrund der veränderten Erinnerung hatte sie ihn nicht erkannt.

»Hier hast du also geschlafen«, kommentierte Patricia prompt. »Heimelig.«

»Mein Körper ruhte«, entgegnete Bran, »doch mein Geist war hellwach. Ich zog durch die Welt und die Splitterreiche, beobachtete, flüsterte wichtigen Magiern Dinge ins Ohr. Immer wieder unterbrochen von Phasen, in denen ich tatsächlich schlief. Und heranreifte. Nur so konnte ich werden, was ich heute bin.«

»Das mag alles ganz interessant sein, aber sollten wir uns nicht um Max Manning und Annora Grant kümmern?«, gab Patricia zu bedenken.

Der Blick aus Brans Augen ließ sie zusammenzucken.

»Die beiden mögen mit dem Sprungmagier entkommen

sein, doch das ist nicht von Dauer. Wir haben Kevin Grant. Ich konnte das Band der Liebe zwischen ihm und dem Agenten sehen, ebenso zwischen ihm und seiner Großmutter. Sie werden kommen.«

»Max Manning sollte nicht unterschätzt werden«, krächzte Patricia.

»Ich unterschätze niemanden. Vergiss das nicht, Patricia Ashwell. Aber möglicherweise überschätzt du dich und deine Position. Sollen wir darüber eine Unterhaltung führen?«

Hastig schüttelte Patricia den Kopf. »Nicht nötig. Du hast völlig recht.«

Johanna hätte gerne die Frage ausgesprochen, womit Bran denn recht hatte, doch ihre Lippen waren noch immer verschmolzen.

In ihrem Geist klebten die Bilder der brennenden Knochen und der Geruch nach verbranntem Fleisch wie flüssiger Teer. Es hatte Bran eine Handbewegung gekostet, sie zu töten. Wenn seine Worte der Wahrheit entsprachen, existierte das Archiv nicht mehr und ein Großteil der magischen Familien war tot. Die Nacht war noch nicht einmal zur Hälfte verstrichen, doch schon jetzt war kaum noch etwas von der alten Ordnung übrig.

Sie fragte sich, was aus den anderen geworden war. Tomoe in Frankfurt, Kleopatra und Leonardo. Vermutlich hatte Einstein es ganz gut getroffen, er befand sich noch immer in der Bühne, womit Bran ihn nicht erreichen konnte.

Zumindest die Frage nach der ehemaligen ägyptischen Königin wurde beantwortet. Langsam schwebte sie in den Raum, getragen von Brans Magie, zu Bewegungslosigkeit und Schweigen verdammt wie Johanna.

»Da Anne auf meiner Seite steht, gibt es hier im Castillo

keine unsterbliche Gegenwehr mehr«, erklärte Bran. »Um Tomoe wird sich aktuell gekümmert, Leonardo ist außer Gefecht und Einstein nehmen wir uns vor, sobald er wieder auftaucht.«

Patricia hatte ihren Schrecken überwunden. Neugierde schlich sich in ihren Blick. »Aber was wirst du mit ihnen tun? Bernstein?«

Die Antwort war ein energisches Kopfschütteln. »Bernstein mag ausreichen, um gewöhnliche Magier einzusperren, doch bei Unsterblichen ist das etwas anderes. Das Material wird irgendwann zu schwach, um sie zu halten. Das Risiko wäre zu groß. Und das letzte Stück ewiger Bernstein wurde für die Archivarin verwendet.«

Innerlich schrie Johanna auf. Damit hatten sie das uralte Kind also aus dem Spiel genommen. Ewiger Bernstein konnte niemals gebrochen werden, hatte Bestand bis in alle Ewigkeit. Damit war die Archivarin nicht tot, doch in einem Martyrium der Bewegungslosigkeit gefangen.

Bran war in der Tat ein Monster.

»Natürlich ist es unabdingbar, die Unsterblichen auszuschalten. Und zwar endgültig«, erklärte Bran.

Das zustimmende Leuchten in Patricias Gesicht, die Freude über seine Aussage, ließ die Wut in Johanna neu entflammen. Sie wollte dieser elenden Person einen Kraftschlag um die Ohren hauen.

»Und es gibt einen Ort, an dem sie perfekt aufgehoben sind. Während für sie dort nur Sekunden vergehen, verstreichen in Wahrheit Jahre.«

Nein!, brüllte Johanna innerlich auf.

»Der Immortalis-Kerker«, hauchte Patricia. »Aber um den

Weg dorthin zu öffnen, benötigt es die dreifache Macht der Unsterblichkeit. Das Siegel ist anders nicht zu brechen.«

Brans Lippen kräuselten sich. »Ist das so? Du solltest es besser wissen. Was denkst du, Johanna, willst du einen Blick auf die andere Seite werfen? Es ist das perfekte Gefängnis. In dem Augenblick, in dem du dort ankommst, beginnen die Sekunden zu verstreichen. Doch hier bei uns sind es bereits viele Tage. Fluchtpläne, die du in Minuten durchdenkst, kosten dich Jahre. Verfestigte Magie aus Essenz und Zeit umschließt jeden. Was mich daran erinnert, dass dort noch ein paar Magier und Unsterbliche eingekerkert sind, die ihrem Retter zweifellos dankbar sein werden.«

Sie konnte nicht verhindern, dass ihre Augen sich weiteten. Über Jahrzehnte, nein: Jahrhunderte hatte der Rat die schrecklichsten Feinde dort eingesperrt. Unsterbliche, die sich perfider Verbrechen an Nimags schuldig gemacht hatten. Mörder waren darunter, aber ebenso mächtige Feinde, die auf Seiten der Schattenkrieger gestanden hatten. Purer Hass, manifestiert in unterschiedlichsten Magiern und Unsterblichen, würde aus dem Portal schwappen, wenn Bran es öffnete.

»Ist es nicht Ironie des Schicksals?«, fragte er. »Eure größten Feinde in Freiheit, während ihr dort eingesperrt seid.« Sein Blick wanderte zu Kleopatra. »Johanna hat natürlich Erfahrung mit engen Kerkern, sie wurde sogar auf dem Scheiterhaufen verbrannt. Wenn ich mich richtig erinnere, hast du selbst entschieden, aus dem Leben zu gehen. Eine Schlange hatte damit zu tun?« Er lachte leise. »Natürlich werdet ihr nicht den humanen Immortalis-Kerker erleben, den ihr für eure Feinde geschaffen habt. Ich denke da an ein paar Veränderungen, die euch zermürben.«

Sie wollte ihn anbrüllen, doch ihre Lippen teilten sich

nicht. Das war es, was Bran beabsichtigte: Zermürbung, Machtlosigkeit, Schmerz. Sie fragte sich, weshalb. Woher kam sein Hass auf die Unsterblichen, auf die bestehende Ordnung? Immerhin hatten sie ihm nichts getan. Selbst ein Magier mit absolutem Machtwillen, der gnadenlos über Leichen ging, hasste nicht mit derartiger Leidenschaft.

Doch sie konnte ihre Frage nicht stellen. Denn eines war offensichtlich: Bran ließ in seiner Wachsamkeit keinen Augenblick nach. Er hatte jeden Schritt zur Macht vorbereitet, behielt alle Elemente im Blick und wirkte durch seine Werkzeuge auf sie ein. Johanna blieb nur die Hoffnung, dass Tomoe besser auf sich achtete. Oder war sie bereits auf dem Weg hierher?

»Wäre es nicht sicherer, die Unsterblichen alle im Kerker zu belassen?«, fragte Patricia vorsichtig.

»Mir ist bekannt, dass du eine Abneigung gegen all jene hast, die ewig leben«, erwiderte Bran. »Lege das ab. Auch ich werde für immer sein. Jetzt schweig.«

Bran nahm Aufstellung an jenem Platz, an dem bis vor wenigen Wochen der Onyxquader gestanden hatte.

»Immortalis Aeternum. Immortalis Revelio!«

Blitze zuckten durch die Luft. Die Wirklichkeit schien sich zusammenzuziehen, als saugte jemand von der anderen Seite einen Teil davon ein.

Das Portal entstand.

13

Immortalis Aeternum

Eine Wunde in der Wirklichkeit. So wirkte es stets, wenn der Immortalis-Kerker geöffnet wurde, doch Bran hatte die Struktur des Zaubers verändert. Der Übergang war nicht wie üblich nur in eine Richtung passierbar.

Es schwappte kurz, dann standen die ersten Rückkehrer vor ihnen. Beinahe hätte Johanna panisch aufgeschrien. Blutunterlaufene Augen, zerfetzte Kleidung, Wahnsinn im Blick – die grausamen Zwillinge waren seit einer Ewigkeit eingekerkert.

Doch Bran wich nicht zurück. Er begrüßte sie mit einem Lächeln. »Sagt mir, was ist eures Glückes Pfand?«

Und der Albtraum nahm seinen Lauf.

Magier und Unsterbliche durchschritten das Portal und ließen die Mauern des Immortalis-Kerkers hinter sich, um eine Welt zu betreten, die gegen ihre Gräueltaten nicht gerüstet war. Doch Bran ließ keinen vorbei, mit dem er nicht zuvor gesprochen hatte.

Bei einigen musste er Gewalt anwenden, um seine Machtposition klarzustellen, andere wurden von ihm zu Asche verbrannt, weil sie sich nicht unterwerfen wollten. Doch der

Strom riss nicht ab. Hunderte kehrten zurück in die Wirklichkeit und stürmten die Treppen empor, um auf Seiten Brans in den Kampf einzugreifen.

Irgendwann versiegte der Strom.

»Und wieder ist unsere Gemeinschaft um ein paar Mitstreiter reicher.« Erfreut ließ Bran den Blick über Kleopatra und Johanna schweifen. »Ich werde die Wut der Unsterblichen zu nutzen wissen. Sie waren lange gefangen und machen dafür alle anderen verantwortlich. Den Rat des Lichts, weil sie sie gefangen nahmen, die Unsterblichen der Schattenkrieger, weil diese nicht halfen. Ich werde Jäger aus ihnen machen. Gnadenlose Verfolger, die ihresgleichen suchen und zu mir bringen. Der Immortalis-Kerker wird mit all jenen gefüllt sein, die mir nicht folgen. Egal ob Licht- oder Schattenkrieger. Schon bald wird diese Unterscheidung gänzlich vergessen sein.«

Johanna konnte nichts gegen die Bilder tun, die vor ihrem inneren Auge aufstiegen. Hämisch grinsende Rückkehrer, die in Nemos Basis vordrangen und alles niedermetzelten, was ihnen vor den Essenzstab kam. Die Zwillinge, die erneut auf ihre mörderische Hetzjagd gingen und sich H. G. Wells oder einen der anderen schnappten.

Mochte Bran auch den Befehl erteilen, dass die Unsterblichen lebend zu ihm gebracht werden mussten, so galt das doch nicht für die bei der Jagd entstehenden Kollateralschäden. Und die würde es zuhauf geben.

»Ich sehe die Hoffnungslosigkeit in deinem Blick, Johanna«, sprach Bran. »Wie fühlt es sich an, wenn man von einem Tag auf den anderen vollständig die Kontrolle verliert? Wenn einem alles genommen wird, an das man geglaubt hat? Wenn das Fundament des eigenen Lebens in tausend Splitter zerbricht und der Abgrund sich auftut?!« Hass funkelte in seinen Augen.

»Es hätte vermieden werden können, weißt du. Wenn die Zitadelle mir gewährt hätte, was ich wollte. Was ich mir verdient hatte! Doch stattdessen sollte ich sterben, mein Name im Strom der Zeit an Bedeutung verlieren, bis niemand ihn mehr kennt.« Er holte aus und warf einen Kraftschlag gegen die Wand.

Steine wurden zertrümmert, es regnete Splitter.

»Doch meine Bedeutung war und ist so groß, wie du es dir nicht vorzustellen vermagst. Größer als jeder ahnt. Ich werde den Schleier wieder fortreißen und der magischen Gemeinschaft die Geschichte offenbaren, wie sie wirklich war.«

Eine wütende Handbewegung.

Kleopatra flog durch die Luft, ein Schwappen erklang, sie war fort. Gefangen im Immortalis-Kerker in einer ewig währenden Sekunde.

»So einfach ist es, euer Regnum zu beenden.« Bran verzog abschätzig das Gesicht. »Eine Handbewegung und ihr seid nicht länger Teil des großen Spiels.«

Johanna konnte spüren, wie der Zauber verebbte, der ihre Lippen verschmolz. »Warst du der Monologe leid?«

»Ich dachte, ein paar letzte Worte sollte ich dir gönnen.«

»Was du auch tust, wie mächtig du auch sein magst: Ich kehre zurück und werde dich stürzen.«

»Nein, das wirst du nicht«, erklärte Bran leichthin. »Denn selbst wenn du jeden Zauber überwindest und in Jahrzehnten zurückkehrst, wäre diese Welt eine andere. Ich will Macht nicht um der Macht willen, Johanna von Orleans. Mein Ziel ist die Veränderung. Nicht nur die alte Ordnung der Magier ist gefallen, die der Nimags wird sich anschließen.«

»Das kannst du nicht tun«, hauchte Johanna entsetzt. »Du

beziehst deine Macht aus dem Wall, der Wall verbirgt die Magie.«

»In ihrer sichtbaren Form tut sie das, doch unsichtbar können wir auf die Regierungen dieser Welt einwirken.« Er lächelte. »Verstehst du es jetzt? Sie werden bald gar nicht mehr wissen, dass es einst anders war. Und dann … Dann ist die Zitadelle an der Reihe.«

»Wofür hältst du dich, für Gott?« Sie hätte es nicht tun sollen, doch die Wut tobte zu stark. Johanna spuckte Bran vor die Füße. »Du bist nicht mehr als ein Möchtegern-Unsterblicher.«

»So, bin ich das.« Zwei Schritte und er stand neben ihr. Seine Lippen glitten zu ihrem Ohr, leise wisperte seine Stimme: »Doch in Wahrheit trage ich einen anderen Namen.«

Und er nannte ihn.

Unhörbar für Patricia.

»Nein!«

Erinnerungen an die Geschichte der Magie brachen sich Bahn, Informationen, die Einstein ihr einst gegeben hatte. Puzzleteile fielen an ihren Platz.

Sie begriff.

»Ja, ich sehe es in deinem Blick. Das Entsetzen. So soll es sein.« Er trat zurück. »Nimm diesen Gedanken mit in den Untergang. Ihr hattet nie eine Chance.«

Wieder machte er eine Handbewegung.

Johannas Körper glitt durch die Luft, das Portal kam näher. Sie wollte etwas tun, ihn anschreien, Zauber brüllen und Magie wirken, doch sie war machtlos. So machtlos wie nie zuvor.

»Du wirst fallen, wie du schon einmal gefallen bist«, sagte sie tonlos. »Wie die …

Das Portal nahm sie auf.

14
Über den Dächern von Frankfurt

Tomoe sprang zur Seite.

Wo sie eben noch gesessen hatte, erschienen Tentakel aus dem Nichts, die an ihrer statt den Schreibtischstuhl umschlangen.

»Saruna, was soll das?!«

Ihre Stellvertreterin an der Spitze der Holding lächelte nur. »Wir bringen dich ins Castillo. Bran erwartet dich bereits. Bitte, verzichte auf jeglichen Widerstand, es würde mir leidtun, dich zu verletzen.«

Tomoe lag eine spitze Bemerkung auf der Zunge. Verletzen? Sie war die Unsterbliche im Raum und an Kampfeskunst weit überlegen.

Ein Gedanke, der an Bedeutung verlor, als Illusionierungen zusammenfielen. Rundum traten Schattenkrieger und Lichtkämpfer aus dem Verborgenen. Ob es sich um die Beeinflussung durch ein Artefakt handelte oder einen Zirkel, der sich aus einzelnen Schattenkriegern und Lichtkämpfern zusammensetzte, spielte keine Rolle. Sie wollten Tomoe entwaffnen. Etwas, das sie niemals wieder zulassen würde.

»Armis Manifeste.«

Nicht umsonst trug sie seit der Zeit ihrer Gefangenschaft

die Dimensionsfalte stets bei sich. Sie hatte mit Bernsteinpulver angerührte Tinte benutzt, um die magischen Ankersymbole an den entsprechenden Punkten ihrer Haut einzustechen. Auf diese Art waren die Rüstungselemente unsichtbar mit ihr verbunden und konnten jederzeit manifestiert werden.

Protektoren aus gehärtetem Titan, überzogen von magischen Symbolen aus Gold, manifestierten sich an Armen, Beinen und der Brust. Ihr Kopf wurde von einer Maske umschlossen, in die auf Stirnhöhe ein Reif mit eingelassenem Bernstein eingenäht war. Eisenspangen verliefen über Wangen und den Schädel. Auf den Augen trug sie magifizierte Gläser.

In die Rückseiten der Handschuhe waren Dornen eingelassen, die bei jedem Schlag die Haut aufplatzen ließen und Essenz aus ihren Gegnern herausrissen.

Auf den Sohlen ihrer Schuhe war ein Netz aus Kontaktpunkten aufgebracht, die überall anhaften konnten, auch auf Hauswänden.

»Telum Manifeste.«

Ihr Essenzstab veränderte sich. Sekunden später lag ein Katana in ihrer Hand, der Stab bildete den Griff. Elegant ließ sie die Waffe rotieren.

»Ich fürchte, ich muss ablehnen«, erklärte Tomoe gelassen. »Doch ich biete euch an, die Waffen zu strecken. Ihr werdet euch vor einem Tribunal erklären.«

»Du missverstehst.« Saruna brachte ihren Essenzstab zum Glühen. »Wir stehen auf der Seite der neuen Ordnung, *du* bist hier die Gesetzlose. Falls du dich wehrst, dürfen wir jede Form der Gewalt anwenden.«

»Unter welcher Autorität?«

»Brans. Johanna und Kleopatra befinden sich bereits in Gewahrsam.«

Man musste kein Rechengenie sein, obwohl Tomoe eines war, um die Chancen zu kalkulieren. Falls Saruna die Wahrheit sprach, war der Rat nicht mehr existent. Die Macht im Castillo lag in den Händen dieses ominösen Bran, wie auch immer er das angestellt hatte. Im Laufe ihres unsterblichen Lebens hatte Tomoe zahlreiche Schlachten geschlagen, die meisten siegreich. Ihre Taktik war stets gewesen, sich einen Überblick zu verschaffen, einen Plan auszuarbeiten und dann zuzuschlagen.

»Ich kenne dich als Taktikerin, Tomoe. Leg die Waffen nieder, du willst nicht kämpfen und musst es auch nicht.«

Saruna kannte sie zu gut. Im Verlauf ihrer Zusammenarbeit waren sie zu Freundinnen geworden. Dabei blieb es nicht aus, dass man über die Vergangenheit sprach. Es war kein Geheimnis, dass die Schattenkrieger sie gefangen genommen hatten. Doch während der Immortalis-Kerker die Jahre zu Sekunden werden ließ, nutzten die Schattenkrieger ein anderes Konzept. Ein Tag in Gefangenschaft dauerte für den Gefangenen gefühlt ein Jahr. Eine grausame Folter. Sie war entkommen, noch heute aber bekam sie in engen Räumen Beklemmungen und hielt sich weitgehend aus den Kämpfen heraus. Ihr Weg hatte sie zu einer Expertin auf dem Gebiet der Finanzströme werden lassen.

Offensichtlich versuchte Saruna, ihre Schwäche auszunutzen. Doch damit war sie bei Tomoe an die Falsche gelangt.

»Ignis Aemulatio!« Sie schwang ihr Katana.

Eine Feuerlohe raste auf Saruna zu, die sich mit einem gewagten Sprung in Sicherheit bringen konnte. Die übrigen Angreifer riefen synchron: »Potesta Maxima.«

Ein offensichtlicher Angriff, den Tomoe vorausgesehen hatte. Sie berührte ein Symbol auf der Rüstung, das daraufhin aufglühte und eine Contego-Sphäre erschuf, die ihre Körperkonturen nachzeichnete. Selbst wenn diese zusammenbrach, besaß das Metall magiereflektierende Eigenschaften.

In einer fließenden Bewegung löste Tomoe eine flache Metallscheibe von der Rüstung und schob sie über den Boden. Unter zwei Lichtkämpfern kam sie zum Stehen, wurde ruckartig größer und demanifestierte den Boden. Aufschreiend fielen die beiden in das Stockwerk unter ihnen.

»Ihr habt keine Chance gegen mich«, merkte Tomoe an.

»Ich weiß«, gab Saruna freimütig zu. »Doch wenn du uns besiegst, kommen andere. Doppelt so viele. Unsterbliche. Jäger, die dazu ausgebildet sind, euresgleichen aufzuspüren und gefangen zu nehmen. Willst du das wirklich?«

»Alles ist besser als Gefangenschaft.«

Doch damit hatte Saruna ihr mehr verraten, als sie ahnte. Ein Kampf war sinnlos. Die Situation musste neu bewertet werden.

»Was hat dieser Bran dir geboten, dass du die Seiten wechselst?«

Saruna lächelte, wie so oft in der letzten Zeit. »Glück.«

Eine Droge vermutlich oder ein Zauber. Tomoe verfluchte sich selbst dafür, nicht früher nachgefragt zu haben. Ihre Vermutung, dass Saruna einen neuen Freund hatte, erwies sich als Trugschluss.

»Und nicht nur mir«, ergänzte ihre Stellvertreterin. »Alle, die sich der neuen Ordnung anschließen, erhalten das wahre Glück.«

Was diesen Bran zu Tomoes nächstem Ziel machte. »Sag ihnen, dass ich niemals aufgeben werde.«

»Dann jagen wir dich bis ans Ende der Welt. Und darüber hinaus.«

»So sei es.« Tomoe wirbelte ihr Katana durch die Luft. »Gravitate Negum.«

Wie von einer Explosion im Zentrum des Raumes wurden die Angreifer zurückgeworfen, krachten gegen die Wand und verloren ihre Essenzstäbe. Tomoe glitt auf das deckenhohe Fenster des Raumes zu, warf eine weitere Metallplatte und sprang durch das demanifestierte Glas.

Kalte Nachtluft umgab sie. Die Skyline von Frankfurt war ein schöner Anblick, auch wenn man gerade aus einem Fenster gesprungen war. Der Gravitationszauber trug sie zum nächstgelegenen Hausdach. Sie kam sanft auf, ging in die Hocke und wurde eins mit den Schatten.

Ein letzter Blick zurück.

Saruna stand am Fenster der Holding, die sie nun zweifellos leiten würde. Damit fiel die Macht des Geldes in die Hände der Feinde.

»Ich komme wieder«, versprach Tomoe.

Und tauchte ein, in die Dunkelheit.

15

Fehlsprung

Plopp.

»Das ist nicht das wissenschaftliche Labor«, kommentierte Annora, behielt ihr Lächeln aber bei.
Schließlich wollte sie Nils bei Laune halten.

Sie wandte sich um und konnte gerade noch einer Bratpfanne ausweichen, die ihr sonst das Gesicht zertrümmert hätte. Mit einem lauten Scheppern knallte die Fläche gegen die Wand. Der massige Leib von Tilda geriet ins Taumeln.

Mit einem Satz brachte Annora ausreichend Abstand zwischen sich und die Köchin. »Lass die Pfanne fallen, Tilda.« Ein wenig dämlich kam sie sich bei diesen Worten schon vor.

»Eher sterbe ich.« Mit einem wütenden Funkeln holte die Köchin erneut aus. »Oder du. Von mir aus mit einem Lächeln.«

»Oh. Das ist ein Irrtum. Ich habe nur für Nils gelächelt.«

Der Blick des Winzlings sauste zwischen Annora und Tilda hin und her, wobei er skeptisch Essenzstab und Bratpfanne betrachtete.

»Ach so.« Die Bratpfanne sank herab. »Ich dachte, du hättest ihn vielleicht gekidnappt.«

»Eigentlich sollte er mich in eines der Labore bringen, damit ich dort einen Zauber anfertigen kann.«

Tilda deutete auf die Kekse auf der Tischtheke. »Das lenkt ihn manchmal ab.«

»Als Chris noch klein war …« Annora winkte ab. Dafür war später Zeit. »Ich brauche dringend Wasser.«

»Davon habe ich genug.«

»Kristallwasser.«

Wieder nickte Tilda. »Das schöpfe ich aus der Quelle im Garten ab.«

Schnell eilte die Köchin zu einem Regal und kehrte mit einer Karaffe zurück. »Heute Morgen abgefüllt.«

»Ausgezeichnet.« Annora nahm das Wasser entgegen und schnappte sich die flache Schale, die auf dem Tisch stand.

Ein simpler Zauber genügte, um sie von allen Restspuren magischer oder organischer Substanzen zu befreien.

»Was geht hier vor?«, wollte Tilda wissen. »Wieso lächeln alle immerzu und sind glücklich, greifen aber ständig andere Zauberer an? Ein Fluch?«

»Etwas in der Art«, bestätigte Annora. »Bedauerlicherweise ist er permanent. Sie stehen alle unter dem Einfluss von Bran. Das ist der Mann, den du als Ellis kennengelernt hast.«

»Der kann was erleben.«

Erst jetzt bemerkte Annora den Essenzstab, der an Tildas Gürtel hing. Als Magierin, deren Sigil keinerlei Essenz produzierte, vermochte Tilda nur dann Zauber zu wirken, wenn die Essenz von einem anderen Magier kam. Oder aus einem Speicher. Gleichzeitig war dies etwas ganz Besonderes, denn normale Magier konnten die Essenz eines Mitstreiters nicht aufnehmen. Außer sie wurde durch den Avakat-Stern freiwillig gegeben.

In Tildas Essenzstab waren Bernsteine eingebaut, die von Freunden immer wieder aufgeladen wurden.

Annora brachte mit ihrem Essenzstab rings um die Schale alle notwendigen Symbole an. Sie standen für die Länder der Erde und Splitterreiche. Der Zauber würde sie unglaublich viel Essenz kosten, doch nur so konnten sie die Familien in Sicherheit bringen und alle Magier retten, die den Schergen von Bran noch nicht zum Opfer gefallen waren.

In kurzer Folge berührte Annora die Symbole mit ihrem Essenzstab, daraufhin begannen sie von innen heraus zu leuchten. Das Wasser plätscherte in die Schale, frisch und klar, wie Kristall.

»Vocalis Maxima. Vocalis Terra.«

Ihre mintgrüne Essenz wirbelte im Wasser auf, als habe jemand grüne Tinte hineingegossen.

»Hört mich, ihr Magier, die ihr angegriffen werdet von euresgleichen. Das Böse hat seine Wurzeln tief in die magische Gesellschaft gegraben. Licht- und Schattenkrieger sind gleichermaßen betroffen. Im Namen von Bran werden wir gejagt und getötet. Die Unsterblichen sind gefallen, das Castillo ist nicht länger ein Zufluchtsort. Überall auf der Welt geschieht Ähnliches, Bran bietet euch vergiftetes Glück, um euch in seinen Bann zu ziehen. Wenn ihr seinem Angebot folgt, gibt es kein Zurück. Er will die magischen Familien töten, da er in ihnen eine Gefahr sieht.« Annora schluckte mit aller Mühe den Kloß in ihrem Hals hinunter. »Ich musste mit ansehen, wie meine Tochter und ihr Mann von ihm ermordet wurden, wie er jene, die ihm Widerstand leisteten, in Flammen aufgehen ließ. Er schickt seine Mörder aus, um zu töten und zu vernichten. Sie kommen mit einem Lächeln, nehmt euch vor ihnen in Acht. Flieht. Wir arbeiten daran, euch einen sicheren Zufluchtsort zu schaffen. Wenn es soweit ist, werden wir euch informieren. Doch bis dahin: Vertraut niemandem, der lächelt. Lasst euer altes Leben hinter euch und geht in den Untergrund. Ob ihr zu den magischen Familien gehört oder Lichtkämpfer seid, die gerade nicht in ihren Häusern waren: Flieht! Dieser Kampf ist verloren. Nun geht es darum, Leben zu retten.«

Ihr Blick fiel auf Tilda, die die Hand vor den Mund geschlagen hatte.

»Helft, beschützt, flieht. Wir werden euch finden.« Sie blickte voller Trauer ins Wasser. »Viel Glück euch allen. Vocalis Silencium.«

Der Zauber erlosch.

»Es tut mir leid«, hauchte Tilda. »Ich habe Ava und Ben sehr gemocht.«

Annora nickte ruckartig. »Er hat auch Kevin. Und von Chris und Nikki fehlt jede Spur. Überall wird gekämpft ...« Zum ersten Mal fühlte sie die Last ihres Alters, die sie zu erdrücken drohte.

Es war so unwirklich.

Noch vor wenigen Stunden hatte sie Ava und Ben geholfen, sich auf das Tribunal vorzubereiten. Ihre einzige Sorge war gewesen, dass ihre Tochter und ihr Schwiegersohn unbeschadet daraus hervorgingen.

Doch jetzt ...

Ihr Leben war kollabiert. Doch sie durfte nicht trauern, sich keinen Augenblick der Ruhe gönnen. Der Kampf tobte. Schlimmer als alles, was sie je in ihrem Leben hatte bestreiten müssen. Selbst das Blutstein-Massaker kam nicht an das hier heran.

»Wir müssen weg«, sagte sie mit kratziger Stimme.

Nils saß mit hängenden Schultern in einem der Sessel. Die Kekse hatte er nicht angerührt.

»Wohin?«, fragte Tilda leise.

»Das wird dir nicht gefallen«, erwiderte Annora. »Wir machen das Verlorene Castillo zu einem Zufluchtsort. In den letzten Tagen hielt Alexander Kent sich dort versteckt. Unter anderem.«

»Sie werden es finden, früher oder später.«

»Aber so haben wir wenigstens eine Atempause gewonnen.«

Tilda nickte nur. Ihre sonstige Fröhlichkeit war fort, zerfetzt von Kraftschlägen, Blut und toten Freunden.

Ein sanftes Tasten ließ Annora zur Seite schauen. Nils war zu ihr gekommen, seine kleine Hand lag in ihrer. Er lächelte schüchtern. »Alles wird gut.«

Sie erwiderte sein Lächeln, wenn auch müde und traurig. »Ganz bestimmt.«

»Wir können singen.«

»Ein anderes Mal.«

Der Kleine wollte etwas sagen, kam jedoch nicht mehr dazu, den Satz zu beenden. Ein Kraftschlag schlug in seine Brust und warf ihn um.

Annora sprang auf. »Contego!«

Vor ihr stand Eliot Sarin mit einer Entourage an Ordnungsmagiern. In der einen Hand hielt er einen Essenzstab, in der anderen einen Kragen aus Holz. »Das nenne ich drei Probleme auf einen Streich.«

Aus seinem Blick sprach Mordlust.

16

Flammen der Erkenntnis

Und ich dachte, ihr könntet nur lächeln.«

Annora gab sich den Anschein von kaltblütiger Gelassenheit, doch es kostete sie jedes Quäntchen Überwindung, nicht nach Nils zu sehen. War der Kleine verletzt? Ein zu starker Kraftschlag konnte die Rippen brechen lassen oder das Herz schädigen.

»Ihr Monster!«, rief Tilda, die weniger Zurückhaltung kannte.

»Das habt ihr euch selbst zuzuschreiben! Ihr seid Feinde der neuen Ordnung. Dein kleiner Rundruf in die Welt hat Bran verärgert, damit hast du uns alle gestraft.«

Ja, in diesem Augenblick hasste Eliot Annora aus ganzer Seele. Wie tief hatte das Monster aus dem Onyxquader seine Tentakel bereits in das Ich der Menschen geschlagen, wenn eine einfache Beleidigung solche Folgen mit sich brachte?

»Du wirst dich vor ihm verantworten, aber zuerst legen wir Nils den Kragen um«, schloss Eliot. »Sprungmagier dürfen nur noch mit Genehmigung von Bran ihre Sonderkraft einsetzen.«

Himmel, deshalb hatten sie den Kleinen bewusstlos geschossen. Natürlich, Sprungmagier stellten ebenso eine Gefahr für den Mistkerl dar wie magische Familien. Auch wenn es seit dem Massaker der Schattenfrau nicht mehr viele davon gab.

»Dafür müsst ihr an mir vorbei«, stellte Annora klar.

»Und mir.« Tilda hielt ihren Essenzstab in der einen, die Bratpfanne in der anderen Hand.

»Ich hatte gehofft, dass ihr das sagt.« Eliot lächelte böse.

Dann schlug er los.

Seine Ordnungsmagier erwiesen sich als eingespieltes Team. Sie glitten in den Raum, fächerten auf und verschossen die erste Salve an Kraftschlägen. Auf diese Art wurden die Contego-Sphären ausgelastet, es fiel schwerer, sich auf den nächsten Zauber zu konzentrieren.

»Ulcerus!« Der Wundzauber glitt heran.

»Ignis Aemulation!« Feuerlanzen donnerten gegen Annoras Schutz und trieben sie zurück.

»Gravitate Negum!« Schwere befiel Tildas Glieder.

Und so ging es weiter.

Glücklicherweise war das hier Tildas Domäne. Sie wehrte Kraftschläge mit der Bratpfanne ab als seien diese heranfliegende Tennisbälle. Offensichtlich hatte sie das Metall magisch imprägniert.

Annora ließ den Steinboden aufbrechen und fegte damit einen der Ordnungsmagier um, er rollte sich jedoch ab und kam sofort wieder in die Höhe. Ihre Gravitationsumkehr wurde neutralisiert, die Luftverfestigung aufgebrochen.

Viel Zeit blieb ihnen nicht.

Eliot musste nur Bran herbeirufen, dann war alles verloren.

Aus der Ecke des Raumes erklang ein schmerzerfülltes Stöhnen. Nils erwachte. Wenn er mit ihnen rechtzeitig in Sicherheit springen konnte ... Aber so sah es nicht aus. Der Kleine wollte aufstehen, doch immer wieder wurde ihm schwindelig und er fiel zurück.

»Wir schaffen das.« Die weiteren Kraftschläge verschoss Annora mit noch mehr Wut.

Das tat so verdammt gut.

»Oh ja, das tun wir!«, bekräftigte Tilda. »Auch wenn die Essenz in meinem Stab fast aufgebraucht ist.«

Entsetzt schielte Annora auf den Essenzstab, der nur noch in schwachem Licht glomm. Sie konnte ihn natürlich nicht für Tilda aufladen, das hätte ihnen in der Summe nicht geholfen.

Ein hämisches Lachen erklang. »Ihr werdet leiden.« Eliot vollführte komplizierte Bewegungen mit der Hand.

Bevor Annora realisierte, was er damit bezweckte, drangen die Wurzeln des nahen Baumes durch die Gartentür herein. Sie peitschten durch die Luft. Der Druck schleuderte sie gegen die Wand, ihr Essenzstab kullerte davon. Ehe sie wieder in die Höhe kam, umschlang einer der Stränge ihren Hals, ein weiterer band ihre Hände hinter dem Rücken zusammen. Sie wurde in die Höhe gehoben. Eine Schlinge auf Hüfthöhe entlastete ihren Hals, doch sollte diese gelöst werden, würde sie in der gleichen Sekunde fallen wie bei einer Hinrichtung durch den Strick. Genickbruch, sofortiger Tod.

Tilda stand allein den angreifenden Horden gegenüber. Fünf Essenzstäbe richteten sich auf sie und feuerten in einem gemeinsamen Stakkato Kraftschläge ab. Immer mehr Risse machten Tildas Schutzsphäre durchlässig, der Essenzstab setzte seine letzte Kraft frei.

Sie hatten verloren.

Jetzt liegt es an dir, Max.

Annora konnte nicht mehr sprechen, kaum noch atmen.

Eliot hielt ihr Leben in seinen Händen. Ein Wunder, dass er nicht einfach eine der Schlingen löste und sie damit ins Jenseits beförderte. Vermutlich wartete er nur noch auf die Rückmeldung von Bran.

Wir haben es versucht.

Und Annora bereute nichts. Der Kampf gegen das Böse war es wert, dafür sein Leben zu opfern. Denn was war man schon in einer Existenz, die gefangen hielt, beherrscht von einem allmächtigen Feind, der Hoffnung, Freiheit und wahres Glück mit einem Fingerschnippen zerstören konnte?

Nein!

Sie würde ihren Weg niemals bereuen, so viel konnte sie am Ende sagen. Ihr Leben war Freude gewesen, aber auch Tränen. Hoffnung und Enttäuschung. Traurigkeit und Glück. Liebe, auch wenn sie viel zu kurz gewesen war. Kämpfe, die Leben gerettet und stets dem Guten gedient hatten. Sie hatte bewahrt und beschützt, gelehrt und unterstützt.

Wenn das hier das Ende war, dann tat es ihr nur leid, dass sie den anderen nicht mehr helfen konnte.

Das letzte Glimmen von Tildas Essenzstab erlosch.

Annoras Augen weiteten sich, als sie Nils erkannte. Der Kleine stand wieder auf beiden Beinen, doch er sprang nicht fort. Mit schüchternem Blick trat er zu Tilda und legte seine kleine Hand in ihre Pranke.

Dann begann er zu singen.

Im ersten Augenblick verstand Annora die Welt nicht mehr, doch dann geschah etwas. In ihrem Inneren erhob sich eine zarte Flamme, zittrig im Wind aus Blut und zerstörerischer Magie, doch sie wuchs.

Tilda schien es ähnlich zu gehen, obgleich ihre Essenz nicht länger Bestand hatte. Ihr Schutz fiel in sich zusammen.

Nils flüsterte etwas. Tilda wirkte verblüfft. Ein auffordernds Nicken folgte. Mit gerunzelter Stirn und augenscheinlich davon überzeugt, dass ihr Tun keinerlei Sinn mehr ergab, bewegte Tilda den Zeigefinger ihrer rechten Hand durch die Luft.

»Fiat Lux Spero.«

Eine Sonne ging auf.

In einer Sekunde stand Nils noch neben Tilda, in der nächsten war da ein gleißendes reines Licht aus verschlungenen Symbolen, das auf die Köchin überfloss. Pure Essenz.

Er ist ein Sigil.

Das Licht verschlang alles.

17

Flieht!

Die Zeiger der Uhr glitten langsam weiter.
Mitternacht kam näher. Halbzeit für diese schreckliche Nacht, in der alles zu zerbrechen drohte. Jen starrte auf das dunkle Glas, hinter dem vereinzelte Scheinwerfer auftauchten. Autos mit Nimags am Steuer fuhren durch die Nacht. Jen stellte sich vor, wie die Fahrer über ihren nächsten Gehaltsscheck grübelten, sich auf den Brunch mit Freunden freuten oder Probleme wälzten. All das wirkte so normal, so simpel.

Doch es war nur eine dünne Schicht Normalität, hinter der das Böse lauerte. Bereit zuzuschlagen. Die Nimags mochten nichts mehr von Magie wissen, doch das schützte nicht vor Magiern, die ihre Macht missbrauchten.

Erst mit ein wenig Verspätung bemerkte Jen, dass die regelmäßigen Atemgeräusche von Dylan verstummt waren. Er starrte sie an.

Erschrocken zuckte sie zusammen. »Du bist wach.«

»Denkst du wirklich, ich kann jetzt schlafen?«

Der Zauber hatte es möglich gemacht, doch sie wusste, dass Nimags mit einem starken Geist nicht so einfach beeinflusst werden konnten. Schlafzauber verloren schnell ihre Wirkung, wenn jemand nicht schlafen *wollte*. Dylan gierte nach Antworten, daher war er innerlich rastlos.

»Du bist verletzt«, sagte Jen müde. »Willst du nicht noch ein wenig schlafen?«

»Antworten wären mir lieber.«

»Ich kann mich kaum konzentrieren. Gib mir doch wenigstens ein paar Stunden.«

Er richtete sich auf. »Als ob du dann fitter wärst.« Ächzend kam Dylan auf die Beine und zu ihr herüber. »An was denkst du?«

»An meine Freunde.«

Sie blickte in das dunkle Glas.

Und jemand starrte zurück.

Aufschreiend machte Jen einen Satz nach hinten und riss ihren Essenzstab hinter dem Gürtel hervor.

»*Hört mich, ihr Magier, die ihr angegriffen werdet von euresgleichen. Das Böse hat seine Wurzeln tief in die magische Gesellschaft gegraben. Licht- und Schattenkrieger sind gleichermaßen betroffen. Im Namen von Bran werden wir gejagt und getötet. Die Unsterblichen sind gefallen, das Castillo ist nicht länger ein Zufluchtsort. Überall auf der Welt geschieht Ähnliches. Bran bietet euch vergiftetes Glück, um euch in seinen Bann zu ziehen. Wenn ihr seinem Angebot folgt, gibt es kein Zurück. Er will die magischen Familien töten, da er in ihnen eine Gefahr sieht.*«

Es war Annora Grant, die mit einem Spiegelzauber ihr Antlitz auf Flächen aus Glas und Wasser projizierte. Sie sprach von Tod und Verderben, Lichtkämpfern und Schattenkriegern gleichermaßen, die sich Bran angeschlossen hatten.

»Nein«, hauchte Jen.

Ava und Ben Grant waren tot, Kevin in Gefangenschaft.

»Helft, beschützt, flieht. Wir werden euch finden.«

Ihr Blick bekam etwas Trauriges, doch Jen sah auch den ungebrochenen Kampfgeist, der darin loderte.

»Viel Glück euch allen. *Vocalis Silencium.*«

»Was ist?«, fragte Dylan.

»Was?«

Verwirrt trat er näher ans Fenster. »War da draußen etwas? Wieso hast du ›Nein‹ gerufen und deinen Regenschirm geschnappt, ist er wirklich eine Waffe? Und wieso bist du plötzlich so bleich?«

Wie sollte sie es ihm nur erklären? Letztlich vermochte sie nicht einmal Magie einzusetzen, um ihm zu zeigen, dass sie keine Irre war. Und wenn Jen begann, von Magiern, einem Castillo und Unsterblichen zu erzählen, würde er das denken.

Die Sache mit dem Geheimdienst war schon schlimm genug. Sie ließ ihren Essenzstab sinken. »Nur ein Reflex. Ich dachte, da draußen wäre etwas. Hab mich geirrt.«

»Jen, was verschweigst du mir?«

»Nur Dinge, über die ich nicht sprechen kann.«

»Kannst oder willst du nicht?«

Sie lachte bitter auf. »Tatsächlich *kann* ich nicht. Wenn ich dir die ganze Wahrheit erzähle, bräuchtest du Beweise. Aber die kann ich nicht liefern.«

»Versuch doch mal dein Glück?«

»Kannst du das Wort ›Glück‹ bitte erst einmal vergessen? Darauf reagiere ich allergisch.«

»In Ordnung. Wenn du mir dafür ein paar andere Wörter gibst. Vorzugsweise aneinandergereiht zu ganzen Sätzen, die Sinn ergeben.«

Beinahe hätte sie gelacht. Er war selbst jetzt noch süß. Obwohl seine normale heile Welt eine ziemliche Breitseite abbekommen hatte. Ihre eigene war kurzerhand kollabiert. Immerhin war Alex in Sicherheit. Schuldbewusst dachte sie an Max, Kevin, Chris und Nikki. Würden sie alle fliehen können?

Und was war mit Chloe? Hatten sie die Freundin endgültig an Bran verloren? Konnten all jene, die ihm folgten, überhaupt befreit werden? Wollten sie das?

»Argh! Danvers!«, brüllte Dylan. »Hör auf zu denken und sprich! Ich sehe doch, dass du tausend Gedanken hin und her wälzt. Es wäre schön, wenn ich auch etwas davon erfahren würde, immerhin bin ich seit heute Zielscheibe und da ist mir irgendeine Geheimhaltung ehrlich gesagt völlig schnuppe. Also raus damit!«

Er stemmte die Fäuste in die Hüften.

Nimags einzuweihen, war bei Androhung furchtbarer Strafen verboten. Vermutlich war das nicht länger von Bedeutung und Dylan hatte recht – er hatte die Wahrheit verdient. Immerhin würde er zu seinem normalen Leben nicht zurückkehren können. Egal wie das hier ausging.

»Also gut«, beschloss sie.

»Wirklich?« Er wirkte verblüfft. »Ich hatte mit mehr Gegenwehr gerechnet.«

»Wir können es auch lassen!«

»Nein, nein.« Er sank auf das Sofa. »Sprich, lass alles raus. Ich höre dir zu.«

»Perfekt.« Jen atmetet tief ein und wieder aus. »Hast du jemals Harry Potter gelesen? Oder Artemis Fowl?«

»Wie bitte?«

»Ich versuche nur, dich langsam heranzuführen.«

»Aha. Weißt du was, nimm doch einfach die Brechstange. Im übertragenen Sinn natürlich. Meine Geduld ähnelt nämlich gerade einer Zeitbombe, deren Countdown gefährlich nahe an der Null ist.«

Das konnte er haben. »Glaubst du an Magie?«

»Schicksal? Vorherbestimmung? Liebe?«

»Nein.« Jen winkte ab. »Ich meine echte Magie. Zaubersprüche, Magier …«

»Und Zauberstäbe?« Dylan grinste.

»Nennen wir sie doch einfach … Essenzstäbe.«

Langsam verschwand das belustigte Funkeln in seinen Augen. »Nein.«

»Dachte ich mir. Also testen wir mal, wie tief dein Vertrauen geht.«

Und sie berichtete vom Wall, uralter Magie, Unsterblichen, Sigilen, Essenz und einem Kampf, der seit ewigen Zeiten zwischen Licht und Schatten tobte.

18

Erste Schritte

Ein Marathon lag hinter ihm. Zumindest fühlte es sich so an. Alex streifte die Decke ab und richtete sich auf. Das Fieber war fort, ebenso die Schweißausbrüche und Schmerzen. Er war wieder in der Lage, klar zu denken, was Jen vermutlich zu einer lustigen Antwort gereizt hätte. Im Reflex griff er nach seinem Kontaktstein, ließ Essenz hineinfließen und tastete mit dem Geist in den Verbund.

Doch da war nichts.

»Du bist erwacht.« Die alte Stimme war zurück.

Zum ersten Mal sah Alex wieder das vertraute Antlitz. »Es ist lange her.«

»Ich habe mich gefragt, wann du zurückkehrst.« Ein Lächeln glitt über ihre Züge, ließ Lachfalten hervortreten. »So ist es jetzt wohl an der Zeit.«

»Wir haben Dinge erfahren, Jen und ich. Bruchstücke der Wahrheit. Aber der Rest ...«

»... wird nur hier offenbart, an diesem Ort.« Sie machte eine Geste, die das gesamte Haus einschloss. »Doch gleichzeitig muss ich dich dafür mit dem Staub aus längst vergangener Zeit vertraut machen. Denn die Antworten haben ihren Ursprung in Legenden und Sagen, geboren aus tiefem Schmerz.«

»Hey, ganz ehrlich, ich mag dieses Geschwurbel ja in Filmen – das klingt so gewichtig und kunstvoll – aber irgendwann ist es auch gut.«

Ein leises Lachen antwortete ihm. »Du bist ein lustiger Geselle und gleichzeitig mit Mut gesegnet. Nichts anderes habe ich erwartet. Das Sigil allerdings …«

»Jaja, ich weiß. Hätte niemals in mich hineinfahren dürfen. Den Exorzismus habe ich hinter mir. War keine schöne Angelegenheit.«

Sie nickte. »Was dir einst geschenkt wurde, ist längst ein Teil von dir. Das Sigil und du seid untrennbar miteinander verbunden. Es mag dir erscheinen wie der richtige Weg, doch der Preis könnte dein Leben sein. Und das von Jennifer.«

»Weil das Gleichgewicht unterbrochen wird«, ergänzte Alex. »Auf unserer Seite sind zwei Magier, auf der anderen aber nur einer.«

Sein Gegenüber deutete ein Nicken an. »Die Folge ist simpel und doch gravierend: Du und Jen, ihr könnt euch nicht an die Details des Paktes erinnern, an eure Aufgabe. Doch die andere Seite vermag das, es wird sogar beschleunigt. Beide haben sich gefunden, die Figuren sind positioniert. Was nun geschieht, ist Schicksal.«

»Ach, das Schicksal schuldet mir noch was.« Alex winkte ab und schenkte ihr ein freches Grinsen. »Bei Gelegenheit werde ich mich mit ihm unterhalten. Aber zuerst würde ich gerne wissen, was denn die Wahrheit ist.«

»So soll es sein.« Sie bedeutete ihm, ihr zu folgen. »So wiederholt sich die Geschichte. Die Wahrheit wird enthüllt, in der dunkelsten Stunde der Magier, auf dass ein Ausweg gefunden wird. Doch ich fürchte, dass der Schatten längst jedem Versuch entwachsen ist, ihn wieder einzukerkern.«

Ein Schreck durchfuhr Alex. »Was ist mit meinen Freunden?«

»Sie kämpfen gegen jene, die vom vergifteten Glück befallen sind. Er nennt sich Bran und Ellis, doch sein wahrer Name ist ein anderer. Die Erschütterung im Gefüge der Uressenz war spürbar, als der Onyxquader zerbrach. Ich und viele andere haben sich darauf vorbereitet.«

»Wie?«

Es knarzte, als sie die Tür öffnete. Der Geruch von altem Holz stieg ihm in die Nase, ebenso Ruß.

»Eins nach dem anderen«, kam es zurück. »Ungeduld, dein Name ist Jugend.«

»Geht das wieder los.« Er musste an Nostradamus denken, der ihn immer noch als Neuerweckten bezeichnete. Wie es dem alten Zausel wohl ging?

»Keine Sorge.« Die alte Dame setzte ihren Fuß auf die erste Stufe. »Aus meiner Sicht ist jeder jung. Es dürfte keine Überraschung für dich sein, dass auch ich eine Unsterbliche bin, wenn auch anders als jene, die du kennst.«

»Wie das?«

»Ich war die erste.«

Ruckartig blieb Alex stehen. »Wie meinst du das? Das … aber, wie alt bist du?«

»Nicht doch, Mister Kent.« Sie schürzte die Lippen. »So etwas fragt man doch eine Dame nicht.«

»Du wurdest also wiedergeboren als ältere Dame?«

»Mitnichten. Man könnte sagen, ich bin flexibel. Dass ich aktuell dieses Alter besitze, hat seinen Grund. Doch wenn ich möchte, kann ich innerhalb von Minuten wieder jung werden. Natürlich hat das einen Preis, wie alles.«

Die Treppenstufen ächzten unter ihrem Gewicht.

Alex konnte es spüren. Die Wahrheit kam näher und sie war mehr, als er erwartet hatte. Wenn sie tatsächlich die erste Unsterbliche war, dann musste der alte Pakt zurückreichen bis zur Anfangszeit des Gleichgewichts, der Regeln, der Magie.

Eine Gänsehaut kroch über seine Arme.

War er bereit dafür? In den letzten Monaten hatte er alles getan, endlich die Wahrheit zu erfahren: die Jagd nach den Kryptexen, die Suche nach altem Wissen und das Eintauchen in Mentigloben. Mehr als einmal war sein Leben in Gefahr gewesen, hatte es Jen beinahe getroffen. Die Monate in der Traumebene hatten ihm Wissen vermittelt, aber ihn ebenfalls beinahe das Leben gekostet.

Er tat einen weiteren Schritt.

Zum ersten Mal fühlte er die Müdigkeit dieses langen Kampfes. Von jenem Tag an, als das Sigil in ihn eingetaucht war, hatte er dafür streiten müssen, nicht von einem Schattenkrieger, der Schattenfrau oder Johanna umgebracht zu werden. Dass sie Kylian im Frankreich der 1950er-Jahre versprochen hatte, alle Nachfolger zu töten, wenn das Gleichgewicht durchbrochen wurde, machte es nicht besser.

»Ah, ich sehe, dass du die Ausmaße dessen, was dich erwartet, zu begreifen beginnst.« Die alte Dame war am unteren Ende der Treppe angelangt. »Zögern ist verständlich. Doch eine Rückkehr unmöglich. Ohne das Wissen, um das, was war und auf dessen Basis sein wird, werdet ihr sterben. Du und Jennifer. Vermutlich auch die anderen beiden. Doch während dies viele Male der typische Ablauf war, ist nun alles anders.«

Sie schwieg und wartete.

Alex nahm die letzten Stufen. Direkt vor ihr blieb er stehen. »Ich bin bereit. Zeig mir die Wahrheit. Alles.«

»So soll es sein, Alexander Kent.«

Die Sohlen ihrer Holzschuhe klackten bei jedem Schritt. Wie konnte man in diesen Dingern laufen? Und warum sollte man das wollen?

Doch er stellte keine Fragen mehr. Der Moment hatte lange genug auf sich warten lassen, jetzt war es soweit. Und nichts sollte ihn stören.

Die erste Unsterbliche öffnete eine Tür, die zu weiteren Stufen führte. Dahinter wartete Dunkelheit. Ein Keller, in dem sich mehr befand als nur Spinnweben und Staub und Wahrheit. Er war auch gefährlich, das hatte sie beim letzten Mal bereits erklärt.

Auffordernd deutete sie in die Dunkelheit. »Wollen wir?«

Alex nickte grimmig. »Verdammt noch mal, ja.«

Und sie stiegen hinab.

19
Am Boden

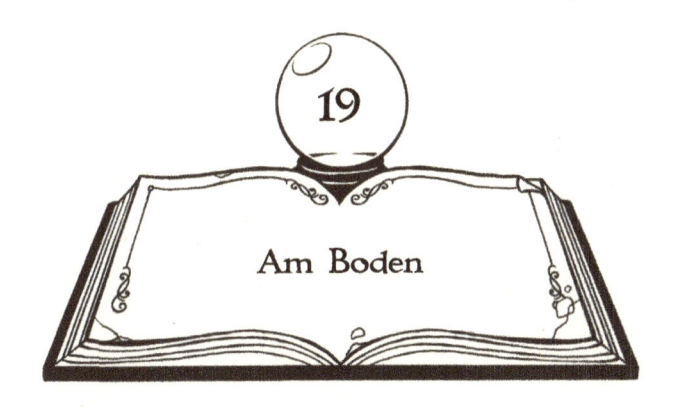

Keuchend fiel Annora zu Boden. Das Licht war verschwunden. Die Angreifer lagen niedergestreckt auf dem Gestein, hatten keine Chance gegen die immense Kraft des magischen Schlags besessen.

»Nils ist ein Sigil«, hauchte Tilda und bestätigte Annoras Vermutung. »Geht es dir gut?«

»Ich glaube schon.« Sie betastete ihren Hals, auf dem vermutlich noch lange der Abdruck der Wurzel prangen würde. »Nur ein wenig durchgeschüttelt.«

Nils stand neben Tilda und lächelte zufrieden. »Sie schlafen jetzt.«

»Auch eine Art, das zu sagen.« Annora ging neben ihm in die Hocke. »Danke, dass du uns geholfen hast. Aber ist dir klar, was das bedeutet?«

Fragend blickte er zu ihr auf. »Nein.«

»Weißt du, wer du bist?«

»Ein kleiner Magier«, sagte Nils, eifrig nickend.

»Vielleicht sollten wir ein anderes Mal darüber sprechen und erst einmal hier verschwinden.« Sie ergriff Nils' Hand und bedeutete Tilda, die andere zu nehmen. »Kannst du uns zurück ins Versteck bringen? Zu Max?«

»Ja.« Nils strahlte. »Max ist lieb.«

Plopp.

Schon standen sie wieder in dem vollgestopften Versteck auf dem Speicher. Während sie fort waren, hatte Max den Ausgang entdeckt. Annora steckte den Kopf hindurch. Der Agent stand vor einem der Spiegel und bemerkte die Bewegung aus dem Augenwinkel.

»Deine Ansprache hat sie alle erreicht«, erklärte er. »Ich konnte dich sehen und hören. Damit sind sie gewarnt. Es liegt an ihnen, ob sie uns vertrauen. Manche werden kämpfen oder in ihren eigenen Freunden keine Feinde sehen, es herrscht Chaos. Kyra weiß Bescheid, dass bald Flüchtlinge eintreffen werden.«

»Wir müssen zum Verlorenen Castillo, um alles vorzubereiten.«

Max massierte sich die Schläfen. »Ich muss hierbleiben. Kevin braucht meine Hilfe. Du kannst dort alles vorbereiten, den Schutzzauber auf das Gestein legen und dann den Zauber aussprechen. Wir holen die Verfolgten durch das Portal. Wenn alle drin sind, versiegeln wir es.«

Ab diesem Punkt war das Verlorene Castillo nicht mehr an das Sprungnetzwerk gebunden. Nur so konnten sie verhindern, dass Bran es fand.

Es gab tausend Dinge zu bedenken, von denen sie nicht eines vergessen durften. Falls Bran das Castillo ausmachte, waren alle dort dem Tode geweiht. Sicherheit ging vor. Erst danach konnten sie helfen.

»Wir starten vom Astronomieturm«, beschloss Max. »Du, Nils, … Oh. Hallo, Tilda.«

Max umarmte die Köchin herzlich.

Jeder hier mochte Tilda. Annora hatte auch viel zu viel Zeit bei Keksen und heißer Schokolade in der Küche verbracht.

Selbst auf ihre alten Tage war sie nicht immun gegenüber ungesundem Essen, das der Seele guttat.

»Jaaa, Turm.« Nils strahlte.

Sie bildeten eine Kette.

»Hoffentlich trifft er«, kommentierte Max. »Und hat genug Essenz.«

»Die hat er«, kommentierte Annora. »Er ist ein Sigil.«

»Wie bitte?«

Plopp.

Sie standen zwischen Leichen. All die Magier und Neuerweckten, die auf dem Astronomieturm gewartet hatten, lagen tot am Boden, ihre Essenzstäbe zerbrochen an der Seite. Einige waren verbrannt worden. Der Mond warf sein silbriges Licht über die bleichen Gesichter und ausdruckslosen Augen.

Annora blickte geschockt auf das Massaker. Tränen rannen über ihre Wangen, obwohl sie gedacht hatte, keine mehr zu besitzen. Allein und schutzlos hatten die Magier hier oben gekämpft, gegen ihre eigenen Leute, die ihnen in den Rücken gefallen waren.

»Wieso habe ich das nicht erkannt?« Max starrte der Panik nahe auf die Toten. »Ich habe sie alleingelassen.« In den geweiteten Augen lag eine Schuld, die nicht zu seiner Jugend passte. Nässe floss über seine Wangen, doch er schien es nicht zu bemerken.

»Du konntest nichts dafür«, sagte Annora sanft.

»Ich bin Agent!«, brüllte er. »Natürlich hätte ich es wissen müssen! Das war ein Anfängerfehler, der Leben gekostet hat. Träume, Hoffnungen, Liebe: Alles ist weg. Einfach so. Warum?«

Max brach in die Knie, japste nach Atem.

Annora nahm ihn in die Arme. Jeder Mensch besaß ein Limit. Entscheidungen führten oft zu schrecklichen Konsequenzen. Sie wusste, dass Max viele davon getroffen hatte. Er hatte gegen Moriarty gekämpft, der Schattenfrau standgehalten, war gestorben und zurückgekehrt. Er lief auf Notbetrieb.

»Es tut mir leid«, krächzte er nach einer Minute.

»Nicht dafür, mein Junge.« Annora ließ ihrer eigenen Trauer ein wenig Raum. Sanft strich sie Max über die Wange. »Wir alle haben verloren und werden verlieren. Noch so viel mehr als jetzt. Das hier ist Krieg.«

Mit diesen Worten erhob sie sich.

Tilda hatte Nils auf den Arm genommen und sein Gesicht gegen ihre Schulter gedrückt, damit er das Grauen nicht länger mit ansehen musste. Der kleine Springer mochte ein Sigil sein, doch genau das machte ihn auch unschuldig und verletzlich.

»Was sollen wir tun?«, fragte Max. »Sie sind überall.«

Annora trat an den Rand der Zinnen. Unter ihnen sah die Umgebung des Castillos aus, als wäre eine magische Bombe detoniert. Anstelle des Wassers blubberte Säure im Swimmingpool. Die Pferde trabten in der Ferne davon, das Gestüt brannte. Den alten Schrottplatz, wo Leonardo da Vincis Artefakte aufgestapelt waren, umgab dichter Nebel, der lebendig und düster wirkte.

Erst als sie ihren Blick weiterschweifen ließ, sah Annora, dass ein gewaltiges Stück des Berges fehlte, der hinter dem Castillo in die Höhe wuchs.

Noch immer waren vereinzelte Schreie zu hören, wenn auch leiser. Die Kämpfe tobten nach wie vor, doch es war klar, wer gewann. Gewonnen hatte. Es ging nur noch ums Überleben.

»Wir müssen fliehen«, wiederholte Annora.

»Nicht ohne Kevin.«

»Natürlich werden wir meinen Enkel nicht zurücklassen«,

bestätigte sie. »Doch wie du bereits sagtest: Es gilt, mit Bedacht vorzugehen.«

Max gewann langsam seine Kraft zurück. Mit schnellen Bewegungen wischte er sich die Tränen ab. »Wie sollen wir ihn retten?«

»Mit meinem Wissen über die Vergangenheit und deinem Können als Agent.« Sie wandte sich Tilda und Nils zu. »Ihr müsst ins Verlorene Castillo zurückkehren. Weiht Kyra in alles ein, was hier geschehen ist, und bereitet die Sicherungen vor. Nach außen und innen. Wir müssen verborgen bleiben.«

»Natürlich.« Tilda strich Nils sanft über den Haarschopf. »Bringst du mich zu dem anderen Castillo?«

Plopp.

Max und Annora standen alleine zwischen den Opfern dieses Krieges.

»Gehen wir«, sagte sie leise. »Hier können wir nichts mehr tun.«

Schweigend verließen sie den Turm.

20
Zwischen Legenden und Sagen

Es glich ein wenig dem Gefühl, wenn er wieder einmal die Regeln verletzt und der Direktor ihn zu sich gerufen hatte.

Unweigerlich musste Alfie schlucken.

Jetzt stell dich nicht so an, Baby-Kent, erklang prompt die Stimme von Madison in seinen Gedanken. *Er wird dir schon nicht den Kopf abreißen. Außer er tut es doch.*

Sie kicherte.

»Ich wüsste nicht, was so lustig ist«, sprach Moriarty.

Selbst Madison, die sonst grundsätzlich jedem Paroli bot, verstummte. Seit dem Besuch in Afrika trugen Jason, Maddy und Alfie Tattoos, die ihren Geist miteinander verband. Nicht dass sie das angestrebt hatten, doch es ließ sich nicht rückgängig machen. Manchmal schwappten Träume zwischen ihnen hin und her, Gedanken erreichten die anderen, die nie laut hätten ausgesprochen werden sollen – und es genau genommen auch nicht wurden. Immerhin, der Sex hatte dadurch unglaublich an Qualität gewonnen, da jeder von ihnen exakt wusste, was der andere begehrte.

Klar, dass du direkt wieder daran denkst, kam es prompt von Jason.

»Ich habe euch hierher in die Bibliothek gerufen, weil große Dinge geschehen.«

Nach der überstürzten Rückkehr hatte Madison sie darüber in Kenntnis gesetzt, dass ein Krieg tobte. Minuten später hatte Moriarty den Kapitän über Bord geworfen, was jedem endgültig klargemacht hatte, dass etwas Furchtbares in Gang war.

Doch was, das hatte Moriarty ihnen nicht erzählt. Stattdessen war er in der Bibliothek verschwunden, wo er Bücher wälzte. Die *East End* war auf östlichen Kurs eingeschwenkt, ohne klares Ziel.

»Wir haben einen Gegner, der schrecklicher und mächtiger ist als jeder zuvor. Ich habe das nicht schnell genug erkannt, nun zahlen wir den Preis. Die Schattenkrieger sind unterwandert worden.«

Moriarty hatte bisher vor dem Fenster gestanden, die Hände hinter dem Rücken verschränkt. Jetzt sank er in einen der Sessel. Auf dem Lesetisch neben ihm lag ein aufgeschlagener Foliant.

»Es gibt eine Legende. Sie ist sehr alt und in ihrer wahren Form nur noch wenigen bekannt. Sie handelt von einem König, der über ein Reich des Friedens herrschte. Doch er wurde verraten. Jener, den er einst Freund nannte, wandte sich einer uralten Macht zu, die in den Schatten der Dämmerung des Anbeginns herangewachsen war. Jene Macht verlieh ihm eine Gabe, kraftvoller und gefährlicher als jedes existierende Artefakt.«

Er sah von dem Folianten auf und suchte nacheinander jeden ihrer Blicke.

»Glück. Viele sprachen später von vergiftetem Glück, denn wem er es gewährte, der schloss gleichzeitig einen Pakt. Was es auch war, das er aus tiefstem Herzen ersehnte: Es wurde gewährt. Tote kehrten zurück, Krankheiten wurden geheilt, Liebe wurde gefunden. Doch wer einmal auf die Worte ›Was ist deines Glückes Pfand?‹ geantwortet hatte, bekam nicht nur, was er sich ersehnte, nein: Er etablierte dadurch eine tiefgehende Verbindung, stärker noch als der uns bekannte Blutschwur.«

»Wie der Teufel«, hauchte Alfie und schämte sich sogleich, als das Lachen von Madison erklang.

»Exakt«, schnitt Moriartys Stimme ihren Humor in Stücke. »Wie der Teufel. Natürlich war er das nicht. Der Teufel ist eine Metapher der Menschen, mehr nicht. Anwendbar auf zahlreiche Geschöpfe, denen sie in ihrer Zeit begegneten, als sie noch von Magie wussten. Urängste, transportiert in die Gegenwart. Doch dieser Feind rekrutierte in der alten Zeit eine Armee, die gegen den König anstürmte. Die Mauern des Schlosses wankten und fielen letztlich. Viele starben.«

»Er hat gewonnen?«, fragte Jason verblüfft.

»Nein.« Moriarty blätterte eine Seite weiter. »Er wurde besiegt. Wenn auch in letzter Sekunde und unter Opfern. Die Details liegen im Dunkeln, doch das Band wurde gekappt. Fortan floh der Feind und wurde gejagt.«

Sie hingen an Moriartys Lippen. Alfie spürte die Anspannung der anderen, die durch die Verbindung zu ihm herüberschwappte.

»Der König wurde zum Jäger. Laut Legende wurde ihm das ewige Leben zuteil.«

»Ein Unsterblicher«, schloss Alfie. »Der Feind also auch?«

»Laut Text ist das nicht der Fall. Wir wissen nicht, wie er so lange überleben konnte, doch er tat es. Bis heute. Seinen Plan hat er dabei niemals aufgegeben«, erklärte Moriarty. »Wie es scheint, konnte er nicht länger über die Macht des Glücks gebieten. Letztlich wurden die Ereignisse in die Geschichte der

Magie aufgenommen, spielten jedoch keine Rolle mehr. Nicht in diesem Kontext. Bis vor wenigen Wochen.«

»Er ist zurück?«, fragte Madison fassungslos.

»So ist es. Und während wir alle beschäftigt waren, bot er im Verborgenen zahlreichen Lichtkämpfern und Schattenkriegern ein Geschenk an.«

»Glück«, flüsterte Alfie. »Er hat seine Macht zurückerlangt?! Aber was ist mit diesem Jäger?«

Moriarty starrte lange auf die vergilbten Seiten des Pergaments. Zu gerne hätte Alfie die Gedanken des Unsterblichen gelesen.

»Ich glaube, der Mann, den wir als ›Verräter‹ kennen, ist der Jäger. Er hat all die Zeit versucht, den alten Feind in die Finger zu bekommen, letztlich aber versagt. Sein verzweifelter letzter Akt bestand im Angriff auf das Castillo, der die Blutnacht von Alicante auslöste. Damals wollten wir verhindern, dass der Wall entsteht.«

»Du glaubst, dass der Wall mit diesem alten Feind zusammenhängt? Moment, aber dann war der Verräter einst dieser König?« Immer mehr Fragen bildeten sich in Alfies Geist.

»Ja und ja«, erklärte Moriarty ruhig. »Aber das ist nicht alles. Das Problem ist, dass wir hier teilweise mit Legenden und Sagen arbeiten. Selbst die Aufzeichnungen der magischen Welt sind zu ungenau.«

Sie befanden sich also inmitten eines Krieges ohne exakte Informationen über die beteiligten Parteien oder das Ziel des Feindes. Was bezweckte er? Eines hatte Alfie im Geschichtsunterricht gelernt: Es war niemals Selbstzweck, der Diktatoren dazu brachte, Grausames zu tun.

»Aber wer ist er?«, fragte Alfie geradeheraus. »Dieser Verräter. Er muss doch einen Namen haben. Und diese Legende, kenne ich sie auch?«

»Das tust du«, bestätigte Moriarty. »Sowohl als auch.«

Er zeichnete ein Symbol in die Luft, wodurch der Foliant sich erhob. Sanft schwebte er in der Luft, die geöffneten Seiten deuteten in Richtung Alfie. Dichter, von Hand geschriebener Text reihte sich auf, unterbrochen nur von einer verblichenen Zeichnung aus uralter Tinte.

Eine Zeichnung, die Alfie sofort erkannte.

»Nein«, hauchte er.

»Wir müssen den Jäger finden«, flüsterte Madison. »Den Verräter.«

Wieder schwieg Moriarty.

Dann sagte er leise: »Ich fürchte, dazu könnte es bereits zu spät sein.«

Alfie begriff.

Der alte Feind war zurückgekehrt, mächtiger denn je. Und um wen würde er sich wohl als Erstes kümmern? Vermutlich doch um jenen Mann, der ihn über viele Generationen hinweg gejagt hatte.

Um den Verräter.

Um den Mann namens ...

21
Wir nähern uns dem Ende

»Welch ein hübsches Gesicht.« Bran saß auf der Tischkante und betrachtete ihn mit einem durchdringenden Blick. »Eine Maske, die verbirgt, welch ein Fluch in dir steckt. Verwoben mit deiner Seele.«

Die magischen Fesseln waren unsichtbar, doch überaus effektiv. Kevin saß auf dem Stuhl und konnte seinen Körper vom Hals abwärts nicht mehr bewegen. »Du hast meine Eltern getötet!«

»In der Tat, das habe ich wohl. Sie waren nur zwei unbedeutende Individuen im großen Gesamtbild.« Bran schüttelte betrübt den Kopf. »Es bringt mir keine Freude zu töten. Doch wenn es notwendig ist, um den großen Plan zu vollenden, dann tue ich das.«

»Pläne, Macht, Allmacht.« Kevin spuckte die Worte aus.

Es war stets das Gleiche. Irgendwer suchte einen Weg, die komplette Macht an sich zu reißen, weil ihm irgendwann jemand auf die Zehenspitzen getreten war. Das Ergebnis war das Leid vieler anderer.

Seine Eltern waren tot.

Max, Nils und Annora mochten entkommen sein, aber falls Brans Lemminge sie entdecken würden, hatten sie wohl ebenfalls keine Chance. Wer war noch übrig? Chloe stand auf der Seite von Bran, das Schicksal seines Bruders und Nikkis war ungewiss. Immerhin, er spürte, dass Chris noch am Leben war, andernfalls hätte er es gemerkt.

Sie teilten sich ein Sigil, trugen den Zwillingsfluch in sich.

»Ja, der einfache Geist sieht nur hohle Phrasen und die Pläne von Wahnsinnigen.« Bran trat ans Fenster und blickte in die Nacht. »Die typischen Bedürfnisse von Nimags und Magiern bedeuten mir nichts mehr.« Er lachte auf, kurz und hart. »Vor dem Onyxquader war das anders. Doch ich wusste, dass ein Preis zu zahlen ist. Alles auf dieser Welt hat seinen Preis. Ich musste viel zahlen, damals wie heute.«

Er wollte Bran anbrüllen, ihn schütteln, mit dem Essenzstab sein Herz durchstoßen, wie die Schattenfrau es getan hatte, doch all das war unmöglich. Weder konnte Kevin seinen Körper bewegen noch lag sein Essenzstab in Reichweite.

Machtlosigkeit war allgegenwärtig in dieser Nacht.

Er schwieg also.

»Es ist wohl an der Zeit, dass wir dem Ende entgegeneilen.« Bran wandte sich um und ging zielstrebig zu seinem Schreibtisch. »Diesen Raum werde ich nicht mehr lange nutzen, daher ist es wohl unbedeutend, wenn ein wenig Blut den Teppich benetzt.«

Die Schublade gab ein schabendes Geräusch von sich, als er sie öffnete und hineingriff. Zum Vorschein kam ein Dolch mit gebogener Klinge, geschmiedet aus hauchdünnem Stahl und bedeckt mit eingravierten Glyphen.

»Sarazenenstahl«, flüsterte Bran. »Er ist uralt. Einer von wenigen. Einer seiner Brüder hat euch den alten Ordnungsmagier genommen.«

Kevins Blick erfasste die blitzende Klinge, er konnte nicht

wegsehen. Starb ein Magier, wurde an seiner statt ein neuer ernannt. Nicht jedoch, falls der Tod durch eine solche Klinge erfolgte. In diesem Fall kehrte das Sigil nicht zurück in die Ursubstanz, die Weitergabe der Macht war unterbrochen.

»Dein Sigil ist mir egal und falls es dich beruhigt: Es wird nicht in der Bedeutungslosigkeit verschwinden. Da du dir das Deine mit deinem Bruder teilst, wird dein Sigil in ihn fahren, auf dass er fortan vollständig sein wird. Was ich von dir will, verbirgt sich in deinem Blut.«

»Der Zwillingsfluch«, hauchte Kevin.

»Eine mächtige Waffe«, bestätigte Bran. »Unvergleichlich, heute nicht mehr herzustellen. Doch aufgeteilt auf zwei Individuen ist der Zwillingsschatten bedeutungslos. Ich werde ihn vervollständigen und mir selbst nutzbar machen.« Versonnen strich er über die Klinge. »Möglicherweise vermag ich sogar einen fünften Helfer zu schaffen.«

Kevin versuchte, an den Fesseln zu rütteln, doch deren magische Natur machte sein Tun sinnlos. Sein Körper war nur noch ein schweres Anhängsel, das zu nichts mehr gut war. Unweigerlich fragte er sich, wie Chris reagieren würde. Ihre Eltern waren gestorben, nun drohte Kevin das gleiche Schicksal. Nur noch ihre Granny und Chris waren übrig. Konnten sie einander Halt geben? Würde Chris zerbrechen? Gab er möglicherweise sich selbst die Schuld?

Was war mit Jen und Alex?

Er hatte noch so viele Fragen, wollte noch so viel erleben.

»Jemand wird dich stürzen«, flüsterte Kevin. »Vielleicht nicht heute oder morgen, aber irgendwann.«

Bran blickte zu ihm herüber, dann legte er die Klinge auf die Tischplatte und kam langsam heran. »Das glaube ich nicht. Denn siehst du, jeder Mensch, jeder Magier, jedes Wesen hat eine Schwäche. Ich jedoch nicht. Mein Ursprung liegt in der Vergangenheit, doch es ist niemand mehr da, der die Wahrheit kennt. Das ist schade. Denn die Welt hätte es verdient zu erfahren, was wirklich geschehen ist.« Er lachte und schüttelte den Kopf. »Kaum zu glauben, dass ihr Narren all die Jahre dachtet, der Verräter sei euer Feind. In Wahrheit wollte er euch beschützen. Sein Ziel war es, mich zu fangen und zu töten. Und natürlich die Erschaffung des Walls zu verhindern.«

Die Worte schnitten wie Klingen in Kevins Geist. Sie hatten ihren eigenen Untergang heraufbeschworen und all die Jahre das Artefakt, in dem Bran herangereift war, gegen die Schattenkrieger beschützt. Die Erkenntnis brannte wie bittere Galle in seiner Kehle. Sie hatten auf der falschen Seite gestanden und die Schattenkrieger hatten all die Jahre über recht gehabt.

»Ja, ich sehe es in deinem Blick, du hast begriffen.« Bran seufzte schwer. »Es schmerzt, wenn man realisiert, dass man auf der falschen Seite stand, nicht wahr? So erging es mir einst auch. Die Herren, denen ich diente, waren keine gütigen Freunde. Sie verwehrten mir, was ich ersehnte, obgleich es aus Liebe erfolgte.«

Brans Blick glitt weit in die Vergangenheit.

»Liebe! Welch ein entsetzliches Gefühl. Es macht uns zu Sklaven eines anderen, zu einer tanzenden Flamme auf Holzscheiten, die verzehrt werden von uns selbst.«

»Wie poetisch«, sagte Kevin abschätzig.

»Ich stimme dir zu«, flüsterte Bran kalt. »Es ist ekelhaft. Pure Schwäche. Wie, glaubst du, wird der Mann sich fühlen, den du liebst, wenn du nicht mehr bist? Oder wenn ich ihn vor deinen Augen töte?«

Die Worte erzeugten Bilder, ohne dass Kevin etwas dagegen zu tun vermochte. »Es gibt keine Worte, um die Abscheu zu beschreiben, die ich für dich empfinde.«

»Und doch bist du machtlos gegen das Gefühl. Und wenn ich deinen Geliebten töte und dir anbiete, ihn zurückzuholen? Dir dein Glück zu schenken, würdest du annehmen? Obwohl du weißt, dass du dich damit mir verschreibst?«

Kevin antwortete nicht. Er konnte nicht. Denn die Wahrheit war, dass er alles für Max tun würde, sogar einen Pakt mit dem Teufel schließen. Mit einem Mal fiel es ihm schwer, die anderen zu verurteilen.

Chloe, die ihren geliebten Bruder hatte zurückhaben wollen. Sie alle hatten den Schmerz der Freundin gesehen. Doch anstatt ihr zu helfen, hatten sie die Regeln befolgt und damit einen Angriffspunkt für Bran geschaffen.

»Ah.« Brans Kopf fuhr ruckartig in die Höhe. »Es ist soweit. Ich wusste, dass ich dem guten Aleister vertrauen kann. Nun ja, auch er hat einen Pakt geschlossen.«

Ihre Blicke trafen sich.

»Er hat den Verräter gefunden.«

Das Lachen, das Bran ausstieß, fraß sich in Kevins Seele. Denn es kündete vom endgültigen Untergang.

22

Der Verräter

Plopp.

Aus dem Nichts heraus materialisierte sich die Gestalt von Aleister Crowley. Der Unsterbliche hatte den Essenzstab fest umklammert und trug seinen typischen Anzug, der über den Bauch spannte. Grimmig sah er sich um. Verwirrung stahl sich in seinen Blick.

Die Umgebung gefror in Zeitlupe.

Er hob den Stab, seine Lippen teilten sich.

Jen wusste, dass sie nicht mehr rechtzeitig handeln konnte. Wie auch immer er die Barrieren überwunden hatte, der Unsterbliche war hier, um zu töten.

Der Kraftschlag löste sich, …

… prallte jedoch gegen eine Contego-Sphäre.

Verwirrt blickte Jen hinüber zu Dylan.

Er hielt einen Essenzstab in der Hand, dessen Spitze noch immer glühte.

»Nein«, hauchte Jen.

»Es tut mir leid.«

Ihre Gedanken rasten schneller als ihr Puls. Was ging hier vor? Dylan … Aber die Archivarin hatte gesagt, sie sollte den

Nimag retten. Den Mann, von dem Jen geglaubt hatte, dass er ein Nimag war.

»Du hast mich belogen«, flüsterte sie mit zitternder Stimme. »Du bist ein Magier.« Sie lachte auf. »Die Frau mit dem Regenschirm. Alles eine Lüge.«

Ein meckerndes Lachen erklang. »Wirklich, du hast ihr vorgespielt, ein Nimag zu sein? Also das war wirklich gemein. Auf so eine Idee wäre nicht einmal ich gekommen.«

»Was tust du hier?!«, brüllte Dylan.

»Genau genommen: dich töten«, sagte der Unsterbliche leichthin. »Bran hat etwas gegen dich.«

Er schloss die Augen. »Natürlich. Ich bin der Erste, dem er sich zuwendet. Im Krankenhaus wollten sie Jen, aber die Suche nach mir lief bereits.«

Dylan wirkte müde, Jen war verblüfft.

»Bran will dich!? Es geht gar nicht um mich oder unsere Verbindung?!«

»Davon wussten wir nicht einmal etwas, Schätzchen.« Crowley hauchte ihr einen Kuss zu. »Ehrlich, bei dir dauert es immer etwas länger. Dir ist aber schon klar, dass dein lieber Dylan – was für ein dämlicher Name – kein einfacher Magier ist.«

»Halt dein verdammtes Maul!«, brüllte Dylan.

»Oh, sie weiß es also nicht.«

»Wovon spricht er?« Jen fühlte sich von einem Gravitationszauber zu Boden gedrückt.

»Ich …«

»Er ist ein Unsterblicher«, grölte Crowley dazwischen. »Jap, da schaust du mal. Und nicht irgendeiner, du hast deine Beine für eine Berühmtheit breitgemacht. Vielleicht sollte ich zukünftig auch zuerst erwähnen, dass ich ein Unsterblicher bin.«

»Aber … du bist …« Dylan hob beruhigend die Hand,

doch Jen wich zurück. »Wer bist du? Wenn du eine Berühmtheit aus der Menschheitsgeschichte bist ... Das kann doch nicht ... Wieso habe ich nichts gemerkt?«

»Oh, das wird dir gefallen, Danvers. Selbst der dämlichste Lichtkämpfer kann sich seinen Namen ausgezeichnet merken. Du kannst ihn ›Verräter‹ nennen.«

Die Welt schien zu zerbrechen.

Bilder stiegen aus ihrer Erinnerung empor. Einstein, der eine Vorlesung in ›Geschichte der Magie‹ hielt. Worte, die von schrecklichen Ereignissen kündeten. Ein Sturm auf das Castillo, der Kristallschirm zerbrach. Schattenkrieger stürmten herein, angeführt von einem Mann, der Ratsmitglied der Lichtkämpfer gewesen war. Doch er hatte die Seiten gewechselt, um die Erschaffung des Walls zu verhindern. Hundertfachen Tod hatte er gebracht, am Ende sein Ziel jedoch nicht erreicht.

Nach jener Nacht war er verschwunden.

Sein Name wurde aus den Annalen der Lichtkämpfer getilgt, niemand sprach mehr über ihn. Die Unsterblichen hatten ihn über viele Jahre hinweg gejagt, doch keiner konnte ihn finden. Er setzte seine Magie nicht länger ein, lebte ein Leben im Verborgenen.

Als Nimag, wie Jen jetzt begriff.

Hinter der Maske eines Heilers, eines Chirurgen. Bis er eines Tages auf sie traf.

»Es war kein Zufall«, schloss sie. »Wir sind nicht einfach so aufeinandergetroffen.«

»Nein«, gab Dylan zu. »Ich habe dich öfter beobachtet. Du sahst so verloren aus an jenem Abend, ich wollte dir helfen.«

»Indem du mich in dein Bett zerrst!«, brüllte sie. »War das der Plan? Damit ich dir Geheimnisse der Lichtkämpfer erzähle!«

»Hach, ich könnte da die ganze Nacht zuhören«, seufzte Crowley. »Vielleicht gibt es hier noch ein wenig Popcorn?«

Jen ignorierte ihn.

»Nein, du verstehst nicht, ich …«

»Du hast recht, ich verstehe nicht!«, unterbrach sie ihn. Aus Entsetzen und Traurigkeit war Wut geworden. Eine tief sitzende Wut, die langsam zu Hass wurde. »Wie konnte ich auch? Du hast mit mir gespielt.«

»Und du nicht mit mir?«, konterte er. »Ich war dein Ausweg, dein Nimag, der dich die Verantwortung hat vergessen lassen. Ich war dein Ersatz, genau wie damals.« Die Worte waren heraus, bevor er sie zurückhalten konnte.

Sein erschrockener Blick machte deutlich, dass er das nicht hatte sagen wollen.

»Was soll das heißen?«, fragte Jen gefährlich leise.

»Nichts, ich wollte nur sagen, dass ich sowieso nie eine Chance hatte. Du wolltest von Anfang an Alexander Kent.«

Hätte Jen noch weiter zurückweichen können, sie hätte es getan.

»Du wusstest von dem Pakt.«

Er nickte. »Natürlich, ich war dabei, als er geschmiedet wurde. Du allerdings hast keine Ahnung, was er wirklich bedeutet.«

»Wer bist du?«

»Ich bin Dylan, das reicht.«

»Nein! Mir nicht!«

Pure Abscheu schoss durch ihre Adern. Sie konnte spüren, wie jene zerstörerische Macht in ihr emporstieg, die immer dann hervorkam, wenn der Hass in ihr tobte.

»Ich habe mich immer gefragt, weshalb sie deinen Namen aus den Büchern getilgt haben«, bemerkte Crowley. »Ich meine, so ein bisschen kann man die Wut ja nachvollziehen. Moriarty hasst diesen Max Manning auch aus tiefster Seele, weil der ihn verraten hat. Aber einen Namen zu entfernen, hat noch nie etwas Gutes gebracht.«

»Sie mussten es tun«, sagte Dylan leise. »Damit es sich nicht wiederholt. Denn mein Name hätte auch offenbart, dass alles andere wahr ist.«

Brodelnde Essenz aus Magenta sammelte sich rund um Jens Sigil. Die beiden Unsterblichen merkten nichts davon, doch sie konnte spüren, wie die Macht stärker wurde.

»Tja, ich fürchte, das ist jetzt vorbei.« Crowley deutete mit seinem Essenztab auf die Contego-Sphäre, die noch immer zwischen ihnen emporragte. »Nach dem heutigen Tag bist du tot. Und da ist es egal, ob man deinen wahren Namen kennt oder den von Bran. Du solltest dich freuen, er wiederholt nur das, was du damals begonnen hast. Wir erleben die zweite Blutnacht.«

Dylan wandte sich von Crowley ab und Jen zu. Erschrocken zuckte er zusammen. »Jen, beruhige dich.«

»Sag.Mir.Deinen.Namen.«

Und er tat es.

23
Wo alles begann

Sie waren diesen Weg schon einmal gegangen. Clara, Jen und er.

Am Ende der Treppe wartete ein steinerner Torbogen, den sie durchschritten, dahinter lag die Bibliothek. Lange Gänge zogen sich in die Dunkelheit, Regalbretter bogen sich unter der Last des Alters, Spinnweben bedeckten die Bücher.

»Alles noch genau wie damals«, stellte er fest.

»Ich komme nicht oft hierher.«

»Du hast uns erzählt, die Bibliothek war schon hier, bevor du das Haus darauf erbaut hast?«, hakte Alex noch einmal nach.

Die alte Lady lächelte. »So ist es. Allerdings ist das nur die halbe Wahrheit. Diese Bibliothek gehört zu den letzten Hinterlassenschaften des alten Königreichs. Sie wurde hierhertransportiert. Nach vielen Jahren der Suche fand ich sie und erbaute das Haus darauf. Doch ich wusste, dass eines Tages die gierigen Finger des Mannes namens Bran sich nach ihr ausstrecken. Also musste ich Sicherheitsmaßnahmen ergreifen.«

Alex wollte fragen, was das für Vorkehrungen waren, als er auch schon begriff. »Dieses Splitterreich kann nicht von Unsterblichen betreten werden.«

»So ist es. Als ihr zum ersten Mal hierherkamt, sollten Johanna und Leonardo an eurer Seite sein, doch sie vermochten keinen Fuß in dieses Reich zu setzen. Das war notwendig. Bran fand den Ort zu seiner Zeit als Projektion.«

»Doch jetzt, wo er seinen Körper zurück hat, wird er hier nicht eindringen können?«

Sie schüttelte den Kopf, ging mit erhobenem Rücken und einer Öllampe in der Hand durch die schmalen Gänge zwischen den Regalreihen.

Alex bekam eine Gänsehaut und schloss schnell auf. Das Gefühl, für immer hier unten zwischen den Reihen verloren zu gehen, war übermächtig. Dieser Ort hütete sein Wissen eifersüchtig, das konnte er heute genauso spüren, wie er es damals gespürt hatte. Eindringlinge waren nicht gerne gesehen.

Handtellergroße Spinnen flüchteten vor dem Licht in die hintersten Ecken der Regale, Staub wirbelte bei jedem ihrer Schritte auf, über allem lag der Odem des Alters.

»Aber schon damals schickte er seine Helfer.« Sie lachte auf. »Ich vermochte sie zu besiegen, doch ich wusste, dass es nicht die einzige Attacke bleiben würde. Also habe ich eine Zuflucht erschaffen.«

Alex keuchte auf. »Die Sigile.«

»Ich beschütze sie und sie schützen das Haus und was es verbirgt. Die Nimags, die alles Magische hassen, sind ein weiterer Schutz.«

Und so fügte sich eins ins andere.

»Doch Bran gibt niemals auf. Deshalb hat er das Splitterreich an die Maschine unter Paris gebunden. So kann ich die Position nicht wechseln. Eines Tages wird er einen Weg finden, hier einzudringen.« Sie sprach es gelassen aus, als sei dies eine unabänderliche Selbstverständlichkeit.

»Und die anderen Splitterreiche?«

»Ein jedes führt zu einem von Brans Kreaturen. Vier an der Zahl, eines davon jedoch nicht sichtbar. Doch mehr weiß ich darüber nicht. Nur, dass seine Helfer niemals zurückkehren dürfen in die Welt.«

Sie erreichten ein Podest, auf dem ein fleckiges Buch lag. Der Einband war rissig, das vergilbte Papier wirkte wie verfestigter Eiter.

Hier hatte Lady Morgause vor vielen Wochen Clara, Jen und ihn einem Test unterzogen.

»Damals hat nur Jen bestanden.«

Die alte Dame schüttelte den Kopf. »Du hast das missverstanden. Es ging um etwas anderes. Ich habe euch beide damals geprüft und erfahren, dass ihr die Vertreter des alten Paktes seid, doch die Flammen des Drachen befanden sich nur in Jen. Nichts anderes habe ich erwartet.«

»Die was …?«

Ohne zu antworten bedeutete ihm Lady Morgause, ihr zu folgen. Sie schritt an dem Podest mit dem Buch vorbei – und erst da erkannte Alex die Tür, die in den Schatten dahinter verborgen lag. Sie wirkte gewöhnlich, gefertigt aus dunklem Holz. Die Klinke bestand aus Eisen, wenn auch mit einem verzierten Schlossblatt. Eine Lilie war hineingestochen. Sofort musste Alex wieder an die Krypta unter der französischen Kathedrale denken.

Und erst jetzt realisierte er, dass Dark London eine Verbindung aus London und Paris symbolisierte. Doch wie passte all das zusammen?

»Vergiss nie, dass die Geschichte, so wie du sie kennst, eine Lüge ist.« Ein Lächeln umspielte die Lippen von Lady Morgause, als sie die Klinke hinabdrückte und die Tür öffnete.

Alex trat über die Schwelle.

Er konnte nicht mehr tun, als zu starren. Bei ihrem Eintreten flammten magische Lichter unter der Decke auf, doch das war alles, was Trost spendete.

Hinter den gewaltigen Fenstern war nur Erde zu sehen. Der steinerne Thron war zerfallen, der kleinere daneben ebenso. Rote Samtvorhänge hingen zerschlissen neben den Fenstern. Risse durchzogen sogar den Boden, wo etwas Gewaltiges gewirkt haben musste.

»Kraftschläge«, erklärte die alte Dame auf Alex' Blick hin.

»Das war ein Thronsaal?«

»Oh ja.«

Seltsamerweise wirkte all das auf beängstigende Weise vertraut. Als hätte er schon einmal hier gestanden, in diesen Hallen.

Die erste Unsterbliche ließ ihn nicht aus den Augen, betrachtete jede seiner Bewegungen genau. Auf ihren Lippen lag ein Lächeln, doch es war freundlicher Natur, warm und echt.

»Es ist schön, dich wieder hier zu sehen.«

»Wieder?«, fragte er. »Ich … war noch nie hier. Du meinst vermutlich meine Vorgänger.«

Lady Morgause schwieg.

Mit jedem Schritt tauchte Alex ein in eine längst vergangene Zeit. Er konnte sie förmlich vor sich sehen, die Ritter und Hofdamen, Magier und Nimags. Damals hatte es den Wall nicht gegeben, sie hatten also zusammengearbeitet. Dieser Raum mochte verfallen sein, zerstört und gebrochen, doch einst war es ein Ort des Friedens gewesen. Umso trauriger war das Ergebnis.

Staub und Spinnweben, nicht mehr war aus einer großen Zeit geblieben.

Er zuckte zusammen.

»Was ist das für ein Schloss?«, fragte er leise, die Stimme nicht mehr als ein Krächzen.

»Du ahnst es längst, nicht wahr?«

Er nickte. »Und du bist nicht Morgause.«

»Nein«, gab sie freimütig zu. »Ich habe mir den Namen meiner Schwester geliehen. Denn, nun ja, die Geschichte … du weißt schon. Mein Name ist belastet.«

Alex' Blick fiel auf die runde Tafel, die im Thronsaal stand. Ein Teil der Stühle lag zerbrochen dahinter, nur wenige standen noch aufrecht. In das Zentrum des Holzes war ein steinernes Siegel eingelassen.

»Die Tafelrunde«, flüsterte Alex.

»So ist es.« Die alte Dame breitete die Arme aus. »Das hier ist alles, was vom großen Schloss Camelot übrig blieb. Hier begann unsere Geschichte. Zwischen Mythen und Legenden, dem Atem des Drachen und dem Kelch. Entscheidungen, die damals getroffen wurden, veränderten das Schicksal so vieler bis in die Gegenwart.«

»Sag mir die Wahrheit«, flüsterte Alex. »Erzähl mir alles.«

24

Drache, Kelch und Schwert

»Du bist Morgana Le Fay.«
Die erste Unsterbliche nickte. »So ist es.«
Als seien seine Worte der Auslöser, fiel der Schleier. Eine leuchtende Silhouette legte sich über das Antlitz der alten Dame und zeigte sie so, wie sie vor langer Zeit gewesen war.

Aus gütigen Augen blickte eine wahre Schönheit zu ihm herüber. Schwarzes Haar fiel ihr bis zu den Hüften, es leuchtete seidig. »Wir alle waren damals hier. Auch du, Alexander Kent. Denn der alte Pakt ernennt nicht stets vier neue Personen, es sind immer die gleichen, die wiedergeboren werden.«

Eine Gänsehaut rann seine Arme hinab. Alex atmete tief ein. Es stimmte, selbst der Geruch von Staub und Moder schien ihm vertraut. »Wer war ich?«

»Dein Platz war an der runden Tafel.«

Die Risse im Holz schlossen sich, die Stühle richteten sich wieder auf. Silhouetten schimmerten, auf jedem Sitzkissen eine.

»Ich war ein Ritter der Tafelrunde.«

»Einer der Großen.«

Morgana schritt durch den Raum. Wo ihre Füße den Boden berührten, schlossen sich Risse, die Vorhänge glitten wieder auf die Halterungen, Fetzen wurden zu ebenem Stoff.

»Wiedergeboren«, flüsterte Alex. »Das heißt, es ist nicht unsere Bestimmung, an die wir uns erinnern?«

»Es sind eure früheren Leben«, erklärte Morgana. »Eure Siege, eure Niederlagen, eure Tode. Ihr führt einen ewigen Krieg, der durch die Generationen hindurchreicht.«

Alex schluckte. Dann stellte er die Frage, vor deren Antwort er sich fürchtete. »Wo in diesem Raum saß Jen?«

Morgana deutete auf den kleineren Thron.

»Sie war die Königin«, flüsterte Alex.

»Aber ... wer war der König?«

»Artus von Camelot«, sagte Dylan.

Und etwas in Jen schrie auf. Magentafarbene Flammen schossen empor, umspielten ihr Sigil und kündeten von erwachender Macht. Als seien Dylans Worte ein Zauber, wich die Angst zurück. Sie hatte es verdient, über diese Kraft zu gebieten, nicht länger im Schatten eines Königs zu stehen.

Was denke ich da?

»Was tut sie?«, fragte Crowley. »Ist das wieder diese Brodelnummer? Sie explodiert gleich?«

Der Unsterbliche leitete einen Sprung ein, doch Jen griff nach ihm. Sie konnte nicht sagen, wie. Doch die Flammen des Drachen hielten ihn davon ab, zu fliehen. Schreiend wälzte er sich auf dem Boden.

»Lass den Drachen nicht frei«, beschwor Dylan sie. »Du kannst ihn nicht kontrollieren, er wird ausbrechen und alles zerstören. Es ist anders als zuvor, er ist sich seiner Existenz wieder bewusst.«

Seine Worte ergaben keinen Sinn, doch Jen war es egal. Er hatte sie benutzt, sich an sie herangemacht, manipuliert und instrumentalisiert. Sie wollte nichts mehr wissen, von Bran,

Crowley, den Unsterblichen oder irgendwelchen Pakten. Es war genug!

Mit jedem Gedanken nahm der Hass in ihr weiter zu.

»Erinnere dich daran, wer du bist«, beschwor Dylan sie. »Du bist kein böser Mensch. Halte den Drachen zurück.«

Aber was, wenn ich nicht will? Wenn ich einfach loslassen will?

»Du bist Artus von Camelot«, flüsterte sie. »Der Verräter.«

Alles in ihr schrie danach, ihren Hass in die Welt zu entlassen. Wieso musste immer sie diejenige sein, die die Verantwortung trug, die andere schützte, um dann von ihnen benutzt zu werden? Konnte sie überhaupt jemandem vertrauen?

Ja!

Alex.

Die Flammen des Drachen verloren an Kraft.

»So lange stand ich im Schatten des Königs«, erklärte Bran. »Ich habe ihm geholfen. Ich führte ihn zu dem Stein, aus dem er die Waffe zog. Durch mich konnte er ein Reich des Friedens schaffen, die Tafelrunde gründen.«

Kevin starrte auf Bran. Es war, als würde ein Schleier fallen. Der Eibenstab, das Gewand, der Bart. All die Andeutungen in seinen Worten. »Du bist Merlin von Avalon.«

»Immerhin, mein Name ging in all der Zeit nicht verloren, auch wenn sie mich als lächerlichen Helfer in ihren Geschichten einbauen. Der Ratgeber für die Helden, die machtlose Witzfigur.« Mit einer wütenden Bewegung fegte er alles von seinem Schreibtisch. »Doch ich war so viel mehr. Und alles, was ich als Entlohnung wollte, war Zeit. Sie verwehrten sie mir. Mir! Ich schuf Frieden, ein Königreich – und sollte nicht einmal die Unsterblichkeit erhalten? Stattdessen ernannten sie Artus! Ich gab das Reich, ich nahm das Reich.«

Mit jedem Satz gewann das Bild an Schärfe und Kontur. Wenn Bran Merlin war, dann konnte der Jäger, der Verräter, nur einer sein.

»Artus von Camelot«, hauchte Kevin.

»Oh ja, er hat alles versucht, mich aufzuhalten, doch am Ende habe ich gewonnen. Ich stehe hier und zertrümmere die alte Ordnung, um auf der verbrannten Erde mein eigenes Königreich zu erschaffen. Dieses Mal kann mich niemand aufhalten, denn ich habe genug Macht, um jeden in seine Schranken zu weisen. Artus wird sterben, genau wie Morgana. Am Ende darf es nur noch mich geben.«

Eine leuchtende Silhouette erschien auf dem kleinen Thron. Das also war Jen einst gewesen: Eine Königin von atemberaubender Schönheit, gekleidet in feinste Seide. In ihren Augen lag so viel Weisheit und Liebe, dass Alex sich prompt noch einmal in sie verliebte. Oder zum ersten Mal.

Auf dem Hauptthron erschien der König.

Artus von Camelot.

Dylan.

»Was?!« Fassungslos ging er näher. »Aber das kann nicht sein, er ist ein Nimag.«

»Ich fürchte: nein«, korrigierte ihn Morgana. »Ihm wurde die Unsterblichkeit verliehen, als sein erstes Leben endete. Artus von Camelot machte es sich zur Aufgabe, den Mann zu jagen, den ihr als Bran kennt. Manchmal suchte er auch schlicht deine aktuelle Inkarnation auf, um sich mit dir zu prügeln. Letztlich hat er die Hoffnung nie aufgegeben, seine Königin eines Tages zurückzubekommen, ihre Liebe neu zu wecken. Man kann wohl sagen, dass auch sein ewiges Leben ein Fluch ist.«

Neben dem Thron erschien Ellis. Oder Bran. Er trug eine weite Kutte, einen Eibenstab und eine Sense am Gürtel. Sein Bart war weiß und reichte ihm bis auf die Brust.

»Merlin«, begriff Alex.

»Das Böse selbst«, erklärte Morgana. »Er nutzte unsere eigene Waffe gegen uns und erschuf den zweiten Wall.«

»Den zweiten?!«, krächzte Alex.

»Du weißt noch so wenig, das ist gefährlich. Doch du hast den Weg hierher gefunden, auf das ich dir berichte und du dir deines eigenen Erbes wieder bewusst wirst. Mit all seinen Konsequenzen.«

»Ihr verpackt das alles immer in so nette Worte.«

»Die Wahrheit ist stets mit Schmerzen verbunden.« Morgana bewegte sich zwischen den Silhouetten umher wie eine Ballett-Tänzerin, die nach einer geheimen Choreografie tanzte. »Wir alle haben Entscheidungen getroffen, die Konsequenzen hatten. Du hast viele Leben gelebt und Kämpfe bestritten, dir waren wunderbare Stunden mit deiner Liebe vergönnt, am Ende aber stand immer der Tod. Doch ihr habt euch freiwillig dazu entschieden, den Pakt einzugehen.«

»Ehrlich gesagt, halte ich das für eine meiner schlechteren Entscheidungen.« Alex betrachtete Dylan mit zusammengekniffenen Augen. »Dieser Mistkerl. Er hat Jen den Nimag vorgespielt, um sie sich zu schnappen.«

»Zurückzuholen«, korrigierte Morgana. »Er liebt sie noch immer und kämpft einen verlorenen Kampf gegen das Schicksal.«

Eine Erinnerung blitzte in Alex' Bewusstsein auf. Die Artus-Saga. »Oh, ich glaube, ich weiß, wer ich bin. Ich meine: war. Wer ich damals war.«

Langsam ging er zurück zur Tafelrunde und betrachtete jeden am Tisch eingehend.

Dann nahm er Platz.

»Es ist schön, dass du wieder hier bist«, wiederholte Morgana.

Alex lächelte nur.

»Dann ist es an der Zeit. Du sollst erfahren, was damals geschah. Höre meine Worte und tauche ein in die Wahrheit hinter Mythen und Legenden. Wir waren derer drei, doch unser Schicksal war eins.«

»Ich hasse Alexander Kent«, flüsterte Dylan. »Wenn ich könnte, würde ich ihm das Schwert durchs Herz rammen.«

Es war nur ein Moment, in dem er seinen Hass sprechen ließ, doch dieser genügte.

Jen ließ los.

Magentafarbene Flammen formten sich um sie herum. Der Drache erwachte.

»Nein!« Dylan wich zurück. »Tu das nicht. Erinnere dich an damals, das ist schon einmal passiert. Bitte.«

Doch sie konnte nicht.

Wollte nicht.

Die Fesseln fielen und der Drache nahm sich, was er wollte. Eine magentafarbene Flammenlanze schoss aus ihren Augen und verbrannte Crowley zu Asche. Von einer Sekunde zur anderen hörte der Unsterbliche auf zu existieren. Die magische Kraft der Zitadelle loderte empor, der Drache saugte sie auf.

Artus wich zurück an die Wand.

Immer stärker loderten die Flammen, es war ein Feuer der reinen Kraft. Die Kissen der Couch, das Regal, die Bücher –

alles begann zu brennen. Aus der gemütlichen Wohnung wurde ein Flammenmeer.

Und es war gut so.

»Hallo, König«, sprach Jen mit einer Stimme, die ihre war und doch wieder nicht. »Dieses Mal hast du dir Zeit gelassen.«

Sie war mehr als ein Mensch. Mehr als eine Magierin. Jen fühlte sich wohl und war auf einer winzigen Ebene ihres Geistes entsetzt. War es richtig, was sie hier tat?

Natürlich war es das!

»Wenn du den Drachen nicht bändigst, wird Merlin uns finden«, flüsterte Dylan. »Und viele Menschen werden sterben. Der Drache zerstört, bis sein Hass genährt ist. Und er hasst das Leben.«

Die Worte erschienen Jen vertraut.

Doch gleichzeitig war ihr längst klar, dass sie ihn nicht mehr bändigen konnte. Hätten die Unsterblichen nur früher die Wahrheit gesprochen, sie eingeweiht. Das Chaos und der Tod waren ihr Werk.

Selbst schuld.

Sie zuckte leichthin mit den Schultern.

Dann entließ sie den Drachen in die Welt.

»Ich verstehe dich nicht.« Kevin starrte auf den Dolch und wusste nur eins: Er musste Zeit gewinnen. »Du warst einer der mächtigsten Zauberer. Wieso war das nicht genug? Dein Name wäre zur Legende geworden! Er *wurde* verdammt noch mal zur Legende.«

»Aber siehst du, das ist es doch. Ich wollte leben. Die Legende war mir egal. Außerdem war ich nicht einer der mächtigsten Magier, du dummer Junge. Ich war der erste Magier der neuen Zeit. Mit mir hat das begonnen, was du heute kennst. Artus,

Morgana und ich.« Er lachte bitter auf. »Ist es nicht seltsam, dass in jeder tragischen Geschichte immer die Liebe eine wichtige Rolle spielt? Meist fallen die Mächtigen, weil die Liebe sie in den Abgrund stürzt. So ist es auch Artus ergangen. Und mir.«

Merlin setzte sich in seinen Stuhl und stützte das Kinn in die Handfläche. »Dir ist klar, dass du sterben wirst, nicht wahr? Ich habe diese dämliche Kreatur nicht umsonst dazu gebracht, deine Mutter zu beeinflussen, dass sie den Zwillingsfluch erschafft und das Wilde Sigil gleich mit.« Wieder lachte er und schüttelte den Kopf. »Ihr wisst nicht einmal, was der Zwillingsfluch ist und wie er tatsächlich entstand. Ihr wisst gar nichts.«

»Dann lass mich nicht dumm sterben.«

»Die Nacht ist zur Hälfte vorbei, und von der alten Ordnung existieren nur noch Trümmer. Warum also soll ich es dir nicht erzählen? Nutzen kann es dir nichts.«

Aus dem Nichts heraus erschien eine Weinflasche, dazu ein Kristallglas. Blutrote Flüssigkeit wurde magisch von Flasche zu Glas übertragen.

Merlin trank einen kleinen Schluck.

Ein Tropfen löste sich und rann über den Bart.

»Dann lausche meinen Worten, Kevin Grant. Es werden die letzten in deinem Leben sein. Dies ist meine Geschichte. Sie beginnt in den Dämmerungen des Anbeginns.«

Und Merlin von Avalon ließ die Vergangenheit lebendig werden.

Ende

Seriennews

Herzlich Willkommen zu den News von „Schattenloge 2: In Asche und Blut", wobei meine Begrüßung wohl nicht so herzlich sein sollte. Denn einen Grund für lächelnde Gesichter gibt es nach den Ereignissen des vorliegenden Romans nicht. Und ich fürchte, das war erst der Anfang.

Euer Feedback zur Unterstützung der Serie
Wie immer würde ich mich riesig freuen, wenn ihr im Shop eurer Wahl eine Rezension hinterlasst. Zum einen für den neuen Roman, aber nicht minder wichtig: Für Band 1 der Serie. Auf diese Art erfahren neue Leser, was ihr über Alex, Jen & Co. denkt.

Ab hier gillt spoilergefahr.

Blutnacht – Was geschah?
Sind wir ehrlich: Bran hat die Sache ausgezeichnet vorbereitet und unsere Helden unvorbereitet getroffen. Das Castillo ist gefallen, ebenso alle großen Häuser. Freund und Feind sind nicht mehr zu unterscheiden. Lichtkämpfer und Schattenkrieger existieren nicht länger, nur noch die neue Ordnung und deren Feinde.

Alex, Jen, Dylan und Bran sind ebenso wie Morgana Teil der Ereignisse, die vor langer Zeit stattfanden. Der alte Pakt, der Onyxquader, … alles hängt zusammen. Bedauerlicherweise hat das besonders für Jen schwere Folgen.

Kevin hat Bran zwar zum Reden gebracht, doch die Uhr tickt. Eines schient sicher: Am Ende der Blutnacht werden wir uns von einem unserer Freunde verabschieden müssen.

Blutzeit – Was kommt auf euch zu?
Die Wahreit und nichts als die Wahrheit.

Ihr werdet im kommenden Roman erfahren, wie alles begann. Die Folgen, die sich hieraus ergeben, werden uns ab diesem Punkt beschäftigen. Die Konsequenzen – das ahnt ihr vermutlich längst – werden nicht so einfach umkehrbar sein. Sind sie das überhaupt? Und natürlich erwarten euch sowohl im kommenden Roman als auch im weiteren Verlauf der Staffel weitere Twists, die schon vorbereitet sind.

Mittlerweile ist das fünfte Hörbuch, »Silberregen«, überall erhältlich. Die Links findet ihr unter:

https://daserbedermacht.lnk.to/Folge5_SilberregenSe

Weitere Folgen sind in Arbeit und werden in Kürze erscheinen. Folge 6 ist bereits vollständig aufgenommen.

Die Anlaufstellen für Serienfans

Die Seriengruppe bei Facebook http://bit.ly/2scKbvy
Der Newsletter http://eepurl.com/csWIxb

Die Gesuchanekt-App
https://apple.co/2Okhus6 (iPhone)
http://bit.ly/2NRDMlG (Android)

Karlsruhe, 28.05.2019
Andreas Suchanek

Die Serie
Facebook www.facebook.com/ErbeDerMacht
Web www.erbedermacht.de

Der Autor
Facebook www.facebook.com/gesuchanekt
Instagram www.instagram.com/gesuchanekt
Web www.andreassuchanek.de

GALERIE

DAS ERBE DER MACHT
HEXENHOLZ

ANDREAS SUCHANEK

16

DAS ERBE DER MACHT

SEELENMOSAIK

ANDREAS SUCHANEK

17

DAS ERBE DER MACHT

Blutnacht

ANDREAS SUCHANEK

18

Glossar

Personen

Nils
Ein Winzling mit verstrubbeltem blondem Haar, Sommersprossen und tiefbraunen Augen. Er trägt einfache Jeans und einen Pullover.

Olga
Heilmagierin der Schattenkrieger auf der East End. Nach außen ruppig, aber zu Patienten sanft.

Ellis
Name für Bran, den er von Chloe nach seinem Erwachen zugewiesen bekommt. Sein Rücken ist vernarbt wie nach einer Auspeitschung.

Sir Brian D. Forge
Volles, graues Haar. Gekleidet wie ein Gentleman aus der viktorianischen Zeit. Glatte, bleiche Haut. In den fünfzigern.

Zacharias
Oberster dunkler Archivar. Grauer Haarkranz, um die Fünfzig.

Doktor Buchanan
Ein Nimag. Behandelter Arzt von Jamie (Chloes Bruder)

Unbekannter, der von Saint Germain in eine Statue verwandelt wurde

Mitte zwanzig, abgemagert, die Kleidung besteht aus Lumpen.

Kaiser Xianfeng
Der Kaiser bestieg 1850 mit 19 Jahren den Thron. In Cixis Erinnerung ist er gerade 25 Jahre alt.

Cixi
Ist in der Erinnerung 21 Jahre. Sie trat mit 15 in den kaiserlichen Harem ein.

Lord Bryont
Ein britischer Magier, der nach der Ausgrabungsstätte und der Herkunft des Onyxquaders sucht.

René Cheauval
Ein französischer Magier, der nach der Ausgrabungsstätte und dem Onyxquader sucht.

H. G. Wells
Ein Unsterblicher außerhalb des Rates. Er trägt gerne verschlissene Jeans und ein T-Shirt mit anarchistischem Aufdruck. Äußerlich wirkt er wie ein Mann, der gerade volljährig geworden war.

Anne Bonny
Essenz: Kräftiges Meeresblau, die nach Salz riecht.
Sie trägt gerne Lederhosen, darüber eine weiße Bluse und Boots. Das braune Haar fällt in Locken über ihre Schulter.

Dimitrij Worobjow

Majordomus des Palastes der Romanows. Er trägt einen schwarzen Frack, blütenweiße Stoffhandschuhe und schreitet stets mit kerzengerade durchgestrecktem Rücken aus. Das graue Haar ist frisiert und sauber gescheitelt.

Anastasia Romanow
Sie ist 1918 17 Jahre alt. Zarewna von Russland.

Alexei Romanow
Der Zarewitsch von Russland.

Pjotr
19 Jahre alt. Buttler bei den Romanows im Palast. In Wahrheit ein Magier, der die Bolschewiken unterstützt.
Er hat hellblondes Haar.

Xanaa, die Königin der Varye
Kann mit einem Trank menschliche Gestalt annehmen (blondes langes Haar, kindliches Gesicht). Normalgestalt: Ledrig, nadelspitze Zähne und Flügel. Kreuzgurt über der Brust.

Kyra
Ein Wechselbalg-Teenager.
Nimmt in der Gegenwart gerne das alter einer Siebzehnjährigen an, wie sie es auch damals 1918 gewesen war. Das hellblonde Haar trägt sie schulterlang und elegant, dazu moderne Jeans und ein enges Shirt.

Zauber

Obliviate Infinite

Der absolute Vergessenszauber.

Signum Malus. Signum Dominus
Ein unsichtbares Leuchtfeuer, das Ellis herbeiruft.

Sanitatem Spirit
Heilt den Geist

Sigillum Ignis
Lässt ein Siegel verbrennen

Gradus Sanctus
Ein kurzer Sprung

Ignis Gravitate Sagittatum
Feuer wird durch Gravitation zu Feuerpfeilen

Gravitate Destrorum
Entfesselt zerstörerische Gravitation

Reparo [Gegentand]
Repariert einen spezifizierten Gegenstand

Transformere Originae
Erzwingt bei einem Wechselbalg die Rückwandlung in die Originalgestalt.

Vita Destrorum, Vita Malus
Entreißt dem Betroffenen Lebenskraft durch eine Wunde

Ignis Spiritum, Ignis Aeternum, Ignis Cinis

Kombiniert einen Zauber zu einer Kette. Ein nicht enden wollendes magisches Feuer, das so lange lodert, bis es alles zu Asche verbrannt hat.

Orte / Bezeichnungen

Portalmaschine unter Paris
Vier Steine = Rubin, Saphir, Amethyst, Onyx

1. Amethyst = Splittereich von Nagi Tanka
2. Rubin = Dark London
3. Saphir = Das Reiche der Varye
4. Onyx = Noch ungeklärt

Die Schwarze Hand
Eine Geheimloge aus Magiern, die sich dem Castillo nicht unterordnen wollten. Sie beeinflussten Gavrio Princip, worauf dieser das Attentat beging, das den Ersten Weltkrieg auslöste.

Die Weiße Garde
Loyalisten des Zaren. Sie unterstützen das Zarentum an sich. Ihnen wird 1918 unterstellt, eine Konterrevolution zu planen.

Mehr aus dem Lindwurm Verlag

Alessandra Reß
Die Türme von Eden

ISBN: 978-3-948695-19-4
496 Seiten
Paperback

„Du musst vor nichts mehr Angst haben. Angst braucht nur zu haben, wer allein in der Masse ist. Aber du bist nicht allein und es gibt keine Masse mehr. Nur mehr viele, irgendwann alle und vielleicht einen. Du bist jetzt ein Teil von Eden."

Vierzehn Jahre nach der Flucht von seinem zerstörten Heimatplaneten nimmt der Spion Dante einen ungewöhnlichen Auftrag an: Er soll herausfinden, was hinter den Versprechungen der Liminalen steht. Immer wieder bringen deren Mitglieder Sterbende auf ihren Planeten Eden. Denn dort, so heißt es, soll den Menschen ein neues Leben als „Engel" ermöglicht werden.

Um seine Aufgabe zu erfüllen, schließt sich Dante den Liminalen als Novize an. Doch sein Auftrag stellt sich bald als schwieriger heraus als gedacht: Um die Rätsel von Eden zu lösen, muss Dante in eine Welt eintauchen, in der Traum und Realität verschwimmen – und sich einer Vergangenheit stellen, die ihn stärker mit den übrigen Novizen verbindet, als er sich eingestehen will …

Kim Leopold
Black Heart.
Komm, ich erzähl dir ein Märchen von Gut und Böse
Sammelband. Folge 1–4

ISBN: 978-3-948695-04-0
416 Seiten
Paperback

Es war einmal ...

... ein blindes Mädchen, welches in einem kleinen Dorf in Norwegen wohnte. Der Verlust der Mutter, die zu Unrecht als Hexe auf dem Scheiterhaufen verbrannt wurde, weckte in ihr alte, magische Fähigkeiten. Nur ein Wächter konnte sie aus dieser lebensbedrohlichen Situation befreien. Sein Name war Mikael ...

Lass dich verzaubern und folge Louisa, Azalea und Hayet in eine Welt, in der niemand ist, wer er vorgibt zu sein ...

MIT ILLUSTRATIONEN VON YVONNE VON ALLMEN

Nadine Erdmann
Die Totenbändiger.
Staffel 1: Äquinoktium
(Folgen 1-2)

ISBN: 978-3-948695-01-9
356 Seiten
Paperback

Stell dir vor, du lebst in einer Welt, in der Geister zum Alltag gehören. Jeder sieht sie und jeder weiß, wie gefährlich sie uns Menschen werden können. In dieser Welt gibt es Verlorene Orte, die man den Geistern überlassen musste, und Unheilige Zeiten, in denen die Toten besonders gefährlich sind.

Camren Hunt ist ein Junge ohne Vergangenheit. Im vergangenen Unheiligen Jahr fand man ihn im Keller eines verlassenen Herrenhauses – umgeben von Leichen mit durchschnittenen Kehlen. Niemand weiß, was dort passiert ist, nicht einmal Camren selbst.

Jetzt, dreizehn Jahre später, schlagen sich die Menschen durch ein weiteres Unheiliges Jahr, in dem Geister und Wiedergänger noch gefährlicher sind als sonst - und plötzlich tauchen erneut Leichen mit durchgeschnittenen Kehlen auf …

Madeleine Puljic
Magie der Nacht

ISBN: 978-3-948695-08-8
78 Seiten
Hardcover

Als der Krieg ihm seine Familie raubt, nimmt der Magier Bredanekh In'Jaat bittere Rache an dem Land, für das er einst gekämpft hat. Auf der Suche nach neuen Wegen, seinen Schmerz zu betäuben, wendet er sich schließlich an die verbotene Gilde der Nekromanten. Doch die Schwarzmagier haben ihre eigenen Pläne, was Bredanekh angeht …

Die Novelle „Magie der Nacht" erzählt die düstere Vorgeschichte von „Herz des Winters".

„Eine epische High-Fantasy-Reihe – hier wird nicht mit Spannung gegeizt, und eine ordentliche Prise Humor verleiht der Geschichte das besondere Etwas! Wer Sapkowski schätzt, sollte sich das nicht entgehen lassen!" –Katharina V. Haderer

Unser gesamtes Verlagsprogramm
finden Sie unter:

www.lindwurm-verlag.de